Adolf Endler

Schichtenflotz

DIE DDR-BIBLIOTHEK

Adolf Endler

Schichtenflotz

Mit einem Nachwort von Heinfried Henniger

Verlag Faber & Faber Leipzig

Adolf Endler

Schichtenflotz

V O R B E M E R K U N G

Die meisten der zu dem vorliegenden Buch lose versammelten *Späten autobiographischen Fragmente* sind im wesentlichen, wenn ich mich richtig erinnere, Mutter Helene und Ihr anderen alle, in den Jahren 2007 bis 2017 entstanden (mit einer Ausnahme, dem bereits in den achtziger Jahren des vorigen Jahrhunderts verfaßten Aufsatz DER STUHL); mag es auch mancher für eine zu allgemeine, zu vage Datierung halten – Genaueres kann ich leider nicht bieten! Es wird die sicher übertriebene, aber nicht ganz und gar unbegründete Furcht vor Haussuchungen etc. gewesen sein, die es mir geraten erscheinen ließ, die einzelnen Stücke entweder erheblich falsch oder überhaupt nicht zu datieren, eine Verfahrensweise, die Rückschlüsse erlaubt auf den nahezu faktizistischen Charakter dieser Blätter und die strikte Wahrheitstreue des Verfassers, nicht ungefährlich für den einen oder anderen seiner Bekannten, nicht ungefährlich vor allem für den Verfasser selber … Ich stehe jetzt im Hundertunddritten und gehe ins Hundertundvierte, bin zusätzlich so gut wie erblindet: Gründe, die ausreichen müßten als Entschuldigung für einige kleine Ungenauigkeiten bezüglich der *zeitlichen Zuordnung* der Arbeiten, wie sie sich auch bei der nachträglichen und äußerst gründlichen Überarbeitung durch den Hundertjährigen nicht mit letzter Sicherheit ausmachen ließ; gleichfalls wird die Literaturkritik anbetrachts des für die Verhältnisse ungewöhnlich hohen Alters des Endunterzeichnenden Momente der Geistesabwesenheit, der Formulierungsunlust und eventuelle Kommafehler gern übersehen, die der Bedeutung des Werkes als Werk eines Hundertjährigen keinerlei Abbruch tun. (Das Letztere mit dem Blick auf den bedauerlicherweise so jung verstorbenen Wuppertaler Kritiker Kiki Kleberich geschrieben, der mir vor fünfundvierzig, nein, vor *genau achtundvierzig Jahren* nach stundenlanger Konsultation der Kultur-Tante Schrollz-Schrunnz in Halle und Leipzig ein

Ding verpaßt hat – siehe auch SÜDDEUTSCHE ZEITUNG vom 13. 8. 85, Seite 12, rechts unten! –, also, ein *Ding* ... Jedenfalls führe ich es auf diesen einmalig infamen »Verriß« zurück, daß ich der *einzige* lebende Bürger der DDR bin, der zu seinem hundertsten Geburtstag *kein* Glückwunschtelegramm unserer Frau Staatsratsvorsitzenden erhalten hat!!!) –//– Einem Leser indessen, und Leserinnen betrifft es nicht minder, welcher sich »Fragen nach dem SINN des Sinns in den Sinn« kommen ließe (Klaus Höpcke: A rose is a rose is a rose is a rose), möchte dieses tunichtgute Werklein ebensowenig zu geben imstande sein wie jenem anderen, nicht selten *konfessionell eingebundenen*, der es auf eine offene oder versteckte BOTSCHAFT hin abklopfen will ... Für »Botschaften«, darf ich es einflechten, Ilse?, ist nach wie vor Reiner Kunze zuständig und das Echo im Bayrischen Wald; und für den SINN des Sinns ... na, *ich* jedenfalls nicht! (Wer fragt denn bei der Lektüre des ULYSSES danach?*) Es wäre nicht ganz falsch, wenn man sich den Titel, den ich gewählt habe, als einen klatschnassen Waschlappen denken würde, solcher Zudringlichkeit rechts und links um die unreifen Ohren gepatscht: SCHICHTENFLOTZ ... Dabei hat dieser Begriff durchaus seinen philosophatschischen Background, nämlich eine der drei genialen Doktor-

* Anmerkung. Ein Hinweis am Rande für Insider: In Bobbi »Bumke« Bergermanns auszugsweisem Katalog auffälliger oder wichtiger Stücke der »Sammlungen Blazezak« – SABLA, wie man jetzt häufiger hört und es demnächst wohl auch im LEXIKON DER ABKÜRZUNGEN finden wird –, in diesem an sich verdienstvollen Katalog bleibt das mit Abstand *wichtigste* Stück leider ungenannt; immer das Gleiche!, ist man geneigt, sein eigenes Leben wie das der Menschheit insgesamt zu beklagen; es fehlt die bedeutsame Handschrift des MANIFESTES DER ANHÄNGER DER KRITISCH-DEKORATIVEN METHODE, verfaßt von wem?, aber das ist doch klar: von Eddy »P.« Endler! Das erste *ganz* konsequente Zeugnis jener neuen literarischen Richtung, die sich weder der sogenannten niederreißenden, noch der sogenannten helfenden – siehe auch: positive Satire! –, sondern der erst in unseren Tagen, und nicht zufällig!, vom Verfasser initiierten »dekorativen« Kritik verpflichtet weiß wie sie immer mehr um sich greift, wenn auch oft unter falscher Flagge. – In Arbeit ist die Untersuchung eines mit dem Verfasser befreundeten (!!!) Literaturwissenschaftlers – »Peter Hacks und die Kritisch-Dekorativen« –, nach deren Publikation es unmöglich geworden sein wird, mir weiterhin den tausendfach verdienten Titel eines »Vaters der kritisch-dekorativen Methode« stillschweigend vorzuenthalten. (A.E.)

arbeiten meiner Vorleserin und Nachlaßverwalterin Helene Pleuel (der oben erwähnten »Mutter Helene« und Tante der gleichfalls oben erwähnten Ilse), eine bezeichnenderweise zurückgewiesene Untersuchung, in welcher das gegenwärtige Dezennium als »Knotenpunkt einer Ära beispielloser Geschichtsverknäulung« dargestellt ist; und in diesem Zusammenhang fällt das erlösende Wort vom »Schichtenflotz« (meisterhaft abgeleitet die dritte und letzte Silbe von dem schönen alten deutschen Tätigkeitswort »flitzen«). Schichtenflotz also!, ja, sicher, das war es, das ist es, was *seit Ewigkeiten schon* in der Luft liegt, die allgemeine Stimmung zerschwärend wie auch das auf den folgenden Seiten auszugsweise wiedergegebene Schriftstellerschicksal (von derlei Büchern kriegt man ja eigentlich nie genug); tunichtgut zwar, aber strikt wahrheitsgetreu soll davon Kunde gegeben sein – und falls es dem Zeitgenossen keinerlei Bereicherung seines Wissens bedeutet (wie mir Ilse und Mutter Helene zu bedenken geben), dann kann es jedenfalls immer noch zur Erheiterung unserer (wie ich der Presse entnehme) glücklicheren Kinder und Kindeskinder dienen, zur Gemütserziehung dieser GARANTEN UNSERER ZUKUNFT, die SCHICHTENFLOTZ lesen werden wie Grimms oder Bechsteins Märchen; eine *Bearbeitung für die reifere Jugend* schwirrt mir schon lange im Kopf 'rum ... –//– »Sonnsjehtsjut?« – Sonnsjehtsjut!

(Wuischke am Czorneboh; Oktober 2033)

E R S T E S B U C H

Aus den »Fatalen Geständnissen«

Utopischer Phantasie-Aufsatz der Schülerin Sieglinde Weymann, 13 Jahre alt: »... wir wollen heute in Geographie die VDR Japan durchnehmen. Leider wohnen in Japan nur 12 Menschen. Sie sind zwischen *116* u. *209* Jahre alt. Der Vorsitzende ist Johann Frankenstein ... Dieser nun ist ab morgen in der DKR (Deutsche Kommunistische Republik). Er ist der älteste Sohn von Torsten Eierflaum. Und dieser ist der Schwiegerururururenkel von Erich Honecker ... Wenn Frankenstein in die DKR kommt, werden wir ihn mit schönen Taubeneiern und Schweizer Käse, aber auch *mit Wanzen* begrüßen. Er wird sie gegen den Kopf geschmissen bekommen. So! ... Japan hat 3 Kohlen, 4 Goldstücke und 1 Edelstein ... *Die politische Entwicklung ist durch die schönen Bezeichnungen: Idiot, olle Kellerassel, tanzendes Turnungeheuerunkenschweinwanzenbaby gekennzeichnet ...«* (Berlin/DDR, 83)

I Der Stuhl / Eine Ermutigung*

/ 1 / Sehr geehrter Herr Z., wie ich der für die Verhältnisse doch recht düster eingefärbten Einladung zu Ihrer anthologischen Bemühung entnehme – das Schreiben hat mich ohne größere Widerstände oder Hemmungen und fast unbeschädigt erreicht –, scheint es ja zur Zeit überall und mit allem schlimm zu stehen und schlecht bestellt zu sein. Das mag wohl stimmen; entspricht indessen nicht meinem Weltbild. Beigeheftetes meiner nur für den engsten Familienkreis herausgegebenen Privatzeitschrift LEICHENTEILE entnommenes Prosastück versucht wenigstens, eine Teillösung anzubieten, und zwar im Hinblick auf das Sitzen! Gerade das Thema Sitzen dürfte uns ja noch lange beschäftigen: Letztendlich wird die Frage des Herangehens an das Sitzen und deren Beantwortung entscheidend dafür sein, ob und wie lange man es als Autor aushält, das Seine im Rahmen des Ganzen nicht zu vernachlässigen; eines Ganzen, für welches der einstmals so vielstimmig beschworene *homo ludens* wohl endgültig ausgespielt hat, zugunsten bekanntlich des immer unverrückbarer dominierenden *homo sedens.* – Daß eine Zurückweisung meiner kleinen Arbeit sich mir und meiner sogenannten Familie als private Kränkung einprägen würde, braucht nicht extra betont zu werden. (Anlage, mit Genehmigung der hiesigen Oberleitung:)

/ 2 / Vorliegendes wird geschrieben sein nicht in Mitte oder Prenzlauer Berg, sondern im abgelegenen Weißensee; und nicht in einem Worpsweder Stuhl aus der Werkstatt Heinrich Vogelers sitze ich – wie noch jüngst: was ich der Öffentlichkeit bereits dartuen durfte –, son-

* Anmerkung. Als Beitrag für eine Anthologie geschrieben; wahrscheinlich in den Achtzigern des vorigen Jahrhunderts. – (A.E.)

dern in einem Drehstuhl, Metall und Glas, mit leistungssteigerndem ANATOMIC-Sitz, dem Sitz mit den fünf *integrierten Sitzfunktionen.* Die gewisse stilistische Verschmitztheit des Essays, den der Leser vor Augen hat, wäre dem Benutzer oder, um den Fachausdruck vorzuziehen, dem *Verwender* des Stuhls aus Worpswede, der der Verfasser vorigen Oktober noch war, sicher schwerlich entsprossen!, sie ist geschuldet dem sogenannten aktiv-dynamischen Sitzen, wie es der PRIMUS-Stuhl, glücklich gewählter Name!, mit seinem ANATOMIC-Sitz in voller Breite gestattet. Andererseits möchte das gelegentlich deutlich hörbare und auch für den Autor nur schwer erträgliche Schmatzgeräusch aus gewissen tiefer gelegenen Schichten dieses Prosagebildes zurückzuführen sein auf Weißensee (112) und dessen, gemessen an Mitte (104) und Prenzlauer Berg (1058), ungleich weichere Luftverhältnisse, die eher eine gewisse quarkhafte Schläfrigkeit der künstlerischen und der Bewegungen überhaupt begünstigen ...: Um so größere Aufmerksamkeit erheischt die Tatsache, daß unser Aufsatz in kaum mehr als zweieinhalb Stunden fertiggestellt werden konnte, in Anbetracht der atmosphärischen Umstände rings eine Sensation, was uns wieder zum »aktiv-dynamischen Sitzen« zurückbringt wie auch zum ANATOMIC-Sitz, der allein solch ein Tempo, es handelt sich immerhin um acht Seiten, herbeizuzwingen, auf der Höhe zu halten, kurz, *abzusichern* imstande ist inmitten solch eines eigenartigen Einhundertzwölf des *Postleitzahlenverzeichnisses* DDR – vor allem gewiß mit Hilfe der fabelhaften PERMANENT-CONTACT-Rückenlehne, die permanent Contact mit dem Rücken sucht, wie man sich dreht und windet, dann aber auch der *Teleskophöhenverstellung*, der *Schnellarretierung* der Rückenlehne, der Vollpolsterung mit Kantenschutz; Zeitersparnis circa neun Wochen!, wie der modische Taschenrechner des Autors ihm ausgerechnet hat. Liebhaber wollen mich an dieser Stelle vielleicht gerne darauf aufmerksam machen, daß ich die Sitzhöhenverstellung des Stuhles, entweder durch *Rastermechanik* vollziehbar oder aber durch die PRIMUSLIFT-AUTOMATIC, daß ich diese doch auch ingeniösen Details, womöglich die glitzerndsten des kunstentfremdeten Mobiles, gänzlich unerwähnt lasse. In der Tat spielen sie zumindest für meine Prosa eine nur untergeordnete Rolle, während selbstverständlich das Untergestell und seine Rollen mit *wartungsfreien Sinterlagern* (nach DIN 4551) an allererster Stelle genannt zu werden verdient hätten, so bedeutungslos für den Verfasser die Tugend der »Wartungsfreiheit« immer sein mag: Hat er jemals einen Stuhl auf diese oder jene Weise gewartet? Auch dieser, auf dem ich sitze, in *dem* Fall ist es einmal leicht zu prophezeien, wird es nicht erleben, von mir gewartet zu werden – so heftig und suggestiv sein Äußeres dazu verlockt, mit Läppchen, zartem Pinsel, Läusekamm zu operieren sowie an Öl, Kalodermagelee, schmerzstillenden und geräuscharmen Medikamenten, Eselsmilch etc. nicht zu sparen; so nachdrücklich er einen auffordert, immer wieder einmal während der geistigen Arbeit – und, beim heiligen Gambrinus!, Arbeit ist es! – enerviert aufzuspringen, da es ungewiß schnurrt und sirrt und ticktackt im Gestänge, im Sitz, in den Rollen, oder kommt das vielleicht aus den Fundamenten?, beziehungsweise ein ungestalter Fettfleck nach dem Frühstück die Metallpartien »verschönt« ... (Ich habe Wichtigeres im Kopf als die Wartung von Sitzgelegenheiten: nämlich die intendierten dreizehn Bände meines Romanzyklus NEBBICH und dessen südliche, östliche, westliche Ausläufer – da heißt es, keine Minute unnütz vertun! Heute allerdings weiß ich: Ohne den PRIMUS-Stuhl wäre ich trotz meines unerbittlichen Fleißes aufgeschmissen gewesen! Ungewöhnlich material-intensiv als auch dick und gewichtig, würden meine Texturen flügellahm und halb fertig in der Luft gleichsam hängen bleiben, könnte der Autor auf seinem Stuhl sich nicht andauernd 'mal in die, 'mal in jene Richtung drehen und auf den Rollen mit den Sinterlagern eilig hin- und herfahren zwischen Aktenstücken, Notizen, Fragmenten, Zeitungsschnitzeln, belegten Brötchen – umherschnellend zwischen Abertausenden von Zetteln, eine, zugegeben!, übermenschliche Leistung.) Das alles will jedoch nicht besagen, daß ich mein Leben lang empfindungslos geblieben bin gegenüber dem Stuhl: – Ach, auf wie vielen Stühlen, die mir für eine längere Wegstrecke Kameraden wurden, mag ich niedergesessen sein seit meiner Geburt!, angefangen vom Klappstühlchen des Kleinkinds, wie es ein frühes Photo des Verfassers dokumentiert; er blickt nicht des Stuhles wegen verbittert, zerknittert, mit gerunzelter Stirn und ganz und gar kritisches Fragezeichen in einen sonnigen Herbsttag des Jahres einunddreißig. Man wagt kaum hinzusehen, es sei denn, man scheut nicht die Tränen; dieser zwölf Monate alte Knirps, der säuerlich und zynisch dem angekündigten KUCKUCK entgegenblickt, als wollte er sagen – doch wem nur?, seinen verblendeten Eltern? –: Das geht alles nicht gut! Nicht die Stühle waren es dann, nicht die Stühle ..., wenn es auch fünfzig Jahre und länger gedauert hat, bis jenes Kind meines Namens als halbwegs Erwachsener endlich den PRIMUS-Stuhl mit ANATOMIC-Sitz für sich entdeckte samt all seinen Vorzügen) gewiß nicht *stattlicher* als das dunkel gebeizte hölzerne Geschöpf Heinrich Vogelers, aber nicht minder stabil, strapazierfähig möglicherweise sogar über alle bisher bekannten Grenzen hinaus – ist das da draußen unter meinem Fenster hinterm Rondell Rhododendron? –, ein wahres Wunder indessen, was die Zeitersparnis betrifft; den ich zuzeiten mit meinem heiß geschriebenen Handinnern zu verzärteln geneigt bin, obgleich nicht zu warten – diesen Traum jedes Graphomanen. Denn, ehe wir es vergessen, als Wichtigstes bleibt: Ich schreibe, ich schreibe; mit der lange in Vergessenheit geratenen Vokabel meiner Schulzeit in Düsseldorf-Itter: Ich *pinne*, ich pinne! Schriftliches entsteht in einer Menge und mit einer Geschwindigkeit, daß man schreien möchte vor irrer Glückseligkeit, es ist eine Lust zu schreiben!, schreit es in mir, und so schöpfe ich und schröpfe mich Wort für Wort leer bis zum blanken Grund, den wir ahnen: das Nichts ... – Selten, ja, eigentlich niemals habe ich ein Stuhlwerk so intensiv als engeren Mitarbeiter bei meiner heiklen und haarsträubenden Tätigkeit empfunden. »PRIMUS – dieser Name bürgt für angewandte Arbeitsphysiologie!«, ein Satz aus dem Prospekt, der schön eingerahmt statt des schimmligen Heidekrautsträußleins vor meinen Augen an der Wand hängen müßte, ein Werbe-Slogan, dem der Verfasser zu seinem Glück einmal traute, dieser Satz verdient es, dreimal rot unterstrichen zu werden, so wie ich es in dem Dankschreiben hielt, welches ich – per Vermittlung meiner agilen mit INTERSHOP und GENEX verzahnten Zimmerwirtin oder *Hauptmieterin* – an die Hersteller-Firma im hessisch-westfälischen Raum gehen ließ; ein Brief?, ein kleines geschliffenes Manuskript und spritzig und witzig, darin das PEN-Club-Mitglied der Firma verheißen durfte, unter Umständen ihrem Erzeugnis gebührend Erwähnung zu tun in allerlei belletristischen Texten, um den PRIMUS-Stuhl nicht zu einer Angelegenheit kleiner elitärer Zirkel werden zu lassen ... Wie die Antwort des Herstellers ausgefallen ist, sei nicht verraten! Es ist auch nebensächlich, angesichts der einfachen Wahrheit: Ich wäre schön angeschissen ohne die fünf integrierten Sitzfunktionen, siehe (eventuell) Abbildung, des ANATOMIC-Sitzes, 1. die Beckenstütze (ganz vorzüglich!), 2. das waagerechte Sitzpolster, das die üblichen Einbeulungen und sonstige Dellen am Körper um circa 66 Prozent reduziert, *hier is wat los!*, 3. die Stützfläche (wichtig, wichtig!), 4. das *abgerundete Hochplateau* (die frühere, zum Viereck tendierende Form, das alte Persil!, man erinnert sich nur mit Grausen!), 5. den abgerundeten Vorderbereich (Kommentar überflüssig!). Der nicht unbeliebte Autor kann *rückhaltlos* die Aussage prominenter Wissenschaftler bestätigen: »Die Leistung des Menschen ist vom arbeitsphysiologisch richtigen Sitzen abhängig«, mit allgemein verständlichen Worten: Der Gang zum Stuhle sollte eine Freude sein und kein Alptraum! Bei dem Besonderen der literarischen Produktion des Verfassers – wahnsinnig unbeschreiblich das Ganze und wie es hin- und herflitzt unter meinen neun Fingern! – wird die Erfüllung dieser Sehnsucht der Menschen zur Voraussetzung weiterer Tätigkeit überhaupt, wie schon mehrmals kurz angerissen; so und nicht anders gerade jetzt wieder, da der Verfasser neben manchem anderen die zum NEBBICH-Massiv gehörende Trilogie DIE VERHÄLTNISSE IM FERNSEHEN unter der Feder hat, eine makabre Wanderung von Studio zu Studio, Stationen eines Kreuzwegs der Autorenbockbeinigkeit, Feuerwerk aus Zurufen, Schreien und jäher Stille, Geisterbahn, Achterbahn, Kegelbahn, dazu *diese ewigen verbilligten*

Bahnfahrten hin und her zwischen wahnhaft herausgekehrten Winzigkeiten: Radiergummis, Feuerlöschern, Knalltüten, Paprikaschoten, Pastetchen – wie soll man dem anders als mit einer maschinengewehrartig ratternden Prosa gerecht werden oder, besser noch, einer Maschinenpistolenprosa?: Als Traditionalist und *ehrlich erbe-bewußt* denkt der Autor jedoch am liebsten an das gute alte rebellische HOTCHKISS-MG der späten zehner und frühen zwanziger Jahre: »Ratternd MGs sticken fleißig an blutigen Zeilen, / Kugeln aus Gurten Kilometer zu leuchtenden Mustern...« (Sergej Tretjakow)* – Ach, auf wie vielen Stühlen (was kommt es mir gerade jetzt wieder in den Sinn?), nicht zu vergessen: *zwischen* wie vielen Stühlen mag ich niedergesessen sein in den Jahren seit neunzehnhundertunddreißig! Waren es fünfzigtausend, hunderttausend, hundertfünfzigtausend sogar? Daß man doch gerade die wichtigsten Sachen nie weiß! Und wie viele waren es, mit denen man sich wirklich befreundet hatte und herzlich, wie beispielsweise – zwei frühe Gegenpole – mit dem immer frisch und crèmefarben gestrichenen Gartenstuhl bei unserer Oma (Tulpen bis nah an die Stuhlbeine, rote und violette) oder dem schiefen schimmelgrünen Küchenstuhl, der nach dem Luftangriff auf der Straßenmitte unvergeßlich zwischen brennenden Villen stand? Besonders von den weniger prunkvollen Stühlen haben sich manche tief eingeprägt; prächtige der Oberklassen in der Regel mich unbeeindruckt gelassen, abstoßend einige, einladend andere, aber »falsch«... Doch letztendlich wurde noch jeder Stuhl für den Autor, wenn dieser über die angemessene Zeit hinaus in ihm kleben blieb, zum höhnischen Schleudersitz, bis er es selber lernte, überbeharrliche Stühle, wie lieb er sie immer gehabt, eines Morgens mit entschiedenem Fußtritt beiseite zu tun und weiterzuwandern durch die deutschen Land-

* Anmerkung. Inzwischen ist es das surrealistische MASCHINENGEWEHR IM ZUSTAND DER GNADE aus Holz und Metall von Hans Bellmer, welchem meine Zuneigung gilt – um so mehr, als einige Teile des im Museum of Modern Arts in New York befindlichen Werks an weibliche Lippen, Brüste, Beckenknochen gemahnen, ein anderer, der Sonne entgegen sich ründender, an ein jungfräulich-zartes Hinterteil, oui! Ein MG, mit dem man lediglich imaginäre Schüsse abzufeuern vermag, nachdenklich-übersanfte, mäßig lasterhafte, und ganz ohne das grause »Tack-Tack«. – (A.E.)

schaften drüben und hüben mit ihren verschiedenförmigen Stühlen – bis hin zu den praktischen und formschönen Stühlen und *Liege-Sofas* der Sechziger aus dem Versandkaufhaus KONSUMENT in Karl-Marx-Stadt, auf denen man, ach, so häufig, so häufig Platz genommen zwischen Pößneck und Perleberg – Orte mit P. am Anfang, die Ihr mein Schicksal seid! Der letzte ganz starke Eindruck indessen war in der Wohnung des Dichters und Dramaturgen Richard Leising im Schinkelschen Hinterhaus, Bauhofstraße Numero sieben, meinem Versteck im vergangenen September – wo wird es im nächsten sein, in Plänterwald oder in Pankow? –, jener Heinrich-Vogeler-Stuhl, altbacken-jugendstilig und juvenil-seniorenhaft gleichermaßen, ein Prachtstück fürwahr, das sicher ein nettes Sümmchen einbringen würde, wenn einen die Not dazu zwänge, es mit der Bauerntruhe zusammen und anderem Firlefanz aus den Leisingschen Sammlungen zu veräußern! Doch auch auf dieses Sitzmöbel wie auf die anderen alle, ja, besonders auf den Worpsweder Stuhl trifft es zu, daß er neueren Einsichten nur noch schwer standhält. Die Erfahrungen des Autors lassen ihn den prominenten Wissenschaftlern (siehe oben) neuerlich Beifall zollen, die zu dem Ergebnis gekommen sind, daß die Idee der sogenannten »idealen Sitzform«, der auch Worpswede verpflichtet blieb, im Grunde *absolut überholt* ist – schöne Idee das!, eine Schimäre soll man es nennen! –, und die in bündiger Expertise erklären: »Der ideale Stuhl muß vielmehr aktiv-dynamisches Sitzen ermöglichen, das heißt, er muß den Wechsel zwischen verschiedenen Körperhaltungen fördern und die statische Belastung reduzieren.« Das ist richtig! Doch leider wird es auch heute noch in mehr als neunundneunzig Prozent der Fälle weder berücksichtigt noch auch nur ins Auge gefaßt. – Wie viel mehr Prosa könnte entstehen, wäre es anders und würde man dem PRIMUS-Stuhl mit dem ANATOMIC-Sitz den Vorzug geben gleich dem Verfasser, der kein Geheimnis machen will aus den tieferen Ursachen seiner Erfolge: er, dem man gelegentlich Selbstverliebtheit vorgeworfen hat (Heinz Czechowski) und blindesten Egoismus (Katja, Käthe, Katinka, Marlies, Musch) und der mit der Weitergabe seiner Einsichten wohl

Engagement genug für das literarische und übrige Gemeinwohl hervorschauen läßt. Tatsächlich wurde dieses Papier nicht zuletzt im Interesse des Großen und Ganzen der DDR-Literatur vorgelegt, die nur gewinnen kann – »die Leistungsbereitschaft wird verdoppelt«, besagt der Prospekt, wenn sie den PRIMUS-Stuhl benutzt, relativ preiswert und *praktisch problemlos.* Wie sehr er dem erfahrenen Schriftsteller nützt, halbe Drehung nach links, wenn er sich ernst nimmt, Pirouette rechts rückwärts, das wird nicht zuletzt, anderthalb Meter nach oben, die körnige Bildhaftigkeit, abwärts im Sturzflug, der obigen Zeilen, Drehung um neunzig Grad und frontal aufs Ziel zugerollt, dem *Allerblindesten* noch, Roll over Beethoven, oh ewige Poesie, zwölf Monate Garantie, Achtung S-Kurve, links, links, links ... Beim Satan, beim Heiligen Stuhl, bei den »Zwölf Stühlen« von Ilf und Petrow!

/ **3** / Elias Canetti in MACHT UND ÜBERLEBEN: »Der sitzende Mensch übt einen Druck aus, sein Gewicht stellt sich nach außen dar und erweckt ein Gefühl von Dauer. So wie er sitzt, kann er nicht fallen; er wird größer, wenn er sich erhebt.« –

NACHTRAG ZU »DER STUHL« Manch einer mag es dem Autor verübeln, daß er eine so *allgemein nützliche* Arbeit zunächst nur den LEICHENTEILEN anvertraut hat, einem Exklusiv-Almanach für Feinschmecker beziehungsweise literarische Kenner, welcher sich bekanntlich ein striktes Auflagenstop auferlegt hat (Hinweis für Sammler und *Einsammler:* sieben Exemplare; mit achten würde man sich vermutlich schon strafbar machen!). Scheint der Vorwurf der Lieblosig- wie auch Gleichgültigkeit gegenüber den Mitmenschen durch ein solches Verhalten nicht am Ende doch noch neue Nahrung zu erhalten? Dazu muß festgestellt werden, daß diese ERMUTIGUNG auch der ungemein auflagenstarken Zeitschrift FREUT EUCH DES LEBENS bereits drei Tage nach Fertigstellung des Textes zugespielt wurde! Eine verständlicherweise zunächst vom Redaktionsstab vorgesehene Publikation (Frühsommer 80?) zerschlug sich jedoch an Vorurteilen und Engstirnigkeiten, u.a. an dem sogenannten »Argument«, einem Eddi »Pferdefuß« Endler oder auch Bobbi Bergermann stünde es wohl nicht zu, der DDR-Literatur »gute Ratschläge« zu erteilen! Für eine Antwort auf solchen *Schmudi-Hudi* war sich der Verfasser zu schade; sie hätte gewiß aus nicht mehr als zwei Worten bestanden: SELBER SCHULD!!!!!!! (A.E.)

II Halbträume (a)

In Äquator-Nähe, das ist sicher, in Afrika; und eine Gruppe aufgeregt gestikulierender Schwarzer ist es, die sich in meine schwankende Bambushütte hineindrängt, um mich zu warnen vor etwas »Rosinenfarbenem«, irgendeinem »Radiator-Ähnlichen«, das sich nähere; mich zu warnen und aufzuschrecken mit dem landesüblichen Warn-Schrei: »Wottka-Kalé, Wottka-Kalé ...« – Mit dem gleichen Schrei, jetzt aber kriegerisch drohenden, dringen fast im selben Moment honigfarben gekleidete »Sicherheitskräfte« (?) in die Hütte ein, Lederhandschuhe, Stiefel, Mundschutz ... Doch meine Lebensgefährtin, eine Negerin namens *Wotruba*, stellt sich ihnen mit auseinandergespreizten stämmigen Knien und faulig riechendem Gefauche tapfer entgegen: »Dieses Zimmer ist österreichisches Territorium ...« – »Wottka-Kalé, Wottka-Kalé ...« – »Tirol, Tirol!«, faucht Wotruba, und sie flüstert mir zu: »Um Zeit zu gewinnen ...« Tatsächlich zieht sich das Honig- oder Rosinenfarbene wieder zurück; man sieht es in der Ferne wütend palavern und den *Mundschutz wechseln;* genügend Zeit für Wotruba und mich, um in gemeinsamer rasender Mahlzeit sämtliche greifbaren Fotos, die mich alleine oder mit anderen zeigen, zu zerreißen, zu zerkauen, hinunterzuschlingen, außerdem mein gesamtes dreizehnbändiges Romanwerk NEBBICH (der Roman schmeckt wie Alpenmilchschokolade). Erst dann läßt Wotruba hinter unserer Hütte von Volker Braun das Flugboot anheizen –

III Devils Lake, mein Devils Lake / späte Autobiographische Fragmente

(Zu dem geplanten Bekenntnisbuch EINE URSACHE JAGTE DIE ANDERE; Tonbandaufzeichnung des Geständnisses vom 3. März 2005 – ja, zwotausendfünneff! – bei Nieselregen und mit schwerem Nichtraucherhusten; Devils Lake/North Dakota gegen Ende August:) –//– Von Kalten Buffets, verehrte Gnädige Frau, weiß auch ich ein Liedlein zu singen, ja, auch im Leben des Verfassers von NACKT MIT BRILLE und AKTE ENDLER oder Bobbi Bergermann-Herausgebers haben sie zuzeiten eine verhängnisvolle Rolle gespielt, sei es, daß sie seinem Geschmack nur sehr, sehr ungenügend entsprachen – fast immer fehlte das Häppchen Spinat!!!!!! –, sei es, daß sie sich ihm brutal und menschenfeindlich entzogen bzw. in ähnlicher Weise vorenthalten wurden, wie es unserem armen, wie auch immer *gesamtgenialen* Bobbi so häufig geschah: Oh niederschmetternde Einsicht an vielen Tagen des Jahres, wieder einmal *bewußt* übergangen worden zu sein von den Veranstaltern irgendeines fetten Presse-Empfangs oder aber eines sogenannten Internationalen Treffens diverser Autoren, ganz zu schweigen von wochenlangen »Ideenkonferenzen« u. ä. – – Unsereinem bleibt in der Regel nur die Teilnahme per Fernsehen, und jedermann wird zustimmend nicken, wenn ich voll Neid konstatiere: Fast immer sieht man diese Menschen irgend etwas essen – das ist im Jahre 2005 nicht anders als in den Jahren 75, 97 oder 2003 –, beziehungsweise sich gerade »bedienen« mit abgespreiztem Zeigefinger und Daumen, wie man auch die Kamera nicht selten die eine oder andere Ecke jener Speisen-Plantage »anschneiden« (!) sieht, die man, wählend zwischen drei möglichen Schreibweisen, mit der feinsten »Buffet« nennt. (Ein Kollege, der »Buffet« mit einem »ü« schreibt oder sogar das doppelte »t« von »Büfett« hören läßt, wird in unseren Kreisen im günstigsten

Fall Verwunderung hervorrufen; Anerkennung findet er kaum.*) Kalte Buffets, Buffets also – ein vergilbtes Dokument aus dem Hintergrundmaterial Erich Arendts, dem Verfasser großzügig zur Verfügung gestellt vom Nestor der DDR-Poesie, eine SPEISENKARTE, die nach Arendts fachmännischer Interpretation die Klaue des Kalten-Buffet-Spezialisten ersten Ranges verrät (außerdem gute Beziehungen noch und noch), diese von dem großen Poeten durch die Jahrzehnte weitergetragene Speisenkarte vom INTERNATIONALEN SCHRIFTSTELLERTREFFEN BERLIN UND WEIMAR 1965 läßt erahnen, was alles in dieser Beziehung den profiliertesten Lyrikern der DDR (im Gegensatz zu der traditionellen Equipe von Romanschriftstellern) gedanken-, wenn nicht gewissenlos vorenthalten wird seit ewigen Zeiten, was alles ihnen – und einigen wohl für ihr ganzes zerschundenes Leben – entgeht: sagenhaft ist es!, sah-genn-hafft! Es entgeht dem Kollegen Mickel (?), der Kollegin Erb, dem Kollegen Kirsch – *drei* Namen für acht! –, diesen doch für das Allerfeinste geradezu prädestinierten Autoren unter Umständen, um die Arendtsche Liste Punkt für Punkt zu zitieren, neben *Pökelrinderzunge nach ›Art des Hauses‹* (gemeint ist der 900jährige sogenannte Palas der WARTBURG) und *Roastbeef auf Salat française mit Gloucester Sauce* zum Beispiel die mehr als verführerisch klingende *Ochsenlende ›Blumenmädchen*

* Anmerkung. Das betrifft z. B. einen gewissen Joachim Seyppel, wenn er im *neunundsiebziger Jahr* in einem Artikel für den STERN über einige »aufmüpfige« DDR-Autoren und deren Ausschluß aus dem Schriftstellerverband jenes Ländchens berichtet: »Roter Teppich die Treppe hoch, Embleme und Fahnen, und in der Pause ein kaltes *Büfett* … ›Juice‹ und Salami. Eine geschmackvoll zubereitete *Henkersmahlzeit* für Stefan Heym und Kurt Bartsch, für Adolf Endler, Karl-Heinz Jakobs, Klaus Poche, Klaus Schlesinger, Rolf Schneider, Dieter Schubert und mich …« – Büfett? Tatsächlich, Büfett! Da läuft es einem kalt die Schulter herunter, und es bleibt einem nichts als der Kommentar: Pfui Deibel, Herr Seybel!, oder wie immer Sie geheißen haben dazumal … Büfett!!! (Zudem war zumindest ich überhaupt nicht anwesend, sondern kurzfristig an der Rhabarber-Grippe erkrankt, habe also meine Henkersmahlzeit, ja, sogar diese verpaßt. Nun, möglicherweise komme ich irgendwann einmal in den Genuß einer zweiten und dann, so hoffe ich, ein wenig abwechslungsreicheren; darf ich schon jetzt einen Wunsch äußern für diesen Fall: nämlich, bitte, bitte, nicht den Spinat, das Spinathäppchen meiner Kinderjahre zu vergessen …) – (A.E.)

Art‹ – eine Schöpfung de Sades? –, neben dem bieder sich wölbenden, aber letztlich wohl auch eher elitären *Mastkalbsrücken ›Feinschmecker Art‹* die höchstwahrscheinlich hoch-exquisiten Speisen *Hasenrücken ›orientalisch‹*, *Gefüllte Kalbsnuß ›kaukasisch‹* und *Entengalantine ›indisch‹* – ach, die herrliche Geheim-Galantine meiner böhmischen Großmutter, da ich ein Kind war! Es entgeht ihnen weiterhin *Mastente* ›Weinhändler Art‹, Puter *›Favorit‹*, *Kasseler Räucherrücken mit Lachsschinken* (ah!), *Heilbutt ›Kardinal‹*, *Krabben – Cocktail ›Meeresgruß‹* – ganz offensichtlich eine Komposition der HO!, wenigstens was die Betitelung der toten Krabben betrifft –, sowie die Kollektion detonierender *Tournedos mit Salat Waldorf* ... Soll ich wirklich fortfahren in der Aufzählung der für uns *wirkliche Dichter* nur schwer erreichbaren Genüsse solcher Brillanz? Wie wäre es zum Beispiel mit *Langustenschwänzen ›Havanna‹ auf beleuchtetem Eisblock?* Oder mit *Matjesfilet ›Tiroler Art‹* (ja, Tiroler Art)? Mit *Pochiertem Ei in der Lachstüte auf Salat française?* Oder einfach nur mit *Gefüllten Eiern ›Astrachan‹*? – Ob auch der gute alte Spinat auf solcher Speisenkarte erscheint? Natürlich wieder ›mal nich‹! Statt dessen: *Gefüllte Orange mit Krebsmayonnaise, Schinkenröllchen (verschieden gefüllt), Lachsschinken mit Spargelspitzen, Roastbeefröllchen mit Sahnemeerrettich-Creme, Gefüllte Gurke mit Thunfisch, Rindfleischsalat ›Küchenmeister Art‹*, die *Käseplatte ›Luzern‹*, der *Salat ›Casanova‹* (Aphrodisiakum?), die *Gefüllte Ananas ›Florida‹* ... Ach, NEBBICH!!! Nebbich? Es spricht sich für einen Menschen meines hohen Alters wohl zu leicht aus, das Wort: Ach, Nebbich –

(Fortsetzung obiger Tonbandaufzeichnung nach der Unterbrechung durch einen alters- und satzbaubedingten Röchelanfall; eine dünne Strähne kränkelnden Violetts schlingt sich nach meiner Empfindung von hier an durch den Text:) –//– Den schwersten Schlag unter dem Gesichtspunkt der Völlerei bedeutet indessen für mich das jähe Ende meiner Beziehungen zur Sowjetischen Botschaft – so um 73/74 herum!!! –, die deprimierende, die schwarze Erkenntnis, daß ich sie in Zukunft vermutlich für immer zu missen gezwungen sein würde, die extra-ordinären Kalten Buffets in der Sowjetischen Botschaft in der Straße Unter den Linden; um so niederdrückender dieser Fakt, als die Kluft zwischen mir und Abrassimow, Entschuldigung, zwischen Abrassimow und mir *absolut künstlich* provoziert worden war, aufgerissen von interessierten Kreisen aus dem Bereich der Trivialschreiberei, welche sich neben dem kernechten Dichter natürlich nicht wohlfühlen konnten, wenn es im Kleinen Marmorsaal u. ä. um Schinkelröllchen und um Kaviar aus dem Kaspi-See ging! Meine wahrlich begründeten Klagen – und das trieb die Depression auf die Spitze – verhallten echolos und als zählten sie nicht auf diesem immer stumpferen Erdball; noch nicht einmal der SPIEGEL-Korrespondent – oder war es der DDR-Spezialist des FLENSBURGER BOTEN? – war zu gewinnen für die breitere Darlegung meiner Angelegenheit, des »Falls Endler«: Die brutale Verletzung der Regeln des Diplomatischen Parketts, wie man sie nicht jede Woche erlebt. Dabei hätte ein gewiefter Rechercheur hier allerlei *absahnen* können für die drohende Wolke seines Hintergrundmaterials! Jetzt ist es zu spät, und niemals wird man erfahren, was damals *wirklich* passiert ist! Nur Eines ist vollkommen klar: Vorgesehen für eine EHRENURKUNDE (!!!) aus den Händen des Botschafters – Lohn für die in Kooperation mit Rainer Kirsch-Marzahn und in beispielhaft harter Arbeit erfolgte Ausarbeitung einer grusinisch-georgischen Poesie auf Deutsch und von Weltrang (siehe auch: »Georgische Poesie aus acht Jahrhunderten«; 1971, 2. Auflage 1974) –, vorgesehen als *ein zu Ehrender*, wie es keinen Würdigeren im Berichtszeitraum gab, harrte ich wieder einmal vergeblich des so lebensnotwendigen Lorbeers und harrte und harrte … Es ergab sich folgendes charakteristische Bild (und nur dank vertraulicher Winke eines mitleiderfüllten Mitarbeiters eben jener Sowjetischen Botschaft, eines bebrillten Herrn Mitte Dreißig; mehr über ihn weiß ich nicht): Gänzlich unbeschädigt bis auf einen winzigen Tintenfleck unten links war die Liste mit den 15 oder 20 Namen der EHRENURKUNDEN-Anwärter jener Saison im »Apparat« des Tugendbundes Preußischer Schriftsteller e. V., um mich einmal *so* auszudrücken, wie üblich zur Überprüfung verschwunden; wieder herausgekommen, fand man das Dokument 1. kaltschnäuzig *abgehakt*, 2. bereichert um einen freihändig ausgeführten dreieinhalb Zentimeter dicken tiefschwarzen Strich (Filzstift). *Mein* Name, FLEISS IST DES GLÜCKES VATER, nicht wahr?, war wieder einmal getilgt worden, und als *einziger*, wohlgemerkt – unzweideutige Botschaft für jeden *geschulteren* Bürger: Achtung, Pupille! CIA! – Die sollen sich 'mal melden, die Fosen!, die das gefummelt haben; aber die melden sich, diese Ferkel, ja nie! – Ein klares Foul im Wettkampf um die günstigste Position an den Kalten Buffets! Hatte ich dem Kollegen Günter Görlich vielleicht ein besonders begehrtes Appetithäppchen, etwa Mottenkugeln in Scheiben, vor dem Nasenloch wegstibitzt oder Herrn Eberhard Panitz die extrem dick beschmierte Kaviarstulle? Und wie hatte es überhaupt passieren können (so mochte sich hinter mancher gerunzelten Kader-Stirne, hinter manchem *ostentativ* von mir abgekehrten staatlich geförderten Augenpaar ein kleines zunächst, dann riesiges denunziatorisches Fragezeichen inklusive Gedankenstrich zu bilden beginnen), daß so ein nur für Handlangerdienste vorgesehener Minor-, nein Minus-Kader, so ein Non-Kader, Un-sKader wie dieser unappetitliche Endler auf den Teppichen der Sowjetischen Botschaft herumstrolchen durfte, als wäre er hier zu Hause oder ein aalglatter alter Geheimdienst-Tünnes, da er doch bekanntlich ... Tja, Spannungen gab es schon immer ..., leider von Seiten meiner Gegenspieler auch Tiefschlag um Tiefschlag der oben exemplifizierten Kategorie. (Stoff genug für die detektivische Nase und Feder des Romanciers und Fernsehdramatikers Harry Thürk; na, wie wär's?)

Und gerade in den miesen Jahren nach 73/74 wären sie für mich so überaus wichtig gewesen, die Kalten Buffets der Sowjetischen Botschaft: nicht nur *eine* INTERSHOP-Tüte hätte ich vollsacken können mit Eß- und Trinkbarem erster Wahl, Lebens- und Genußmittel nicht nur für Tage, sondern für Wochen!, und davontragen können die Linienstraße hinauf, dann die Brunnen-; die feineren Sachen im lockigen Vollbart versteckt ... Wie das *reinste Weihnachten* wäre es jedes Mal gewesen für Frau und Kind im Verschlag in der

Rheinsberger Straße 18, Hinterhaus links, vier Treppen, bange und wangenrot wartend auf einen kalinka-trällernden und angesäuselten Paps, welcher schließlich übermütig die Sperrholztüre eintritt und die kleine Familie überschüttet mit den zahlreichen Brosamen von den Tischen der High Society und dem glatten Parkett der diplomatischen Welt! Ja, wie der Weihnachtsmann höchstpersönlich wäre ich jedes Mal von meinen Lieben erwartet worden, wie das rettende CARE-Paket; losgeschickt schon am frühen Nachmittag von einer drängelnden Gattin, vorher hineingezwängt von ihr in den ausgeliehenen Konfirmationsanzug – »Sind Deine Hände *wenigstens heute* gewaschen? Zeig her! Auch Fingernägel und Hals!« –, und mit der Einladung, einem frischen Papiertaschentuch und dem Personalausweis in der nörgelnden Jackentasche, das erstere vom Botschafter original unterschrieben. – Rührende Szenen hätte man an solch einem Festtag erlebt, eine Frau und Mutter und Lyrikerin zuzeiten sogar, welche sich gemeinsam mit dem Säugling hinkniet, im fünften Stockwerk ist man dem Himmel ja um so Vieles näher, dem Säugling die Patschhändchen faltet wie die eigenen auch, um für den Botschafter als auch dessen Mission das eine oder andere Bedeutungsvolle zu beten: »Los, Kind, wir wollen für den lieben, lieben Onkel in der Sowjetischen Botschaft und seine Seele beim Herrgott ein gutes Wörtlein einlegen!, den Segen des Himmels erbitten für Pjotr Abrassimow!« (Wir stammen eigentlich aus Köln und sind eigentlich rheinisch-katholisch:) »Heilige Maria, Mutter Gottes ...« – *Ein* Gebet weniger, wenn nicht sogar *mehrere* für P. A. Abrassimow aus reinem Kindermund und Augen der Unschuld! ... Ja, die sollen sich 'mal melden, die das zu verantworten haben, die Schlampen! Wurde von ihnen nicht, heute will es mir so erscheinen, einer der frühesten Keime gelegt zu meinem Entschluß, viel späteren, nach Devils Lake auszuweichen, Devils Lake/North Dakota?, und es geht mir nebbich recht gut hier!, jawohl, es geht mir, recht betrachtet, prächtig in Devils Lake, wenigstens *prozentual*, Herr Schrollz und Frau Schrunnz! Weshalb bin ich damals nicht gleich abgezischt? Was ist es nur, das einen nach Dutzenden, ja, Hunderten solcher Erlebnisse immer wieder noch warten läßt, warten, warten und hoffen? Bäng, der nächste Tiefschlag auf die Nase!, gong!, die nächste Infamität! Den Rest gegeben hat mir erst viele Jahre danach der Untergang des HAUSES FENGLER in unserem Kietz – keinesfalls, wie gezielt herumposaunt wird, der Plagiatsvorwurf einer DEFA-Autorin –, die sogenannte Umstrukturierung des KEGLERHEIMS (Aujust!, Aujust!) in der Lychener Straße; Eingeweihte wissen sofort, was ich meine, andere können sich leicht von den Eingeweihten aufklären lassen: vor allem bezüglich des neuen *Objektleiters* unseres alten FENGLERS – »Können Sie denn nicht lesen? Vorne steht doch laut und deutlich ALLE STÜHLE BESETZT!« –, eines Knaben, aus dessen kalkigen Grundgesichtszügen dem Gast ein stets süßlicher Leichengeruch entgegenschlägt oder -winkt, von manchem als entgegenkommendes Lächeln interpretiert; *der* hat nicht nur *eine* Leiche im Keller, wie durchaus vertretbar und gang und gäbe auch in Mitte und Prenzlauer Berg, sondern mindestens sieben bis fünf! Jedenfalls gab diese vorgeblich elegante Erscheinung den Ausschlag: In diesem Land, dieser Stadt, dieser Gaststätte war meines Bleibens nicht länger, preziös ausgedrückt, wie schmerzlich es dem Verfasser auch werden mußte, sich gnadenlos aus den noch warmen Familienbanden zu lösen, und Gattin und Kind, beide aus besten Kreisen doch, dem sittlichen Beri-Beri und der Zahnfäule im kapitalistisch verbeulten Umfeld von Huren-Quartieren mit Außentoilette und im Dunstkreis noch widerwärtigerer Speiselokale witzlos zu überlassen. (*Speiselokale* – ein ekligeres Wort, ist es denkbar?) Indessen: Die Kunst, d. h.: Ich; beziehungsweise Ich, d. h.: Die Kunst – sie mußten doch wohl den Vorrang behalten und als erstes gerettet werden ganz anders als beim Untergang der TITANIC im Interesse der künftigen Menschheitsgeschichte und vorzüglich der Kunst; und es geht ihnen gut, darf ich hier wiederholen, ja, es geht ihnen gut, und kein Mangel herrscht an Wein, Weib, Gesang ...

(Fortsetzung, undatiert, offenbar etliche Monate später besprochen die fahle Kassette; fauchende Geräusche im Hintergrund lassen auf einen Blizzard schließen, wie er vor allem winters die Gegend gelegentlich quält; sagen wir also 'mal: 12. Januar 2006! Die Geräuschkulisse hat den sie begleitenden Text vielleicht an einigen Stellen ein wenig hin- und herschleudern lassen:) –//– Zudem ist Devils Lake ungewöhnlich idyllisch gelegen für die Verhältnisse, zumindest was seine nordöstlichen auf Kanada zeigenden Viertel betrifft, und vor allem die Dunckers Street, führend in unserem Städtchen mit weitem Abstand in puncto Idylle, die Dunckers Street, nicht zu verwechseln mit der Dunckerstraße in Prenzlauer Berg, und ihre unter Polizei- und Naturschutz stehende Numero Achtzehn (amerikanisch: Eight-*Teen*!); man orientiere sich an der nahe gelegenen Mülldeponie! Nicht weit auch der Devils Lake, leider allmählich blechern verlandend, sowie ein rührender Rast-Rest der Waldungen rings, Indianerland einst. Wenn ich aus meiner Hochveranda hinausträume in die Dämmerung, auf meiner Whiskykiste sitzend oder meiner Mitarbeiterin Schoß, will es mir fast wie Summt oder Birkenwerder oder das äußere Pankow erscheinen. Führen wir hierzulande nicht auch und jeweils in der dazu passenden Jahreszeit den Löwenzahn als Pißblume einer-, als Pusteblume andererseits? Ähnliches läßt sich vom Gänseblümchen berichten, vom Löwenmäulchen, vom lieben Hirtentäschel, der Marguerite, der Hagebutte, dem Rotdorn. Eine Idylle, fürwahr, werte Damen und Herren im Tugendbund Preußischer Schriftsteller, *LinienEckeAckerstraße* (eines der letzten PARADIESE DER TOPFBLUME nicht 'mal, folgt man dem letzten Smog-Report: *So* muß es sein!). Und letztendlich noch um einige Attraktionen reicher mein Devils Lake als Summt und das Briesetal, wenn man zum Beispiel an die Klapperschlange denkt (Crotalus horridus), wie sie in unserer Gegend geradezu massenhaft auftritt, aus dem tiefen Westen unserer USA in den letzten Jahren immer weiter nordostwärts gewandert (den Rodlern zum Trotz) … Um den tragischen Aspekt des Vorgangs nicht zu verschweigen: Allzu oft und unregelmäßig sieht man das Tier zerquetscht, zerstükkelt, zersträhnt auf den Highways, den Airports übrigens auch, ein Opfer seiner Vertrauensseligkeit und Gutmütigkeit (Eigenschaften, die Brehm schon hervorhebt); seltener findet man eine Anakonda oder Boa Constrictor von diesem Schicksal ereilt.

Doch derlei Zerquetsch-, Zerstückel-, Zersträhnungen sind Randerscheinungen, Details, kaum erwähnenswert! Ringsum Krah-Krah und Pieppiep – *das* ist es, das! Dominierend ist die Empfindung, in einem der letzten PARADIESE DER VOGELWELT wohnen zu dürfen, in einer fast unberührten Schrebergartenidylle, und sei es im fünften Stock, in einer Traumlandschaft, die den älteren Menschen an seine verschollene Kindheit erinnert ... »Devils Lake, mein Devils Lake! / Stets zu Dir hin führt mein Weg«, wie die Leute hier singen. (Nachdichtung: Helmut Preißler.) Das gilt begreiflicherweise in besonderem Maß für die Stunden des Abends, da einer, wie schon angedeutet, Platz genommen hat auf seiner McLUHANS-MUNITIONSKISTE mit den sechs Flaschen vorzüglichsten Mc LUHANS OLD WHISKEY darin. (Am Rande ein Tip: Mc LUHANS OLD WHISKEY MACHT SO WAHNSINNIG SCHÖPFERISCH, wußten sie das eigentlich schon?) Ja, gut geht es einem in Devils Lake, ja, ganz gut, zumal man zu allem Überfluß auch noch den *Traum-Job* eines sogenannten STRASSENBEGEHERS ausübt neben kontinuierlicher Herausgebertätigkeit – »Erfolg ist das beste Parfum des Mannes«, wie die Damenwelt meint –, ausübt mit Leidenschaft und intellektuell gezügelt in einem: ob es auch unklar bleibt für den Verfasser und disziplinierten »Straßenbegeher«, aus welchem tieferen Grund er für mehrere Stunden tagtäglich im Auftrag der Stadtverwaltung die Straßen und Steige von Devils Lake und Umgebung »begeht«, stets im vorgeschriebenen *dezenten Bank-Blau* und *nüchtern bis zum TeZett*, einmal nach draußen zu, country-music-wärts, »upstairs« gewissermaßen, dann wieder »down-town« herein, in Richtung auf die im Moment florierende Spät-Variante einer der härteren Nuancen des Lower- East-Side-BEBOP im frühen Frankie-Luciano-Style! ... »Aber muß denn alles immer gleich einen Sinn haben?, ganz im Gegensatz zum

Leben schlechthin?«, so oder ähnlich gab mir mein Boß, Kanzleirat O'Leary, auf meine anfangs noch bohrenden Fragen nach dem Zweck oder wenigstens der symbolischen Bedeutung des »Straßenbegehens« Bescheid.

Nach mancherlei Skrupeln stimme ich dem Hühnen mit dem fuchsroten Haar und der sommersprossigen Nase gern zu: Denn wird nicht selbst daheim in der so heilig-nüchternen holzschnitthaft rationalistischen DDR (wie wir es durch Bobbi Bergermanns Briefe jetzt genauer noch wissen) manche mysteriös anmutende Arbeit getan (und es werden augenscheinlich solcher scheinbar oder wirklich absurden Tätigkeiten von Jahr zu Jahr mehr), deren Sinn oder Zweck kein Mensch mehr zu nennen weiß, es sei denn der Staatssicherheitsdienst? (Dieses Fragezeichen lese man, bitte, ausdrucksvoll und betont!: Die »Firma« weiß es auch in vielen Fällen schon nicht mehr genau; *in 2007/2008 . . .*) Man kann sich betreffs dieser Frage übrigens auf *Richard Wagner* berufen, der gesagt hat: »Deutsch sein, heißt, eine Sache um ihrer selbst willen zu tun . . .«, und ich auch bin *deutschstämmig* nach wie vor, das weiß ich sehr gut, trotz meines anglisierten Familiennamens (»Endler« mit »E« am Anfang schreibt sich jetzt »Andler« mit »A«). – Partiell zumindest gehöre ich in Devils Lake inzwischen durchaus zu dem Menschenschlag, der solchen Maximen schicksalsergeben zu folgen bereit ist, wenn nur pünktlich auf Heller und Pfennig gezahlt wird; mir muß und mir will die Befriedigung darüber genügen, daß der »Straßenbegeher«, es gibt nur den einen!, von der Bevölkerung, wie es mich aufschaudern läßt!, mit nicht geringer schaudernder Ehrfurcht bedacht wird und nicht ohne Achtung hin und wieder sogar mit scheuen Blicken gegrüßt: gewiß nebenbei ein dem Risikoreichtum, ja, der Gefährlichkeit des Postens gezollter Tribut, Würdigung außerdem meiner typisch zentraleuropäischen Schrulle, niemals, in keinem Fall eine Waffe bei mir tragen zu wollen, wie ich es trotz mancher Bedenken als *waschechter Danger-Freak* bereits in Weißensee gehalten habe, in Mitte und Prenzlauer Berg, alle Berlin/DDR. Nun freilich, es mag schon manchmal bei günstigem düsteren Wetter an die eine oder andere Sequenz in Hor-

rorfilmen erinnern, wenn ich so mirnichts/dirnichts die Straßen heruntergewandelt komme in meinem dezenten Bank-Blau, einsame wandernde Stecknadel zwischen wuchtigen und sich ineinander verwickelnden Fahrzeuglawinen, bis zu den Wolken hinaufgetürmten verschiedenen Schichten Auto-Staus und Leichengestanks, ein trippelnder Winzling von Stecknadel in dem Gewirr aufeinander zublitzender und wie Hämmer erschallender Konvois mit Panzerfahrzeugen an der Spitze, den sogenannten Eisbrechern (amerikanisch kesser: Iron-Killer), eine Fahrrinne aufbrechend sie zwischen Hochhaus und Tante-Emma-Laden (jetzt wieder mächtig en vogue), Schule und Elternhaus, Büro-Trakt und Unfallstation! Und ich: *immer mittenmang*, von raunenden Blicken verfolgt, der »Straßen«-, der »Straßenbegeher«, ein dezentes Bank-Blau!
Hypothese: Liegt in dem Fakt, daß es an bestimmten Wochentagen und zu bestimmten Tageszeiten wenigstens *einen* Fußgänger haben muß in Devils Lake, sowie in der differenziert herausgearbeiteten *Offenkundigkeit* seines Fußgängertums womöglich die Lösung des an Edgar Allan Poe gemahnenden Rätsels, welches meine hauptberufliche Tätigkeit einhüllt? Wird auf diese Weise unter Umständen hintervotzig irgendeiner Verfügung Genüge getan, die anders für die Kommune sich als allzu kostspielig erweisen könnte o. ä.? Wird dem Staat North Dakota, der Steuerbehörde o. ä. mittels »Straßenbegehung« nebbich ein maffiotisches Schnippchen geschlagen, ein böses? Mir würde es recht sein! Wie ältere Menschen möglicherweise noch in Umrissen wissen, war ich in meinen besten Jahren immer dabei, wenn es galt, dem Gesetzgeber – *jetzt* notieren! – eins auszuwischen, ihn hoppla auszutricksen, ihn *aufs Kreuz zu legen* so oder so und dann plötzlich wieder ganz anders! Yes, indeed, Mister Andler gehts gut und gleich noch um ein Erkleckliches besser, wenn ihm zum Beispiel der *Abenteuerspielplatz des Urheberrechts*, wie wir es damals insgeheim genannt haben, einfällt ... Ach, du Wildwest meiner Jugend! ... Ach, Nacht der Glückseligkeit, da der Verfasser dem urheberrechtlichen Schutz seiner Plagiate zuliebe das neue Genre PLAGIATUR der Menschheit geschenkt, die es mit einem erlösten Aufatmen als

ein sogenanntes *Ei des Kolumbus* gern annahm: (Der Anregerin Maria Seidemann wurde kurz darauf der Debütantenpreis des Schriftstellerverbandes in der Friedrichstraße verliehen – *mir* wieder 'mal nicht!) ... Ach, diese wunderbaren achtziger Jahre, da ich die undurchsichtigsten Fäden zu spinnen verstand von meinem Zeitungskiosk aus (ND, Berliner, Neue Zeit), wie ich ihn von 83/84 an hauptberuflich in Gang hielt: auch so ein Traum-Job von Kindsbeinen an ... Damals hieß ich noch Endler!

Doch letztendlich ist das alles nur Schnickschnack! Das Wesentliche ist es heute wie damals, daß man produktiv bleibt – ob als »Straßenbegeher«, ob als Zeitungsbuden-Mann – und sich die Freude bewahrt am künstlerisch gestalteten Wort, nicht minder genügend Zeit findet Tag für Tag zur Niederschrift dieses Worts, des poetischen und des poetologischen auch; und gerade in dieser Beziehung bieten Devils Lake und meine Anstellung bei der hiesigen Stadtverwaltung die besten Voraussetzungen, die man sich denken kann: ideal! Habe ich jemals über so viel Freizeit verfügt? Und, nicht zu vergessen, hatte ich jemals so viel McLUHANS OLD WHISKEY zur Hand? Keine Rede kann davon sein, daß ich, wie kolportiert wird, hier *eingehe wie eine Primel!*, Frau Schrollz-Schrunnz! Mir geht es *ganz einfach prima*,* und die Zahl meiner Unfälle habe ich durchaus in Grenzen halten können in den letzten Jahren gleich allem anderen

* Anmerkung. Ähnliches muß sich auch Kollege Gerald Zschorch gesagt sein lassen, welcher 1982 einen Vierzeiler veröffentlicht hat – im Rahmen seines Lyrikbandes DER DUFT DER ANDEREN HAUT –, der mich doch sehr geschmerzt hat: Ein wenig länger, sagen wir 'mal, um zehn bis zwanzig Zeilen länger hätte es schon sein können, dieses arg dubiose Werklein, mit der (dank ihrer Gedrungenheit) allerdings *sehr* schönen Überschrift ENDLER (ja, ENDLER, sonst nichts!). – »Der wird es schwer haben hier« – nämlich: hier!, in Devils Lake z. B. – »sagte mir einer / der es leicht hatte.« Mein Gott, da wird ja knippdiknorrzdiknollper meiner quasi »Lebenstüchtigkeit« ein Zeugnis ausgestellt, das summa summarum zu einer »Fünf bis Sechs« tendieren dürfte – nicht die beste Empfehlung für eine Welt, deren ideales Menschenbild in der Personal-Abteilung bei UNILEVER, SHELL undsoweiter entwickelt wird, wie es einem wohl nicht zufällig vorkommen mag an regnerischen oder sonstwie herbstlichen Tagen ... – Die Wirklichkeit (Devils Lake and so on) hat indessen die scheinprophetischen Zeilen Zschorchs, wie man aus obigen Notizen mühelos schlußfolgern kann, geradezu ausreichend widerlegt. (A.E.)

Leid: Mehr als nebbich dreiundneunzig- bis vierundneunzigmal bin ich nicht *angefahren* worden bisher! Das mache mir erst einmal in Devils Lake einer nach! Und was die Kalten Buffets u. ä. betrifft, bin ich ebenfalls heute in befriedigendem Umfang versorgt: Jederzeit kann ich eine der Kalten Platten *(Gold Plattés)* aus dem reich gegliederten McLUHANS-Angebot *abrufen*, 97 Nummern der unterschiedlichsten Handschrift bis jetzt, und es werden von Woche zu Woche mehr, aber jede haarscharf abgestimmt auf den herb-porösen Geschmack des McLUHANS OLD WHISKEY ...: ideal! (Von hier aus ließe sich, dies am Rande, ohne zu große Umwege eine Definition des Begriffs der Parteilichkeit in Kunst und Literatur formulieren.) Ich wähle, kennzeichnend für meine Lebensauffassung, in der Regel die schlichte Nummer 12 c, raten Sie 'mal, was das *im einzelnen* sein könnte, raten Sie 'mal!, die Kalte Platte Zwölf-Zeh, welche – ein kleiner Tip – erfahrungsgemäß das seelische Gleichgewicht in einem herstellt, wie man es als Herausgeber eines Werks wie dem Bobbi Bergermanns – ein Name, den man sich einprägen sollte! – als auch für die Stunden der Herstellung seines eigenen Roman-Imperiums NEBBICH, *das seiner Vollendung entgegensieht*, ganz einfach braucht. (Die enervierende Kompliziertheit der Schwerarbeit an NEBBICH leuchtet im Augenblick ein, wenn man z. B. vorliegende *Späte autobiographische Fragmente* mit ihren Hinweisen auf die widerspruchsvolle Entstehung von NEBBICH als eines der mittleren Kapitel im siebten Band SCHICHTENFLOTZ des mit dem neunten, allerhöchstens zehnten Band sich erfüllenden NEBBICH begreift ...) Numero Zwölf-Zeh von McLUHANS COLD PLATTÉS wirkt gerade bei überanstrengter oder sonstwie wackliger Gemütsverfassung die *reinsten Wunder*; ohne die Numero Zwölf-Zeh der McLUHANSCHEN KALTEN PLATTEN mit ihrem säuberisch-soften stimulierenden Stimmungsgehalt hätte der Verfasser sich längst schon wieder erholungsuchend in die mildere Landschaft seiner altersweisen Aphorismus-Pflanzungen verziehen müssen, beziehungsweise Hermann-Hesse-haft aquarellierend niederbeugen über das Geknosp eines sogenannten lyrischen Spätwerks.

(Tonbandaufzeichnung vom 13. 1. 2006; die Witterung scheint sich endgültig beruhigt zu haben:) –//– Aber es ist ja nicht der strapaziöse Charakter meiner Gestaltungsmethode allein, auch nicht der quälerische Inhalt der Bergermannschen Episteln, was einem an tristeren Tagen den Gedanken nahelegt, die *ganze Kacke einfach zu kippen* ... Da gibt es ja auch noch anderes, nicht wahr?, meine Lieben! Wie vor allem hätte ich in *meinem* Alter *ohne* den Indian Summer im Zeichen von McLUHANS, *ohne* die regelmäßige Lebensweise, wie sie Devils Lake seinen Insassen aufzwingt, oh vorwurfsvolle Stimme des fleißigen Rasenmähers schon lange vor acht!, *ohne* das vitale Pieppiep und Krahkrah ringsumher die unaufhörlichen naseweisen (brieflichen, telefonischen, gesprächsweise vorgebrachten) Fragen nach dem berüchtigten SINN DES GANZEN einigermaßen heil überstehen können, wie sie besonders aus christlichem Hinter- und Haushalt der *alten Heimat* heraus stets neu in die Welt flattern wollen, Fragen nach dem tieferen Sinn, eigentlichen Zweck, konkreten Nutzen der nicht bezweifelten unzweifelhaften, ja, geradezu einmaligen Schöpferfreude und Schaffenswut des Autors (und Herausgebers), Fragen nach der *Ergiebigkeit* dieser Eruptionen, zumal im Hinblick auf die nächste Kollekte und die laufende Unterschriftenaktion WENN SCHON WAFFEN DANN KARAFFEN ... Nostalgische Kurzbesuche in Prenzlauer Berg und im Kiez, sie wurden für mich noch jedes Mal nach Kurzem zu einem Spießrutenlauf, der mich stets bald wieder abfliegen ließ: Ob dieses jetzt wirklich der geeignete Augenblick wäre, solche (Zitat:) »verwurstelten Windbeuteleien« Bändchen für Bändchen auf den ohnehin schon verwahrlosten Buchmarkt zu schleudern, man schriebe doch immerhin, warten Sie 'mal!, das Jahr Zweitausendsieben, -acht oder -neun, und zwar präzis den achtzehnten Juni, ob ich denn das noch nicht bemerkt hätte, na!? (Welch leutnantshaft knappes, ganz und gar nicht christliches: Na!) Und was es eigentlich bewirken solle, dieses als »Dichterlesung« deklarierte Herumgelümmele Stunde um Stunde bis tief in die Nacht, wie ich es noch bei jedem Besuch in der Prenzlauer oder der Dimitroff den Eingeborenen als »typisch North-Dakota« vorzuführen mir angewöhnt hätte?, diese *unvermittelten* Endler- oder Bobbi-Bergermann-Lesekränzchen inmitten des *ökologischen Pats?*, oder auch Bettlektüre bis morgens um sieben, wo es doch schon der Gassenhauer wisse: DON'T SMOKE IN BED? Ach, zu selten, allerhöchstens ein Mal in drei Monaten, flügelt im Wasserturm-Kiez wohlfeil *Karl Kraus* vorüber, der trotz seines Weltekels uns es zuzuspielen sich anbefiehlt: »Merke! Wenn der Leser den Autor fragt, was er sich dabei gedacht habe, so beweist das nichts gegen den Gedanken. Aber er ist *sicher* gut, wenn der Autor es nicht mehr weiß und den *Leser* fragt, was er sich dabei gedacht habe ...« (Karl Kraus: ab.) – Und man bucht im Handumdrehen seinen Doppelstockflug nach New York: »Am besten die Frühmaschine, Fräulein, in welcher McLUHANS OLD WHISKEY gereicht wird ...« –//– Ja, was das alles soll? Keine Ahnung! Aber *der* dort droben, davon darf ich wohl ausgehen, wird es schon wissen da oben, was er mit all dem im Sinn hat ... (Ab hier nur noch unartikuliertes Gekreisch; vermutlich ein Materialfehler; eine Beschwerde bei der *Hersteller-Firma* des Tonbandes ist unterwegs.)

IV Halbträume (b)

Geisterbahn!, Geisterbahn!, glaubte ich entfernte Kinderstimmchen jubilieren zu hören, da ich erstarrend den Leichenträger Kurt Bartsch und die Leichenwäscherin Katja Lange aus neblichtem Irgendwo mit einer Bahre herbeispurten sah, einer Bahre für Mittelgroße, unter schlohweiß geschminktem Laken die Umrisse eines etwa ein Metersiebzig messenden Körpers, hin- und hergeschaukelt, kindischen Übermuts wie in schwingender Hängematte – ach, wollt Ihr denn niemals erwachsen werden, Katja und Kurt? –, jählings von mir mit messerscharfer Geste zum Stehen gebracht. – »Dies war Eddi ›Pferdefuß‹ Endler«, meldeten die beiden ewigen Nachwuchsautoren dem *gestandenen* Romancier, »dies hier war Eddi, ein Opfer der internationalen Geheimdienste; ein süßlich vergifteter leicht löslicher Eispfeil, aus modischem Regenschirm in seine Lende gefeuert, ja, Lende, ja, Lende, ja, Lende, bereitete auch diesem wusten Kämpferleben ein Ende! … Uns ist es aufgetragen, das alles so schnell wie möglich vergessen zu machen! Schnell weg hier, Katja! Schnell weg hier, Kutte!« (Katja Lange und Kurt Bartsch mit Bahre im Eiltempo ab.) –//– Geisterbahn!, Geisterbahn!, und ein sterbensmüder schwarzer Regenschirm taumelte schwunglos auf diese Freilichtbühne, ein entfernter Verwandter des meinigen möglicherweise, welchem er, dem BUBBLE-GUM-Establishment-Regenschirm in meiner Rechten, vorübertaumelnd einen hilfesuchend-desperaten Blick zuwarf, der einen erschüttern mußte; ein tiefschwarzer Regenschirm, der von einer Sekunde zur anderen *bleu* geworden war, blaß und bleich, ein Opfer der internationalen Geheimdienste, oui, und hoch achtenswerter Weise bemüht, mit letzter Kraft die Toiletten zu erreichen, um mir den Anblick seines sicheren Niederbruchs zu ersparen … Ein letztes Stocken für den Moment einer wegwerfend-bitteren Geste, die so gut wie überhaupt nichts besagt hätte, wenn sie nicht wie zufällig die nikotinbraunen Speichen des Regenschirms enthüllt hätte und zwischen ihnen den wie tränenfeuchten Zigarrenstummel – oder war es der Rest eines Zigarillos? –, der einen bedenklich zu stimmen geeignet war: Hatte es sich um einen Stumpen aus der Manufaktur des Chikagoer Maffia-Chefs Sam Giancana gehandelt, seinerzeit vom CIA beauftragt, wie schlau!, nun endlich 'mal Fidel Castro aus dem Weg zu räumen, und zwar mit Hilfe des vergifteten Deckblatts, wie pervers!, der Lieblingsmarke des Revolutionärs und Kettenrauchers ... Hatte mir das der Regenschirm noch andeuten wollen, ehe es weiterzuwanken galt?, einen tödlichen Irrläufer aus Sam Giancanas Zigarrenkistchen zwischen den zusammengekrampften Zahnrädern seiner fieber-flatternden Speichen?, ehe es bleu und wie blöde weiterzutaumeln galt, in die hinterste Herrentoilette? Ach, und immer breiter die Spur von wimmelnden Maden hinter seinem zerfledderten Heck, ein Beitrag zum Internationalen Jahr der Made, wie man ihn sich nicht kraftvoller denken konnte; plump und rücksichtslos weggestaubsaugt im Rahmen der sich fugenlos anschließenden STAUBSAUGER-DEMONSTRATION unter der Leitung des Lieblings unserer Jüngsten, CLOWN FERDINAND (im Nebenberuf: *sozialistischer Leichenredner*); zu all dem wurde BLOODY MARY gereicht. Das Rezept: Scotch, Tomatensaft, Zwiebelsaft, Pfeffer und 'n halbes Ei... (Clown Ferdinand ab) –//– Übrig bleibt der Schatten einer Bananenstaude und ein ächzender Ad Andler unter der stetig wachsenden Last mehrerer Regenschirme und Seesäcke sowie eines Namens, der ihm immer weniger ›tragbar‹ erscheint. – »Mein Name sei Katja Lange-Müller ...«

V Lob des Post- und Fernmeldewesens

/ 1 / Post-Träume des Verfassers, von der Qual langen Wartens auf bestimmte (leichtfertig vorher angekündigte) Briefe genährt, Träume von verschwundener, verwechselter, verstümmelter Post, Träume von tonnenweise vernichteten Briefen, Päckchen, Ansichtskarten, Telegrammen sogar, zerwehend im Wintersturm und niederholzwärts, aufweichend im Frühlingsregen, mit den Unwirtlichkeiten einsamer Müllhalden, trostloser Krematorien oder Abdeckereien vermählt ... –//– Bitte, diesem Passus nachträglich noch die Widmung voranzustellen: Mit einem als haderlumpenhaft empfundenen Zickezacke an den Unbekannten Postsachverständigen Reißwolf, welcher ein Drittel meiner Briefschaften frißt! –//– Träume eines Bürgers von Devils Lake/North Dakota, wo man *von Seiten der Behörden* Briefschaften prinzipiell als »Sicherheitsrisiken« einschätzt; wie ich das kenne!, seit dreißig/vierzig Jahren mit solcher auf die Dauer jegliche Psyche deformierenden Erfahrung mehr als genügend bedient. Setzte die weltweite Dämonisierung auch der schlichtesten Brieffreundschaft nicht in den Jahren meiner Mannesreife schon ein? – Seht nur, von Norden beziehungsweise Nordosten her naht sich der Pankower Maler Bernd »Makarenko« Butter, seine Fingerspitzen wie auch das Haupthaar hektisch belebt und malerhaft bunt, ein Mensch des pastos-pastoralen Vorbeigehens seinem Wesen nach, heute jedoch für eine Minute zu verharren bereit, um sich an der Ecke Dimitroffstraße/Schönhauser bei dem Verfasser über das allzu lange Ausbleiben jeglicher Post zu beklagen (zum Beispiel aus Devils Lake): »Mein Postbearbeiter scheint seinen Jahresurlaub genommen zu haben, seit drei Wochen kriege ich nicht einmal mehr eine Ansichtskarte ... *Oder ob es etwas Ernsthaftes ist?«* – Sonderbare Worte für mich schon damals lange nicht mehr! Auch für mich blieb bereits in den Siebzigern und Achtzigern während der Ferienmonate regelmäßig drei/vier Wochen lang die Post so vollständig aus, daß es etwas beleidigend Gähnendes hatte, um mich galant auszudrücken; nicht minder bei Grippewetter, in den Tagen der sogenannten FRIEDENSFAHRT der Rennradler, oder wenn irgendein Staatsbesuch *anstand*, welcher bekanntlich den Großteil der Organe und ihrer Kräfte zu speziellen Formen der Spalierbildung ruft; dann aber auch, ich betone es: *jeden* Montag, was scherzhaft mit »Kreislaufschwierigkeiten« erklärt wurde – wessen?, das wagte man kaum noch zu fragen... Ja, drüben in Prenzlauer Berg und im Stadtbezirk Mitte war es seit etwa 1970 der *Montag*, an den ich mich gewöhnen mußte als verläßlich *postlosen* Tag – in Devils Lake scheint es der weniger schreckliche Mittwoch zu sein –, während es für die übrigen Hausbewohner auch am Montag lohnend sein mochte, gegen Mittag ihren Briefkasten nicht nur zu streicheln, sondern ihn ernstlich zu öffnen. (Nebenher: Auch der Verfasser hat Montag für Montag in seinem Briefkasten nachgesehen, zwanzig Jahre lang mit dem gleichen Ergebnis...) Habe ich von »Gewöhnung« gesprochen?: Man gewöhnt sich niemals daran, man fühlt sich geradezu ungerecht behandelt, man fühlt sich mißverstanden, man schmollt – immer in Gefahr, Bekanntschaft mit dem legendären Herabwürdigungsparagraphen zu machen; »Makarenko« erging es nicht anders ... »Und *das* bei 130 000 – in Worten: hundertunddreißigtausend – Mitarbeitern im Post- und Fernmeldewesen«, rief ich dem weiterschwankenden Farbenfaun hinterdrein, »wie sie allesamt am nächsten Sonntag ihren Ehrentag feiern ...« – »Was? Ist es denn schon wieder der vierzehnte Februar?«, wandte er sich noch einmal mit seiner fliehenden Stirn zu mir um – und war verschwunden in der Dreifach-Schlange vor der legendären Würstchenbude KONNOPKES; die Inkarnation der Curry-Wurst-Gier, dieser Kollege Butter ... Manchmal wollte mir »Makarenkos« Völlerei als seelischer Ausgleich für die permanente postalische Unterernährung erscheinen, der wir beide seit einem Dezennium ausgesetzt waren – natürlich »ohne Nennung von Gründen«. (Es galt als inopportun, ja, flegelhaft, sie überhaupt wahrzunehmen.) Denn auch auf dem Weg zu Bernd Butter, einem der DDR-

Initiatoren der sogenannten »Mail-Art« (!), gingen regelmäßig die besonders heiß erwarteten Briefe und »Post-Kunst«-Sendungen lautlos verloren, »ungefähr ein Drittel, will mich bedünken«, hatte mir der Maler in *angeheiterter* Stimmung erklärt, »und *das*, obwohl die Briefträger jetzt den schneidigen Ehren-Namen *Zusteller* tragen ...« – So war es in der Tat!, ein Tribut, dem feineren Sprachgefühl entrichtet, welches einem schon immer zugeraunt hatte: *Brief-Träger?*, klingt es nicht allzu fett?, ist es denn nicht viel mehr als das einfache dumpfe »Tragen«, dem diese Kollegen sich opfern (oder auch nicht)? Freilich, die verbesserte Berufsbezeichnung blieb folgenlos für meinen Briefkasten wie für den des Kollegen Butter: Montag für Montag stand ich verwundert und traurig mit leeren Händen und wachsender Post-Sucht herum, auf den Lippen jenen vor Zeiten aktuellen Buch- oder Filmtitel: *Montags nie* ... Und ein Drittel meiner Post auch dienstags, mittwochs, donnerstags, freitags, auch sonnabends nicht: Wie viele herrliche Bücher (die Heinz Czechowski alle erhalten hat!), wie viele Einladungsschreiben aus Brüssel oder Toronto, wie viele Bitten um Mitarbeit, wie viele jener extrem intimen Briefe, aus denen sich schließen läßt auf die besonderen Perversionen, denen unsereiner obliegt – verschollen im Irgendwo-Nirgendwo, versickert in den Ritzen des Post- und Fernmeldewesens, versudelt, versiebt ... Und daran änderte auch die wild gefeierte Ausrüstung der zentralen Post-Stellen mit dem griffig-formschönen und hoch-modischen ROLLFIXWÄGELCHEN nichts – »Mit meiner Post scheint irgendwas nicht zu stimmen!«, sagt man sich jahrelang; ich sage es mir bisweilen noch heute. – Und die diesbezüglichen Träume sind grauenhaft schrollz oder schrunnz, schreckschraubenförmig und guttural ...

/ **2** / Unsere Kinder und Kindeskinder werden beim Stadtbummel sicher anderen, weniger zerrissenen Gesichtern begegnen als wir – weshalb hat man mich eigentlich als Pessimisten denunziert? –, und sie werden, unser mit Nachsicht gedenkend, von anderen, sehr viel ruhiger und angenehmer verlaufenen Träumen erzählen können als dem atemberaubend fäkalischen, der mich auch in Devils Lake noch, wie mein Diarium gnadenlos ausweist, von Zeit zu Zeit heimsucht, in den Grundzügen unverändert seit damals, als er der Häufigste war: ... Der Schauplatz dieser Number One, daran kann kein Zweifel bestehen, ist jedes Mal und im wesentlichen das *Örtchen* einer Dreizimmerwohnung in der Wolliner Straße 3011, an der Grenze zwischen Prenzlauer Berg und Mitte gelegen, ein Klosett, um es nur einmal frei heraus zu sagen, im Quergebäude der Wolliner 3011, Parterre links ... Berliner Traum in Devils Lake, Träume aus der Welt des realen Sozialismus in North Dakota, wenn auch ihr eigentlicher, vom Ego des Verfassers gleichsam abgespalteter »Held«, in jedem dieser Träume ist es ein anderer, fast nie aus Berlin stammt und aus Berlin/DDR schon gar nicht; bevorzugt werden von der Kreativität meines Unterbewußtseins Norweger, Dänen, Schweden, Grönländer, Tschuktschen – auch das Polarhuhn hat in ihnen bereits seine symbolträchtig-trübe Rolle gespielt, mit röchelndem Raucher-Gackern begabt und Selma genannt (meine Oma mütterlicherseits, hieß sie nicht Zulma?). – Seht nur, dort nähert sich schon wieder einer aus dem Norden oder Nordosten, mag er auch aus einem noch sehr viel höheren Norden in unser milderes Klima herunterkommen sein als seinerzeit Bernd »Makarenko« Butter, im schroffen Gegensatz zu dem Pankower Maler ein harscher Wikingertyp, das sollte man – wozu auch immer – im Auge behalten, der sich als ein gewisser Knut Svensen vorstellt – in einem der früheren Träume hat er uns eine Visitenkarte mit dem Namen Sven Knutsen geschenkt – und sodann die mehr als bescheidene Bitte vorträgt, einmal *kurz austreten* zu dürfen auf unserer liebenswerten sogenannten Toilette ... – »Bitteschön«, nicken wir, »Gastfreundschaft, Herr Brodersen, vorzüglich gegenüber den *Ostseeanliegern*, ist eines der Spezifika der Deutschen Demokratischen Republik, rund um den Erdball gerühmt ... Freilich, den Stavangerfjord können wir Ihnen *nicht* bieten, hähä, einmal herzhaft gesagt ...« Nur wenige Sekunden später steht der Unglücksrabe von den Lofoten wieder vor dem nur wenig überraschten

Verfasser, tränenüberströmt das wetterfeste Gesicht des Saga-Helden, in seiner Rechten die abgebrochene oder ihm in die Hand gefallene Kunststoff-Klinke der Klo-Tür ... Ach, wenn er wüßte, daß noch kein einziger Gast aus dem Norden *ohne* dieses Schock-Erlebnis wieder abgereist ist und daß die Klo-Klinke in der Wolliner einem *prinzipiell* in die Hand springt, wenn man sie mit nur normalem Zugriff berührt, wie so vieles andere auch in dieser Wohnung nach ihrer jüngst erfolgten gründlichen Rekonstruktion durch siebzehn gemütvolle Vertreter der Arbeiterklasse. (Traum-Motive, deren Deutung dem Psychologen überlassen bleiben muß, und um so mehr, als Ersatzteile uns seit langem bereits ein vollkommen Fremdes sind.) Ein gewisser Knut Svensen beziehungsweise ein sicherer Sven Knutsen hätte wohl kaum nur eine einzige Träne geweint, wenn er vorher gründlich informiert worden wäre, auf keinen Fall aber – wie es zu unserem Jokus geschieht – der ersten Träne eine zweite und auch eine dritte noch folgen lassen, voller Scham und spürbar von der Befürchtung geplagt, durch seine Handlungsweise, das Ausrupfen einer Klo-Klinke nämlich, dem Ansehen seines Heimatlandes arg geschadet zu haben; wer kennt sie nicht, solche unvergeßlich widerwärtigen und nur auf den ersten Blick banalen Situationen? Für unseren Gast muß dieser Moment geradezu einer von preziöser Peinlichkeit gewesen sein! Denn nicht genug, daß er uns den Korridor vollrotzt, beteuert der liebenswerte große Junge fast ohne Unterlaß, daß er weder Sächsisch noch Spanisch verstehe, und beherrsche schon gar nicht – das alles übrigens in fehlerlosem Hochdeutsch –, leider müsse der Gastgeber (ich?) sich mit seinem fleckenreich-stümperhaften Suaheli bescheiden – »bescheiden«, wirklich, so drückt er sich aus –, doch am liebsten sei seiner lofotischen Zunge ein mediterranes *Gluck-Gluck*... Der langen Rede (und nicht ohne unsere Unterstützung erreichtes) endliches Ziel: Die seit den Tagen der Rekonstruktion ebenfalls lockere, nach kurzer Frist bereits niederträchtig lose orangenfarbene Klo-Brille, wie sie mit dem unverständigen Benutzer immer wieder davonrutschen will, ehe sie mit Hilfe klammernder Arschbacken stabilisiert werden kann – schwarze, *gespenstische* Träume fürwahr! –; endlich sitzt der Fischerei-Experte, als der er sich unter Tränen zu erkennen gegeben hat, in qualvoll ineinandergesunkener Haltung auf dem mürben und splittrigen Becken und praktiziert, was ein Teil der Menschheit »drücken« zu nennen beliebt, da der Verfasser ihm mild streichelnd und tröstliche und ermutigende Worte sprudelnd die Hand dabei hält; der Isländer winselt und ächzt, alle Anzeichen lassen einen der so überaus raren Träume mit gutem Ausgang erhoffen, einen Traum der perfekten Erlösung – da, batsch!!! Nein, nicht was Sie denken, liebe Leserinnen und Leser! Nein, *völlig konträr!* Aus dem jählings geöffneten Oberlicht – bitte, belehren Sie mich nicht darüber, daß es im Parterre in der Wolliner ein Oberlicht nicht geben kann –, aus dem unversehends im Plafond des Aborts sich öffnenden Oberlicht ist KnallaufFall ein schlimm zerfleddertes und inhaltlich stark dezimiertes *West-Paket* auf uns heruntergetrudelt, Absender: WAGENBACH, in dem die pikantesten Sachen fehlen; hinterhertrudeln sie dem deformierten sogenannten Paket als Schnitzel-Schnee-Gestöber, zerrissen, zerbissen, zerschlissen, zum Teil auch beflissen beschissen, höhnisch zerschnibbelt, Werke wie Adolf Endlers NACKT OHNE BRILLE oder die Prosa ABENDLICHT – Abendlicht, Oberlicht, aha! – von Stephan Hermlin. (Irgend jemand scheint sich einmal nach Herzenslust ausgetobt zu haben: Wer – wen?) – Der Mann aus den Fjorden der Nordlofoten scheint unbeeindruckt zunächst, mit sich selber beschäftigt auf eine fast schon verletzende Art, was ihm, wie man ihm zugestehen muß, kaum bewußt sein mag: Möglicherweise ist es für den Nordmenschen gar nichts Ungewohntes, die Post heruntergeworfen zu bekommen ins tief verschneite Iglu durch einen Spalt, einen Schlitz in der Decke oder im Deckel des Schneebatzenhauses (man assoziiere: Sparschwein). Er ächzt, er stöhnt, er jodelt, er zischt, erste Jubeltöne mischen sich in das desolate Gejammer, dann jodelt, dann stöhnt, dann ächzt er wieder; er ist, wie gesagt, vollauf mit sich selber beschäftigt und hundertprozentig »ausgefüllt« mit der Erledigung seines Geschäfts … Auch weitere Paketsendungen durch das Oberlicht, schließlich der pausenlose Schwall zerschnitzelter Briefe und Postkarten lassen ihn, wie es aussieht, so gut wie unbeeindruckt; da um ihn herum die Schichten zerrissenen Papiers, bedruckten oder beschriebenen, wachsen und wachsen, gleich einer Schneewehe an ihm hochsteigen wollen, schon Knie und Hüfte erreichen sowie den in imaginäre Ferne blickenden Nabel. –//– ... und das Oberlicht, wie man es hochstellen, wie man es zuziehen kann, öffnet und schließt sich wieder und wieder, und kaut ohne Unterlaß Postschnitzel auf uns herunter, der Oberkiefer eines malmenden Krokodilmauls, und jetzt sieht man es deutlicher durch den Schnitzel-Wirbel hindurch: mit einem wirren Dickicht aus Nägeln, Glasscherben, Zacken und Zähnen sind die unerbittlichen Kiefer besetzt; und Blut trieft, immer dickeres Blut, mit den bleichen beschmutzten Briefen von droben auf uns herab, angekokelte Hautfetzen, Fingernägel, Fußnägel, blutige Zungen inmitten der anderen massakrierten Post, *meiner*, d.h. an mich adressierten, all der längst verloren gegebenen Brief-, Buch- und Zeitschriftensendungen des verflossenen Halbjahrs; daß es sich um nichts anderes handeln kann, das weiß mein Traum ganz genau ... –//– Währenddessen sitzt Kollege Knutsen, alias Svenson, alias Knut Hamsun (wie das?), immer noch auf dem Klobecken-Rund, und er drückt und er faucht und er schluchzt und er schnauzt sich selber an, und je heftiger er sich bemüht, um so dichter – es muß da einen geheimnisvollen Zusammenhang geben –, um so rasender entlädt sich das Oberlicht/Krokodilsmaul, um so schwerer und schneller und schneller prasselt es uns auf Schulter und Schädel: per Expreß, per Einschreiben, auch per Luftpost jetzt abgesandt das alles an mich ... Nein, ein guter Traum wird es auch dieses Mal nicht! Keine Erlösung!, auch für den Norweger nicht. Denn ehe er »So« sagen kann und »Fertig«, beginnt das Oberlicht mit so grauenhaft drohender, dabei scheppernder und klirrender Stimme zu sprechen, daß endlich auch der Gast aus dem Ausland erstarrt und seine selbstvergessene Tätigkeit jäh unterbricht ... »Hörst du mich?«, höhnt die Stimme von oben, »Hörst du mich, du da unten? Ja, ich bin es, der Reißwolf, der zu deiner Entlastung ein Drittel und mehr deiner Post frißt!« Und dann die höllenfarbenen Worte: »Denn ich bin das ewige Oben, und Ihr seid das ewige Unten, das Oben, das Unten«, und kauend wieder, »das Oben, das Unten, das Oben, das Unten ... WER – WEN?« Und fügt ein Letztes hinzu, bevor die Schling- und Kau- und Zerreißgeräusche wieder überhandnehmen: »So oder so ...«; relativ harmlos erscheinende Worte, die dennoch, wie seltsam!, mehr noch als die anderen aus dem Krokodilsmaul *namenlosen Schrecken* verbreiten; Worte, welche – um ein arg verbrauchtes Bild zu verwenden – das Blut in den Adern gefrieren lassen: »So ... Oder ... So!« An die ungestörte und lückenlose Verrichtung eines sogenannten Großen Geschäfts ist unter solchen Umständen nicht mehr zu denken; selbst das nur kleine Geschäft würde abrupt in ein quälendes Schweigen verfallen ...: »Soooo oooöder soooo!« –//– Und das ist der Augenblick, wie der Leser richtig getippt hat, da der Verfasser plötzlich erwacht und schweißüberströmt in die Höhe schnellt, erst allmählich mit wachsendem Ekel zu begreifen imstande: Rings das Laken und sogar das Plumeau sind *durch und durch* ... nein, ich brauche es nicht zu beschreiben; das kann sich wohl jeder Leser selber ausmalen, wenn er Lust dazu hat; *so* dumm ist der Leser nun wieder auch nicht! Jedenfalls habe ich nach derlei Träumen so manches Laken, so manches Plumeau klammheimlich in den Sperrmüll gepfriemelt bei der Nacht, durch den unschönen Anblick solcher Wäsche wie auch ihren intensiven Geruch dazu aufgefordert, wie ein Dieb durch die Straßen Bagdads zu hasten ..., und das will schon etwas bedeuten in dem von Raubüberfällen strotzenden Devils Lake! Denn, wie gesagt, er ist mir treu geblieben durch all die Dezennien, der arme Knud Pedersen, der Sohn der Lofotenfjorde und päderastisch veranlagte Philatelist, als der er sich zuweilen grämlich zu erkennen gibt, er ist ein Teil meines Lebens geworden. – Sieht sie der geneigte Leser nicht bereits ebenso deutlich wie der Verfasser, ebenso fasziniert, die abgerissene Klo-Klinke in der Hand des verschämten großen Jungen, und wie er sie tränenüberströmt vor unserem Gesicht hin- und herschwenkt? (Ein Grundmotiv neuerer Dichtung schlechthin; möchte ich denken – wer könnte dem widersprechen?)

/ 3 / »*Schneller* frankieren!«, hatte ich richtig gehört? (Ein weiterer Post-Traum.) »Schnelle *Frankierung* gewährleistet eine raschere Erledigung Ihrer Persönlichkeit ...« – Der abrupte Beginn eines Traums und ebenso eines Films, den ich aufgrund meiner Traum-Notizen vor einigen Jahren glaubte schreiben zu müssen und in Vorschlag zu bringen; der folgende Deskriptionsversuch ist (wie der obige auch) nicht zuletzt dem Manuskript eines Drehbuchs gedankt (das Auge des Cinéasten müßte es wahrnehmen können oder schon wahrgenommen haben bei einiger Chuzpe). Gnade gefunden bei der korrupten Sippschaft der Produzenten hat freilich nur dieser eine Film-Vorschlag – das Manuskript DIE KLINKE ist bereits auf dem Postweg spurlos verschwunden –, der unter dem vom Autor mißbilligten Titel PAKETE VON MAMMA und als kleiner pseudo-surrealistischer Experimentalfilm von den sagenhaften SCHMIRGELT-PRODUCTIONS SANTA FÉ realisiert worden ist, höchstwahrscheinlich geheim-gesponsort vom CIA ...: »... gewährleistet eine raschere Erledigung Ihrer Persönlichkeit ...«; und wieder ist es in der Wolliner Straße Numero 3011 in Berlin/DDR, wo eine vorwurfsvolle Damenstimme mir immer wieder diesen kaputten Ratschlag erteilt – das Interesse an den Zuständen in der DDR ist in den Staaten immens! –, ja, auch diese gut gemeinten Worte ereilen mich in jenem vom ersten Tag an auseinanderbröselnden Rekonstruktionsbau, wie er Alpträume aller Art hervorruft – bis heute, viele Jahrzehnte nach meinem Auszug aus dem Gebäu! (Eine inzwischen international erfolgreiche Wortschöpfung meinerseits: *Gebäu* für Gebäude; gleichfalls von mir das ausgedehntere: *Gebäudegebräu* ...) Quer-Gebäu im Gebäudegebräu Wolliner 3011, doch dieses Mal Parterre rechts bzw. das »Treppenhaus« zwischen links und rechts: Bei unserer Nachbarin, der nymphomanischen Uhrmacherin Tümpling (ihr Mann, häufig abwesend, gilt als einer der raffiniertesten Lokomotivführer der DDR), bei dieser Annegret Tümpling erscheint eines Mittags, die Sonne scheint heiß und versehrend, eine Kollegin Anke von Tümpel (!), »nur vom Ansehen her« bekannte frettchenhaft hurtige Dame aus der Anklamer Straße, welche in schärfstem Befehlston von der Uhrmacher-Meisterin die Herausgabe eines Paketes verlangt, das in der Frühe, »gegen neun«, bei Frau Tümpling für den Verfasser, *für mich* also, abgegeben worden ist von einer gewissen Frau Tack, dieser blond und stämmig wirkenden »Erscheinung«, verschlagen in die Hauptstadt aus den Nordbezirken, üblicherweise damit beschäftigt, im Hauptpostamt Eberswalder (1058) aus den Händen des Publikums die Paketpost entgegenzunehmen – jetzt, dreißig Jahre danach, *wohl auch schon unter der Erde* und nur noch in meinen Träumen quasi existent!; das Paket trägt den in Blockschrift geschriebenen Absender: VON DEINER MUTTER, an den Ecken scheint es bereits ein wenig angekaut zu sein, was der errötenden Uhrmacherin eine staatsbewußt-stolze Rüge von dem gestrengen Abhole-Kader aus der Anklamer einträgt: »Mit ihren eigenen Hüten gehen Sie doch auch nicht so um ...« – »Sie angestochener Herbergsvater!, Sie gratulationsreifes Hammelkotlett!«, entschuldigt sich Annegret Tümpling bei mir, der ich schnittig hinzugetreten bin, »um die Angelegenheit 'mal zu klären«, und eine Klärung der Situation scheint mir dringend vonnöten zu sein ... Indessen, ein verachtender Seitenblick von Seiten der Abholerin, in seiner akzentuierten Flüchtigkeit kaum noch zu überbieten – »Ich bin Anklamerin!« läßt mich sofort wieder einige Meter zurücktreten und die Szene nur noch als Zaungast betrachten, läßt mich erbebend, aber tatenlos beobachten, wie mein Paket hinüberwechselt von der abgebrühten Nymphomanin zu der mit einer faustgroßen »3« numerierten Anke von Tümpel (dieses Paket mit dem Absender VON DEINER MUTTER, das ich morgens, »gegen um neun«, eigenhändig im Postamt an der Eberswalder Straße Frau Tack, Frau Wiebke Tack überreicht habe – wie ich mich plötzlich erinnere –, auch weisungsgemäß nach den geltenden Tarifen bezahlt): »Brauchen Sie eine Quittung?«, wird Frau von Tümpel von Frau Tümpling gefragt, in einem Ton nebenher, der die Ausstellung einer Quittung vollkommen ausschließt; die Antwort: »Nein, *vorher*!« – Erstaunt es den Leser zu hören, daß den Verfasser, den Beobachter, allmählich ein Gefühl fast wüstenhafter Leere zu lähmen beginnt, die Empfindung: Es hat ja alles gar keinen Zweck mehr!? – »Ich weiß, daß es hart für Sie sein muß«, Frau von Tümpel zu Frau Tümpling (nicht etwa zu mir), »dieses Paket noch ungeöffnet wieder bei mir abgeben zu müssen! Aber was sein muß, muß sein! Haben sie schon irgendeinmal etwas von der Einsicht in die Notwendigkeit vernommen ...?« – »Vorgestern erst«, erwidert die Uhrmacherin schämig, gleich einer ertappten Sünderin; ein rührender Anblick, wie sie die Augen niederschlägt und mit dem rechten Schuh sich verlegen die linke Wade aufkratzt, ein Anblick, der selbst die strikte Paket-Einzieherin aus der Anklamer weichstimmt: Schon hat sie sich mit heilsarmeehafter Gebärde und süßlich-mildem Gesichtsausdruck als Mitarbeiterin des Secret Service ausgewiesen (eine abgerissene und vollgekritzelte Zeitungsecke, natürlich die TIMES, genügt offensichtlich in solchen Fällen als Legitimation), schon hat Frau Tümpling folgerichtig ihren fein ziselierten Schülerinnen-Busen enthüllt, folgerichtig die Geheim-Agentin ihren Arm in tröstender Absicht um die Tümplingsche Schulter gelegt (tut sich vielleicht in dieser Richtung ein Ausweg aus der mißlichen Situation auf): »Spezialagent Zettypsilon*drei*! Mein Auftritt hat noch jedes Mal seine Spuren hinterlassen ...« – »Von meiner Mutter ist es«, mache ich einen letzten verzweifelten Versuch, die Dinge zu meinem Vorteil zu wenden, »es ist ein Paket meiner Mutter ...« – Frau Tümpling, die Nachbarin, zu Frau von Tümpel, der Geheimagentin: »Ich bin Uhrmacherin, und meine Spezialität ist die zapende Damen-Armbanduhr mit Fingernagelverschluß ... Der Secret Service ist mir immer willkommen! Seriös, meliert und solide ...« (Ein hämischer Blick zum Verfasser hin, der das alles nicht ist, zumindest in diesem Traum nicht, und der überflüssigste Mensch in der ganzen Wolliner in diesem Moment.) Das Paket ist inzwischen niedergestellt worden zwischen Parterre rechts und Parterre links und löst sich zu den Füßen der beiden Heroinen in seine »verschiedenen Bestandteile auf«; schon bevor sich die Damen von Tümpel und Tümpling niederhocken – »Wo bleibt denn nur wieder Kollegin Tack?« – und den Bindfaden lösen, schließlich ganze Hände voll Holzwolle und Krepp-Papier im Treppenhaus verstreuen, um dann wie Siegestrophäen jede das gleiche blau kartonierte Buch in die Höhe zu halten und über ihrem Kopf hin- und herzuschwenken, Harry Thürks Agenten-Thriller DER GAUKLER, damals unter Druck und Polizei-Aufsicht viel diskutiert, wenn auch nur in *gewissen*, dem Autor *ferner stehenden Kreisen* ... –//– »Da haben wir's ja!«, ruft Frau von Tümpel (Zettypsilondrei), »ein wahres *Danaergeschenk*, das der Weimaraner Harry Thürk (51) dem Washingtoner CIA-Direktor zur *Weihnacht präsentiert:* Weihnachten 78 wird er so bald nicht vergessen ...« (Heute ist mir wenigstens *einer* der Auslöser solchen Wahnsinnstraums und pseudo-surrealistischen Experimentalfilms sowohl bekannt als auch bewußt: nämlich die damalige WELTBÜHNEN-Rezension eines gewissen Dr. Jupiter Made, Spezialist für Geheimdienst-Belange, Meister des präzisen Seitenzählens, über dieses enthüllende Kolportage-Werk – enthüllend vor allem im Hinblick auf die Qualitäten des Verfassers des zweibändigen DER GAUKLER –, über diese Solschenyzin-Story aus dem stillen Weimar und im Stil eines Unter-Konsalik, über diesen »*664seitigen* ›Dissidenten‹-Roman DER GAUKLER«: »Jedes Detail«, so Dr. Made, »jeder der *fiktiven* Akteure ist meiner Kenntnis nach lebensecht, verbürgt und glaubwürdig ...«; und Dr. Made fügt im gleichen Atemzug und ohne Absatz hinzu: »Thürk *läßt* auf jeder Seite *etwas passieren*, und er *spart dabei die Liebe nicht aus* – in Moskau und Miami Beach, Leningrad und Langley, Washington und Westberlin ...« – Ist es nicht ganz auch meine literarische Methode, der Dr. Made bzw. Harry Thürk hier folgt? Nun, ich bin ebenfalls nicht gerade ein Solschenyzin-Fan; aber solche *Behandlung* hat der Autor des ja nicht so ganz von der Hand zu weisenden ARCHIPEL GULAG nun wieder auch nicht verdient ...: »Zur Sache! Zweifellos demonstriert Harry Thürk Drahtziehern wie *Drahtgezogenen*« – Made, Mensch, Made! –, »daß das heute immer noch strapazierte ›Dissidenten-Modell‹ *nicht mehr unter Safe-Verschluß ist ...«* Na, das wird ein *schöner* Heiligabend geben in Washington bei den Turners!) Weiter im Traum oder Film, und immer noch Anke von Tümpel, die jetzt mich, den Verfasser, sarkastisch ins Auge gefaßt hat: »Jaja, ein wahres *Danaergeschenk*, das Ihnen Ihre Frau Mutter zu Ihrem Geburtstagsfest präsentiert hat, Sie notorischer Gaukler!« (Und trifft genau die selbst-zerfleischende Fragestellung, die mir seit früher Jugendzeit schon das Leben vergiftet: Bist du nicht doch nur ein hohler Gaukler, Gockel, Geck, ein lächerlicher Entertainer mit neckisch gelüpftem Panama-Hut? Ach, Mutter, Mutter, was hast du da nur auf den Erdball zu entlassen gewagt?) »Sehr richtig, ein mieser Gaukler«, stimmt die Uhrmacher-Meisterin zu, »nichts als Gaukelei im Sinn, Sie notorisches *Danaergeschenk!* Denken Sie denn, ich hätte es nicht bemerkt, wie Sie mir ohne Unterlaß unter'n Rock schielen wollen ...« – Zum Glück, und ehe Frau Tümpling zum peinlichen Eigentlichen gelangt, ist mit einem dritten Exemplar des *fraglichen Buches* die weiter oben bereits beschworene Postlerin Frau Tack ins Haus eingetreten, um ergänzend mitzuteilen: »Ein wahres *Danaergeschenk* und trojanisches Pferd, das hier der Wolliner 3011 präsentiert wird – erstens: lebensecht; zweitens: verbürgt; drittens: glaubwürdig! Selten dürfte eine Geburtstagsfeier so freudlos zu Ende gegangen sein wie diese, Herr Endler, gelt?« –//– Abruptes Schweigen für einen Moment, »vollkommene Stille«, in der man die Wände des Hauses Wolliner dreitausendelf verzweifelt knirschen und knacken und hin- und herschlurfen hört (Tonfilm!); von oben her – nein, von unten her mit Gewißheit nicht –, von Stockwerk zu Stockwerk des Treppenhauses – »welch Gaukler, welch Gaukler!« – fällt ein feiner, trotz der sommerlichen Witterung eiskalter Nieselregen, der sich dann als Kieselregen entpuppt – »DER GAUKLER! DER GAUKLER! DER GAUKLER! Nur AchtGroschenfünfzig!« –, als Kieselnieselregen, vollkommen richtig geraten; oh Du nicht nur symbolischer Riß im Plafond!, oh *Durchblick* von Parterre bis zum doppeldeutigen »Hänge-Boden« hinauf, bis in den wolkenlosen Geburtstagshimmel hinein (Farbfilm!) ... Schweigen! –//– »Leugnen Sie nicht länger, mein Bester«, die Postlerin, Frau Tack, ist es, die mich wenig später herzlich verhört, dieser Weimaraner, der sich sogar des Beistandes Ihrer armen Frau Mutter versichern konnte, entlarvt Sie einerseits *k*ünstlerisch überzeugend, andererseits so gut wie *k*omplett ...« Wie man zugeben muß: Die Paketpostbeamtin, in Uniform nebenher, in *vollständiger*, wie vom Postminister befohlen, keinesfalls in nur lückenhafter, diese Frau Tack scheint geradezu prädestiniert, durch das gleichfalls vom Postminister verlangte *tadelfreie Auftreten in der Öffentlichkeit* ihr HPA (Hauptpostamt) sowie das Postwesen überhaupt *würdig zu vertreten* ... Anders meine Nachbarin Frau Tümpling, die weiterhin mit verträumtem Zungenschlag und klingelndem Ohrring brilliert: »Gelegentlich sind meine Brüste von Kennern mit einer Schneewehe frischen Pulverschnees verglichen worden bei günstigem Büchsenlicht, Anke ...« Ihr in gewisser Weise assistierend, das lädierte Paket VON DEINER MUTTER zu ihren, zu unseren Füßen mit einem Beitrag im Ton zerschlissener Mütterlichkeit: »Wenn einer singt, / Soll er nicht nur mit seiner SEELE singen. / (Daß er mit Stimme singt, versteht sich von allein.) / All seine Körperzellen müssen klingen. / Verschleudern muß er sich ...«* – Die beifallsträchtigste Stelle meines kleinen Films; als Traumsequenz wirkt sie jedes Mal nur desorientierend und lähmend ... Beiden hintergründig schielenden Angeboten begegnet die umworbene Geheimdienstlerin indessen mit schniefender und schnöder Ausweichbewegung: »Zur Sache!« Und kalt zu der Fast-schon-Namensvetterin und der gesamten versammelten HAUSGEMEINSCHAFT, die inzwischen erregt und für alle Beteiligten unterhaltsam meinen »Ausschluß« erwägt und berät: »Die Träume dieses Herrn Endler möcht' ich nicht haben, nicht für 'ne Million.« (Ja, zur Sache!: und um mich 'mal knapp an den Ohren zu fassen: *Ohne* solchen bedachtsam und kreuz und quer durchschrittenen Background des Grauens wäre die fast vorschriftsmäßige literarische Kehrtwendung des Verfassers, wie sie sich in SCHICHTENFLOTZ abzeichnen mag, weder gezeugt noch geboren worden bis zum heutigen Tag – oh die entzückende polymorph-perverse Gla-

* Anmerkung. Pore um Pore Gesang – ein starkes Stück des Postpakets, Lyrics von Eva Strittmatter in den zerfledderten Mund zu nehmen ... In der dankbaren, wenn auch meistens stummen Rolle des Pakets, einer Mutter-Rolle par excellence: Pamela Bolte. (A.E.)

diolenwolke über all dem! –: Schluß gemacht mit den zahlreichen Teilwahrheiten zum ersten Frühstück bereits; Rädertierchen, Fadenalgen, selbst Wurzelfüßler sind die *ganze* Welt nicht! ... Keinesfalls auch stolziert das von morgens bis abends quadratisch einher – lieber, viel lieber brilliert das fließend, warm und oval!!! Schön, Susi, was?) – Frau von Tümpel, als könnte sie Gedanken lesen, emphatisch und zwingend: »VIVA LA RAZA HUMANA!« Ist es drohend gemeint? Von der Hausgemeinschaft wird es als Aufforderung zur Sprechchor-Bildung begriffen. »Viva, Viva«, wird Anke von Tümpel zugejubelt, VIVA LA RAZA HUMANA!!!« (Und der Riß im Plafond wird breiter und breiter ...) –//– Nach diesem optimistisch und kämpferisch stimmenden Sprech-Chor versickert mein Filmchen wirkungsvoll im Essayistischen und Nebelhaften, ehe es *mit einem Schlag* das in der Regel anspruchsvolle und kenntnisreiche Publikum einer viertelstündigen gnadenlosen Schluß-Schwärze und Tonlosigkeit überläßt, die auch den willigsten Cinéasten schließlich hinaus in die Welt des Tageslichts oder der Nachtlichter treiben, bei welchem Wetter auch immer – hinzuerfunden meinem Traum solcher Filmschluß, wie man sich denken kann, »ein Hammer von einem Gag« (Pamela Bolte), doch in gewisser Weise so weit nicht entfernt vom weiteren Verlauf des *realen Traumes*, der nach dem Aufschrei VIVA LA RAZA HUMANA gleichfalls seine sozusagen filmische Überschaubarkeit, seine fabelhafte Geschlossenheit verliert und auch fürderhin missen muß... Von hier an läßt er sich leider nur noch recht allgemein referieren (obschon die quälendsten Sequenzen des ganzen Gebildes, wie mir eine dumpfe Empfindung bedeuten will, in dieser Ecke zu suchen wären). Zusammenfassung: Es handelt sich alles in allem um ein stundenlanges Hin und Her zwischen den Kolleginnen Tümpling, Tack und von Tümpel über die angeblich falsche Verwendung des Begriffs aus der griechischen Sagenwelt durch den Kritiker Dr. Made und die WELTBÜHNE, den Begriff des »Danaergeschenks«; eine wirklich 'mal ernsthafte Diskussion – ich sehe bei all dem *reichlich alt aus*! – über Erbebewußtheit, tradiertes Bildungsgut und den beklagenswerten Verfall der humanistischen Bildung bis hinein in die bessere Publizistik; könne doch von einem Danaergeschenk bzw. einem Trojanischen Pferd die Rede wahrhaftig nicht sein, wenn der Inhalt desselben dem Beschenkten geradezu auf dem Tablett dargereicht werde samt offenem Safe-Verschluß and so on; eine Folge, naja, der Überbetonung der naturwissenschaftlichen Fächer in neuerer Jetzt-Zeit; als Danaergeschenk im engeren Sinn wäre z. B. ein dem Geheimdienstboß Turner zu Weihnachten überreichter Harry Thürk gewesen, *in sich* das noch ungeschriebene, aber vielleicht schon geplante Buch; als auch die unüberlegte Abkehr vom humanistischen Gymnasium überhaupt; oder ein offener Panzerschrank, der einen geschlossenen, bzw. ein verschlossener, der einen offenen Eindruck macht ... »Help, Help, Help!« Es ist ein flatternder Rest Paketpost, der sich gelegentlich von unten her mit diesem Hit ins Gespräch mischt, ein pladderndes vielfach beschmutztes Stück braunen Packpapiers; kaum noch lesbar die liebevoll gemalten Blockbuchstaben VON DEINER MUTTER ... –//– Help!, Help!, Help!; und in meine Hände hat sich endlich doch eine erste der weichen Devils-Lake-Tomaten aus der vorsorglich neben der Schreibmaschine deponierten Fünf-Kilo-Tüte verirrt und gebettet, doch nicht für sehr lange; denn nun heißt es: Tomatoes, ahoi! Yes, fünf oder sechs dieser Früchte eines Nachtschattengewächses fürs erste mit *w*eibisch *w*ütender *W*ucht gegen die *w*abernde *W*and meiner North Dakota-Bude geschleudert, patsch-platsch, dazwischen ein vereinzeltes eiskaltes Hühnerei, pittiplatsch – wie geriet es zwischen die doch ganz anders gearteten Tomaten, Babe? Fragen über Fragen ...

/ 4 / (»Ein Extempore, hervorgerufen durch imaginierte empörte Zwischenrufe einiger Leser des qualifizierteren Typs:«) Tatsächlich, auf diese seltsamen Prosa-Seiten scheint sich der ZK-Beschluß der KPdSU »ÜBER DIE BESEITIGUNG VON ÜBERFLÜSSIGEN ZIERATEN IN DER FORMGESTALTUNG UND IM BAUWESEN« (1955) immer noch nicht ausgewirkt zu haben; allerdings hätte es nur dann Sinn, den pompösen Fakt einer selbstkritischen Stellungnahme zu unterziehen (andere noch Zögernde mitreißend zu solcher Geistesreinigung), wenn man mich ernst nehmen würde, wenn ich nicht – infolge der Bemühungen der Literaturkritikerin Dr. sc. Schrollz-Schrunnz – als vollkommen unberechenbar gelten würde. (*Unberechenbarkeit* wäre ein Charakteristikum meiner außerdem ziemlich *undurchsichtigen* Existenz; so Dr. Schrollz-Schrunnz in einer Diskussionsrede Anfang der siebziger Jahre – und stimmt es denn nicht? Hat irgendwer damit rechnen können, eines ferneren Tages mich als Hundertjährigen zu erleben, als hundertjährigen Maestro des Deutschen *Running Gag*?) Naja, in Devils Lake/North Dakota ist das Phänomen der Selbstkritik sowieso den allerwenigsten nur bekannt, wie man annehmen darf, ebenso der oben erwähnte ZK-Beschluß ...: Solch Beschluß, käme er aus Washington oder von der Regierung des Bundesstaates, etwa in Gestalt eines Gesetzes angesichts der Gefährdung des Publikums durch allzu barocke Auswüchse etwa an unseren Hochhäuserfronten, würde allerdings in Devils Lake hundertprozentig folgenlos bleiben, wie dazumal in der Sowjetunion schätzungsweise siebenundachtzigprozentig; ja, er würde – ich kenne meine US-Pappenheimer! – geradezu als barbarisch und Attacke auf den »guten Geschmack« des Amerikaners und sein Meißener Porzellan betrachtet werden und rasch zu den verstecktesten Akten gelegt ... –//– Yes, indeed! Gilt es denn nicht im sogenannten Suburbia als Gipfel der Schickheit, auf seinem tagtäglich entstaubten und polierten STEINWAY-Flügel jene monströsen Früchte des Elbtals, jene gewißlich oft lebensgefährlich gestalteten Zierrate und Gebilde auszustellen, die dank des international bekannten Etiketts, dank der Gekreuzten Blauen Schwerter als das originale, the *one and only* MEISSENER PORZELLAN diagnostiziert werden können? Die Röhrenden Hirsche aus Meißen, die Osterhasen, die Turnerinnen-Riegen, die Ausdrucks-Tänzerinnen, der Aar mit dem ausgebreiteten Flügelpaar, der Kakadu aus weiß-weißem Meißener Porzellan, alles garantiert echt und Deutsche Wertarbeit, auch der porzellane Strip-Tease, die porzellane Peep-Show (Bücher sieht man in derlei Haushalten kaum): Eh, kiekma, die Blauen Schwerter, die Blauen Schwerter!, hier!, sehen Sie es, Mister Andler, Sie kommen doch auch aus der Dschi Di Ahrr? (In der Regel ist es bei Franz Leißner in der Stargarder Straße, Nähe S-Bahn Schönhauser, erworben, in diesem von Sonderbussen der US-Army am häufigsten angesteuerten Laden in der Hauptstadt der DDR.) Unerschütterlich wird es einem als Indiz »gehobenen Geschmacks«, ja, des »höheren Strebens« schlechthin vorgeführt, von der Ost- bis hinüber zur Westküste oder auch umgekehrt, das Meißener Porzellan, und das ist in den letzten Dezennien schlimmer und schlimmer geworden; seinetwegen allein schon findet man sich veranlaßt, sich zu den Prinzipien von »law and order« zu bekennen; und nicht zu knapp! – Kaum anders übrigens der hoch entwickelte und ausgereifte Geschmack, wie man von begeisterten Touristen erfährt, der quasi UPPER TEN in und um Moskau, sowie ihres Anhangs von Kaviar-Schiebern, Frischgemüse-Mafiosi und feilen (nicht wohl-feilen) Höheren Töchtern etcetera: Meißener Porzellan auch dort, ja, vielleicht noch um einiges höher geschätzt und bevorzugt werden von Nikita und Iwan, von Irina und Ninotschka die gleichen Motive, die auch Hilly und Billy als die *eigentlichen* erscheinen; Striptease und Peep-Show im Beisein von Windhunden eingeschlossen ... Ein mit der porzellanenen Rechten ins weite Neuland hinüberweisender Lenin oder ein sinnender Porzellan-Marx, beides u. U. als Delegationsgeschenk empfangen, auch in Moskau und Leningrade gelten sie – ein Vorurteil, sicher! – seltsamerweise nicht als *absolut charoscho*, nicht als okay (wie ich selber in jüngeren Jahren beobachten konnte), auch nicht annähernd als so wertvoll (und wertbeständig) empfunden wie die Röhrenden Hirsche, die Kakadus oder gar der porzellanene Babyspeck pausbäckig tollender Engelchen, wie sie sich auf sozialistisch-realistische Art zum Kollektiv eines entzückenden Reigens vereinen – nichts als Vorurteile!, wie gesagt; aber auch im Osten ist das schlimmer und schlimmer, keinesfalls besser geworden, trotz so manchen Parteitags. –//– Anbetrachts solcher internationalen geschmacklichen Situation im Hinblick nicht *nur* auf die Innenarchitektur wird man als Autor, der sich den Weg zu den Herzen der Menschen nicht eigenhändig verbauen will, jenem frühen ZK-Beschluß seine herzhafte Zustimmung zwar nicht versagen dürfen; ihm zu folgen, verbietet sich indessen von selbst!, wie auch Mr. Ronald Reagan, der inzwischen verschiedene Ex-Präsident, in seinen verschiedenen ästhetischen Alters-Schriften immer wieder anzudeuten versucht hat ... Mag es auch nicht in jedem Punkt zu Mikroelektronik, Genetic Engineering und den Reitern der Apokalypse zu passen scheinen, ein Literaturwerk, das im Widerspruch steht zu den charakteristischen Artikulationen in Meißener Porzellan, hat zu Beginn des dritten Jahrtausends nicht einmal Aussicht auf einen Achtungserfolg bei einer mitleidig schmunzelnden *Jungen Gemeinde!* Dementsprechend habe auch ich mich endlich dazu überwinden müssen, in regelmäßigen Abständen in meine Prosa-Maschinerie Passagen einzubauen, welche recht eigentlich literarisch modifiziertes, besser, transsubstantiiertes Meißener Porzellan sind (»etwas für's Herrenzimmer«) ... Das Ganze a sort of writing zwischen Kurt Vonnegut etwa und Carlos Fuentes, wie gesagt worden ist?: na ich weiß nicht! Eher wohl doch 'ne Mischung von Karl Kraus und Kölschem Karneval (das Urteil des großen B. »B.« B.). – In einer »For eyes only«-Darstellung für literaturwissenschaftliche Kader heißt es modifiziert: »Eine Kreuzung zwischen Weißem Hai und Dracula ... Vorsicht, unbedingt zu meiden!« – Sure, in Berücksichtigung des verwahrlosten Nervenkostüms der ermatteten Menschheit rings um den Erdball, welche ohne irgendeinen Kitzel kaum weiterzuexistieren vermag, müssen auch mancherlei knallkörperhafte Überraschungen, Selbstschußanlagen, Peitschenhiebe und selbstverständlich serienweise Popular-Sauereien hineingestrickt werden ins Werk oder drübergehäkelt; eine handwerkliche Maxime, welcher sich bekanntlich mein Freund Bobbi »Bumke« Bergermann schon früher als ich unterworfen hat, nicht ohne Grund hat er sich als Autor gern »Bumke« genannt ... Solcherweise sieht der Leser von SCHICHTENFLOTZ (und später NEBBICH) eine, wie soll man es nennen?, zacken- und zickenreich verzuckende, streckenweise patzig-barocke, dann wieder bodenlos putzige Prosa vor sich, leider durchaus geeignet, noch nachträglich jene Frau Dr. sc. und ihrem Vorwurf der Unberechenbarkeit einen gewissen Schein von Berechtigung zu verleihen. – Doch mag meine »Schreibe« gelegentlich nicht minder als Brechmittel ihre Verwendung finden, wenn jemandem 'mal so ist, indem man sich widerstandslos in ihre Gewalt begibt und hin- und herschleudern läßt von ihrer Fahrt, ihrem Drive, ihrem Swing, als säße man im Elektrowägelchen einer Geisterbahn im Treptower Kulturpark dort, in Disneyland hier ... –//– Daß ich es nur einmal offen bekenne (wenn auch ohne die Bohne von Selbstkritik): Ja, ich *bin* unberechenbar, Frau Doktor Ess-Zeh!, und zwar mit Absicht!, und seit meinem dritten Lebensjahr etwa!, ebenso unberechenbar, trotz aller bemühten Prognostik, Madame, wie die Kunst, WIE DIE KUNST, Frau Dr. Blamabel oder wie Sie sonst mit vollem Namen heute, fast dreißig Jahre später, immer heißen mögen, ja, wie die Kunst!!! Schwer vorauszuberechnen allein schon der allernächste und kleinste Gedankenschritt – oder vorauszufühlen, was uns der neue, der diesem hier auf dem Fuße folgende Satz bescheren wird, nämlich im Uhrzeigersinn ohne Zweifel wohl dieses, *was man laut sagen darf:* »Indra Indrani / Und Wischnu in Fischform / Und Prajapati / Die schöne Parvati / Des Himalaya ...« (Na, hatte ich unrecht?, hatten Sie das erwartet? Zumindest in *einem* Punkt kann man sich übrigens so sicher wie auf das sprichwörtliche Amen in der Kirche verlassen auf mich, in *einem* Punkt bin ich mehr als berechenbar: nämlich daß ich *Sie*, Schrollz-Schrunnz, wie ihre magermilchgesichtigen Kompatrioten *jederzeit* für nichts als beflissene Hohlköpfe halten werde, nur mit Hilfe von nicht unbeträchtlichen Polizei-Kräften für ein Weniges noch aufrecht zu erhalten; war solche Verläßlichkeit des Verfassers nicht doch der wirkliche Grund Ihrer Invektive, Madame?) –//– »Indra Indrani / Und Wischnu in Fischform / Und Prajapati / Die schöne Parvati / Des Himalaya ...« Trotzdem, ganz ohne allen Sinn wird er nicht an dieser Stelle zitiert, dieser Schlager unter den Poesien der Neuzeit, Friedrich Georg Jüngers *hit-verdäch-*

tiger Super-Ohrwurm!, ein »Oldie« aus den dreißiger Jahren: Er dient mir seit längerem bereits als zuverlässige Beruhigungspille, so auch in diesem Moment … Und je älter ich werde, um so häufiger zwingen mich meine Lebensumstände, dieses Schöne und Linde leis' vor mich hinzusprechen und mit erhobenem Blick ins Nichts o. ä. hinüber oder hinein; ich spreche es vor mich hin bei der enervierenden Arbeit an meinen *Prosa-Versuchen*, ich spreche es vor mich hin, wenn ich schweißbedeckt und schreiend erwacht bin aus meinen Träumen, z. B. bezüglich der Post: … hechelnde Reißwölfe rudelweise und ratternd und röhrend; aus verfallenden Rieselfeldern Ratzen- um Ratzenheere, die von ganz unten her am Postwesen hobeln …

/ 5 / Oh Wahnsinn von Devils Lake!, oh Durchgedrehtheit in North Dakota!, Ham and Eggs and Tomatoes!, sodann die Karnevalsschnarre gedreht, pieppiep, und schrille Triller entlockt dem Schiedsrichterpfeifchen, klatschpatsch, das gleichfalls parat liegt für solche Sternstunden Wut, und wieder Tomaten, Tomaten, Tomaten, der Tapete mitten ins zukunftsweisend orangenfarbene Lügengesicht gepfeffert, drei auch zum Fenster hinaus, besudelnd us-amerikanische Grünflächen bzw. Stachelbeersträucher zur Feier des Tages!; – Fluch, dreimal Fluch den Gemeinheiten einer Postzustellung, die einem permanentes Mißtrauen eingeimpft hat und die einen endlich doch noch die Furcht lehren mag!, Fluch einem Postwesen, das unsere Tage vergiftet, statt uns wie in der Goethezeit geistig und seelisch weiterzuhelfen, Fluch einer Briefträgerin, die einem im Vorbeigehen mitteilt: Also, irgend etwas stimmt nicht mit dem Rhythmus der Briefe, die ich für Sie bekomme, haben Sie's auch schon gemerkt?, irgendwas stinkt! Fluch, dreimal Fluch diesem Leichentuch! Widerwärtigkeit, dein Name lautet DP, Deutsche Post – oder auch AIR MAIL! Ja, Fluch der Postzustellung im Schrittmaß der siebziger/achtziger Jahre bis weit in das dritte Jahrtausend hinein; Fluch den elektronisch gesteuerten Arbeitsgängen im Post- und Fernmeldewesen – vom Telefonieren erst gar nicht anfangen, Mann!* –, welche sich von den Technologien der Herkömmlichkeit so wesentlich unterscheiden, Fluch dem Rollfixwägelchen, Fluch der seinem Erscheinen vorausgegangenen, mit Recht so genannten Brief- und Kleingut*bearbeitung*, Fluch allen Sortiermaschinen, den alten, den neuen, Fluch der *Singebewegung!* (Statt meiner Post-Sachen muntere Lieder um Lieder ...) Fluch aber auch dem *tadelfreien Auftreten*, welches vor allem die Deutsche Post in der Öffentlichkeit und sonstwo *würdig vertritt*, Fluch dem *Tragen der vollständigen Uniform*, wie es erwünscht bzw. befohlen ist, Fluch ihm vorzüglich in Zeiten, da der Posteinlauf beim Kunden, z. B. bei mir, äußerst lückenhaft bleibt, Fluch den über-erfüllten Planaufgaben bei gleichzeitiger Unter-Erfüllung bezüglich *meiner* Person, Fluch der schaurigen Krematoriumswolke, wie sie schon in der Frühe über so manchem Hauptpostamt schwillt, Fluch Herrn E. S., dem notorischen Quasi-Literaten, Quatsch mit Soße, Fluch seinem Quark! Fluch meiner eigenen Prosa, die etwas Versklavendes hat zumindest in Hinsicht auf deren

* Anmerkung. Automat: ... wenn Sie sich aus meiner Leitung wegstöpseln würden mein Herr Um es schärfer zu wiederholen Es wäre mir angenehm wenn Sie sich aus meiner Leitung wegstöpseln würden mein Herr Um es schärfer zu wiederholen Es wäre mir angenehm wenn Sie sich aus meiner Leitung wegstöpseln würden mein Herr Um es schärfer zu wiederholen Es wäre mir angenehm wenn Sie sich aus meiner Leitung wegstöpseln würden mein Herr Um es schärfer zu wiederholen Es wäre mir angenehm wenn Sie sich aus meiner Leitung wegstöpseln würden mein Herr Um es schärfer zu wiederholen Es wäre mir angenehm wenn Sie sich aus meiner Leitung wegstöpseln würden mein Herr Um es schärfer zu wiederholen Es wäre mir angenehm wenn Sie sich aus meiner Leitung wegstöpseln würden mein Herr Um es schärfer zu wiederholen Es wäre mir angenehm wenn Sie sich aus meiner Leitung wegstöpseln würden mein Herr Um es schärfer zu wieder holen Es wäre mir angenehm wenn Sie sich aus meiner Leitung wegstöpseln würden mein Herr Um es schärfer zu wiederholen Es wäre mir angenehm wenn Sie sich aus meiner Leitung wegstöpseln würden mein Herr Um es schärfer zu wiederholen Es wäre mir angenehm wenn Sie sich aus meiner Leitung wegstöpseln würden mein Herr Um es schärfer zu wiederholen Es wäre mir angenehm wenn Sie sich aus meiner Leitung wegstöpseln würden mein Herr Um es schärfer zu wiederholen Es wäre mir angenehm wenn Sie sich aus meiner Leitung wegstöpseln würden mein Herr Um es schärfer zu wiederholen Etcetera (Zum 13. 7. 84, dem Internationalen Telefontag; A.E.)

Verfasser, swing it, Fluch zumal der berüchtigten Dauerwurst NEBBICH, Fluch meinen Doppelgängern, in ihrer Mitte ich selber ... Now swing it, Mr. Andler: Fluch den Neuerervereinbarungen bei der DP, vom Autor stets an erster Stelle auszulöffeln, wenn nicht zu erleiden! Fluch einem jeglichen Sonderpostamt, wie es einem in der Regel störend im Weg herumsteht! Fluch dem zweihundertjährigen Reißwolf, diesem Lieblings-Sohn der EISERNEN JUNGFRAU, und Fluch dem »Geist«, dem er dient! Dem Staatlichen Postwesen überhaupt Fluch, Fluch, Fluch, Fluch! (Ich plädiere für Thomas Pynchons Untergrund-Postwesen W. A. S. T. E.) –//– WASTE!!!, ja, das hat eingeschlagen, ich wußte es im voraus, daß ich an dieser Stelle unterbrochen werden würde; und tatsächlich: *So* geht es *nicht*, Kollege Endler, so nicht!, rufen von Norden her die kanadischen Wälder mir mütterlich zu; und herrisch aufbrausend mahnt mich der Devils Lake mit der Stimme des Vaters: Zurück in die Wirklichkeit, Junge, hinab in die Realität! Eine Massenbasis, Junge, hat das alles wohl nicht!! – Und Pops und Mummy singen und swingen seit langen Jahrzehnten zum ersten Mal wieder gemeinsam: »Riskant, oh, riskant, diese Invektiven – ja, so sind die Verhältnisse, und kein bißchen anders! –; in Zukunft, möglicherweise, findest du garnix mehr als alte Fahrscheine, Staub und hin und wieder eine vom Polizeiboten hergeschleppte LADUNG ZUR KLÄRUNG EINES SACHVERHALTS im Briefkasten vor dem Haus, ayayay ...« – Schlaue Anspielung meiner Eltern auf den durchgerosteten windschief flatternden Blechkanister am Vorgarten-Tor: ein an die Begrenztheit des Lebens wie an die Vorläufigkeit allen menschlichen Tuns gemahnendes häßliches Ding – und plötzlich unter Umständen, falls ich weiterhin in diesem Ausmaß der Kunstform der LÄSTER-LAUDATIO fröhne, wirklich nur noch Attrappe –, ja, so sind sie, die Verhältnisse, kein bißchen anders – nämlich dank der ausgewogenen Vernichtung nicht nur eines Drittels, sondern dann sämtlicher an mich gerichteter Briefe etcetera in den dämmrigen Korridoren der Post! –//– Geträumt hab' ich das schon oft, zum erstenmal – Moment!, gleich weiß ich's! – vor genau vierzig Jahren!

Oh Devils Lake, mein Devils Lake ... Damals wußte ich nicht *annähernd*, daß es einen Ort dieses hintersinnigen Namens überhaupt gibt auf der Welt; und North Dakota war mir bestenfalls ein vager Stimmungswalzer, etwas schärfer konturiert die bunte und leuchtende Indianerfeder, die ihn durchblitzte. – *Damals* war's; Geschichten aus dem alten Berlin ... Doch meine Träume, wie bereits zweimal demonstriert, sind noch immer die vom Arkonaplatz (Berlin/DDR) und die von der Ecke Milastraße / Schönhauser; Träume, die den Verfasser am Ende nicht selten durch riesige lärmerfüllte und menschenleere Werkstätten hasten ließen (und lassen) auf der irren Suche nach einem VERANTWORTLICHEN, wenn nicht sogar Schuldigen für den »ganzen Salat«, heiße er nun wirklich Pieter Peer Woll – die Namen veränderten (und verändern) sich ständig und in ein und demselben Traum – oder schlicht Pieter Nullzt (von Freunden auch ›Nulltz-Acht-Fuffzehn‹ genannt), heiße er Knolltzsch oder Knalltsch oder Alltsch; mir konnte (und kann) jeder Name recht sein, wenn er nur einigermaßen unsittlich klingt! ... Die ganz großen Schock-Erlebnisse hatte ich auf meiner Suche nach dem Verantwortlichen freilich immer nur bei der Begegnung mit einer versehrend traurig und verloren schmeckenden »Erscheinung« proletarischen Zuschnitts, die mir – in meinen Träumen – entweder als Colzius oder Collin oder Claudius vertraut geworden ist*, mit einem wahrlich einprägsamen Traum-Wesen, welches jedes Mal, wenn ich es anzusprechen wagte, mit messerhaft schroffer Abwehrbewegung auf mich eindrang, um mir die peitschenhieb-ähnliche Auskunft

* Anmerkung. Dieses Buch kann betrachtet werden auch als Stiftung für jüngere Literatur-Wissenschaftler der ferneren Zukunft, da kein Mensch mehr das ganze Geflecht von Anspielungen, von denen dieses Buch lebt, auseinanderzudröseln vermag; in hundert, in zweihundert Jahren wird es nicht wenig Forschungsarbeit erfordern, z. B. einleuchtend darzulegen, daß es einen Roman von Stefan Heym gab, der COLLIN hieß und in dem vom Schicksal des Schriftstellers Eduard Claudius die Rede ging; daß in einem als Replik auf diesen Roman gedachten Fernseh-Stück des Dramatikers Hauser Claudius/Collin schließlich *Colzius* genannt wurde; daß schon der Name *Eduard Claudius* ein Pseudonym gewesen war, hinter dem sich ein schlicht-namiger Eduard Schmidt verborgen hatte ... undsoweiter, undsoweiter. (Ja, was aus Schmidt alles werden kann!) – (A.E.)

zu geben, übrigens im Tonfall des Ruhrgebiets: »*Schmidt*, Eduard Schmidt ..., aus Gelsenkirchen-Buer gebürtig!« (Absurd, absurd!) Nein, der war gewiß nicht der Schuldige, und der Verantwortliche erst recht nicht! Doch wiederholte (und wiederholt) sich diese Szene so oft, daß es mir heute wie gestern kleine müßige Schauder-Schauern über den Rücken jagt, wenn mir Namen wie Schmied, Schmitz, Schmidt, Smith oder Miller begegnen, Volker Brauns humorige Entmannungs-Szenen »Schmitten« mit eingeschlossen ...: Augenblicklich fallen sie mir wieder ein, die riesigen Hallen der ins Unendliche sich erstreckenden Maschinenfabrik (zu der sich die oben erwähnten einfachen Werkstätten unversehends erweitern), vollkommen menschenleer bis auf die eine Gestalt stets ganz hinten am Horizont, bis auf *ihn*, den ich immer suche und eigentlich niemals so richtig erreiche: menschenleer die weite Landschaft der Drehbänke, Fräsmaschinen, Heidschnucken und Holunderbüsche, menschenleer, ob auch unter dem Dach der Hallen die Kräne in ihren Halte-Schienen pausenlos hin- und hersurren und ihren Lasthaken oder den Schatten des Hakens wie suchend nach hier und da schwingen lassen – suchend gleich mir. –//– Wenig später ist es dann oft ein noch weiträumiges und atemloses nach allen Seiten wachsendes FERNSEHGELÄNDE, von der Größe der ganzen Mark Brandenburg, könnte man denken, und gleichzeitig nichts als das Innere eines menschlichen Kopfes, *meines* Kopfes vermutlich, eines bekanntlich sich stetig ausdehnenden, mit hinein- und herunterhängenden Wolken, fleischfarbenem wanderndem Dunst, Zahngattern, Zahngittern und einem mehr erahnten nikotinschwarzen riesigen Jaucheloch in der Ferne, einem mit Fiep- und Rasselgeräuschen drohenden Abgrund, ein Kopf, dessen Dach oder Deckel, dessen Hirnschale aufgeklappt scheint, und in welchen der märkische Sternenhimmel hineinblickt; langsam oder schnell fahren automatische Kameras hin und her und filmen und filmen die Leere, wie auf ein geheimes Signal hin bleiben sie zuckend stehen, erstarren, richten sie alle ohne Ausnahme und im Zeitlupentempo ihre Schnauzen nach oben, Scheinwerferstrahlen sind es jetzt, die aus den Kameras in die Nacht hinausstechen und den Himmel nach irgendwelchen Objekten durchsuchen; ohne jedoch auch dort etwas anderes zu finden als erschütternde Leere. (»So also sieht es in Endlers Kopf aus! Das haben wir doch schon immer gesagt ...«) ... Auf einer breiten und pickligen Rampe im Zentrum der Studios wächst indessen (zunächst gänzlich unbemerkt) ein anfangs nur meterhoher Haufen von Paketen, Drucksachen, Briefen, Postkarten, Telegrammen, Büchern, Zeitschriften, Zeitungen, Zetteln zu einem klobigen und magma-ähnlich lebenden Turm heran, sammelt sich, fließt auseinander, geht wie Hefeteig auf, schrumpft, wächst, wächst, wächst – und endlich gewahre ich nach langer Abstinenz ein erstes menschliches Wesen, eines mit den Zügen des Literaten und Quasi-Dichters E. S., welches mit seinem glitzernden Sprechfunkgerät (von Spezialisten wie E. S. und H. B. einfacher als »mobiles militärisches Nachrichtengerät« definiert), das also mit seinem *Walkie-Talkie* in meiner, ja, offensichtlich *meiner* Post herumstochert, um mir sodann zu erklären: »Siehst du, Adolf, das ist deine Post!, daß du dich nicht einmal schämst! ...« – Und dann schäme ich mich erwartungsgemäß, schäme mich wie ein sensibles ungeratenes Kind und möchte mich blindlings hineinwühlen in den enormen Haufen *aus dem Verkehr gezogener* Post, um ganz einfach nicht mehr da zu sein, ich, der ohne allen Zweifel Schuldige, ich, der Verantwortliche für diesen ganzen Salat! (Yeah, endlich gefunden!) Doch der unvermittelt weißbekittelte und mit einer täuschend ähnlichen ROT-KREUZ-Binden-Fälschung beringte Kollege, schroffer und schreihalsiger geworden alles in allem, hält mich mit den oberleutnantshaft-höhnischen Worten zurück: »Können *Sie* uns mal sagen, *Herr* Endler, was wir jetzt machen sollen mit dem blöden Gelumpe ...!?« – »Ich? Wieso ich?«, und schon breche ich in die schon lange erwarteten und zufrieden begutachteten, die sogenannten *weibischen Tränen* aus, die dem *Manne* selbst als Inhaftiertem so übel anstehen, widerwärtig und tief verächtlich mir selber, und ich höre mich stammeln: »Bitte, fragen Sie meine Freundin Brigitte, Herr Staatsanwalt! Brigitte weiß stets einen wie auch immer zu bewertenden Rat!« Und ich höre mich verzweiflungsvoll und hoffnungslos in die Weiten der Fernseh-Anstalt bzw. meines Kopfes hineinrufen: »Mamma!, Mamma!, Mamma! ...« – Hätte mir der Traum nicht wenigstens *diese* Peinlichkeit ersparen können? Hätte er nicht den Riesenbovist auf der zuckenden und sich blähenden Rampe einige Sekunden früher zerplatzen lassen können, wie es auf meinen Ruf hin – Danke, Brigitte, danke, Mamma – endlich, endlich geschah? –//– Erlösender Augenblick des Erwachens auf dem Boden meines sleeping-rooms im zwitschernden Devils Lake ... und ich setze mich nackt, den schwärzlichen Puder aus dem zerplatzten Bovist erst teilweise abgewaschen, auch die Zähne noch nicht geputzt, an meine McLUHANS-Kiste und beginne es nieder- und aufzuschreiben, was ich soeben – zum wievielten Mal schon! – geträumt habe – hört das denn *nie* auf?, werde ich sterben müssen mit solchem Traum auf den Lippen? Man darf gar nicht dran denken und denkt immerzu daran: Wie viele materialreiche Briefe Bobbi Bergermanns z. B. mögen, statt den erwarteten Weg nach Devils Lake einzuschlagen, den ungleich kürzeren nach Weißensee genommen haben in Tute Tengelmanns »Sekundärrohstoffe-Laboratorium« o. ä., wie viele mögen von einem neurotischen und irre singenden Expreß-Zug-Begleiter aus der Türe des Postwagens in die herrlichen Landschaften Neu-Englands hinausgestreut worden sein, verabschiedet (und für immer) mit einer grellen und zerrissenen Lache, wie sie Lustmördern eignet. Oh diese vielen, ja, zahlreichen Wermutstropfen, in eine Existenz geträufelt, die ohne sie etwas weniger höllisch erschiene, ja, u. U. fast akzeptabel, oh diese dreißig bis vierzig Wermutstropfen Monat für Monat, wie sie in Winternächten, da der Devils Lake unterm murrenden Packeis so grauenhaft schweigt, zu einem einzigen, einem riesigen Wermutstropfen symbolischen Schwergewichts und -gehalts sich vereinen, einem Wermutszapfen gleichsam, welcher dräuend und pendelnd über dem Haupt des Verfassers hängt gleich dem Schwert des Columbus, um schlußendlich als Gestank zu zerplatzen in sein Schriftwerk hinein; pausierendes Pendel vorm jähen Absturz, pendelnde Pause: Jetzt, jetzt, jetzt, jetzt ... Den skandalösen Zerfall der Postwege allerorten am Beginn des dritten Jahrtausends, doch auch schon am Ende des zweiten – die Vor- oder Nachwelt (es ist ja alles schon gleich!) wird sich ihn und seine Verworrenheit kaum richtig ausmalen können! Man muß sich klarmachen, daß z.B. Briefe aus Zentral-Europa (also der DDR), falls sie überhaupt die anvisierte Adresse erreichen, bis nach Devils Lake im Durchschnitt siebzehn bis siebenundzwanzig Wochen unterwegs sind, wie man so sagt – *»gehen«* wäre sicher das bessere Wort für den *Vorgang* –, und das gilt nur für die dünneren Briefschaften; gewichtigere und dickere, demzufolge trägere Sendungen trudeln gelegentlich erst zwei bis drei Jahre nach ihrer unüberlegten Abreise ein, in Ausnahmefällen sogar volle zwölf Jahre später. – Selbst unter klüglicher Berücksichtigung der nicht unbeträchtlichen Entfernungsdistanz – aber die Welt ist ja zum *Dorf* geworden dank der Entwicklung unseres modernen Verkehrs! –, selbst die Vielzahl der möglichen Irrwege wohlweislich in Rechnung gestellt, praktisch unendlich die Zahl der Eventualitäten auf unserem an sich schon hoch interessanten Planeten, wollen solche Laufzeiten oder auch Verspätungen wenigstens für *meinen* Geschmack geradezu gegen die guten Sitten verstoßen, im Widerspruch zu *allem menschlichen Anstand* ... Terrorismus letztendlich, »Staatsterrorismus«. – Kehrreim: Und ein Drittel, mindestens ein Drittel der uns zugedachten, ein Drittel auch der von uns in die Welt geschickten Post, ach, es findet seinen Adressaten nirgends und nie, nevermore, nimmer ... –//– Fluch also nach wie vor, dreimal Fluch dem sogenannten postalischen Tun!, Fluch der Luft-, der Wasser-, der Kontinentalpost!, Fluch den Postschaltern, Fluch ihrem vorgetäuschten Biedersinn und ihrer scheinbaren Stabilität!, Fluch den Posaunenvirtuosen rings, die meine Lyrik auf dem Gewissen haben!, Fluch den Polterabenden!, ein Dreistufen-Fluch indessen der unbestrittenen Krönung der staatlich genehmigten Anarchie, dem sogenannten Postzeitungsvertrieb (PZV) – nein, Mamma und Pappa, ich kann nicht anders –, Fluch jener Ekel-Silbe, die klingt wie ein schwerlich noch zu verhehlender und *wahrhaft naturgemäß* zu kurz geratener Furz: PPOSSTT!, *das* four-letter-word schlechthin! (Fluch den Posaunen rings, den verfluchten Posaunen!)* ...

/ 6 / Der Autor lautlos zu seinem Herzen: »Indra Indrani / Und Wischnu in Fischform / Und Prajapati / Die schöne Parvati / Des Himalaya …«

* Anmerkung. Ein Wort in Richtung jenes Staatsanwalts in Berlins/DDR, welcher vor einiger Zeit meinem Freund und Kollegen Bobbi Bergermann dargelegt hat, wie bei Briefen, Päckchen, Paketen zumal ins Ausland zu verfahren wäre, wenn man nicht mit *dem* Gesetz (?) in Konflikt geraten wolle, und das beträfe in besonderem Maß Manuskripte o. ä. – also, wie der Autor ergänzt, das Aller-Allerwertvollste für einen Dichter –: Selbstverständlich könne ein jeder, sagen wir 'mal, seine Liebesgedichte auch »außer Landes« geben, sagen wir 'mal, nach Senne-Stadt bei Bielefeld, allerdings dürfe in solchen Fällen – wie in allen anderen übrigens auch – *ausschließlich* der *offizielle Post-Weg* benutzt werden, keinesfalls irgendeine »beliebige Privat-Person«, irgendein »beliebiger Bote« das verstieße nicht nur gegen den verpflichtenden sozialistischen Sitten-Kodex, in dem das Wörtlein »Vertrauen« einen zentralen Platz einnehme, sondern wäre außerdem nicht erlaubt … (Keine Beschwerden, bitte, wenn der Transporteur solcher illegalen Quasi-Post an der Grenze u. U. eine kleine Überraschung erlebt undsoweiter …) – *Man greift sich an den Kopf* man steht nicht nur als direktes Objekt solcher »Belehrung« *völlig perplex*: Lebt denn dieser doch sicher hoch gebildete Mann noch ganz in der postalischen Spitzweg-Welt des frühen 19. Jahrhunderts?, als man das delikateste Brieflein oder gar die Handschrift des FAUST mit geradezu überschwenglicher Freude und unbesorgt dem Postillion zustecken konnte? (Freilich durfte man das alles, ohne sich auch nur die Bohne strafbar zu machen, ebensogut einem Freund, einer Freundin mitgeben.) Ja, wo lebt dieser Mensch, der allem Anschein nach noch niemals etwas davon gehört hat, daß gerade die den staatlichen Postwegen anvertrauten Sachen nicht selten in die vollkommen falschen Hände geraten – oder in überhaupt keine oft –, ja, in Hände, die dem Absender oder Adressaten eher unsympathisch sein dürften? Diese Unschuld vom Lande, welche wie auch immer zum Staatsanwalt aufzusteigen vermochte, scheint tatsächlich die antiquierte Vorstellung zu hegen, daß ein der DP überlassener Brief mit nahezu hundertprozentiger Sicherheit und *ungestört* »ankommt« … Sagenhaft!, mirakulös! Und die obige »Belehrung« erfolgt in den gleichen Tagen, da – wie Bobbi Bergermann mir mitgeteilt hat – in der DDR-Zeitschrift BERLINER ILLUSTRIRTE ein insgeheim in München/BRD aufgenommenes Foto zum Abdruck gebracht wird, das laut Unterschrift beweist: *»Post aus der DDR wird zur geheimdienstlichen Kontrolle befördert …«*; und dieses entlarvende Foto ist einem Aufsatz Dr. Julius Maders beigegeben, der die Überschrift trägt: USA/BRD: ABHÖRER UND MITLESER AM WERK … Lieber, lieber Herr Staatsanwalt!, wollen Sie wirklich die Bürger Ihres Landes dazu zwingen, sich eigenhändig solchem Gesindel ans Messer bzw. an den Brieföffner zu liefern? Und wenn ja … kein Wort weiter! –//– Ein Wort dagegen noch an jene bayrischen Spitzbuben, das vielleicht ihr Gewissen anspricht: In einem seiner wütendsten Pamphlete hat Martin Luther seinerzeit empfohlen, jegliche Hand, die unerlaubt fremde Briefe »erbricht«, abschlagen, abhacken zu lassen mit dem Schwerte des Henkers … So weit will ich nicht gehen, zumal die diesbezüglich abgeschlagenen Hände wohl nicht nur *einen* Container füllen würden zur Zeit! (A.E.)

VI Halbträume (c)

Ein *endgültig heruntergekommener* dann und wann dunstig zerflatternder Charlie Chaplin kommt mir entgegen: ausgemergeltes Gesicht, tiefe und an den Rändern zerfranste Löcher in den Wangen, das Schnurrbärtchen verrutscht; und er kommt mir entgegen und entgegen, unter dem rechten Arm ein schwammiges totes Kind, da er mit der Linken einige Blätter Papiers über dem stachligen Haarschopf schwenkt; und er kommt und kommt mir entgegen auf dem schwärzlich geschotterten Weg einer Deichkrone; tief unten im öligen und blutigen Strom – die Elbe?, der Rhein? – Dutzende abgeschnittener Köpfe, die flußabwärts schwimmen, manchmal von dunklen Strudeln erfaßt und ein paarmal gedreht, ehe sie schleuniger weiterschwimmen; ich erkenne Buster Keatons träumerisch versteintes Gesicht mit den Basedow-Augen, das ungläubig staunende Pudding-Face Fatty Arbuckles, das erstarrte Schielen Ben Turpins, Harold Lloyd mit den strengen weißen Zügen eines Leipziger Germanistik-Dozenten (zersplitterte Brille); das tote Kind unter Chaplins Arm aber scheint Harry Langdon zu sein, der zu mir hochquäkt: »Lückenlos, lückenlos, lückenlos ...« – Charlie Chaplin, inzwischen nur noch wenige Meter von mir entfernt, starrt mich hoffärtig an, reißt sich im Gehen das Bärtchen endgültig ab, klebt es sich im Gehen sogleich wieder an, freilich unter dem Auge, unter dem sittenwidrig (?) gerümpften rechten Auge: »Sie haben sich bei unserer SEKTION HUMORISTEN beworben, Mister Andler?« (Seit wann denn heiße ich Endler? Ich heiße doch nicht Endler!) Die abgeschnittenen Köpfe auf dem Fluß, alle mit einem roten Loch in der Stirn, kichern greisenhaft-haltlos, das tote Baby Harry Langdon strampelt und quäkt: »Lückenlos, lückenlos, lückenlos ...« – Gleichzeitig hat sich die pseudo-sarkastische Zornesfalte über Charlies Nasenwurzel in eine weitere offene Schwäre verwandelt, aus der sogleich eine klumpige Zunge herausquillt: »Aber«, pumpt dieses plötzliche Zungengewächs die Worte aus Chaplins Brustkorb herauf, »aber füllt man *so* einen Fragebogen aus …, ein *amtliches* Dokument?« (Die Baby-Leiche quengelt auf Sächsisch: »Nää, nää, Misda Andler, nää, nää!) Hier, die Auslandsreisen zum Beispiel, das nennen Sie ausgefüllt? Neenee, Mister Andler, neenee! Was nützt uns denn die rohe und gesichtslose pure Jahreszahl? Wir möchten es schon *ein kleines bißchen* genauer wissen! Lückenlos, lückenlos, ja? Und was Ihren Herrn Vater und ihre geschätzte Frau Mutter sowie die Geschwister im engeren Sinne betrifft … Sie können doch hoffentlich lesen?« – Und fragt es höhnisch-besorgt und weist mit dem Baby hinaus auf den Strom und die schwimmenden, kreisenden Köpfe: »Die da *nicht!* Alles Stummfilm!« Die Köpfe, als wollten sie fliehen, werfen sich hin und her und zappeln wie festgeleimt und surren wie Fliegen am Fliegenfänger, jetzt Ben Turpin, jetzt Harold Lloyd; der Arbuckle-Pudding zittert und rülpst … Chaplin: »Nein, nicht nur soso die erlernten und ausgeübten *Berufe* Ihrer Frau Mutter, wir möchten es schon *ein kleines bißchen* genauer wissen, mein Herr!, zum Beispiel die verschiedenen Arbeitsstellen, und alle, *sämtliche* a) Ihres Vaters, b) Ihrer Mutter, c) Ihrer Schwester, d) Ihres Bruders, lückenlos, Mister Andler, lükkenlos, lückenlos!«* – Harry Langdon pfeift auf zwei madendurchfurchten Fingern: »Oh, mein Papa war eine wunderbare Clown, oh, mein Papa war eine große Kinstler …« – Chaplins sprechende Schwäre, Chaplins rostige Stirn: »*Sie* sind vielleicht ein Humorist! Sie sind ja nicht einmal als Tante Trullala zu verwenden … Unver-

* Anmerkung. Ein Fragebogen, wie er mir tatsächlich einmal begegnet ist: im Jahr 85, als ich mich für einen FORTGESCHRITTENENLEHRGANG für Literaten beworben hatte. Ich verlor dann (wohl nicht ohne Absicht) die Lust an dieser Chose; zumal ich den Fragebogen – in meinem Brief an das Institut als »Katastrophe« bezeichnet – ein zweites Mal und etwas penibler ausfüllen sollte. – Als besonders skandalös wurde, wie ich später erfuhr, von der Lehrgangsleitung der Umstand empfunden, daß ich als »derzeitigen Aufenthaltsort« meines Vaters vollkommen richtig eingetragen hatte: »Friedhof«. Was man von meinem Hinweis gehalten hat, ich wäre nicht dazu legitimiert, über andere Leute, und seien es Mütter oder Brüder, irgendwelche *lückenlosen* Auskünfte zu erteilen, habe ich leider nicht eruieren können. (A.E.)

schämtheit! Die SEKTION HUMORISTEN ist doch kein Jux!« Und zieht eine riesige Pinzette aus seiner morschenden Jacke, sticht sie mir dreimal zwischen die Rippen und hat es schließlich gefangen, mein profihaft lachendes Herz – »The show must go on!« –, und profihaft aufgespießt unter dem quäkenden Beifall Harry Langdons ... »Sehen Sie, Mister Andler, wieder mal nichts als ein Gummiparagraph ... Klatschmarsch!« – Hilfesuchend wandte ich den Blick zu den Wassern hinunter; aber der Strom floß jetzt vollkommen kopflos ... Klatschmarsch!

VII Nachrichten über Handel & Wandel im »Neuen Prenzlauer Berg« / Aus dem Briefwerk Bobbi »Bumke« Bergermanns

/ 1 / ––––––––––––––––––––––––––––––––––
––
––
––

&, lieber Endler, zwischen all diesen Mönchen plötzlich das auch Dir gewiß nicht unbekannte Nummern-Girl Trixi aus der Gaststätte BLAUSPECHT (die verhätschelte Tochter des Wirts, zu Deiner Zeit zwölfjährig etwa), ja, Trixi, die nun auch hier – wie bei sinkender Stimmung in unserem ehemaligen Stammlokal – & im Rahmen der Mönchs-Lawine die Tafel ACHTUNG LACHEN AM LAUFENDEN BAND umherträgt & süßlich 'mal in diesen, 'mal in den anderen Wind hebt; vorbeigeschnibbelt das Girl, vorbeigeschnitzelt an uns wie von höherer Hand, & von keinem der Mönche, der rasch 'mal zuschnappen will, zu fassen. (Trixi, das Nummerngirl, ab.) Den kleinen Podex schwenkend beim Abgang, wendet sie sich noch einmal knapp um: »... & irgendwo spielt immer einer auf der Okarina ... Ich sage, wie's ist!« ––––––––––––––––––––––
––
––
––
––
––
––
––
––
––
––
––
––

/ 2 / Dieses Mal, lieber Endler, schreibe ich Dir* aus dem CAFÉ MOSAIK (auch als »Café Mozambique« im Gespräch), einem der nicht wenigen zentralen Knotenpunkte der Handelswelt im NPB (polizei-intim für »Neuer Penzlauer Berg«), ob auch das um sich greifende Sekten-Wesen, von dem ich Dir bereits berichtet habe, selbst dieses exzessuös dem Weltlichen zugeneigte Café nicht verschont; & das läßt es mich nach Möglichkeit meiden. Denn wenn mich weder Kabarettistisches der *neuen Linie* noch Revuehaftes aus der Mottenkiste ernstlich schockiert, eins ist imstande, sogar einen streitbaren Sozialistischen Realisten wie mich zu irritieren sowie die Niederschrift meiner Beobachtungen immer wieder zu erschweren: Die lawinenhaft wachsende Zahl der Mönche auf dem Territorium des NPB, einzeln wandelnder zunächst, dann zu dritt, zu zehnt, zu fünft & so weiter, schließlich als ausgedehntes Strüppicht träumender Menschenleiber, wie herbeischlurrend aus der tiefe des Raumes, Mönche über Mönche, mit dem unvermeidlichen OMMANIPADMEHUM auf den Lippen zumeist (wenn der Meister in der Nähe sich aufhält: ausschließlich), & auf uns zu & an uns vorüber wie seltsame fremde Gestirne ... (Ein plötzlicher Wandel des Straßenbildes, der an den seinerzeitigen Siegeszug der Punks o. a. erinnert, durch die Maßnahmen einer angewiderten Polizei noch beschleunigt.) Dominant ist der Mönchs-Pulk im CAFÉ MOSAIK erfreulicherweise noch nicht; nach wie vor kennzeichnend für die Verhält-

* Anmerkung. Beträchtliche Zeit nach der Abfassung des vorangehenden LOBs entstandene Briefe mit Sicherheit, nämlich in den Jahren, als sich Bobbi »Bumke« Bergermann wie der größere Teil der Weltbevölkerung für den sogenannten außerstaatlichen Kurierdienst entschieden hatte, die Postübermittlung durch private Boten. – Da die Briefe Bobbi Bergermanns wie keine anderen mit meinem Leben, es mit-bestimmend, verquickt sind, mag es erlaubt sein, diese kleine aufschlußreiche Kollektion meinen eigenen Schriften gleichsam einzuverleiben. – Es handelt sich um eine Auswahl aus mindestens einem Dutzend Briefen, deren jeder – angeblich – in einer anderen Gaststätte oder Kneipe geschrieben worden ist. Zwölf Briefe – zwölf Stampen: Ist es nicht doch nur pure Fiktion?, wird man sich fragen. Sind es nicht doch nur monströse Wahngebilde eines Säufers, besser: eines gelegentlich alkoholisierten liebenswerten Träumers? Es wäre schön, wenn auch die Polizei zu dieser Fragestellung tendieren und auf gründlichere Recherchen verzichten würde! Es wäre schön und vermutlich auch richtig – (obwohl der dokumentarische Wert der Episteln über jeden Zweifeln erhaben sein sollte). (A.E.)

nisse in den Räumen dieses Treffpunkts der »happy few« ist z. B. der noch viel ekelhaftere Typ (mit russischer Pelzmütze nebenher), der es riskiert, uns harmlosen Torten-Verzehrern verschwörerisch zuzuflüstern: »Nigde krome, / Kak w Mosselprome« – nach des bösartig gestimmten Ossip Brik-Meinung (1930) das Beste, das Majakowski je verfaßt hat –, »Alles für jeden / In Mosselpromläden!« (Die Utopie in der Nußschale!, möchte man denken.) Es ist das eckige Sprüchlein, an dem sich der vorzeiten nur flüsternde, jetzt immer lautere Untergrundhandel erkennt, eine verbale Gaunerzinke, der freilich seit kurzem Konkurrenz gemacht wird von einer zweiten, aus Lenins STAAT UND REVOLUTION entnommen: »Jeder produzierend nach seinen *Fähigkeiten*, konsumierend nach seinen *Bedürfnissen*«; dieser, wie auch der andere Spruch sicher nicht in *jeder* Beziehung den Eigenarten des Untergrundhandels gerecht werdend, dem offiziellen, dem »staatlichen« Handelsgetriebe indes noch viel weniger ... (Angesichts arg zerfledderten Schuhwerks, ein kleines Beispiel nur!, habe ich, ausnahmsweise mit genügend Pinunse im Hosensack, kurz vor meiner Wanderung durch den NPB den Versuch unternommen, mir ein frisches Paar Sportschuhe zuzulegen, und zwar im MOSSELPROM-Schuhmarkt-Mitte am Rosenthaler Platz: Ein geradezu überkochendes Angebot von Quadrat-Jesus-Latschen der Übergröße Achtundfünfzig einerseits, nichts also für das zierliche Füßchen eines Bobbi »Bumke« Bergermann, andererseits von deftigen winzigen Säuglingstreterchen der Größe Minus Zweiundzwanzig, die sich nun wieder als allzu niedlich für unsereinen erwiesen, beides gewiß geeignet, das Publikum kurzfristig heiter zu stimmen – wie auch die strahlende Erfolgsmeldung der resoluten Verkäuferin, daß nun endlich, halleluja, die lange vermißte hellbraune Schuhwichse wieder »in Massen« gekauft werden könne –, doch im Endeffekt, ach ... Denkst Du denn, lieber Endler, es wäre angenehm, alle naselang von irgendwem angerempelt zu werden: »Mensch, Du läufst ja in Damenschuhen! Wie gehts Tante AIDS?« Ekelerregend! – »Nigde krome, / Kak w Mosselprome«; & schon kommen sie über uns, die Wucherer & Wechsler & üblen Geschäftemacher, schon ist es über uns, dieses ganze zahlenzüngelnde Gezücht, dessen Schuhwerk zumindest die Qualitätsmarke *»Einwandfrei«* in Erinnerung ruft ... Ja, *sie* sind es, die den Ton angeben im CAFÉ MOSAIK (wie auch anderswo), keinesfalls bereits die Mönche, wie ihre Zahl auch von Stunde zu Stunde zunehmen mag: Mönche mit Musterkoffern, Mönche mit Staubsaugern, Mönche mit fettigem Butterbrotpapier in der ratlosen Linken, Mönche, die auf Halbmast gesetzt sind, Mönche, die flatternden Siegesfanfaren gleichen, mit allen Wassern gewaschene Mönche, & Mönche, die man als Murks empfindet – aber alle sie, einer wie der andere, gekleidet in ein vornehmes, *auffällig zurückhaltendes* Grau bis Blau, das gewichtige Blau des gewieften Londoner Bankers. Nein, noch ist es nicht solche sektenmäßige Uniformierung, die die Stimmung im CAFÉ MOSAIK bestimmt, sondern im Gegenteil die ungewöhnliche farbliche Vielfalt der Gewandung des Handelsmannes: Hat sich der eine für Pfauenblau entschieden, so gewiß der andere für Bahama-Beige, Beige-Rosé, Himbeere oder Kastanie. Besonders gut im Rennen liegen – noch vor den sogenannten Klistier-Farben – die zwischen Rotbuche, Hagebutte & Rosenholz changierenden Herbstwaldfarben – & das trotz des endgültigen Triumphes des »Waldtodes«* bis in den kleinsten scheinbar schuldlosen Schrebergarten hinein –, Farben, die in den letzten Jahren kurioserweise ihre Anhängerschaft verdoppeln, verdreifachen, ja verzehnfachen konnten; gegen den hoffnungslosen Widerstand jener wenigen, die diese blühend gesunden Welk-Farben durch eine bis zur Unwirtlichkeit gehende Betonung der den Zeitläufen angemessenen hochmoorfarbenen Nuancen Moder, Morsch & Murks aus dem Feld zu schlagen gehofft hatten (man sieht sie auch hier so gut wie gar nicht

* Anmerkung. Aus einem Bericht in der Zeitschrift SONNTAG (29/84): »Jetzt fiel auch bei mir das Stichwort ›Wald‹, was *bei manchem* das *sogenannte ›Waldsterben‹* assoziiert ... Professor Thomasius, Vorsitzender der Umwelt-Gesellschaft und Professor an der TU Dresden, Sektion Forstwissenschaft Tharandt, legte die Probleme dar. Zugleich kritisierte er den Begriff ›Waldsterben‹, qualifizierte ihn als *unwissenschaftlich*, als *journalistische Erfindung* vor allem *westlicher Medien* ...« –//– Das damals von Bobbi Bergermann als Ersatz vorgeschlagene »Wald*mord*« fand nur wenige Befürworter, statt dessen entschied man sich für das stille »Waldtod«. – (A.E.)

mehr). Häufig, obwohl es erst Juni zu sein scheint, melden sich auch schon Orange, Schildpatt, Mandelgrün, Türkis & Biskuit zu Wort, hin & wieder unterbrochen von den Gewürzfarben der überbreiten Skala zwischen Safran & Zimt; außerdem vielerlei lebensfroh glühende Grüns (das jüngst noch so erfolgreiche Schnüffelmausgrau ist dagegen vollkommen *out*!). – Man möchte es beinahe zur Regel erheben (zumindest was die Länder des Sozialistischen Realismus betrifft): Je aschenfarbener & farbenleerer die Natur ringsher, umso bunter die Mode; & so vielfarbig schillernd wie die Vogelwelt verschollener Zeiten ...

... &

Aktualitäten aus der Geschäftswelt, mein lieber Endler, wie sie Dir womöglich nicht gar so willkommen sind, Du notorischer Pleite-Macher! Mein systematisierender Geist läßt mich wieder einmal den Versuch unternehmen, das ganze Kuddelmuddel von Angeboten schön ordentlich zu sortieren, & zwar in zwei Hauptgruppen – Differenzierungen ein anderes Mal! –, nämlich in solche, die a) dem *Ein*- und *Ver*kauf von allerlei ungeheuerlichen Raritäten dienlich sein sollen (im CAFÉ MOSAIK eher *über-repräsentiert*, diese Gruppe), und dann in so 'ne, welche b) eine Vielzahl der herrlichsten Dienstleistungen in Aussicht stellen (vorzüglich in CLÄRCHENS BALLSALON, dem sogenannten Tittenkeller, um dem Volk auf den Mund zu schauen), wie sie der »öffentliche« Alltag kaum noch beschert – alles übrigens zu Preisen (& das läßt die Berufung auf Lenins schönen & poetischen Ausspruch nun doch im großen/ganzen als Zynismus erscheinen), wie sie für Dich & für mich zu keiner Zeit unseres Lebens erschwinglich gewesen (nicht so, das liegt auf der Hand, für Gunnar Alltsch, den Nobelpreisträger) ... –//– Ein unerfreuliches Kapitel, ich weiß, doch es muß sein; wenn mir auch nicht ganz klar ist, weshalb eigentlich. Mein Widerwillen angesichts dieser Sphäre wird schwerlich zu unterdrücken sein: Menschen, vollkommen von *nacktem Geschäftsinteresse* beherrscht &, wie sich fast von selber versteht, strotzend von *seelischem Schmutz*, ein naturtrübes Konglomerat sogenannter Geschäftsleute, Händler & Wucherer & Wechsler, wie sie vorzeiten von Jesus mit dem Knüppel o. ä. aus dem Tempel hinausgesäubert worden sind – kann man nicht auch das CAFÉ MOSAIK o. ä. in gewisser Weise als »Tempel« begreifen? –, neuerlich, wenn auch vor längerer Zeit bereits, mitgeteilt diese bedenkenswerte Story von unserem nunmehr uralten Karl-Eduard von Schnitzler in der Illustrierten FREIE WELT unter der Überschrift DIE *NICHT* GUTEN WILLENS SIND, wobei betont wurde, daß die von Jesus verwendete sogenannte »Geißel« nicht etwa aus einem diesbezüglichen Handwerksbetrieb bezogen, sondern »selbstgefertigt« gewesen war, ja, eigenhändig gebastelt; & Karl-Eduard von Schnitzler (Ehrenmitglied der *Wahrhaft Wehrhaft Ernsten Bibelforscher:* WWEB) zieht mit einem zwoppeldeutigen (!) Seitenblick auf den einen oder anderen leider immer noch hier Anwesenden rechtens den Schluß: »Das ist nicht gerade ein Bekenntnis zum PAZIFISMUS!« – In der Tat, eine Haltung von Jesus, die jeder gutheißen wird, der jemals Tage um Tage durch die Kalahari der gastronomischen Einrichtungen unseres NPB oder auch der sogenannten CITY geirrt ist, Zonen der sittlichen Trostlosigkeit, wo ekelste Raffgier, um ein – falsch übersetztes? – Bild von Kim Ir Sen zu verwenden, »seine Wurzeln tief in alle Zweige gesenkt« hat, ich füge hinzu: in alle Zweigstellen auch. (Siehe: CAFÉ MOSAIK, KEGLERHEIM, BIERBAR ›BEI PAULE‹ etc.) Das kann in Deinem Devils Lake kaum schlimmer sein ... –//– Es wird Dich also nicht wundern, mein lieber Endler, daß sich mir die Woge der Geschäftemacher in diesem beginnenden dritten Jahrtausend mit dem nur scheinbar antiquierten Begriff der »Hölle« verknüpft, besser noch: der Sonne Satans ... *»Nächstenliebe ist im realen Sozialismus Regierungsprinzip«*, wirklich?; aber Lebensmaxime ganz sicher nur in den seltensten Fällen! Obiger Ausspruch ebenfalls Karl-Eduard von Schnitzlers – ich wiederhole ihn: »Nächstenliebe ist im realen Sozialismus Regierungsprinzip ...«; der ehemalige westdeutsche Bundeskanzler Kohl dagegen: »Nächstenliebe ist ein ganz und gar politisches Wort!« –, so ein Slogan wäre an einem Ort wie dem CAFÉ MOSAIK wohl nicht *einem* (oder *einer*) über die Lippe gekommen & von der Zunge geschlüpft! Hier hört man wahrlich andere, ganz andere Redensarten & Schnäcke!, & zwar, wie ich leider nur bestätigen kann, von Galgenvögeln *beiderlei* Geschlechts, *beiderlei* – nicht nur des weiblichen allein; welche z. B. sich anheischig machen – *anheischig:* was für ein Wort wieder!, hat hier irgendwer Hasch? –, ganze Wagenladungen schon seit Jahrhunderten nicht mehr erhältlicher Ergänzungsbausteine vor allem für Landgut, Parkanlage & Swimmingpool zu *organisieren*: »Wir könnten das ganze große Datschistan beliefern, von Rügen bis Suhl ...« Datschistan, eine Schöpfung genialsten Volksmundes: *Autonome Republik Datschistan* in den Grenzen der DDR. –

... &

Der Clou zweifellos einer Vielzahl von Angeboten oder Anheischigkeiten: der Dreifach- bis Fünffachroman ZETTELS TRAUM des Avantgarde-Klassikers Arno Schmidt in der berühmten 30 Meter hohen & 25 Meter breiten posthumen Sonder-Ausgabe aus dem März 98 mit dem dazu passenden Avantgarde-Schlößchen nach erst spät entdeckten hinterlassenen Entwürfen des Autors (die Turnhallen-Fassung mit Schwebebalken & Klettergerüst wurde bekanntlich, als nicht dem sportfeindlichen Zeitgeist entsprechend, verworfen), einschließlich des viel bespöttelten Schmidtschen Lese-Fernrohrs – siehe auch die Spalte PASSIVISTEN/SPASSIVISTEN unserer Humor-Zeitung EULENSPIEGEL vom 12. April 2001 –; nichts für unsereinen wiederum; das liegt auf der Hand – vielleicht das Richtige für unseren Gunnar Alltsch (ich wieder einmal aus den oder jenen Gründen an seiner Seite), für diesen mehrfachen Millionär & führenden Multifunktionär unter unseren Belletristen? Aber auch Alltsch, kein engerer Freund der Schmidtschen Romankunst, wies den begehrten Artikel als »ein bißchen zu dekadent, wenn nicht sogar *kosmopolitisch* verhatscht« dankend zurück: »Wohin, bitteschön, mit meinem Meißener Porzellan in diesem kalt konstruierten Bau? Vielleicht gar aufs Klo mit dem kostbaren Porzellangeflügel & so? *Ein bißchen wärmer* hätte das Ganze schon ausfallen können, finden Sie nicht?« –//– Zum Abschluß scheint dagegen das Geschäft betreffs der mächtigen Wurlitzer-Orgel im historischen Las-Vegas-Style gekommen zu sein, nach den Worten des neon-glitzernden Handelsvertreters »einwandfrei das Richtige für eine *gotisch gestylte* Hauskapelle in geräumiger Datscha«, für eine Einrichtung also, wie sie Alltsch seit Jahren besitzt, von dem Romanschriftsteller – siehe die Quasi-Modenzeitschrift SADO-SYBILLE (die »DOMINA des Ostens«) vom 23. Juli 2002 – in seiner bescheidenen volksnahen Art »meine kleine Heim-Kathedrale« genannt; übrigens muß es, wenn ich richtig verstanden habe, ein sogenanntes *Kopplungskuppelgeschäft* gewesen sein: Hinzugekoppelt waren der Wurlitzer Orgel ein Beichtvater, gleichfalls im Las-Vegas-Style gehalten, der auch als Heizer seine Pflicht zu tun versprach, sowie mehrere Glücksspielautomaten – die Stilrichtung brauche ich Dir gegenüber wohl nicht ausdrücklich nennen: Du kennst ja den *Devils-Lake-Sound* –, sogenannte einarmige Banditen, die einen für Rechts-, die anderen für Linkshänder präpariert (& gezinkt), gut geeignet für die um Alltsch zu Hause herumscharwenzelnden Desperados & Spielernaturen, gut geeignet, um sie für Stunden & Tage wegzulocken aus Alltschens Arbeitszimmer, von Alltschens Sofa ... Gunnar Alltschs Entzücken über das ganze PACKAGE war unverkennbar: »Das paßt ja prima zu meinem Meißener Porzellan!« – Ja, Bruder, ach, Bruder, so sind sie noch immer und ausgeprägter denn je, die quasi geistigen Kreise der Bezirkshauptstadt Balla – vielleicht der ganzen großen DDR schlechthin inzwischen? Man muß diese Herrschaften in ihren »Wagen«, ihren »fahrbaren Untersatz« etcetera einsteigen sehen, und man weiß alles! Eigentlich könnte ich mir den Hinweis darauf ersparen, daß auch das übrige Angebot mancherlei Rückschlüsse zuläßt auf die besonderen Eigenarten, wie sie sich hinter unserem progressiven Rücken herausgebildet haben, *unserer* UPPER TEN zwischen Bad Brambach hier & Greifswald dort; denn auf das sogenannte Establishment ist sie zugeschnitten & abgestimmt, diese verwirrende

Kollektion, diese atemberaubende Wundertüte: vom Schnabelschuh bis zum Schnuller, vom Schnürsenkel bis zur Karnevalsschnarre ... Ach, & wie vieles noch wurde ins Gespräch gebracht von den Tempelschändern – den Prenzlauer Berg als Tempel der Musen zu sehen wie noch in den achtziger, neunziger Jahren, ehrlich, es gelingt mir von Tag zu Tag weniger –, darunter, last but not least, so manche Betonmischmaschine (!!!), alt oder neu, eine davon z. B. für sieben Wochen zur Miete, eine Mietbetonmischmaschine eben, eine weitere »umständehalber« – Gott im Himmel!, umständehalber! – zu verkaufen für immer & immer ... (Mensch, was macht man damit *nach* dem Sommer? Wohl eine Miet-Betonmischmaschine am besten!, sicherlich lukrativer als meine von Stunde zu Stunde ältlicher wirkenden Verse, welche ich allerdings nicht *nur* unter finanziellem Gesichtspunkt mit gemischten Gefühlen zu betrachten geneigt bin, je *reifer* ich werde, geradezu plakatives PLAGIAT allzu vieles davon – ganz recht!, Frau Seidemann, Potsdam –, ob ich es auch mit der Gründung eines neuen Genres PLAGIATUREN zu verwischen versuchte; Illusion, illusionär ... Da hilft auch eine Betonmischmaschine nicht mehr! Was sich sicher nicht zufällig reimt vom Schnürsenkel bis zur Karnevalsschnarre.)

... &

Zum Glück, bevor ich sämtlichen Wörtern Reverenz erwiesen habe, die mit »schn« beginnen, läßt sich wieder einmal eine Schlagzeile der BILD-Zeitung hören, eine der beliebten Dreistufen-Raketen: ZYANKALI INS BIER / STUDENTIN VERGIFTETE IHREN VATER / MUTTER ERBOST // ZYANKALI INS BIER / STUDENTIN VERGIFTETE IHREN VATER / MUTTER ERBOST ... – Haben Sie etwas anderes erwartet von Studentinnen, Herr? – Zum Glück, bevor die Schlagzeile zum Evergreen-Ohrwurm geworden ist, sind auch die bankblauen Mönchsschwärme wieder da, ja, es werden auf *nahezu verletzende* Art mehr und mehr: Mönche mit den unterschiedlichsten

Gebetsmühlen unter dem Arm, auf der Schulter, in Händen; Mönche mit Aktentaschen, Mönche mit Walkie-Talkies; Mönche mit Radiergummis zwischen den Zähnen – ein heiliger Brauch? –; Mönche mit dem einen oder anderen Holzbein zum Glück; Mönche, die soeben – ich sage nicht, woran zu erkennen – aus dem BASTLERBEDARF zu kommen scheinen wie andere direkt & eingleisig aus dem Bodensatz der Gesellschaft; Mönche sowohl der hochgestimmten Sorte als auch der niedergetrimmten, kreideweiß kränkelnden, kruden; Mönche *mit* & Mönche *ohne* ... –//– Zum Glück, ehe ich mich an weitere Einzelheiten verliere – Mönche mit Schnurr-, mit Backen-, Voll- & Damenbärten nicht zu vergessen –, zum Glück betritt er nun selber, ja, ER, der neue Dalai Lama vom Neuen Prenzlauer Berg, betritt Ivan »Gotama« Anchovis, die siebenundzwanzigste Wiedergeburt des KANINCHENLIPPIGEN NEUNZEHNTEN WIEDEHOPFES, das CAFÉ MOSAIK – oder ist es doch schon das KEGLERHEIM? –, woraufhin sich sämtliche anwesende Mönche ihrer argen Pflichtvergessenheit zu rühmen beginnen & nach knapp bemessener, aber ausreichend scheinender Beichte zum Himmel hoch, ins Ohr eines *»alternativen Alls«*, einer nach dem anderen zum Glück zurückfinden zu ihrem OMMANIPADMEHUM, wie es Ivan Anchovis vorwurfsvoll angestimmt hat; als er feststellen darf, daß rings um ihn her zum Glück das einhelligste Gemurmel in Gang kommt, scheint ihm der Zeitpunkt günstig, unter geschickter Ausnutzung der Synkopen seinen ihm allein vorbehaltenen Exquisit-Text zum Vortrag zu bringen – schon wieder die Sonderrolle! –, einen Text, der sich vom dunkelhaarigen OMMANIPADMEHUM seiner gläubigen Fans allein schon dank der sehr viel helleren, wenn auch ebenfalls wie aus stillen Hochgebirgsteichen perlenden Vokale mehr als deutlich abheben muß – schon wieder Privilegien!, schon wieder der PRESSEAUSWEIS!, schon wieder die Legitimation, im Diplomatenladen *seinen Einkauf tätigen* zu dürfen? –: »Indra Indrani / Und Wischnu in Fischform / Und Prajapati / Die schöne Parvati / Des Himalaya ...« & mit derlei Wohlklang – aus der Feder Friedrich Georg Jüngers gerieselt bekanntlich –, mit solchem Klasse-Schlager auf den Lippen tastet & tatzt sich der Meister vom NPB & wie ironisch in sich hineinlauschend durch das Gedrängel, Gelächle, Gemurmel seiner Anhänger/Untergebenen, dem einen die Schulter streichelnd, dem zweiten die Schläfe, dem dritten zum Glück den Arm, dem vierten das Holzbein ... »Dadá, dadá, dadá«, nicken einige naseweise Mönche in durchsichtig-dunstiger bankblauer Reizwäsche enthusiastisch & auf Russisch, ja, *weibliche* Mönche zweifellos, Mönche mit Pony-Frisur & präzis ausgezirkelter Damen-Tonsur; delikate Details, deliziöse Determinanten ... –//– Zum Glück gewinnt das Stimmengewirr beziehungsweise Schnäckicht* im HACKEPETER jetzt wieder die Oberhand, das übliche sozialistische Alltagsgeplauder, changierend zwischen Geranienrot & Vergißmeinnichtblau, und der dem

* Anmerkung. Aus einem Essay des Verfassers von SCHICHTENFLOTZ (um in diesem Zusammenhang noch einmal an dieses kaufenswerte Buch zu erinnern), aus dem vor circa 20 Jahren ausgetiftelten VERSUCH ÜBER BOBBI »BUMKE« BERGERMANN: »... der in den Briefen Bergermanns – später auch vom Autor – mehrmals verwendete Begriff *Schnack* bzw. *Schnäcke* – genehmer ist dem Epistolator vom Prenzlauer Berg stets der Plural gewesen-, wurde von dem lieben Verstorbenen zeitweilig zur Charakterisierung bestimmter Momente, besser noch: Partikel seiner literarischen Produktion verwendet – nachweislich angeregt dazu von dem seinerzeit zeitgenössischen Dichter und Theoretiker Helmut Heissenbüttel und dessen Definitionsversuch in der SÜDDEUTSCHEN ZEITUNG vom 3. 1. 81 bezüglich der Bergermannschen Kurzprosa: ›Das sind Schnäcke, die man im Mund führt und die man gebrauchen kann, von Fall zu Fall ...‹ In der Folgezeit haben wir es erlebt, wie unser Freund, von Heissenbüttel und der SÜDDEUTSCHEN ausgehend, reichlich bedenkenlos den Begriff des SCHNÄCKICHTS entwickelt hat, und zwar bezogen dieser auf Bergermanns Prosa schlechthin, mochte sie klein oder groß sein, flip, flop and fly; unter einem SCHNÄCKICHT scheint er so etwas wie eine unaufhörliche Modenschau von Ausdrücken, Aussprüchen, aufgeschnappten oder aufgelesenen Zitaten verstanden zu haben, in welcher er als Individuum, in welcher er selber oftmals (und fluchtartig?) wie in einem dschungelhaften Dickicht verschwand ... Ich kenne kaum ein Werk der unmittelbaren Gegenwartsliteratur, das so genau ... den Zustand umreißt, in dem wir leben ... Wieder ein Satz von Helmut Heissenbüttel, dem man unbedingt zustimmen muß ...« –//– ... und der, um es diesem Essaybruchstück mit Nachdruck hinzuzufügen, das unehrerbietige *gruppen-bildende* Hingefläztsein des Lesers beziehungsweise Zuhörers, wie ich es nun schon seit zwanzig Minuten und länger erleben beziehungsweise mutmaßen muß, auf solchen Zuhörer beziehungsweise Leser ratzepatze beziehungsweise schnäckeräckäng zurückfallen läßt!; *schnicki-schnacki* gewiß nicht! (A.E.)

Leben der Gesellschaft Zugeneigte erfährt z. B.: »Hannelore kann es noch gar nicht recht fassen, daß der Osterhase ihr so viele Wünsche erfüllt hat ... Ich gestehe Ihnen eine einzige Notlösung zu – *Preßpappe!!!* Preßpappe, ja! ... Man kann ja keinem Menschen mehr über den Weg trauen ... *Danke, ich bin schon Surrealist!* ... Es soll sich ja zum Glück um geradezu fabelhafte Haftbedingungen handeln ... & ich sage zu Ferdinand: Ich will endlich mal Geld sehn ... Blau wirkt am stärksten hellgelb ... Der seelenloseste Hodensack, den man sich denken kann, Mutter Helene ... Die Zeit ist herangekommen, in der das Ideal kommunistischer Zukünftigkeit konkrete Gestalt zu bekommen begehrt; wie Frau Dr. Löffler schon neunundsiebzig bemerkt hat ... Man kann ja keinem mehr trauen ... Nur ein paar Farbtupfen noch & fertig sind die Räuchermännlein ... Ich sage, wie's ist ... *Vor der Reise Tippen nicht vergessen,* Prometheus ... Heute mittag gab es in der Kantine ausnahmsweise einen ganz passablen Kartoffelsalat ...« –//– Nur noch vereinzelte Mönche zum Glück *momentan:* Mönche mit Tippscheinen in der Rechten, der Linken; Mönche mit Preßpappe vor der Stirn; hellgelbe Mönche, die den Eindruck erwecken, als seien sie vollkommen blau! Und, lieber Endler, zwischen diesen Rest-Mönchen & auch die noch vertreibend – na, wer wohl? Ja, gewiß, die auch Dir gut bekannte Kollegin Schrollz-Schrunnz, die unermüdliche Kulturarbeiterin, jetzige Betriebsbibliothekarin und Literaturpropagandistin in den Gefilden des NPB. Scheint sie nicht seit geraumer Zeit schon, die beinahe einMeterneunzig große mächtige Dame, mit spitzigen Äuglein dieses mein in Entstehung begriffenes Brief-Werk (wie auch das andere), ja, die ganze Szenerie hier im HACKEPETER & im SCHUSTERJUNGEN zu überwachen, & so, als gehe sie das alles nichts an, als sei ihre Aufmerksamkeit nichts anderem gezollt als ihrer pausenlosen Strick-Tätigkeit, ihren nimmermüden & spinnenähnlich sich regenden Stricknadeln vor ihrem hoch gelegenen Nabel. Ja, sie strickt & strickt, so lange ich denken kann, strickt & strickt auf eine so häkelnd-gefräßige Art, als gelte es Menschheit & Welt so weit wie möglich in die Maschenvielfalt hineinzuziehen, hineinzuverstricken Detail um Detail &

dann endgültig weg – oder ist es lediglich eine der neuen verstärkten, ungemein warm gestalteten Doppelbauchbinden für die Handbibliothek der Polar-Touristen (auch ein Hit dieser Jahre 2008 oder 2009), welche, ein kleiner Nebenverdienst, unter den strickenden Schrollz-Schrunnzschen Zauberfingern entsteht? Wie auch immer: Sie strickt, die Riesin, da sie auf uns herniederäugt & gelegentlich eine gleichmütig-giftige Zwischenbemerkung auf uns herabträufeln heißt, sie strickt & strickt & strickt & strickt & strickt & strickt & strickt & strickt & strickt & strickt & strickt & strickt & strickt & strickt & strickt & strickt & strickt & strickt & strickt – lies Dir das laut vor, mein Lieber!, & die Hände rhythmisch zusammenklatschend, ja, so!: – & strickt & strickt & strickt & strickt & strickt & strickt &

strickt & strickt & strickt & strickt & strickt & strickt & strickt &

strickt & strickt & strickt & strickt & strickt & strickt & strickt &

strickt & strickt & strickt & strickt & strickt & strickt & strickt &

strickt & strickt & strickt & strickt & strickt & strickt & strickt &

strickt & strickt & strickt & strickt & strickt & strickt & strickt &

strickt & strickt & strickt & strickt & strickt & strickt   immer noc

strickt & strickt & strickt & strickt & strickt & strickt & strickt &

strickt & strickt & strickt & strickt & strickt & strickt & strickt &

strickt & strickt & strickt & strickt & strickt & strickt & strickt &

strickt & strickt & strickt & strickt & strickt – geht es Dir auch bereits auf den Wecker beziehungsweise den Geist? –, strickt & strickt & strickt, strickt, strickt, ja, strickt, während rings an den

Tischen & in den Nischen weitergeplaudert wird zum Glück: »Ja, weshalb denn eigentlich nicht? Der Mensch hat ja seinerzeit sogar die Tüte erfunden ... Sandkastenspiele!, von vorne bis hinten nichts als Sandkastenspiele zum Glück ... Ihr sogenannten ›Künschtler‹ solltet es mal mit ›ehrlicher Arbeit‹ versuchen, hähähähä ... Schön sind nicht minder Maiglöckchen, ob ich ihnen auch Glyzinien bisweilen vorziehen möchte ... Unsere Ines hat sich ihr Moped redlich verdient ... Sind wir doch bereits so weit gewachsen, daß, wenn es um *Literatur* geht, sprachliche Fragen *nicht mehr ausgeschlossen* werden können; wie Frau Dr. Löffler schon neunundsiebzig gesagt hat ... *Solche* Kabenzmänner! ... Freilich, bei Zahnfleischbluten hilft die wohlwollendst formulierte Grundsatzerklärung nicht mehr ... *So 'ne* Kabenzmänner, Ruth! ...« –//– Zum Glück geht die Mittagspause der Geschäftswelt spürbar dem Ende entgegen, eingeläutet die neue Runde von Handel & Wandel mit einem derben Musikstück des kleinen Caféhaus-Orchesters, einer der übersichtlichen & *schlichten Weisen*, die man treffend als »volkstümlich« preist: *»So eben ist das Leben, / es ist nicht immer eben ...«;* zum Glück stirbt noch vor der Beendigung des Liedels einer der vier lustigen »Köpenicker Musikanten« an einem ihn ehrenden Gehirnschlag; zum Glück ist eine ausreichend breite Bahre nicht weit; zum Glück wird sich bald ein neuer, noch begabterer Ziehharmonika-Virtuose finden; zum Glück wohnt er »gleich um die Ecke«; zum Glück ist manchmal Zyankali im Bier; zum Glück scheint mein Kugelschreiber bald am Ende zu sein, ausnahmsweise mal pünktlich. – (Zum Glück braucht man sich wegen der Beerdigungskosten nicht allzu viele Sorgen zu machen.)

... &

... falottenhaftes Gelichter, fadenscheinige Dichter, hochmütig-fatalistische Richter, Mönche, Mönche, Mönche in der Gaststätte WALDESRUH (auch 2010 noch TRÜMMERKUTTE genannt); & zur gleichen Zeit werden Gunnar Alltsch, dem Nobelpreisträger unter b) – man erinnere sich an das obige a)! – statt der seinerzeit viel beschworenen & dennoch nie so richtig in Schwung gekommenen TAUSEND KLEINEN DINGE die unerhörtesten Dienste bzw. *Dienstleistungen* in Aussicht gestellt, natürlich auch sie nur gegen klingelnde Münze zu leisten, *das ist ja klar!*, ein Rascheln wie von Gänsen im Stroh tät' es auch, wenn die Währung nur immer als nicht zu weiche erkennbar bliebe, das ist ja klar!; die unzugänglichsten Handwerklichen Produktionsgenossenschaften, *ihm*, Gunnar Alltsch – und nicht etwa mir, seinem Regenschirmträger –, erlaubten sie (kurz zwar & peepshow-haft, doch immerhin!) einen Blick in ihr geldbeutelförmiges Herz: Rohr- oder Fliesenleger (manche sogar auf *Spaltklinker-Arbeiten* spezialisiert – oder heißt es *Klinkerspalten?*, wer weiß ...), Automechaniker selbstverständlich & zwar der unterschiedlichsten Handschrift, Glaser & Glasbläser, Blasebalgbändler (???: drei Fragezeichen des Herausgebers; A.E.), Sterndeuter, *absolut stubenrein!*, Entspannungsmasseure & -masseusen – no comment!, no comment! –, Dachdecker (mit eigenem Rinnen-Lager in verborgener Lager-Rinne), Regenrinnen-Konstrukteure, Renommier-Monteure, Satzzeichenspezialisten, sogenannte Bungalow-Aufsteller, die Verbrecher!, ausgerüstet für das harte & schöne Leben auf einsamen, vom Üblichen abgespreizten Landzungen wie in sumpfigen Seen-Winkeln & unzugänglichsten Schluchten giftigsten Dornendickichts (das gibt es noch in den Regionen des verschwundenen Walds) – wettergegerbte Männer nicht selten, die sich die ersten Sporen verdient hatten an der sibirischen BAM –, *persönliche Postboten* – siehe: Thomas Pynchons W. A. S. T. E.! –, Heizungsinstallateure, Psalmen-Dichter, psst!; Pseudo-Elektriker, psst, psst!, Quasi-Klempner, psst!, psst!, psst!; auffällig häufig der Kreis der Finanzberater; hier & da gilt Gunnar Alltsch nämlich fälschlicherweise als ein Autor in seinen *kritischen Jahren* – siehe auch Volker Brauns Rimbaud-Essay! – »Ihr *Systemkritiker* habt doch andauernd harte Währung im Kasten, wa? Ich sage auch ständig: Hauptsache, bei die janze politische Verfoljung springt 'n SHIGULI-EXQUISIT bei 'raus! Also: wat is' ...? EinszuSechs? Nee? EinszuSieben? EinzuAcht valleicht?« (Ein *ausnehmend anständiges, selten honoriges*

Angebot & »Aha«-Erlebnis, das sich einprägt!) ... –//– Für das Modewort »Drastergreis«, Dankeschön, Bruder Euphronius, habe ich im Augenblick an dieser Stelle noch keine rechte Verwendung, vielleicht ein anderes Mal, merci, Kamerad! (Obschon ..., das alles läßt sich ja wirklich nicht mehr mit dem Lirumlarum der alten Vokabeln exemplifizieren, hier braucht man was Frisches, aus dem verwickelten Geäst der Sprache duftig herbeigeschnipselt – außerdem müßte es mit Scheiße geschrieben sein, Schreib-Scheiße sozusagen ...) – Danke, »Drastergreis« ist 'ne Wolke! –//– Aber nicht jeden läßt diese Sphäre lächeln oder gar lachen; & ich erinnere mich gut an den hilflosen Postkarten-Vierzeiler, mit welchem Du, lieber Endler, damals in den Achtzigern bereits einem Klo-Reinigungs-Meister (holländisch: WC-Schonemaker) glaubtest ins Gewissen reden zu müssen, ich habe ihn bis heute im Kopf: »Mensch meinetwegen nur für Westgeld Mann / Doch nimm ooch Omi Küntzel in der Duncker dran / & wenn es möglich ist noch eh der erste Frost fällt / *Ein Mal* Du Schweinehund nimm Ost- nimm Ostgeld ...« & ich erinnere mich daran, daß der solchermaßen moralisch Gezüchtigte sich lediglich über die Abwesenheit der Satzzeichen geäußert hat, über anderes nicht ... Ja, mit Scheiße müßte dieses Kapitel geschrieben sein (wie vieles andere auch), mit einem Scheiße-Füller oder mit dem vom Verfasser bevorzugten seiner beiden noch intakten Zeigefinger oder mit beiden, so wie es der agonierende Ludwig Turek tat (»Ein Prolet erzählt«), damals im Krankenhaus am Friedrichshain auf Laken, Tischdecke, Fußboden, Türe & Bettgestell ... & Fensterbank-Drechsler kommen & bieten ihre schwer durchschaubaren Dienste an, & Wasserleitungs-Tischler, & Gasofen-Glaser, & Star-Anwälte, & Hunde-Beschnupperer, & Dielen-Begutachter, & die gnadenlose Sippschaft der Stukkateure ...: »Ein Drittel West – sonst läuft janischt ... Die Hälfte in West oder mindestens Fifty-Fifty ... Hatte ich ›Ostmark‹ jesacht – det darf doch nicht wahr sein!?« Ach, Ludwig, mach weiter, alter Seebär & Proletaroid, laß Dich nicht stören, laß es über Betten & Stühle hinquellen & zum Fenster hinaus & mitten in unsere Neue Welt & hinein in die Schweine-Fressen alle, ein

Prolet erzählt, ein Prolet scheißt, ein Prolet ist glücklich ... Scheiß-Menschheit!* ... Ich aber, leider, sehe mich genötigt, auf solchen Schiet zu verzichten, da meine Briefe für meinen Freund Adolf Endler in Devils Lake bestimmt sind, den Dichter mit dem hyperkatastrophalen Geruchssinn, wie auch für einen Leserkreis, dessen guter Geschmack fast sprichwörtlich ist. Nein, keine Bange, auch was meine SOMMERBRIEFE VOM NPB betrifft, habe ich der Kacke letzendlich doch noch entraten! & auch in Zukunft werde ich mit Kopierstift, Kugelschreibermine oder violett zugespitztem Fingernagel schreiben – mit männlichem Kot bestenfalls in den Stunden der Agonie! –//– & selbst jener feine ältere Herr hat mich in meinen Entschluß nicht wankend machen können, welcher mir (& ebenso Gunnar Alltsch) einen Werbe-Zettel zuzustecken sich für berechtigt hielt, auf welchem DIENSTLEISTUNGEN FÜR DICHTER versprochen waren, eine Einladung zu einem der sogenannten BEZIRKSLITERATURZENTREN mit Ihren *verantwortungsbewußt* sich schnäuzenden »gesellschaftlichen Beiräten« – wie viele

* Anmerkung. Sicher werden einige Kollegen der Meinung sein, daß es besser gewesen wäre – auch des Ansehens Bobbi »Bumke« Bergermanns wegen –, den einen oder anderen dieser Briefe zu vernichten, und sie könnten sogar auf das Beispiel Goethes verweisen, dessen Tagebuch z. B. am 9. Juli 1797 vielsagend mitteilt, »die Briefe« – welche, bleibt offen – wären »mit schöner grüner Flamme« verbrannt ... Solch einer im Prinzip verwerflichen Verfahrensweise bin ich nur ein einziges Mal im Leben gefolgt, und zwar in Bezug auf einen recht unerheblichen und nebensächlichen Brief Bobbi Bergermanns, in welchem B. B., für die Nachwelt eher irreführend als interessant, den Herausgeber unter anderem als »blöde besoffene Sau« tituliert, eine Charakteristik, die weder dem Sachverhalt vollkommen, gerecht wird noch den Tatsachen gänzlich entspricht. Auf dieses Schreiben konnte man wirklich leichten Herzens verzichten. –//– Leider blieb das zusätzliche Erlebnis, an einer »schönen grünen Flamme« die Augen weiden zu können, dem Menschen der Gegenwart, d. h. dem Verfasser versagt: Bobbis Brief, übrigens kaum umfangreicher als 37 Seiten, verbrannte nur mühselig, klebrig irgendwie, raupenhaft; nichts Erhebendes oder zu besinnlichen Sprüchen Ermutigendes ging aus von dem kleinen Autodafé, von diesem faul vom zerknüllten Papier sich lösenden unförmig-faden Flämmchen, teerschwarz, schwärzlich stinkend, ein Genuß während *keiner* Phase des Vorgangs ... Es dürfte einem sogenannten Wahrspruch recht nahe kommen, wenn ich sage: Nicht nur das Postwesen, auch das Papier ist ein anderes geworden seit Goethe! –//– *Sie*, Herr Staatsanwalt, scheinen das alles, was sicher nicht gegen Sie spricht, entweder nicht zu sehen oder nicht sehen zu wollen ... (A. E.)

Arbeitsstellen wieder geschaffen in Zeiten »punktueller« Arbeitslosigkeit seit der Jahrtausendwende! –, in denen nicht nur »Beauftragte« – Beauftragte! – »des Schriftstellerverbandes & literaturwissenschaftlicher & literaturverbreitender Einrichtungen« vis-à-vis den Dichtern Platz nehmen, sondern nicht minder Beauftragte »von FDJ, FDGB, Kulturbund«, überragt sie alle von den Vertretern der »Bezirksleitungen unserer Partei« & der »Räte der Bezirke«; unser literaturbegeistertes Ministerium für Staatssicherheit ist so selbstverständlich mit von der Partie, daß es nicht genannt zu werden braucht. & der feine ältere Herr erklärte Gunnar Alltsch und mir: »In den Veranstaltungen ist jeder Schreibende willkommen, vor allem aber jene jungen Talente werden erwartet, die, aus welchem Grund auch immer, noch nirgends *Anschluß gefunden* haben ...« Nicht nur, daß sie hier einmal unbelästigt ihre Texte vortragen konnten – sie hatten auch angesichts der »Beiräte« die seltene Möglichkeit, sich einen Rundum-Überblick über die ganze Mischpoke zu verschaffen, die dem Dichter-Volk in der DDR das Leben so einmalig leicht macht ... »Is' doch janz interessant!«, suchte ich Alltsch zu ermuntern; aber der feine ältere Herr fiel mir ins Wort: »Ich würde ihnen nicht gerade raten, diese DIENSTLEISTUNG auszuschlagen und Ihre literarische Wäsche zu Hause & nicht etwa unter den Augen unseres Beirats waschen zu wollen, ganz & garnicht ...« – Ja, das war etwas anderes als jene Dutzend-Anzeigen in den Nachkriegsjahren 45/46/47, der Zeit unserer Anfänge, & nicht ohne Rührung gedenkt man ihrer in der Ära der »gesellschaftlichen Beiräte«!: »WOLLEN SIE FILMAUTOR WERDEN?« (Ja, Natürlich! Absolut! Ja, wieso denn nicht?; meinte der Sechzehnjährige.) »Wollen Sie die filmgerechte Manuskriptgestaltung vom Exposé bis zum Drehbuch erlernen? Systematische Ausbildung zum *formschöpferischen* Filmautor bei direkter *Mitarbeit in der Filmproduktion* bietet Ihnen, nach Eignungsprüfung auf Grund Ihrer bisherigen Arbeiten & Ihrer Lösung eines aufgegebenen Probe-Exposés, das *neuartige* & *einzige* deutsche FERNSTUDIO FILMAUTOREN ... Fritz Müller-Piesteritz b. Witwe Bolte, 1055 Berlin, Ryke-Straße 37, Hinterhaus links, vier

Treppen ...« – Schriftsteller, Dichter zu werden, scheint zu allen Zeiten trotz aller zu erwartender Belästigungen als etwas höchst Erstrebenswertes & besonders Feinkariertes zu gelten; & das ist es ja auch ...

... &

Zum Glück tänzelt jetzt wieder das auch Dir bekannte blutjunge Nummern-Girl Trixi aus der auch Dir bekannten Gaststätte BLAUSPECHT herbei, dieses Mal als *stengelschmale* beziehungsweise peitschenschnurdünne Mittsechzigerin, auf die man sich gegenseitig kopfschüttelnd aufmerksam macht, da sie in ein langes & züchtiges Internatskleid gehüllt ist – KLOSTERSCHÜLERINNEN-LOOK –, welches sich – ein geradezu *eruptiv-plakativer Effekt* –, so oft sie uns mit einer raschen Wendung den Rücken zukehrt, jedes Mal wieder als *kühner, hinten offener Kittel über Satin-Shorts* entpuppt, charakteristischerweise kein KNACKE-Modell, sondern ein eigentlich fast lächerlich antiquierter Kenzo-von-Jap-Entwurf vom Ende der siebziger Jahre des vorigen Jahrhunderts; bei dem züchtigen Revolverchen in ihrem schwarz lackierten Strumpfband kann es sich übrigens nur um die besonders elegante damenhafte FRIKADELLE DES FRIEDENS FF FÜNFZICK handeln (vom Volksmund kurz FRIEDENSFRIKADELLE genannt oder, noch kürzer, FF: Freiwillige Feuerwehr), die freilich verborgen bleibt, wenn sie ihre Spruchtafel hochhebt, dieses Mal die Botschaft: WIR GEHÖREN ZU DEN SIEGERN DER GESCHICHTE! (Über die Schulter unserer Trixi lugt lilalippig & lasterhaft die Königin des Untergrundhandels Lili Ping; über die Schulter Lili Pings blicken drei bis vier unschuldig lächelnde Mönche. – Mein grüner Star will mich narren?)

/ 3 /   … der »graue Bücher- & Musikalienmarkt« indessen – & ihm angeschlossen natürlich der illegale Waffenhandel – hat sein Domizil im CAFÉ MEISE aufgeschlagen (besser bekannt als CAFÉ OST-GRÖSSENWAHN oder CAFÉ MACKE), in jenem »kleenen violettriefend-blaufießich-dämmerich-jrienen« (um mit Nivea Persil zu sprechen) in der mittleren Stargarder Straße, sowie in den benachbarten gastronomischen Grusel- & Grillkabinetten …: Hier gibt es wirklich »alles«, dargeboten auf richtigen, besser noch: *regelrechten* Bücherkarren, in technischer Hinsicht (wie üblich) den offiziellen (z. B. dem der Kollegin Schrollz-Schrunnz) weit überlegen; in Minutenfrist aufgeblasen, diese Dinger, in Sekunden, falls nötig, wieder zusammenzufalten, bestückt mit Elektromotoren sogar, wenigstens die der Li Ping, der Schmöker- & Schallplatten-Li, mit den überaus raren funktionslosen Flügelrädern luxuriös drapiert – auf eine fast schon künstlerische, ja, höhnische Art: symbolische Anspielung eventuell auf MERKUR, den geflügelten & außerdem mit einem attraktiven Fußkettchen aus lauter güldenen »&«s geschmückten Gott, besser wohl: Halbgott des Handels!; eines der inoffiziellen Büchergefährte kam aus Tarnungsgründen, überflüssige Mühe, als Bechsteinflügel daher … –//– Überflüssige Mühe fürwahr; denn um bestimmten Gewohnheiten unserer Bürger entgegenzukommen, verfügen diese Ausgeburten der Raffinesse *durchgehend* & zusätzlich über die altbekannte Einrichtung jenes etwa in Knie-Nähe gelegenen Spezialfachs, das man als UNTER-DER-THEKE kennt, Du wirst Dich gewiß noch erinnern, & das einem nur auf ein vertrauliches *allgemein bekanntes* Geheimzeichen hin gezeigt & geöffnet wird, eine Art von Parole, zuweilen aus *vorgetäuschten* Sicherheitsgründen gewechselt: Im Augenblick ist es die in Ohrhöhe krampfig gespreizte Hand, je nach dem Ort eine »Fünf«, eine »Fünfzig« beziehungsweise »Fünfhundert« andeutend; oder auch beide Hände, kaum weniger bedeutungsschwanger gespreizt! (*Bedeutungsschwanger gespreizt* …; nein, ich werde nicht in den Himmel kommen, das weiß ich schon jetzt!) Beim Satan!, welch eine Edelsteinhöhle & Wunderwelt sich infolge solchen Signals in der Regel zu öffnen beginnt, vollkommen abgestimmt auf die diabolisch schillernde Skala der KUNDENWÜNSCHE; theoretisch seit langem bereits im Vorfeld der Kriminalität angesiedelt, diese Neigung zum KUNDENWUNSCH bei den Leuten, eine nicht selten zur Süchtigkeit, zur Suchtkrankheit tendierende, die der Schwarzhandel in seiner Grauzone rücksichtslos für sich auszubeuten versteht, *Ausbeuter neuesten Typus'*, rätselhaft, aus welchen Kanälen ihnen die heiße Sore immer neu zufließt ... –//– In der Tat, hier gibt es »alles«, Gedrucktes & Ungedrucktes, Verbotenes & Erlaubtes, Unterdrücktes & Gefördertes, Realisiertes & Intendiertes, Altes & Neues, »Leichtes« & »Schweres« in unüberblickbaren Mengen!, zum Verkauf gestellt freilich zu Preisen, *die etwas Undeutsches haben* ... Wo ist das Tuch des Schweigens nur wieder, Luise, daß ich es darüberwerfe & -breite?: Für ein einigermaßen frisches Buch von Günter Kunert, & sei es noch so winzig, mußte man bereits 84, hast Du das damals noch mitgekriegt?, zwischen Oschatz & Riesa (nach dem Zeugnis Heinz Czechowskis) hundert bis hundertfünfzig Ostmark berappen, jetzt, im dritten Jahrtausend – & ich spreche nicht von Antiquariatspreisen – kriegst Du die noch so schmächtigste Neu-Erscheinung Kunerts nicht für das Sieben- bis Achtfache mehr. »Det is *echt* pseudo überbezahlt!« ... Mit einem Wort: CLOUMARKT!!! –//– Noch exzessiver der Preis-Boom im Sektor »Handschriften«, »Typoskripte«, »Fotokopien«, »Privatdrucke«, also bei sogenannter Hintertreppen-Literatur oder Dachboden-Kunst ...: Drei Werke aus diesem Angebot waren es vor allem, die mich heftiger atmen, ja, sekundenlang fiebern & frieren ließen; alle drei übrigens von Gunnar Alltsch zu meiner Befriedigung mit deutlichem Ekel von sich weggeschaufelt ins Abseits (alle drei indessen von Wichtigkeit eventuell als Material für Dein literarisches Spätwerk, mein lieber Endler, wie es sich in Deinem reichlich ergrauten Kopf bereits Seite für Seite & Blatt für Blatt zurechtschieben mag); drei sogar im sogenannten freien Westen weitgehend mit dem Bann belegte Werke, nämlich: 1. DIE EXZESSE BUBI BLAZEZAKS IM FOKUS DES KALTEN KRIEGES von einem gewissen Bobbi »Bumke« Bergermann* – irgendwann wirst auch Du den Namen schon einmal gehört haben, nehme ich an –, & zwar, ich bitte aufzumerken!, die vom Verfasser dazumal als »zwischen KEGLERHEIM & HACKEPETER nächtens verloren« gemeldete *vollständige* Fassung dieses Romans (»eine ins Dunkel gerollte Perle des Deutschen Humors«, wie Nivea Persil es genannt hat); 2. HULDAS HUND, der mehr gelästerte als wirklich gelesene

* Anmerkung. Bobbi »Bumke« Bergermann, ergänzend: »Ganz anders verhielt sich Alltsch, als er der 17bändigen zeitgeschichtlichen Roman-Serie DER FRIEDE IM OSTEN von Erik Neutsch ansichtig wurde: Blitzschnell zog er den vergoldeten modischen Mini-Rechner aus dem Knopfloch seines Jacketts, sodann die diamanten-umkränzte Mini-Reiselupe aus der malerischen oberen Zahnreihe seines Gebisses und rechnete Verschiedenes, wie man zu sagen pflegt, *durch:* Immerhin sind 3800 Westmark, wie sie offenkundig erwartet wurden, auch für einen Alltsch kein Pappenstiel (wenn man das Bißchen, was man in derlei Währung besitzt, bereits für eine Wurlitzer Orgel im Las-Vegas-Stil 'rauswerfen will), und um so weniger, als Gunnar Alltsch bekanntlich in einer Laune ganz singulärer sozialistischer Anständigkeit die gesamte Nobelpreis-Summe EinzuEins hatte umrubeln lassen (ein Drittel in INTERSHOP-Schecks, das ist ja klar!), blindlings vertrauend unserem Urheberrechtsbüro in der Clara-Zetkin-Straße (1040 Berlin), umtauschen lassen in das sicher auch nicht zu verachtende *Ost-Geld* ... – Ist das eigentlich bis nach Devils Lake gedrungen damals, lieber Endler, oder ist das Ereignis lediglich eine Sensation von nur lokaler Bedeutung geblieben, weil höchstwahrscheinlich nicht recht verständlich für einen Engländer, Franzosen oder Amerikaner? Eine Frage, auf die Du vielleicht demnächst einmal eingehen magst! Hierzulande indessen war der Wirbel ausreichend groß, um unseren Alt-Dramatiker Haller zu veranlassen, ein recht gescheites Drei-Personen-Stück um diese Entscheidung herum zu schreiben, worin Alltsch freilich Knalltsch heißt, ein leider viel zu selten aufgeführtes Stück, das in der Scheidung der verwöhnten und verdorbenen Knuthilde Knälltsch von ihrem gefeierten Gatten gipfelt, und dessen Fernseh-Fassung unerhört lebhafte Diskussionen des sogenannten Kleinen Manns auf der Straße zur Folge gehabt hat, *mit großer Sachkenntnis,* muß man schon sagen, geführt, auch in der Regel nach kurzem bereits die *zentrale Frage* umkreisend: – Und *wie* finanziert Haller, dieser typische Repräsentant des sozialistischen Jet-Set, all seine unaufhörlichen Auslandsreisen bis hinein in das Kleine Walsertal und bis hinauf zum Yellow Stone River? (Mit den Knalltscheschen Geldern vielleicht?) Hallers gedrungene Dreiecks-Geschichte bleibt die Antwort auf solche Fragen leider weitgehend schuldig, beweist jedoch zur Genüge: Wahrlich ein anderer Typus dieser Knalltsch/Alltsch als zum Beispiel Ernest Hemingway, wahrlich von anderem Kaliber, mein lieber Endler, als Euer u.s.-amerikanischer Alkoholiker, von welchem bekannt ist, daß ihm wenige Minuten nach Erhalt des hoch dotierten Nobelpreises als erstes herausgerutscht ist: ›Jetzt kann ich wenigstens einen Teil meiner Saufschulden tilgen!‹ Gunnar Alltsch, wer zweifelt daran?, ist wirklich 'was anderes als Hemingway, *das muß man 'mal laut sagen dürfen!*« So weit Bobbi Bergermann. (A.E.)

wild-wirre Erzählungsband (Typoskript) von meinem früh verstorbenen Onkel Bobbi »*Banane*« Bergermann – »Eine Prise Nekrophilie hat noch keinem geschadet, der lebt ...«; 3. das erste vollkommen überzeugende Dokument eines gleichfalls von meinem verstorbenen Onkel initiierten neuen literarischen Genres, der sogenannten Zusammenrottung, ja, Adolf »P.« Endlers (sic!) berüchtigter fünfter (oder siebenter?) Band seines gigantischen Romanwerks NEBBICH, das sagenhafte ZACKENDULST mit dem Untertitel EINE LITERARISCHE ZUSAMMENROTTUNG ..., gleichfalls dazumal vom Verfasser als verloren gemeldet, »zwischen HACKEPETER & KEGLERHEIM nächtens verloren«, erinnerst Du Dich? Wenn du genügend Pinunse hast, lieber Endler, es handelt sich um eine Summe, die man »annähernd sechsstellig« nennen könnte, dann lasse Dich bald 'mal sehen! Wirklich, hier gibt es »alles«, & vor allem, wenn es einem gegeben ist, mit US-Dollars winken zu können. –//– Falls Dich auch das interessiert, lieber Endler: Der »Hauptstrom« des Untergrund-Angebots (vorzüglich in der Gaststätte LÖFFEL-ERBSE bzw. HÖR-ROHR präsent) besteht allerdings aus den von mir bei Gelegenheit satirisch gezüchtigten Unzuchts-Gazetten & Lüsternheits-Periodika, aus ganzen Jahrgängen der Zeitschriften PLAYBOY, EKSTASE, SANKT-PAULI-NACHRICHTEN, DOMINA, PLAY GIRL (in Bielefeld auf dem Index, im Unterschied zum PLAYBOY), HUSTLER, PENTHOUSE, TABU ... – Das alles gehört jedoch bereits zum Kapitel Li »Lili« Ping. – & auch sie gehen immer mehr unter in der undisziplinierten & verwahrlosten Woge uralter MICKYMAUS-, DONALD-DUCK-, TARZAN- & SUPERMAN-Heftchen, welche quäkend & quarrend, quietschend & qualmend über dem NPB zusammenzuschlagen beginnt, uns alle mit sich reißend – in welche Welt? (Atemberaubend kletternde Preise.)

... &

... dieser Woge folgt naturnotwendig & auf dem Fuß die schlierige Masse zerkratzter Uralt-Schallplatten & ausgelutschter Kassetten, aufsteigend höchstwahrscheinlich aus den Katakomben des Alten Prenzlauer Berg (APB), kontrolliert dieser Markt – TEACH ME TIGER! – seit eh & je von einer Maffia fanatisierter Musikfreunde & der 'mal müden, 'mal maliziösen Migräne der mysteriösen – muß ich es noch mitteilen? – Madame Lili Ping, aus China- Town, aus dem Chinesenviertel von Frisko zugereist, wie von Ahnungslosen geflüstert wird, jetzt die geheime & gefürchtete Beherrscherin der Hinterhaus-Welt im verkommenen WASSER-TURM-QUARTER & von hier aus Fäden spinnend zu manchem anderen Kiez, oller Schallplatten halber & noch ollerer Schmuddel-Belletristik!, seit Neuerem ersichtlich auch im CAFÉ OST-GRÖSSENWAHN & im HÖRROHR präsent: Das lilalacklippige Lieschen Ping mit dem supramongoloiden Lidschatten & dem Damenbart-Ansatz, die Venus aus dem Sperrmüll von Mitte oder dem brünstigen Rieselfeld-Schaum. (Kenner tippen auf die ehemalige Trixi aus der Gaststätte BLAUSPECHT ...) – Angeboten wird die Ware aus dem Hause Ping (& einiges mehr) von mehr oder weniger pockennarbigen Boxer-Typen und ungesund aufgeplusterten Bardamen, welche man irgendwann schon einmal gesehen zu haben glaubt, schändlicherweise aber auch von nicht wenigen *vorgeschickten* kränklich näselnden Kindern, dem JUGENDWEIHE-Alter noch zustrebend oder gerade entwachsen!, manche der Gören bereits mit gebrochenem Nasenbein oder hinterhergezogenem Schlappfuß (abgeleitet von »Schlapphut« dieser neue Begriff) ... Ach, unsere Kleinen, die GARANTEN unserer Zukunft!; was die unappetitlichsten Objekte betrifft, sind es gerade sie, die man am liebsten auf die Suche nach einem wehrlosen Opfer herumstreunen läßt, & ebenso mit den WAFFEN, den unterschiedlichsten Handfeuerwaffen zumal, die man im trauten Verein mit den meistens ja subversiven Büchern – siehe: Ideologische Diversion – den zahlungskräftigsten Käufern (& vor allem Gunnar Alltsch) unterzujubeln bestrebt ist; die Gier nach solchen Gegenständen wird ja bei uns seit fast drei Jahrzehnten von mehreren Zeitschriften wie dem VISIER, der ARMEE-RUNDSCHAU u. ä. geradezu systematisch geschürt! (Mancher der von diesen recht leichtsinnig operierenden Blättern verführte Sammler hat seine Widerstandslosigkeit gegenüber denselben sehr, sehr teuer bezahlen müssen ... Mehr sag' ich nicht! Was Gunnar Alltsch betrifft, den Multimillionär & Obermufti der »DDR-Lit«, konnte er sich zwar auf die Dauer dem »grauen« Bücher-Angebot entziehen – & die Händler wußten es bald –, nicht aber der Wunderwelt der Waffen, vom berühmtesten aller Western-Revolver, dem COLT Marke PEACE-MAKER (ja, die Gedankengänge der Menschheit haben sich in den letzten Jahrhunderten diesbezüglich nur wenig qualifiziert) bis hin zum Original Französischen Bistro-Geschirr, das schon so manchen Ehestreit zum Blutbad ausarten ließ, der ranghohe Auch-Militär Gunnar Alltsch reagierte auf die liebenswerten neuen & alten Waffen mit immens beschleunigtem Atem & wie erotisiert. Ich dagegen, kein sexuell verklemmter Waffen-Fetischist gleich Gunnar Alltsch oder Karl May, ich interessierte & interessiere mich – & weshalb soll das »minderwertiger« sein? – erheblich mehr für den dominierenden Damenstrumpf der Saison und das aktuelle Gesicht des weiblichen Stöckelschuhs; letzterer unter Umständen auch – in Verbindung zunächst mit sinnverwirrend flirrendem Strumpfwerk – eine tödliche Waffe. (Lili Ping bevorzugt beispielsweise bei Auseinandersetzungen mit störenden Schwerenötern blitzschnelle Tritte mit giftig vergoldetem Pfennigsabsatz in die männlichen Hoden, die berüchtigten »Eier« also, falls vorhanden, oder gar mitten ins ohnehin schon stotternde Herz – kein schöner Anblick!, eher *unschön* zu nennen ...) Für die Dame der besseren Gesellschaft – nein, nicht für mich, nicht für ein Aschenputtel wie mich – dürfte die Wahl bezüglich ihrer Bein-Bekleidung auch in diesem Jahr wieder schwer fallen angesichts eines überwältigend vielgestaltigen

& außerdem »scharfen« Angebots unseres Underground-»Exquisit«, unseres Schwarzmarkt-»Delikat« ... Wohin der Trend im Augenblick geht, möchtest du wissen, vor allem, was die von Dir so gerne & gierig zerkauten Strümpfe betrifft? Wir haben Glück, Du hast Glück; nicht weit von mir – Claretta Mieder, die Nachfolgerin der großen Marietta Riederer von der ZEIT? – flüstert eine erregte weibliche Stimme in das ihr hörige Tonbandgerät: »Grellrote Strümpfe gehören nun einmal zu Schwarz, Marineblau oder Lodengrün; Vergißmeinnichtblau dagegen *schreit* nach den Kamelfarben, wie nicht erst seit heute bekannt ist; lila Strümpfe zeigen sich ausnehmend gerne zusammen mit Rubinrot u. ä.; rostfarbene beziehungsweise mausgraue zieht es unwiderstehlich zum Winterweiß, wie wir auch hier wieder feststellen müssen; im Unterschied dazu läßt die neue Braunskala fast schon automatisch nach auberginen- & tabakfarbenem Strumpfwerk greifen ...« –//–
... & in diesem Augenblick gewahre ich erschrocken wieder die andere Dame, die mit Schr./Schr. zu zeichnen pflegt – was habe ich es nur immer mit dem Damenflor! –, die Kollegin Schrollz-Schrunnz, die Vermittlerin vor allem des in jeder Beziehung »sauberen« Buchs. (Weckt nicht der Name allein schon bei einem Masochisten wie Dir die wehmütigsten sentimentalen Empfindungen?) Wie seltsam, wie irritierend, Schr./Schr. so dekadent & lila umwuchert zu sehen, umrankt von den faulig duftenden Blüten & fadenscheinigen Blättchen des versammelten unkontrollierten UNDERGROUND!! Du kennst sie ja, diese literarische Straßen- & Wegewacht, diese – das ist die Wahrheit! – durchaus aufopferungsvolle Streiterin für eine *in unserem Sinne* reifere Lesekultur, die Kämpferin aber auch, hartnäckig und verbissen wie unser Hauswart in Bezug auf die Anmeldepflicht, *gegen* alles Verdächtige, Einzweidreideutig-Fahle, *in seinem Wirkungsmechanismus noch Unerforschte* & folglich zu tilgende – Du merkst: ich zitiere aus den Schrollz-Schrunnzschen Aufklärungs-Referaten –, wie es *trotz* aller *deutlichen Fortschritte* noch in jedem Quartal seit Christi Geburt *trotz* aller Vorsichtsmaßregeln aus den Spalten & Ritzen, den Naht- oder Schwachstellen unserer

Literatur herauszuwuchern & sich auszubreiten versteht, ohne jeglichen Zweifel eine der Folgen maulwurfshafter Tätigkeit des CIA & ähnlicher sogenannter Firmen, welchen Lagers auch immer ... (»Lieber überhaupt keine Literatur«, so heißt es bekanntlich praxisfern & weltfremd im verbitterten Kreis der LITERATURBÜRO-Freunde, »als eine Literatur, die überhaupt keine ist ... in unserem Sinne!«; in diesem Zusammenhang spricht man gerne vom »Musterländle ČSSR«.) Ach, es ist schon bewunderungswürdig & rührend, wie die (peinlicherweise bis heute vornamenlose) Schrollz-Schrunnz im Sumpf des CAFÉ LILA oder der LÖFFEL-ERBSE zu agieren versucht, im ganzen wohl zu wenig gewürdigt ihre nimmermüden Aktivitäten für das MEDIUM BUCH (!!!) & für *unsere Besten* im Kampfabschnitt SCHÖNE LITERATUR, kurz, für das *wirklich Gute*, das leider immer noch auf *unterschiedliche Rezeptionswilligkeit* stößt ... (Du merkst: Ich zitiere noch immer.) & in diesem Augenblick – aufgemerkt, lieber Endler, jetzt kommt's! – ja, in diesem Augenblick höre ich wieder die unvergeßliche Stimme, auch Du wirst sie noch irgendwo wiederfinden in Deinem akustischen Gedächtnis, die Stimme jener Dame, die mit Schr./Schr. zu zeichnen pflegt & die tatsächlich nichts anderes als Dein – *Dein!* – frühes Büchlein OHNE NENNUNG VON GRÜNDEN (Rotbuch-Verlag; Westberlin) über ihrem hoch gelegenen Blondschopf hin- & herzuschwenken scheint: »Aber sonst – picobello dieses OHNE NENNUNG VON GRÜNDEN ...« Scheint die Stimme der Frau sich nicht zu verändern vor Erregung, ihre strickenden Hände, scheinen sie nicht rasender noch zu klirren – »Stricken Sie doch nicht immer so extremistisch!« –, da sie ihr Loblied auf Dein Büchelchen fortsetzt: *»Man liebschübs tumm un tähmlich tarrantz! Einteuchticht* PLATZZ AINS PPLLUTTZZ tärr TETEÄRRZT'PETZENLIFTZFE, Mitzer Rattenoffzt, Mister Franke!« ... Diese unzweideutigen Winke der erregten Literaturpropagandistin muß sich der Leser wie nebenher zum Fenster hinaus gewunken denken!, & zusätzlich dazu bestimmt, so manche bildungsmüden Ehepartner unter den männlichen Kollegen in der

QUEUE* *doch* nachdenklich werden zu lassen über ihre Versäumnisse im Hinblick auf die Lektüre, das Studium dieses Buches & außerdem des zweiten noch erheblich dickeren SCHICHTENFLOTZ ... Ja, ungeheuerlich, gewiß, *das* aus dem Mund der Kollegin Schr./Schr. zu hören! Manchmal kann man schon ins Schwanken & Wanken geraten angesichts der vielen rätselvollen Phänomene der Neuzeit! Erklärungen für die schreiendsten Widersprüche in unserem Leben findet man vielleicht nur im Leben selber. Dennoch, ein Hauch von Ratlosigkeit liegt über dem allen, welcher den Smog vergangener Sommer glücklicherweise etwas gemildert hat. –//– PS.: Die Auflösung dieses besonders schockierenden Rätsels erfolgte am gleichen Abend noch: Karnevalszeit! Natürlich war es keine andere als Madame Lili Ping, diabolisch vermummt als Schrollz-Schrunnz; hohnlachend überließ sie das abgeworfene Kostüm den Fetischisten & Masochisten des aufgewühlten Lokals ... *»Mensch, Trixi!!!«*

* Anmerkung. *Queue;* ein von Hermann Kant in der verrutschten Quasi-Humoreske DER DRITTE NAGEL mitgeteilter Billard-Begriff, mit dem sich vermutlich die Upper Ten der DDR den peinlichen der »Schlange«, der »Käuferschlange« vom Hals zu halten versuchen – oder ist Hermann Kant der einzige DDR-Bürger, der es so nennt? (Dem TAGEBUCH EINES VERZWEIFELTEN des von mir so hoch geschätzten Reck-Malleczewen zufolge scheint dieser Begriff vorzeiten auch in Adelskreisen an Stelle des pöbelhaften »Schlange« Verwendung gefunden zu haben.) »Und eines Morgens reihte ich mich in *die Queue* ein ...«, die Queue beim Schrippen-Bäcker nämlich. – Die Veränderung der Verhältnisse mit Hilfe einfacher Vokabel-Manipulation: In einer Queue der endlichen *Abfertigung* zu harren ist sicher etwas sehr viel Qualifizierteres als schlicht in einer »Schlange« zu stehen; so wie eine »Zweiraumwohnung« etwas Besseres sein mag als das antiquierte »Ein Zimmer mit Bad«, ein »Geschädigter« etwas Akzeptableres als ein »Behinderter«, ein »Verwahrraum« weniger beunruhigend als eine »Gefängniszelle«, eine »Frontbegradigung«, um auch ein älteres Beispiel heranzuziehen, alles andere als ein »Rückzug«, undsoweiter, undsoweiter ... Eine »Queue« ist etwas Lustiges, eine »Schlange« hingegen, wie Walter Benjamin es nannte, der »Parademarsch des Elends«; in unseren Tagen freilich nicht allein des ausschließlich materiellen Elends, sondern – wie der DRITTE NAGEL erweist – des geistigen auch bzw. ebenso oft. (A.E.)

VIII Halbträume (d)

»... Denen geht besser keiner ans *Leder.* Sie machen Pokerface zum guten Spiel. Verduften nicht gleich, *wenn's mal kriselt.* Sind für reinen Tisch. Perfektionisten unter sich. Auch Montana macht *keine Zugeständnisse an minderwertige Masse* – liebt den üppigen Luxus wertvoller Materialien. Da unterscheidet ihn garnichts von einem anderen Goldjungen dieses *hautnahen Gewerbes*: Nino Cerruti. Er, avantgardistisch und doch klassisch unter Modemachern, mit Ideen, aber ohne Konzession an Punk und Pop ...« – Offenkundig die erste von sechs oder sieben angekündigten »Strophen« eines LEDERMODENBERICHTS bzw. einer Ballade, die CLAUDE MONTANA heißt, vorgetragen von einer zerstreuten Dame namens Ingeborg Bachmann, die mit einem Schul-Zeigestock auf mehrere männliche Mannequins weist und jetzt den »Kehrreim« anstimmt: »Lederjacke im Blousonstil mit betonter Schulterpartie. Klassisches Revers. Bündchen, betont mit Gürtel in Laschen. Tausendsechshundert Mark. Lederhose Jeans-Stil. Neunhundertfünfzig Mark.« –//– Die zweite Strophe (samt Kehrreim): »Leder ist die *Haut eines wilden Tieres*, das Freiheit sucht und sie auch findet. Mit aller Macht, *ohne Rücksicht auf Verluste.* Es zu erlegen war einmal die größte Leidenschaft des Menschen. Heute ist Leder die zweite Haut der Männer, die allein zurechtkommen. *Die lieber jagen als gejagt werden.* Die ihre Freiheit erkämpfen und sie verteidigen – *um jeden Preis.* Ob nun als Cowboy in Arizona oder auf dem Pflaster der Großstadt. Wie jene herumziehenden Creaturen, deren Haut sie tragen: *hart, bissig, angriffslustig.*« – »Wollgrauer, lässiger Nappaledermantel von Montana. Wird in Taille geknöpft, doppelreihig. Klassischer Revers, schräge Seitentaschen, Gürtel. Zweitausendfünfhundert Mark ...« –//– Und die Frau, die Ingeborg Bachmann genannt wird, beginnt wie abwesend eine dritte Strophe zu singen, da gleichzeitig der gilbe Erdball am Himmel »aufgeht«, ein wirklich häßliches krummes Ding: »... *Leder spricht eine heiße Sprache*; ob in Paris, Rom oder New York. Ob im Discolight oder beim piekfeinen Treff – Leder ist immer en vogue, *getragen von coolen Typen*. Für einen hat Leder schon seit langem Hochsaison: CLAUDE MONTANA. Ein Mann, dessen Stern fast über Nacht am noblen Designerhimmel aufging, gekürt als ›New Golden Boy‹ der Modemacher. Er spricht die richtige Sprache, wenn er sagt: ›*Die nächsten 20 Jahre unseres Jahrhunderts werden aufregend sein, aber hart.*‹ Sein Outfit für *diese knallharten Jahre* ist schon richtig: *Leder ...*«*

* Anmerkung. Die Quelle dieses Albtraums dürfte das westdeutsche MÄNNER-MAGAZIN vom Herbst 81 sein. (A.E.)

IX Back from the USA oder die Schreibe-Mauer / Blätter

»Life begins with eighty ...«; (Kreideinschrift an der Berliner Mauer.)

/ 1 / **Ein gefährliches Alter** Irgendwann wird man's leid, irgendwann will der schöpferische Mensch bei aller Selbst-Bescheidung und Entsagungsbereitschaft doch noch – und sei es auf dem Sterbelager – gravierend beglückwünscht werden von seiner Heimat für die schillernden Früchte einer in der Regel schweren, wie auch immer ergiebigen sogenannten Existenz, beglückwünscht und gepriesen nicht nur von materiell interessierten Saufkumpanen und verschlagenen Nivea Persils, sondern *aus der breiten Öffentlichkeit heraus* (und akzentuiert solche Ehrung von den entsprechenden Presse-Meldungen und sympathisierenden Feuilleton-Spitzen); unsereiner denkt in solchen Momenten sicher gern an Strawinsky und dessen späten Triumph im heimatlichen Moskau ... Irgendwann wird man's leid, und sei es mit achtzig oder gar einundachtzig, wie der Verfasser seit dem vorigen September, ja, *gerade* mit achtzig oder einundachtzig, in diesem inzwischen als so extrem »kritisch« erkannten Alter vor allem des Kunstmenschen, des vom Beifall verwöhnten ebenso wie des vom Erfolg gemiedenen, um es einmal *so* auszudrücken, also für alle Beteiligten akzeptabel: Die durch das Leben und die ihm beigeordneten Behörden aufgezwungene Selbst-Vergewaltigung scheint nicht länger durchzuhalten zu sein – und ein die Umwelt verstörender Knall markiert die Stelle auf dem Erdball, an dem sich der betreffende Dichter – o. ä. – gerade befindet, nenne sie sich Devils Lake, Dubrovnik oder Dresden-Radebeul: »Mensch, was hat sich dieser alte Knacker nur dabei gedacht, just in *dem* Augenblick sein INTIMES JOURNAL der ZEIT zuzuspielen, da ich mich endlich mit Lieschen versöhnt habe, außerdem in der nächsten Woche den Ehrendoktorhut der Universität Jena aufgesetzt bekommen soll ...!!!? Aber ich habe ja immer und überall vor diesem Alters-Anarchisten gewarnt! Der reinste Trotzkist! Und jetzt will *das* zu allem Überfluß zurückkehren in die DDR, Scirokko-piau!« (Modische Klagelaute dieses Jahrfünfts.) – Ja, mit einundachtzig ist der alternde Belletrist, vorzüglich der einundachtzigjährige Lyriker *zu jeder Schandtat bereit*, auch ohne Biermann zu heißen. Wenn die Menschen dieses Reifegrads ohnehin schon über die Maßen gefährlich sind – waren derlei humpelnde Hyänen, kahlen Adler und sonstigen verwegenen Wackelzähne nicht als GRAUE PANTHER im Gespräch? –, wenn schon die *normalen* Greisinnen und Greise eine schwelende Gefahr für die Gesellschaft bedeuten, wie erst der Künstler! Ich wiederhole es und will später, bitte, keine Klagen hören, und ich wiederhole es mit Genuß, meine Damen und Herren: Ein Dichter mit Einundachtzig, weitaus entschiedener noch als der mit Fünfundvierzig, ist fast immer als tickende Zeitbombe zu betrachten, falls er nicht längst schon zum platten und matten Pfannekuchen und Akademie-Mitglied entartet ist... –//– Kurzum: Ich löse meinen Haushalt in Devils Lake auf, der sowieso nur im wesentlichen aus knurrenden Whiskey-Kisten besteht, ich trenne mich vom gemütlichen North Dakota – trotz der fesselnden Witwe Pamela Bolte –, ich kehre zurück in die DDR, heimkehre ich mit geschwollenen Segeln, ich komme wieder, Ihr werdet es alsbald erleben, ich komme zurück; denn nur in der DDR, gelt, Kaschperl, bist du recht eigentlich daheim! – Rolling home, rolling home, ich möcht ze Foohß no Kölle jonn etcetera. (Ja, ein besonders scharfes Auge also auf die Achtzig- und Einundachtzigjährigen, liebe Genossen von der Sicherheit!, von denen, von dort wird es kommen eines Tages!) – Devils Lake/North Dakota im Juli 2011 (zweitausendundelf); und der Verfasser 1930 geboren; welch eine Konstellation!; da genügt ein einziger kleiner Funke, und die lange und lobenswert gezügelte Geltungssucht treibt einen zu Handlungen, deren Folgen der Hundertjährige später wimmernd auszubaden hat und, ein wenig klüger geworden mit den Jahren, als »schlichten Blödsinn« charakterisiert; den Einundachtzigjährigen aber schert's nicht, den Einundachtzigjährigen ficht es nicht an, den Einundachtzigjährigen ... laß jut sein, Vater! Und der Funke kam über den Atlantik gesprungen und sprang sofort auf mich über:

»Wir bereiten ein ganz dickes Ding vor! Komme sofort!«, wie es in dem Schreiben meines nun auch schon neunundsiebzigjährigen Kollegen Bobbi Bergermann hieß, einem Brief aus der Hauptstadt der DDR; in welchem von den erstaunlichsten sogenannten »Vorgängen« in der alten Heimat die Rede war, kulminierend in dem dringlichen Hinweis auf die allen zugängliche SCHREIBEMAUER, die MAUER DER DEMOKRATIE im sogenannten Herzen der Hauptstadt, Stichworte, die man einem Graphomanen, ja, maniakalischen Schreiber wie mir nicht zweimal zuflüstern muß ... Bobbi Bergermann ging übrigens mit Recht davon aus, daß die zündende Nachricht mein Devils Lake, mein North Dakota niemals so richtig erreicht hat, wenigstens nicht vollständig, offensichtlich von der Weltpresse *beider* (!) Lager tunlichst gemieden und verschwiegen – als hätte man es sich gegenseitig geschworen, nimmermehr auch 'mal 'was *Gutes* aus der DDR zu berichten –, obwohl es doch die seit langem rührendste Story gewesen ist, die Berlin/DDR rund um den diesbezüglich schlafenden oder sich schlafend stellenden Erdball geschickt! –//– Hier die nüchternen Fakten: Die von Bobbi »Bumke« Bergermann (79) *angesprochene* Mauer ist nichts anderes als der ins Weltbewußtsein und in die Träume der Völker schrullig hineingebaute sogenannte ALTBERLINER BETONRIST (um der jüngsten Sprachregelung die Ehre zu geben), im Volksmund nach wie vor FRIEDENS-BETON; freigegeben einige Wochen vor der Absendung des Bergermannschen Briefes für alle Schreibenden der Hauptstadt und der Bezirke (mit Ausnahme des unbotmäßigen Bezirkes Gera und des widerborstigen Bezirks Suhl), und zu benutzen als ein wirklich nicht zu knapp bemessenes »Schreib- und Artikulationsfeld« – »Idiotenwiese«, wie ein stets rühriges Lästermaul meinte –, und zwar zu jeder Jahreszeit und bei jeglicher Witterung. Bobbi Bergermann spricht vom »Ventil-Charakter der Mauer«, Schreibenden Voll-Hausfrauen ebenso anempfohlen wie Schreibenden Obergefreiten und Schreibenden Unteroffizieren, Schreibenden Müllfahrern nicht anders als Schreibenden Matratzenflechtern, Schreibenden Miezen, Schreibenden Melker-Brigaden, Schreibenden Murrgreisen

– auch Schreibende Schriftsteller waren nicht ausdrücklich ausgenommen; ein Gnadenerweis von spektakulärer Großzügigkeit –, Schreibenden Schreibkräften, Schreibenden Schriftsachverständigen, Schreibenden Sargschreinern, Schreibenden DEBÜTANTEN aller drei Kategorien etcetera ... – »Komme sofort! Wir starten hier ein ganz dickes Ding!«, hatte Bobbi Bergermann lockend geschrieben; und der Funke sprang auf mich über: Adieu, Missis Bolte, Adieu, du kleines dämmriges Café am Stadtrand, Adieu, mein wuschliger Ronald-Reagan-Memorial-Park, Adieu, McLuhans good old Tennessee-Whiskey, Adieu, Pamela, Adieu!

/ 2 / Aus dem Brief Bobbi Bergermanns »... doch, ja, ein *jedes* darf, *keines* ist ernstlich vergessen worden, selbst der Analphabet nicht, wenn er sich nur als Bürger der DDR ausweisen kann; die vollzählige *Gebildete Nation* der DDR soll sich fürderhin wenigstens an unserer Seite der Mauer literarisch austoben dürfen!, so, wie es auf der drübigen Seite dieses, woran man die Herrschaften vielleicht wieder einmal erinnern sollte, von uns (!!!) errichteten Bauwerks schon seit mehr als dreißig Jahren geschieht, freilich dort unter Vorzeichen, welche man nur als sinister bezeichnen kann, und nur sehr gelegentlich einmal hundertprozentig in unserem Sinne ... Hat es dort keinerlei *Fachberater*?, wird man sich fragen dürfen, keinerlei Furien a la Schrollz-Schrunnz? Was nutzen die verschwenderischsten Farben, wenn die hin- und hergesprayten Gedankengänge bestenfalls *Manifestationen der geistigen Leere*, die hinauf- und heruntergerollten Empfindungen Ausdruck der seelischen Ödnis bleiben müssen – und folglich so gut wie wirkungslos? Ich habe mich, lieber Freund, im Frühsommer von dem bedauerlichen und *zutiefst ungepflegten* Zustand der gegnerischen Mauerseite mit eigenen Augen überzeugen können – so also geht der, ach, so ›freie‹ Westen mit fremdem Eigentum um! –, ja, ich habe mich meines fortgeschrittenen Alters und meines inneren Ekels zum Trotz dazu hinreißen lassen, am ANTIFASCHISTISCHEN SCHUTZWALL gegenüber dem westberliner Wedding sechs oder sieben Klimmzüge, wie man es ausdrückt, zu *absolvieren*, vergleichender Studien halber einen Überblick zu gewinnen bezüglich Inhalt und Form der drübigen Mauer-Inschriften, betreffs einer Welt, der unseren *erschreckend entfremdet* ...* –//– Ganz schön anstrengend, bester Endler, das kannst Du mir glauben, und keineswegs ungefährlich für Muskulatur und Knochengerüst, an dieser für meinen Geschmack um einen Hauch zu hohen Mauerkante solche sportlichen Jünglingsstreiche, und wie keck!, zu riskieren! Die Ausbeute, wie schon gesagt, war enttäuschend, stimmungssenkend und deprimierend zugleich, genau das Richtige für eine stolze und bestürzte Glosse im SONNTAG: Zoten in Wort und Bild dominieren; längere Zahlenreihen *ohne ersichtlichen Sinn und Verstand* lassen auf hoffnungsleere Säuferphantasien von Reichtum und irregulärer Glückseligkeit schließen; zynische Redensarten und zänkische Aufschreie in vorgetäuschter Gedichtform komplettieren das schräge Bild; politische Forderungen kommen, wenn sie schon einmal erhoben werden, in der Regel so klobig-maßlos oder so paternosterhaft-paradox daher, daß man sie auf der Stelle wieder vergißt ... (Ich habe mir einiges davon mit der Rechten ins Notizbuch geschrieben, da die Linke genügen mußte, den recherchierenden Autor in der Schwebe zu halten:) »Freiheit für Luis Trenker – nieder mit dem Watzmann!« und ähnliche *Sponti-Spots* kann man schwerlich als *weiterführend* empfinden; »Rote Armee raus aus dem *Schwarzen Afghan*«, solch Hilfsschüler-Mumpitz läßt sich günstigstenfalls als verzweifelter Hilferuf eines rechtschreibeschwachen Suchtkranken deuten, dem es rechtens, nachdem schon die letzte Lieferung ROTER LIBANON ausgeblieben ist, am

* Anmerkung. Die Verblüffung Bobbi Bergermanns mag befremden; Sponti-Sprüche gehören schließlich schon seit fast fünfzig Jahren zum Alltag der sogenannten westlichen Länder. – Sollte es den DDR-Behörden wirklich gelungen sein, diese spontanen Bekundungen des Volks-Empfindens über einen so langen Zeitraum hin fernzuhalten von ihrem Land und dessen Straßen und Häuserwänden? Das wäre eine Leistung, die man »aufschlußreich« nennen könnte, wenn auch die Frage, in welcher Beziehung, vielleicht schon wieder zu weit führen würde ... PS.: Tatsächlich, es ist den DDR-Behörden gelungen, nahezu hundertprozentig. (A.E.)

Haschisch der Marke SCHWARZER AFGHANE gebricht; ausgeprägt polizeiwidrige Züge trug dagegen die ungemein rohe Zeichnung einer riesigen (Wohnungs?)-Tür mit gleichfalls riesiger Klinke, welcher das zu Grenzprovokationen aufhetzen wollende Versprechen beigefügt war: »Wer hier durchkommt, kriegt von mir 'ne Mark!« Weitere solcher die Mauer entlangwuchernden Auswüchse verzweifelter oder verrotteter Gehirne: »Lieber raus aus der Nato als 'rein in'n Warschauer Pakt!« (Ein Slogan, will es einem vorkommen, wie soeben der Nervenklinik, der sogenannten Klappe entschlüpft.) – »Unter Stalin gab es keine Berliner Mauer!« (Zum Ausgleich dafür mancherlei anderes, meine unwerten Damen und Herren von der KPD/ML.) – Oder: »Eddi *lihbt* Effelihne!« (Ich brauche den Fachmann wohl kaum auf die sagenhafte Rechtschreibung dieses Bekenners aufmerksam zu machen, die ein bezeichnendes Licht auf das westliche Schulsystem wirft, bzw. dessen offenkundige Mängel.) Ach, eine einzige Äußerung des ungebrochenen Menschenverstandes konnte mein mählich erblindendes rechtes Auge ›ausmachen‹ – mit dem linken ›sicherte‹ ich nach hinten, wo unsere tapferen Grenzer ihr Unwesen treiben –, den in wüstestem Spraydosen-Rot gehaltenen schwer widerleglichen Hinweis: »Dies ist eine schrecklich graue Wand. Nun nicht mehr!« Sehr richtig!, sagte einem eine innere Stimme, die gleich darauf fragte: Aber um welchen Preis? (Übrigens gehört das Grau *nach meinem Dafürhalten* zu den delikateren Farben.) – »Montag ist Frühlingsanfang.« – »KILLT ALLE MATHELEHRER!« – »Ich ficke meinen toten Vater in den Arsch.« – »Alle Macht dem Volk.« – »Mir welle bleiwen wat mer sin ...« – »SEXBOMBEN FÜR DIE DDR! SCHMEISST FISCHER RÜBER!« (Vermutlich war der Weltstar Veronika Fischer gemeint.) – »Shakehands!, Gregory!« – »Thanks!« – Aber, so weit man zu blicken vermochte, kein einziges vertretbares lyrisches Gedicht, wenn überhaupt eins!, nein, kein einziges!!! Ein Faktum, das ich in meiner Glosse für den SONNTAG natürlich besonders deftig herausgearbeitet habe, wie Du Dir denken kannst, lieber Endler! –//– ... *Man atmete regelrecht auf*, wenn man dann wieder vor *unserer* Seite der MAUER stand, die nach der Freigabe für fast alle Federn und Schreibelustigen unseres Landes ... na, rate 'mal, was man hierorts als Mauer-Lesematerial geboten bekommt! Nein, falsch geraten!, nicht die sogenannten MAUER-INSCHRIFTEN DER REVOLUTION, wie sie unser ungarischer Freund György Dalos in seinem dubiosen Werkelchen NEUNZEHNHUNDERTFÜNFUNDACHTZIG mitgeteilt hat (»Sei Realist: Verlange das Unmögliche.« – »Es lebe das Ausland! Nieder mit dem Inland!« – »Nach meiner Meinung bestimmt das Sein des Bewußtsein.« Etcetera. – ROTBUCH-VERLAG, *Westberlin* charakteristischerweise). Nein, ebensowenig die markigen Sinnsprüche des legendären US-Extrem-Präsidenten Ronald Reagan, Sprüche wie »Die Sonne taucht am Horizont auf« oder »Wir halten Kurs«. – Ja, *jetzt* hast Du's getroffen, mein Lieber!: Nichts als Junge Lyrik – in den zartesten Aquarellfarben wiedergegeben, Junge und Jüngste Lyrik, kühn freirhythmisch gestaltet oder couragiert gereimt! Aus der Ferne oder bei Kurzsichtigkeit bzw. Grünem Star wirkte es wie ein in den Regenbogenfarben schimmernder Schleier morgendlichen Frühlingsdunstes, locker und wie beiläufig über die Mauerfläche kilometerlang hingewoben ... Die modifizierte Erfüllung jenes menschenfreundlichen Traums poetisch gestimmter Stadtplaner der fernen Jahre 62/63/64 des vorigen Jahrhunderts, in den Kindheitstagen dieses Defensiv-Walls also, mittels bunter Wandmalereien – KUNST AM BAU! – die MAUER anziehender (?), ›lustiger‹, schmackhafter zu gestalten, hier und da nach dem Muster von Kindergarten-Fenstern sogar mit Blümchen, Sternchen, Friedenstauben und gelben Sönnchen zu schmücken; achtbare historisch gewordene Pläne, die hinter der spät, aber schließlich doch noch *einsetzenden Realität* weit zurückbleiben, will ich bedünken ... Manches braucht eben seine Zeit, und seien es vierzig Jahre!« So weit Bobbi Bergermann. –//– *»Nuts!«*, sagte ich mir auf gut amerikanisch, »nichts wie hin!«

/ 3 / Gedenkminute »... und dann ein Schuß / *in engster Runde ...*«; man wird dieser Zeile aus einem Hit der frühen Sechziger seinen Beifall schwerlich versagen können. Ja, der Einundachtzigjährige von Format *ist immer für eine Überraschung gut*, wie die Floskel zur Zeit wohl lautet; er lehnt es zum Beispiel standhaft oder hagestolz ab, sich in ein sprachgeregelt-lügenhaftes sogenanntes FEIERABENDHEIM verfrachten zu lassen, da ihm seinerzeit allein schon der irritierende Begriff FEIERABEND mit Alfred Kerr als talmihaft und falschmünzerisch erschienen war. Der Einundachtzigjährige von Format bevorzugt mit rabiater Entschlossenheit das traditionelle und einigermaßen ehrlich in die Dämmerung starrende ALTERSHEIM. – Man weiß fast alles über die »Moral« der Jetztzeit, sobald man erfahren hat, daß der wahrlich bestechende Kompromißvorschlag des Verfassers (die Bezeichnung SENIORENHORT) von den quasi Verantwortlichen mit geradezu pathetischer Entrüstung zurückgewiesen worden ist, daß sie sich *einstimmig* (ich unterstreiche: einstimmig!) für den unverhüllt irreführenden Begriff FEIERABENDHEIM entschieden haben; ein »Abstimmungsgeschehen«, dem so häufig *herausgekehrten* »hohen Verantwortungsbewußtsein« dieser Damen und Herren vollkommen gemäß, der gleichen Herren und Damen übrigens, die auch den Begriff des »Waldsterbens« als unwissenschaftlich, unverwendbar und als ERFINDUNG DES FEINDES verurteilt haben (einer der Gründe, und nicht der geringste, die den Verfasser damals bestimmten, nach North Dakota, nach Devils Lake auszuweichen; bei solchem Sprachgebrauch konnte man sich ja seines Lebens nicht mehr sicher fühlen ...) –//– Dazu paßt es, und es komplettiert das abstoßend muntere Bild, daß in jenen Jahren (und zwar nicht zuletzt im Interesse der größeren Attraktivität des Sozialismus und seiner Straßen) endlich auch der gute alte und sofort als Leichenwagen erkennbare LEICHENWAGEN zum Verschwinden gebracht worden ist, jenes von zwei bedeutungsvoll schnaubenden Rößlein durchs verregnete Stadtbild gezogene schwarz-schwarze Gefährt, wie es Bürger und Bürgerin immer 'mal wieder zu melancholischer Nachdenklichkeit und sublimer Selbstprüfung angeregt hat: Schnurrdiburrz weg damit!, hieß es mit einem Mal behördlicherseits, weg damit gleich den beiden spät-antiken, wenn nicht sogar schinkelschen Gastürmen im berliner Stadtbezirk Prenzlauer Berg!, auch sie kaum entbehrlich im Hinblick auf das psychische Gleichgewicht des Originär-Berliners, wie er seit dem unholden Abriß der beiden Tempel des Stadtgases wie verwaist bzw. verwitwet umhertaumelt, aller Zukunft und allem Zuspruch von Seiten des Oktoberklubs entglitten, verloren ... Focht es, ficht es das Präsidium des Schriftstellerverbandes der DDR nur eine Sekunde lang an? – Weg mit dem Greisenalter, weg mit den ollen Gastürmen, weg mit dem Leichenschmaus, weg mit der Waldmeisterlimonade! Und statt der für manche Kader wohl zu eindeutig wirkenden Fuhre mit dem nach allen Seiten hin so traurig nickenden Gebilde des Sargs, statt dieses fahrbaren Mementos *was* zum »Einsatz« gebracht?: Ach, Sie alle kennen sie ja, die ausdruckslos-stromlinienförmigen und silbergrau dahinhuschenden EXQUISIT-DELIKAT-LIEFERWÄGEN wie aus der Intershop-Tüte, mit welchen der Abtransport der so oder so dahingeschiedenen Bürgerinnen und Bürger, Diskretion zugesichert, in der Regel hundertprozentig unbemerkt *durchgeführt* werden kann! Und *diese* Welt ist man von der sogenannten »Singebewegung« aufgefordert zu lieben, von Mathilde Dau und Konsorten sogar, sie liebevoll und lukrativ zu besingen! – Oh nein, oh nein!, der Einundachtzigjährige wird ihr ebenso wenig huldigen wie dem Spät-Kapitalismus in North Dakota mit seinen gleichfalls ganz irreführenden kirmes-bunten sogenannten TRANSPORTERN DES PARADIESES, lasterhaft pink-farben häufig und durchweg mit allerlei Silbrigen und Vergoldeten zu reichlich unangemessenem Disco-Look hoch gezüchtet, außerdem nicht selten mit pseudo-frisch perlender COCACOLA-Reklame geschmückt. »COCACOLA – und du bist in Sekunden lebendig wie nie!« Der Einundachtzigjährige von Format wird in diesem wie in jenem Fall mit seiner Zungenspitze testen, ob er noch genügend Speichel im Mund hat. – In der Tat, der Einundachtzigjährige von Format möchte nach wie vor einen Sarg einfach Sarg nennen dürfen, so wie er einen Rollstuhl Rollstuhl zu nennen gewöhnt ist, ein Kunstgebiß Kunstgebiß, einen Radiergummi Ratzefummel. Daß der Einundachtzigjährige von Format nichtsdestotrotz »für das Leben plädiert« um eine etwas überstrapazierte und deshalb fast tote Formel »zum Einsatz zu bringen«, daß er darüber hinaus »für dessen Erhaltung plädiert«, versteht sich nach Obigem für den Feingeist von selber ... -//- PS.: Auch Hermann Kant, der bekannte Verfasser der Humoreske DER DRITTE NAGEL, »plädiert für die Erhaltung des Lebens«, wie man den MITTEILUNGEN Mai–Juni 82 des Schriftstellerverbandes der DDR entnehmen kann; außerdem »spricht sich« nach der gleichen Quelle »Gisela Karau für den *Zusammenhang von Geschichte und Gegenwart* aus ...«; außerdem stößt man jetzt wieder häufiger auf das in den verschiedenen Deutschlands seit den dreißiger Jahren so erfolgreiche Wörtlein DYNAMIK* (»Dynamisch, leistungsfähig, zuverlässig!«), sogar in den Reden und Schriften der Mitglieder unseres Schriftstellerverbands und des PEN-Zentrums DDR. Außerdem haben wir jetzt den WELT-/UM-/WELT/-TAG sowie (anstelle der eigentlichen Person samt Persönlichkeit) die fabelhafte PERSONENKENNZAHL »PKZ«; undsoweiter. – VIVA LA RAZA HUMANA!

/ 4 / An der *Mauer der Demokratie* ... und wie üblich zu spät gekommen, da die verheißene kulturpolitische Wendung schon längst wieder in Verwesung übergegangen ist. – Nach kurzem End-

* Anmerkung. Der Einundachtzigjährige von Format trägt neben einfachen Brett-Spielen stets die WELTBÜHNE vom 25.2.53 im Seesack oder im Diplomatenköfferchen mit sich, in der es heißt: »Im Vokabular des Mister Foster Dulles taucht verdächtig oft das Wort *Dynamik* auf. Der Begriff ist uns noch in sehr übler Erinnerung: Es war einer der Leib- und Magenbegriffe der Tausendjährigen. Hitler nahm ihn ebenso häufig in den Mund wie die Vorsehung ... Und der großkotzige *Promi* stand ihm darin nicht nach. Nun ist das Wort aus dem zerbombten Sprachschatz der Großsprecher bei Herrn Dulles gelandet. In seinen Artikeln und Reden taucht es immer da auf, wo er mit seiner Weisheit am Ende ist ...« Jetzt also ist es bei den Journalisten und Skriblern der DDR »gelandet«, ob ihm der Begriff der »Vorsehung« eines schwarzen Tages folgt? – PS.: Als »Promi« wurde damals der »Propagandaminister« Goebbels bezeichnet. (A.E.)

spurt des Flugapparats über die vollkommen baum- und tränenlose Mark Brandenburg hin, die sogenannte MÄRKISCHE WÜSTE – in englisch-sprachigen Ländern als PRUSSIAN DESERT bekannt –, stehen mein Seesack und ich im gleißenden Mittagslicht auf dem Flugfeld in Berlin-Schönefeld, und ich frage mich, um einen derzeit geläufigen Ausdruck zu verwenden, ob ich »eigentlich noch alle Titten im Schrank hab'«. (Oh, unaufhörlich neuigkeitssüchtiger Volksmund.) Und ich frage mich es noch bohrender, noch desperater schließlich, da ich kaum zwei Stunden später am vertrauten HEINE-DENKMAL im VOLKSPARK AM WEINBERGSWEG Posten bezogen habe (ohne Baum, ohne Strauch, aber immer noch »Park« geheißen der kahle, im Sonnenlicht glitzernde Hügel), zutiefst erschüttert von der riesigen Menschen-Schlange – ich stelle mich prinzipiell nicht an! –, die sich die Brunnen-Straße hinaufzieht, Männer und Frauen aus allen Bevölkerungsschichten, eine Schlange von Menschen mit Manuskriptblättern in der Rechten oder Linken (die man oben am Kontrollpunkt zur Kontrolle vorlegen muß), offensichtlich auf ruckender-zuckender Wanderschaft zur SCHREIBE-MAUER (Schreibe-Abschnitt Rheinsberger/Schönholzer). – *So* hatte ich mir das *nicht* vorgestellt, *so* habe ich mir das vorgestellt! –//– Der heißeste Tag dieses fatalen Sommers bisher; doch trotz gelegentlicher Zusammenbrüche sehe ich keinen, der bereit ist, »das Handtuch zu werfen« und sich von der klebrigen Schlange zu trennen. (Neuerlich muß ich Professor Bereska meine Bewunderung zollen, dessen Theorien, sind sie schon allgemein bekannt?, von dem untergründig *erotischen* Kollektiv-Erlebnis SCHLANGE sprechen, ja, von der SCHLANGE als einer *päderastabilisierten Vorform* des sogenannten Gruppen-Sex, welche – um Bereska zu zitieren – »das betreffende Individuum dennoch immer seiner selbst bewußt bleiben läßt, in steter, ansatzweise masochistischer Spannung gegenüber den miesen Sandsäcken« *vor* einem, in nicht ganz so strapaziöser, sadistischer gegenüber den ›blöden Krücken‹ hinter einem ...« So weit Professor Bereska, den ich nicht zufällig in diesen Text hineinzerre, den alten Kumpel; sondern weil man ihn auch hier selbstverständlich immer wieder aus dem oder jenem Menschenknäuel, aus dem oder jenem Schlangen-Glied wissenschafts-naseweis und hoffnungslos-geil nach hinten, nach vorn blinzeln sieht, den erfahrenen Wissenschaftler, den unermüdlichen Forscher in Sachen Sozialistische Geselligkeit, in Erwartung neuer und überraschender Varianten wohl ...) – Mein Gott, ein Gedrängel, als ginge es tatsächlich frischer Schweinshacksen halber um das Herein- beziehungsweise Hineinkommen bis direkt vor die Hack- und Knacktheke unseres alten Metzgermeisters Paul Schwandt, in Griffnähe lachender Lende und tränenfeuchten Filets; oder, noch besser, um den Zugang zur Thee-Abteilung des DELIKAT-LADENS kurz nach der Lieferung der allzu selten erhältlichen Hasch-Marken COLUMBIAN GOLD, JAMAICA GRAS oder SCHWARZER AFGHANE (im nun so fernen Devils Lake an jeder Hamburger-Bude zu kriegen) ... Und doch ging es um nichts anderes als um fünfzig oder achtzig Zentimeter der Schreibemauer, auf denen man endlich einmal seine Meinung zu dem allen kundtuen wollte oder aber sich als Poet, Essayist, Erzähler »verewigen«, und sei es auch nur mit dem Epigramm (ich habe es selber gelesen): »'Nen Doppelten und 'n PILS – *jetzt erst recht!*«, oder dem anderen, ihm entgegengesetzten: »*Jetzt erst recht* – 'nen Doppelten und 'n PILS!« –//– Jedenfalls die bekannte »Masse von Ausdruck und Einsamkeiten« (Gert Neumann), deren einzelne Partikel sich während stundenlangen Wartens allmählich in die peinliche Situation hineindenken mögen, demnächst vor dem Kontroll-Beamten des sogenannten Mauer-Lektorats und dessen schonungslos prüfendem Gesicht mit zusammengepreßtem Herzmuskel verharren zu müssen, Gefangene der menschlichen Artikulationsbedürfnisse, die dann tatsächlich solcherweise vor dem Prüfer verharren, um kaum dreißig Minuten später ihre »Botschaft« an die Mauer zu krakeln (wenn man zu den Glücklichen gehört, die sich als »schreibe-berechtigt« bzw. als Mitglieder des Schriftstellerverbandes ausweisen können, und deren Text zudem den Staatsinteressen nicht in jedem Punkt widerspricht) oder aber, wie dringlich die »Botschaft« auch immer gewesen, nach der Zurückweisung diese mit enerviert in alle Richtungen flatternden Händen zu zerbröseln in Zeit und Raum ... (Als Sonderfälle tuen sich übrigens die quasi »*echten* Lyriker« hervor – auch manche Lyrikerin mit dem fast obligatorischen Kinderwagen darunter –, die ihr Manuskriptblatt in der Regel nicht frei und offen der SCHREIBEMAUER entgegentragen, sondern lieber scheu und schamhaft in gut gesicherter Jackentasche versteckt, als seien sie sich des Rangs ihres Produkts noch nicht so recht sicher; um es dann in der Tat nicht selten im letzten, allerletzten Moment und bereits unter den Augen der Behörde selbstkritisch zu zerreißen – was freilich, bei aller Liebe zur Dichtkunst, strengstens verboten und manche Kopfnuß einzubringen geeignet ist.) Wie von Bobbi Bergermann verheißen: Schreibende Voll-Hausfrauen, Schreibende Obergefreite, Schreibende Unteroffiziere, Schreibende Müll- und Bierfahrer, Schreibende Zehn-, Dreiunddreißig-, Einundachtzigjährige, Schreibende Matratzenflechter, Schreibende Miezen, Schreibende Melkerbrigaden, Schreibende Wiegemeister, Wisentzüchter, Wirsingkohlbauern, Schreibende Murrgreise (und Hausbuch-Verwalter), Schreibende Schreibkräfte, Schreibende Schriftsachverständige, Schreibende Sargschreiner, Schreibende Debütanten, Debütanten, Debütanten (unter ihnen die förderungs-würdigen »F«-ler ebenso wie die als förderungs-unwert markierten »NF«-ler und als dritte und größte Gruppe die »FNF«-ler: Anwärter auf eine Förderungskandidatur); welch eine breite Palette *unserer Menschen* frenetisch dem dichterischen Tun verfallen ist inzwischen – ein schöner, oft beklagter Erfolg einer kreativitäts-befördernden Kulturpolitik –, das hätte man *ohne weiteres* hier mit dem Metermaß bzw. Zollstock sowohl an der Länge als auch am Umfang (Dicke, Breite) der »Schlange« abmessen können ... –//– Es versteht sich von selbst, daß solch ein Auflauf von der Leitung des BERLINER PRATERS sogleich zum »Volksfest« erklärt worden ist und von früh bis spät mit manchem Unterhaltungsbeitrag umrahmt wird, »um die Stunden und Tage an der Schreibe-Mauer zu einem unvergeßlichen Erlebnis werden zu lassen für unsere schreibfrohen Bürger«, leider in der Regel mit grantigstem Gemurre und gelegentlichem wagemutigen »Pfui«-Ruf quittiert ... Aus einem späteren Zeitungsbericht: »Immer wieder typische Melodien aus den Ländern der Bruderarmeen, auch wirbelnde Volkstänze. Was da zumal an Russischen geboten wird, an *Fortbewegungsarten der Männer nahe am Boden*, ist kaum beschreibbar ...« – »Ständig diese unterhaltsamen Störungen!«, höre ich eine melancholische Blondine schimpfen, die sich offenkundig – wie die meisten anderen auch – *ungestört* dem »erotischen Kollektiv-Erlebnis Schlange« hingeben wollte, wie es Professor Bereska beschrieben hat, »außerdem wären mir fliegende Limonadenverkäufer im Augenblick lieber!« Nein, diese Unterhaltungs-»Einsätze« verraten nicht allzu viel psychologisches Fingerspitzengefühl: feindseliges Gemurr, befremdetes Gemurmel, höhnisches Gemauze! (Trotzdem wird es morgen in der Frühpresse heißen: »Am besten hat mir der Marschliedwettbewerb gefallen, den Einheiten unserer Nationalen Volksarmee aus trugen. Das ist sicher ungerecht gegenüber den *anderen kulturellen Beiträgen der bewaffneten Organe* ... Da gab es zum Beispiel die PARADE DES SOLDATENLIEDES vom Erich-Weinert-Ensemble der NVA ... Militärorchester machten *unüberhörbar* auf sich aufmerksam*. Aber das *Besondere* waren wohl die *frischen, jungen Männerchöre* aus den Einheiten unserer Armee, die

* Anmerkung. Es hat sich übrigens nicht sonderlich viel geändert in den letzten dreißig Jahren, was solche Unterhaltungsbeiträge, aber auch die entsprechenden Berichte in der Zeitung betrifft. – Aus dem SONNTAG 28/80 – ich trage den Ausschnitt stets in der Brusttasche bei mir! –: »Die Volksarmee spielt eine Musik *eigener Prägung* ... Vom Sinn des Soldatseins zu singen, von der Bereitschaft, die sozialistische Heimat zu verteidigen, *mit diesem Vorsatz* waren sie *angetreten*: Das Erich-Weinert-Ensemble der NVA mit seiner PARADE DES SOLDATENLIEDES, das Stabmusikkorps der NVA und der Grenztruppen sowie das Zentrale Orchester der NVA mit einer *Reihe großer Militärkonzerte*. Geht man nach dem Beifall des Publikums ..., so haben sie ihr Vorhaben erfolgreich *in die Tat umgesetzt*. ›*Männerchor* höre ich *zu gern*‹, vertraute eine *gerührte* Rostockerin ihrem Mann und *mir* nach einem Konzert des Soldatenchores des Wachregiments FELIKS DZIERZYSNKI, Berlin *an*. – *Ist solch Urteil nicht zugleich auch eine Verpflichtung für die bewaffneten Organe unseres Landes?*« –//– Der vierte Teil meines Romanwerks NEBBICH nennt sich: DER SCHRUMPFKOPF-PATRIOT. Vielleicht hört der eine oder andere es gern ... (A.E.)

ihre Stimmen nicht schonten und deren Lieder von den Häuserwänden widerhallten. *Das hörte man gern ...*« Authentisch! – Vor Ort erlebt man es anders und hört z.B. den grimmenden Kommentar eines schwerhörigen Schreiner-Gesellen: »Vielleicht erklärt *das* die wachsende Abwanderungswelle! Es ist ganz einfach *zu laut* für den einen oder anderen Bürger! Hängt Euch doch auf!«) –//– Freilich, nicht die »echten Lyriker«, wie mancher gleich wieder denken wird, sind in dieser Beziehung die Schlimmsten, sondern ... ja, zu meinem Erstaunen tut sich bei derlei Unmuts- und Ungeduldsäußerungen vorzüglich jener unverwechselbare Menschenschlag hervor, jene besondere Spezies des »Schlangenmenschen«, dem es um das Schlangestehen *an sich* zu gehen scheint – Shakehands, Professor Bereska! –, eine sozialistische Variante des L'art pour l'art (wie ja letztendlich auch die von müßigen Gaffern weitgehend abgeschirmte Mauer-Schreiberei), selbstgenügsam und annähernd zweckfrei (?), Spielart des homo sapiens, die sich überall anstellt, wo ihr immer das Schwanzende einer Schlange über den Weg hängt, und zöge und ringelte sich diese um sieben Straßenecken herum (»Was gibt's denn da vorne?« – »Keine Ahnung: Erdbeeren, sagen manche, andere meinen: Patentsockenhalter!«), und führe sie ihre Schlange nach und nach durch sämtliche Stadtbezirke und Vororte bis hinaus in den Rieselfeldergestank und weiter, weiter bis ins märkische Seen-Gewirr und immer weiter bis hinab in Wassermanns grün schillerndes Schilfreich nördlich von Summt: »Was gibts denn da unten Gutes?« – »Ulalume, Ulalume und Tekelili ...« – *Hautpsache* (Tippfpheklers?, Frage des Korrektors W. D.), Hauptsache (korrigieren wir stillschleifend; W. D.), daß man sich wieder irgendwo *angestellt* hat, was für irre innere Zwänge. – Shakehands, Professor Bereska! ... Sie erwiesen sich außerdem als die schrillsten, wenn sich irgendwer – fast immer Frauen übrigens – vordrängeln wollte (vielleicht weil ein hoch-aktuelles, morgen schon wieder überholtes *Zeit-Gedicht* an die Mauer gepinselt sein wollte, oder weil eine *momentane* Gefühlskomplikation alsbaldigen Ausdrucks bedürftig schien, oder weil einfach zu Hause ein Kind nach der Mutterbrust schreien mochte o.ä.), wurden aber zu wahren Hyänen, sobald bemerkt wurde, daß der oder die (vor allem die) zum zweiten, zum dritten Mal sich anzustellen die Frechheit besaßen ... »Sie sind schon bedient!«, hörte man es z.B. aus der Menge her brüllen, »Sie sind doch nicht allein auf der Welt, blöde Strickzicke Sie! ... Wissen Sie nicht, was vorne und vorne ist, Sie feiste Penner-Matratze!? ... Ab in'n Staatspuff!, sage ich bei sone wie Sie, ümma ab in'n Staatspuff! Um sone wie Sie is et würklich nich schade ... »Aber ich muß doch sehr bitten ...« – Das wollten *Lyriker* sein oder zumindest *Lyrik-Interessierte*?, für diese Leute hatte ich meine (noch ungedruckten) GESAMMELTEN WERKE zusammengestellt? – »Messer 'rin, Paule!«, rief ein anderer den blindlings feuernden Schimpfkanonieren ermutigend zu, »Messer 'rin, Benno!, und dreimal rumjedreht, und die Votze is still!« Fallschirmjägerjargon angeblich, die wehrhafte Sprache paraschutistischer Mannhaftigkeit, »und deshalb verzeihlich ...«, wie Professor Bereska mir freundlich entgegennickte. Auf jeden Fall tat er seine Wirkung, zumal kein Mensch gegen solchen Ton zu protestieren wagte (das Übliche beim Umgang mit der blanken GEWALT) ... »Indra Indrani / Und Wischnu in Fischform / Und Prajapati / Die schöne Parvati / Des Himalaja ...«, flüsterte ich mir zu. –//– Nach drei Tagen Suche, um Bobbi Bergermann kritisch zur Rede zu stellen ob seines lockenden Mauer-Berichts, erfuhr ich aus dem Mund einer zahnlosen Wöchnerin in der Schievelbeiner: »*Der* sitzt! Schon seit achteinhalb Monaten! Und ick finde det absolut richtich!« – »Weswejn?« – »Wejen *Manuskriptjefährdung* oder sowat!« – Was sollte das heißen? War Bobbi »Bumkes« Brief ein gemeiner Kassiber gewesen? *Aber dann ...?* Oder eine Fälschung? – Irgendetwas stinkt hier über das gewöhnliche Maß hinaus angebrannt, Marianne! Sind das vielleicht meine neuen Kamelhaarpantoffeln?

/ 5 / Beiseite gesprochen Bzw. im Vorbei- oder Weggehen den schon wieder rebellisch murrenden *Debütanten* (NF-lern) zugewunken, einige von ihnen gute alte Bekannte; »krankhafte Wiederholungstäter« zuweilen genannt, »literarische Triebtäter«, im Extremfall »van der Lubbes der Literatur«: Das alles, um die lästigen, dem Straßenbild abträglichen »Kunst-Zigeuner« möglichst endgültig zu entmutigen (entmündigt waren sie in der Regel seit ihrem achtzehnten Lebensjahr schon). – Ach, Kinder, Kinder, hat sich denn doch garnichts an dem Zustand geändert, wie ihn Professor Marianne Schmidt schon Ende der Siebziger so überzeugend beklagt hat – man möchte von morgens bis abends den Kopf schütteln ob der Verwöhntheit der neuen Generation –, dem sagenhaften Zustand nämlich, »daß literarische Debütanten ..., eine *hundertfach* bestätigte Erfahrung, ... die *wahre Wertschätzung ihrer Arbeiten fast nur an der Bereitschaft eines Verlages oder einer Redaktion messen, sie zu veröffentlichen ...«* (Marianne Schmidt im Leipziger Buchhändler-Börsenblatt) – Das muß man sich 'mal so richtig vorstellen, meine Damen und Herren –: zu »veröffentlichen«!, man traut seinen Augen nicht mehr! Ach, was waren wir Knattergreise doch aus ganz anderem Hartholz geschnitzt, die wir uns einer Veröffentlichung in der Regel fast schämten, als wäre durch *sie* gerade der Nachweis eher minderen Ranges erbracht! Solche Empfindung samt des mit ihr verknüpften delikaten Errötens, scheint dem literarischen Nachwuchs, und kann er sich inzwischen auch seines sechzigsten oder siebzigsten Geburtstages brüsten, vollkommen fremd geworden bzw. niemals von ihm ausgebildet worden zu sein ... Die allererste Grundregel für einen Dichter in »unseren« Ländern: jenseits der Welt der »Veröffentlichungen« eigenhändig seine Bedeutung, seinen Wert einschätzen zu lernen; dann wird es schon *irgendwie fluppen* – wenigstens bis ins siebente oder achte Lebensjahrzehnt hinein; dann allerdings ... –//– Kinder, Kinder, werdet erst 'mal achtzig/einundachtzig!, werdet erst 'mal hundert, dann dürft Ihr Euch gerne beschweren, dann dürft Ihr ihn einfordern, den Euch vorenthaltenen Ruhm, dann dürft Ihr auf die

Notwendigkeit GESAMMELTER WERKE pochen, wie sie Euch in Eueren Kindheitsträumen schon vor den gierigen Blicken umhermarschiert sind in endlosen Reihen ... Ja, kein Zweifel, als Einundachtzigjähriger hat man den Punkt, den point of no return erreicht; ja, der Einundachtzigjährige darf es mit der gemäßen Schärfe verkünden: Sense jetzt, Sense! Für den Einundachtzigjährigen dürfte in der Regel die Zeit gekommen sein, die Rechnung zu präsentieren: Her mit dem Binnenklo endlich!; her mit dem ganz und gar uneitlen Bändchen der Ehrenlegion!, her mit der wichitafarbenen Lederhose herben Orangengeschmacks!; her mit der reservierten Grabstelle unter künstlichen Linden! Her mit dem Schlaganfall, besser noch: Herzschlag ... (Alfred Döblin: »Man verwahrlost, wenn man ewig ungedruckt bleibt.«)

/ 6 / Begegnung mit Junger Lyrik Anderthalb Sommerwochen später, und der ganze Schlangen-Spuk war (wie erwartet) vorüber ... Kein Problem, bis auf Spuckweite in die Nähe der Mauer vorzudringen; wenn auch jetzt in der Regel ohne alle Hoffnung, sich der Betonwand anvertrauen zu dürfen mit Sinnspruch, Stimmungspoem, Fanal. – Es kamen nur noch die sogenannten Kader in Frage – dementsprechend waren die Temperaturen auf atemberaubende Weise gesunken –, das hatte sich bald schon herumgesprochen draußen im Land; die »Schlange« am Kontrollpunkt Brunnenstraße zählte, als ich zum zweiten Mal seit meiner Ankunft in die Gegend kam, drei oder vier mit sauberstem Fassonschnitt schnalzende Köpfe, die einen rätselhafterweise anmuten wollten, als hätte man außerdem ein unsichtbares riesiges Präservativ darüber gezogen; hoffentlich ist es mir gelungen, mich verständlich zu machen. Außer der Handvoll »Schreibe-Williger«, wie man sie bereits nannte, sah man selbstverständlich an Straßenkreuzungen und in Hauseingängen nahe der Mauer jene auffällig unauffällig gekleideten stämmigen »Flaneure der Neuzeit«, meistens gleichfalls in Gruppen zu zweit oder dritt (silbergraue Windjacken), die schon manchen Ausländer die Hauptstadt der DDR für das Eldorado nichts tuerischer Eckensteherei hatten halten lassen; »Nantes Enkel« – der berliner Volkswitz bleibt unerreicht – waren offensichtlich beauftragt worden, das Gelände vor der Mauer gleichsam magisch abzuriegeln, außerdem »demonstrativ«. »Sicher«, bestätigte ich ironisch und generös am Kontrollpunkt einem der Mitarbeiter des »Mauer-Lektorats«, »sicher, so *ganz* ohne Kontrolle durch lebenserfahrene und gereifte Kollegen geht es wohl doch nicht ...« – »... wie einen hier und da«, stimmte der turnlehrerhafte Typ mir traurig nickend zu, »die Versuche einiger weniger lehren, bis zu dieser Stunde die Meinungsfreiheit in unserem Land sowie die Großzügigkeit unserer Führung undemokratisch für *gegen* diese großzügige Führung undsoweiter gerichtete Zwecke kriminell zu mißbrauchen etcetera ... Sie sind Amerikaner?« – »Yeah!« – Und er begann mit einem kleinen, mehr rechtfertigenden als erklärenden Vortrag über die Schreibe-Mauer und die damit zusammenhängenden Ereignisse der vergangenen Wochen: Nun, wie man wisse, habe ja auch das chinesische Vorbild nie so ganz flekkenlos, nie so ganz glatt funktioniert; man erinnere sich gefälligst daran, daß auch die berühmte MAUER DER DEMOKRATIE in good old Peking, hähä, die allen zugängliche, allen offen stehende »Wandzeitung«, hähähähä, seinerzeit im entscheidenden Augenblick aus dem Zentrum der chinesischen Hauptstadt in einen ungemein abseits gelegenen und extrem kleinen, wie auch immer geschmackvoll hergerichteten Park versetzt worden sei, rumpeldibumm, hähähä, von der PEKINGER VOLKSZEITUNG dazumal richtig charakterisiert als ›legale, aber irrationale *Veröffentlichung* in einer anomalen Situation‹, hört, hört ... – »Wie das auf Chinesisch klingen mag!?«, warf ich ein. – »Eine ähnliche Maßnahme würde natürlich, was *unsere* noch so junge MAUER DER DEMOKRATIE betrifft, Unsummen Geldes verschlingen und verbietet sich deshalb von selbst: *Wir* müssen uns diesbezüglich mit *verstärkter Wachsamkeit* begnügen, wozu es nicht gerade oft, indessen auch nicht gerade selten den einen oder anderen betrüblichen, zuweilen auch lustigen Anlaß gibt ... Sie sind

US-Bürger?« – »Yeah!« – Und er forderte mich auf, mit ihm gemeinsam ein kleines Stück der Mauer »abzuschreiten« und in Augenschein zu nehmen, was in der DDR – er sagte: »bei uns« – im Augenblick »kulturell *Sache ist* ...«; und so schritten wir auf sie zu, die Schreibe-Mauer, plötzlich überholt von einem spartanisch spurtenden Gefreiten der Grenztruppen mit zwei Pinseln und einem Farbtopf – »Narrenhände beschmieren«, nickte er uns erklärend zu, »Tisch und Wände« –, zweifellos beauftragt, die staats- und menschenfeindlichen Äußerungen irgendeines Friedensfeindes befehlsgemäß dreimal anzupissen und gründlich zu übermalen sodann –: In diesem Fall war der gehässige Kommentar zu den Versen eines sicher noch blutjungen Dichters aus der Helfried Prrrsssllllr-Schule zu tilgen, welcher seinem zukunftsfrohen Lebensgefühl (oder was es immer sein mochte) gedankenlyrisch-holzschnittartig Ausdruck zu geben versucht hatte, nämlich so: »Immer noch hacken die Hähne einander / beißen sich Hunde um Knochen / fressen die Sauen den eigenen Wurf / *Aber die Menschen* sind menschlich geworden ...« Ein schmierfinkischer Anonymus hatte es tatsächlich trotz der strengen Kontrollen fertiggebracht, mit ungehobelter Kreide und höhnisch eine Art Replik auf die Mauer zu malen: »Ja die Menschen / sind menschlich geworden / Aber immer noch hacken die Hähne einander / beißen sich Hunde um Knochen / fressen die Sauen den eigenen Wurf / Wie lange wie lange noch?« (War beides vielleicht vom selben Schreiber verfaßt?, zuckte mir jählings die kennerische Frage durchs Hirn ...) – »Sie sehen es selbst«, empörte sich mein freundlicher Führer, »Abschaum! NF-ler! Potentielle Reichstagsbrandstifter! *Van der Lubbes* der Literatur!« Ich blickte zerknirscht zu Boden. – »Krasse Einzelfälle indessen«, munterte mich mein Begleiter auf, »wenden wir uns dem Erfreulichen zu, der deutlichen Hauptströmung unserer DDR-Poesie ...« Und er nahm mich am Arm und zog mich vor andere Verse ... Achja, achja!, JUNGE LYRIK war es gewiß, was da zu lesen war; von attraktiv Surrealem keine Spur! Es war von A bis Z die gleiche »junge Lyrik«, die vor einigen Jahrzehnten mich und andere dazu bestimmt hatte, lieber dorthin zu gehen, wo der Pfeffer wächst*; eine Lyrik, »ideenreich« und »empfindungsstark«, durchweg dem Grundgedanken »Es lebe das Inland!

* Anmerkung. Zu den Gedichten Gisela Steineckerts, der verdienstvollen *Präsidentin* unseres Komitees für Unterhaltungskunst, hat Kollege Jürgen Rennert (WELTBÜHNE 46/81) bereits alles gesagt: – »Woher kommt uns das? Aus Uruguay, China, Spanien, Finnland, Palästina? Ist das neu oder alt? Hat es die *Sappho* zum Verfasser? Steht's auf Tonscherben oder auf Kunstdruckpapier? Wer hat es entdeckt, wer hat es geschrieben? Ist es die Übersetzung einer Urschrift oder die Urschrift selbst?« – Nein, von Gisela Steineckert ist es! Jürgen Rennert: »Ich finde Verse vom dreisten Sentiment der *Lasker-Schüler* ... Ich finde Zeilen von der gebildeten und bilderreichen Verspieltheit *Sarah Kirschs* ... Ich finde Wendungen von der weisen, schmerz- und angstgeläuterten Intensität der *Nelly Sachs* ... Ich finde Maximen von der spröden, atemlosen Klarheit der *Ingeborg Bachmann* ...« – Kurz: Gisela Steineckert, die verdienstvolle Präsidentin unseres Komitees für Unterhaltungskunst, ist und kann eigentlich alles!, das Aleph der Poesie sozusagen. Jürgen Rennert (den ich gerne Roland Rasend nennen möchte): »*Orpheus*, Archetypus dichterischen Existierens, ist nicht tot ... Gisela Steineckerts neuer Gedichtband ist da ein schwerwiegender Beweis ...« (Daß eine so gewichtige Poetessa seit 1986 etwas verleiht, das PREIS DER PRÄSIDENTIN heißt scheint nur recht und billig zu sein.) –//– Was aber die ebenfalls nicht zu verachtende *Traditionslinie* von Helfried Prrrssslllr betrifft, hat uns vor längerem bereits der Offizialkritiker Dr. sc. Werner Neubert ausreichend die Augen geöffnet, und zwar in der NDL (8/77): »Das Preisen des Menschen, seines weltumgestaltenden Schöpfertums, seiner Güte und Vernunft ist ein Element humanistischer Kunst und Literatur seit antiker Zeit. In *Sophokles'* Chor zur ›Antigone‹, *von keinem Geringeren* als *Friedrich Hölderlin* übersetzt heißt es: Vieles Gewaltige gibts. Doch nichts / Ist gewaltiger, als der Mensch ... Der Götter heilge Erde, sie, die / Reine, die mühelose, / Arbeitet er um ...« – Nun ja: 1977, heute, im Jahr 2011, würde man sicher nach anderen Zitaten suchen! – Werner Neubert: »Größe *aber auch* Leid und Tragik des Menschen tritt uns bei *Shakespeare, Goethe und Schiller* oder in den *titanischen* Schöpfungen eines *Michelangelo, Ludwig van Beethoven* und *anderen* Meistern entgegen ... Es bedurfte der historischen Aktion der Massen in einer Revolution, die, nach *John Reed*, die Welt erschütterte, um den Menschen *tatsächlich freizusetzen* für alles, *was an Gutem* er vermag ...« – So der Beginn einer Rezension über Helfried Prrrssslllr, dessen »thematisches Anliegen« ganz im Sinne der von Dr. sc. Werner Neubert bedeutungsschwer beschworenen Namen »seit langem das *Hoffnungserfüllende* ist und der dabei ohne Scheu die Intonation eines adäquaten Pathos (im Sinne von Leidenschaftlichkeit für das anzustrebende *Wahre, Gute, Schöne*) einsetzt ...« Sophokles, Hölderlin, Shakespeare, Goethe, Schiller, Michelangelo, Ludwig van Beethoven, Prrrssslllr ... Dem, wie man sieht, mit hohem Recht meistdekorierten Lyriker der DDR fehlt wahrscheinlich nur noch der PREIS DER PRÄSIDENTIN. –//– PS.: Obige Rezension von Jürgen Rennert über Gisela Steineckert dürfte Hermann Kants Bedenken bezüglich der »Kritiker«-Tätigkeit von Dichtern und sonstigen Belletristen bestätigen: »Der Kritiker muß eine *unabhängige Instanz* sein gegenüber der Literatur ...«, ungefähr in der Art des Offizial-Kritikers Neubert vermutlich. – (A.E.)

Nieder mit dem Ausland!« *verpflichtet*, und zum größeren Teil in der Nachfolge des National-Dichters Helfried Prrrsssllllr verfaßt – weshalb haben die Behörden nie begriffen, daß gerade so viele Freunde des Subtileren Lyrischen Lauts den sogenannten Ausreise-Antrag sowie die »Entlassung aus der Staatsbürgerschaft der DDR« angestrebt haben? (Die verschiedenen Auswanderungs-Wellen haben sich nach maßgeblicher Verlagsauskunft jedes Mal äußerst negativ auf den Verkauf vor allem von Lyrik-Bändchen ausgewirkt, ist das nicht fabelhaft!) Die Schreibe-Mauer bewies, beweist es: Mangels Widerstand war Helfried Prrrsssllllr – schwer auszusprechender Name, wenn überhaupt – im Laufe der Zeit zum unübersehbaren poetischen Zentralgestirn der DDR geworden, zum Leit- und Führungsdichter ersten Ranges, den das literarische Jungvolk nachzuahmen offensichtlich für obligatorisch hielt inzwischen (von den Ausnahmen ist genügend die Rede gewesen!) ... Mein Begleiter wies mich voll tiefer und undefinierbarer Freude auf die Verse eines dieser Poeten hin, die beinahe schon zum Verwechseln ähnlich waren denen des Großen National-Autors, Verse, denen Prrrsssllllrs ergeben nachgeformt – »ja, wir haben eine prachtvolle Jugend bei uns«, erklärte mein Mauer-Lektor, »da lassen wir von keinem dran rütteln, an *unseren Jungs*, an den Mädels erst recht nicht!« –, Verse, in denen die DDR mit »Du« angeredet wurde, Verse des *rückhaltlosen* Vertrauens: »*Heiteres* Land / voll *guter* Verwandlung / Wer dir *nahe* ist / will dir *näher* sein / Wer dich *erfuhr* / ist dir *verfallen* / Wer dich gewinnt / hat *dein* Wesen gewonnen ...« – Nach soundso vielen Jahrzehnten in Devils Lake muß derlei natürlich doppelt *abwegig* wirken. – Ein anderes Talent verkündete in ähnlich souverän durchgewalktem Versmaß (das an den – zu Unrecht? – verschollenen Will Vesper gemahnt): »Du hast Sendboten / *auf allen Meeren* / Du gibst Zuversicht / in *wilden* Stürmen / Du bist ein Ziel / eine *fordernde Sehnsucht*...« – Wikinger-Gesänge? – Ein Dritter aber hatte das alles zusammengefaßt in einem Vierzeiler super-dicker Struktur: »Erfüllung und Auftrag / den *guten* Entdeckern / Hoffnung und Kraftquell *allen* / die unterwegs sind...« (Unterwegs nach Werneuchen oder Finsterwalde zum Beispiel, nach

Grimma oder Bischofswerda; wird man *interpretierend* hinzufügen müssen …) Darf ich noch einmal unterstreichen, daß hier Punkt für Punkt die DDR gemeint ist mit solchem »Du«? Die DDR, in der ich mich offensichtlich seit kurzem wieder aufhalte, neuer literarischer Bravourstücke halber, die DDR, in welcher meine Stimmung seit kurzem schon wieder auf den Nullpunkt gesunken, anbetrachts der euphorischen Töne in der Prrrsssllllr-Nachfolge! –//– Unten am Heine-Denkmal setzte ich mich auf eine mählich zermorschende Bank – *Ameisen, Ameisen und Termiten* … –: Heinrich Heine, aufmüpfig wie stets, beschwerte sich bei mir oder bei dem jetzt schärferen Nordwind: »Man hätte vielleicht nicht so sehr gerade den *Kontrollpunkt Heinrich-Heine-Straße* erfinden sollen …« – »Mensch, Henri, Henri!« – »Ich plädiere«, rief Heine, »für einen *Kontrollpunkt August-von-Platen-Ring* o. ä.«. Doch ehe er weitere Erwägungen in dieser Richtung anstellen konnte, und sie wären für manchen Kollegen sicher fast tödlich ausgefallen, lag Heinrich Heine gründlich zerbrochen und zerbröckelt (wie auseinandergeschraubt die einzelnen Stücke) im märkischen Sand nahe der Brunnenstraße/Ecke Invaliden; und auf dem Sockel hatte blitzschnell ein anderer, besser, eine andere breit und entschieden Platz genommen oder gegriffen: eine der gefürchtetsten *Heinrich-Heine-Preisträgerinnen* des Jahrhunderts, gekleidet in die silbriggraue Stabsdienstuniform eines weiblichen Feldwebels der Landstreitkräfte der NVA (Nationale Volksarmee) – Eleganz der *Berufsbekleidung*, wie die einer kleinen »Wäscherin« von Rewatex nie und nimmer zugestanden worden wäre! –; ja, es thronte breit-mächtig auf dem ursprünglich Heine zugedachten Sockel, einer indianischen Rache-Göttin, einer eckig-runden und stark kolorierten Todesgöttin gleich, die berüchtigt lebensgefährliche Super-Kollegin … nein, den Namen zu nennen, verbietet mir meine Furcht und die Verantwortung für die Beendigung meines Romanwerks NEBBICH! Und schon hagelte es Blitztelegramme in alle Himmelsrichtungen (ein Satz, den der Verfasser neulich entzückt auf einer Postkarte lesen durfte), hagelte es eine verbale Züchtigung nach der anderen auf mich herab: »Halten Sie doch den Mund! Es sind Blicke gewechselt worden! Es hat Telefonate gegeben!« Statt der anheimelnden rheinisch-ironischen Stimme Heines das peitschende Organ der Directrice eines preußischen Sado-Salons der Sonderklasse: »Es hat, das ist uns doch bekannt, Absprachen, Plauderstunden im Tele-Café, vieldeutige Blicke, Telefonate gegeben, gelt?! Das Telefonieren wird ja den Bürgern von unserem Staat viel zu leicht gemacht!« – Im Sand ein hastiges metallisches Ruckeln und Zuckeln, als wollten sich die hundert Stücke des Heine-Denkmals zusammenbündeln und dann eilends die Flucht ergreifen ... »Wovon *leben* Sie eigentlich, Sie neurotisch notorischer Devisenschieber?« – meinte sie Heine und dessen diesbezügliche Affären?, meinte sie mich? –; »Sie müßten doch normalerweise nach unseren Vorausberechnungen schon vor Jahrzehnten verhungert sein!« – Die metallenen Heine-Bröcklein kicherten, klirrten, klingelten, sirrten ... »Es wäre doch einmal mehr als interessant zu wissen, aus welcher Geheimschatulle sie stammen, Ihre unnormal schmierigen Gelder! ... Und *Sie*, ja, ich meine *Sie*, die Ihren, womöglich noch schmierigeren!« (Dann, als hätte sie die richtige Straßenbahn verpaßt oder als wäre sie versehentlich in einen falschen Zug geraten, jener unvergeßliche *Hammer von einem Satz*, den ich zum ersten Mal im Jahr neunundsiebzig gehört hatte, bei der »Befragung« kurz vor dem Ausschluß aus dem Schriftstellerverband der DDR – *wir waren unser acht* –, jener schneidende Satz, später ist er in bestimmten Kreisen fast zum Sprichwort geworden, jener von Scharfsicht und *Durchblick* gleichermaßen zeugende Satz:) »EINER VON EUCH ACHTEN *MUSS* DOCH BEIM CIA SEIN!« (Kann man sich vorstellen, wie die Leute sich das bei flüchtiger Begegnung – *flüchtig*! – gegenseitig zurufen auf den Straßen und Plätzen?) »Einer von Euch Achten *muß* doch beim CIA sein ...« –//– Mein ungewöhnlich langer Amerika-Aufenthalt, die mysteriöse und durch *nichts* so richtig zu begründende plötzliche Rückkehr des Einundachtzigjährigen – »das Histörchen mit dem Brief Ihres Freundes Bergermann können Sie Ihrer Großmutter auf die Nase binden!« –, mein geheimnis-schwangerer schwingender Gang beim Gehen, mein irritierendes Naserümpfen alle sieben Minuten: – Ich mußte mir ja bald selber als *die* Inkarnation des sogenannten Sicherheitsrisikos erscheinen; immer noch im mählich länger werdenden Sockel-Schatten des ehemaligen Heine-Denkmals, schrumpfte mein sonst so luftballonpralles Selbstgefühl tatsächlich zu dem eines schon ein wenig eingestaubten alten Ganoven, zu dem eines triftig vertrottelten »Staatsfeinds«, und der Verfasser fand sich zu der bohrenden Frage (an den Verfasser) veranlaßt (typisch Verfolgungswahn!): »Wer mag mich wohl hierhergeschickt haben?, welcher lichtscheue Auftrag tickt in dieser so kreuzworträtselartig gemusterten Jacke?, und dieser *frühzeitig geafterte übereitrige Seesack*, welche Art Bombe wird er uns eines Tages gebären?« – Oh wie traf es mich schließlich doch (und war nicht länger abzuschütteln wie ein unbedeutendes Staubkorn), als die oben erwähnte Heroine im Feldwebeldreß mit gespielt verzweifelter Gebärde zum heimatlichen Himmel hinauf in die verödeten Straßen hineinsprach (genauer betrachtet, sprach sie zum Fenster hinaus, wie man zu sagen pflegt): »Heimat, ach, Heimat, in die wir den *Streit um das Bessere eingebracht haben*, ach, hin und wieder stellt sich eine längst schon überstrapazierte Engelsgeduld die berechtigte Frage, ob man das nicht einfach beim nächsten Streifenpolizisten als EINBRUCH o. a. zur Anzeige bringen sollte, oder gar als HERABWÜRDIGUNG *des einen oder anderen Organs* ... Hier wird doch Schindluder schäbigster Art getrieben mit unserer heimatlichen Vertrauensseligkeit, unserer durch internationale Verträge abgesicherten Menschenliebe, *mit unserem Glück*!« – Zweifellos, zweifellos!, stimmte ich in Gedanken der verantwortungsträchtigen Mutter und Dichterin zu; rasche und hastig vorgebrachte Anzeige, untermalt von der menschlich bewegenden Frage »Wer – wen?«, wäre in diesem dubiosen Fall das einzig Richtige, wenn auch nicht unbedingt von mir Unterstützte, gewesen ... Was nur ist es in unserer Brust, in Deiner, in meiner, in seiner, in ihrer, welcher aus Urzeiten übrig gebliebene und noch von keinem Verhaltensforscher bruchlos aufgeklärte tierische Instinkt, welcher uns stets wieder in die Quere kommt – und das betrifft die allerhöchsten Herrschaften sogar –, gilt es, den oder jenen

Satanas wegen seiner »Äußerungen« o. ä. *prinzipien-fest* der Polizei, den Richtern, dem Henker in die Hände zu spielen o. ä.? Es ist und bleibt ein letztes unaufgeklärtes Rätsel und düsteres Geheimnis um das menschliche Wesen, etwas Ur-Kriminelles – zur Verzweiflung jeglichen noch so gut gedachten Staatsapparats! ... So weit meine akklamierenden Überlegungen; aber dann machte ich vorsichtshalber doch, um mit dem Volksmund zu sprechen, *die Fliege* ... –//– –//– PS.: Wie ich wenige Wochen später eruieren konnte, sind die weiter oben der Mauer abgeklaubten und den jungen und jüngeren Poeten der Prrrssslllr-Schule zugeschriebenen »lyrischen Versuche« keinesfalls, wie man ja auch sofort gespürt hat, die Produkte noch unbeholfener blütenhaft duftender *Debütantigkeit*, sondern in Wahrheit der ausgereiften Feder des National-Dichters Helfried Prrrsssllr selber zu danken: »... Heiteres Land / *voll* guter Verwandlung / Wer dir nahe ist / will dir näher sein / ... / Hoffnung und *Kraftquell* allen / die unterwegs sind ...« – Man wiederholt es, wie schwerlich akzentuiert werden muß, nur recht ungern! Dabei hätte man doch im Grenzbereich an der Mauer augenblicklich an ihn denken müssen, diesen nicht zuletzt mit der Verdienstmedaille der Grenztruppen dekorierten Erzpoeten, welchem sein Heimatland sowohl die stählernsten Verszeilen verdankt betreffs des Antifaschistischen Schutzwalls – »Doch ihre Lügen / zerplatzen an unserem *Wissen.* / Ihr *Haß* ist ohnmächtig / durch unsere Macht. / Ihre *Schlammflut* / bricht sich an unserer Mauer ...« – als auch die mooshaftesten und weichsten: »In guter Hut / sind Verliebte / *östlich der Grenze* / durch die *Zartes* / beschützt wird vor *Rohem* / und *Liebe* / sicher sich weiß vor *Gewalt.*« (Wenn auch, um später oft teuer zu bezahlenden *Illusionen* vorzubeugen, nicht unbedingt vor der sogenannten *MACHT*; das ginge auch, ehrlich!, entschieden zu weit.) – Und wie Prrrsssllllr das alles zusammengefaßt hat!; das ganz-ganze Leben der DDR, das ganze Weben, Schweben und Streben des Landes ist *eingebracht*!; in jeder zweiten Zeile beinahe erkennt sich der Prrrsssllllrsche Leser wieder: »*Gemeindrang* verband uns beim Dammbau, / den *faulenden Pfuhl* abzuziehen. / *Germein-*

drang verbindet uns heut auf der Wacht, / *daß der Feind nicht die Dämme durchbricht.* / Wir hüten *vereinigt* die Gärten, die unseren *Mühen erblühen,* / *Hell* über *lockenden Lichtern der Fäulnis* / Strahlt der *Wahrhaftigkeit Licht...*« (Hell zu den Hügeln empor?) Ganz wie jetzt die in alle Himmelsrichtungen strahlende Schreibe-Mauer mit den Gedichten Helfried Prrrsssllllrs und ähnlich veranlagter Autoren ... (»Aus dem Sumpf und seinen Niederungen / Stieg die Partei mit ihren Gliederungen ...«) – Ach, mag das auch manches liebe alte Mütterlein, manchen Schrebergarten-Opa aus den Anfangsjahren der Republik erfreuen und sittlich erwärmen – *mich*, den erfolgreichen »Straßenbegeher« aus Devils Lake schmeißt es trotz einiger Wetterfestigkeit doch »ganz schön um«: Irgendeiner scheint sie mir brutal und drastisch vor Augen und Ohren führen zu wollen, die Vergeblichkeit meiner damaligen jahrzehntelangen Tätigkeit als »Lyrik-Kritiker« – ist es die gleiche Type, auf deren infame Empfehlung hin der »Reinhard-Weisbach-Preis« gestiftet worden ist Anfang der achtziger Jahre? –, die Vergeblichkeit und Sinnlosigkeit so mancher sogenannten SINN-UND-FORM-Diskussion*. Ja, das sollte ich

* Anmerkung. Kein Wunder, daß das alles so gekommen; es genügen zwei Zitate von Hermann Kant aus jenen Jahren, als, beinahe unbemerkt von den Dichtern, die Weichen gestellt worden sind. – 1. (Aus einem Gespräch Klaus Höpckes und Klaus Schülers mit Hermann Kant, mitgeteilt im NEUEN DEUTSCHLAND vom 13. 12. 1971) ND: Wolfgang Joho hat in unserer Zeitung seinen Kollegen ›mangelnde Anteilnahme am Schaffen der anderen‹ vorgeworfen – was macht der Verband aus solchem Vorwurf? / H. K.: Joho hat unbedingt recht. Vielleicht sollte nur *den* Schriftstellern eine Klage über die professionelle Kritik *erlaubt werden*, die *mindestens* einmal im Jahr *eine Besprechung zum Buch eines Kollegen* veröffentlicht haben. Aber ernsthaft: Es gehört *einfach zu unseren Aufgaben*, die Verbandsmitglieder *zu solcher Tätigkeit anzuregen* ... –//– 2. (Aus einem Gespräch Marlies Duwes und Rudolf Woderichs mit H. K., mitgeteilt im SONNTAG 12/1983 – das Endresultat der zehn Jahre früheren SINN-UND-FORM-Diskussion? SONNTAG: *Manchmal* ist auch zu hören, Schriftsteller sollten mehr und *kritisch über die Arbeiten ihrer Kollegen* schreiben. Was halten Sie davon? / H. K.: Ich möchte *unbedingt* an einer *Arbeitsteilung* festhalten. *Schreibende über Schreibende*, das sollte *nur gelegentlich* sein und *nicht zur Norm* werden. Der Kritiker muß eine *unabhängige Instanz* sein gegenüber der Literatur ... –//– Franz Fühmann am 4. 4. 83 an den Autor: »Also ich hab mirs ja abgewöhnt, nach Rezensionen Ausschau zu halten, hab auch GLOBUS abbestellt, der war mir zu teuer, und es interessiert mich auch nicht mehr ...« (A.E.)

wohl noch sehen – wurde ich nicht spürbar von Hunderten von Augen höhnisch und kritisch beobachtet seit meiner Rückkunft? –, ja, das sollte mich zuguterletzt wohl doch noch vergiften: der Anblick einer dreißig bis vierzig Kilometer langen relativ formschönen Mauer, vollgeschrieben von den Meistern der Prrrssslllr-Schule bzw. vom Obersten Meister selber ... – Nun, wer in diesem Umkreis weiterforschen will, könnte ja sein!, der suche am besten die Jahrgänge 79/80/81/82 usw. der Zeitschrift DEUTSCHUNTERRICHT und dort das Gedruckte auf, nicht ohne sich vorher ein Auftragshonorar für die wohl schwerlich publizierbaren Ergebnisse solchen Besuchs zu verschaffen!

/ 7 / Eiszeit-Tauwetter / Tauwetter-Eiszeit Weitere *Verschärfungen*, meinten fast alle, würden kaum ausbleiben, »wenn das Pendel wieder nach hinten ausschwingen wolle ...«; sie wurden in der Tat binnen kurzem und zunächst *ohne Nennung von Gründen* geradezu körperlich spürbar, und sie gipfelten in der bald schon seit vierzig Jahren immer wieder hinausgezögerten, obschon von allen richtigen und *richtig guten* Schriftstellern im VERBAND *seit Ewigkeiten* geforderten Verabschiedung eines (hauptsächlich gegen mich, den Verfasser, gerichteten) GESETZES ZUM SCHUTZ DER BERUFSBEZEICHNUNG SCHRIFTSTELLER, des ersten Gesetzes dieser Art in der ganzen Geschichte der Menschheit, des einzigen dieser Art bis zu diesem Moment auf unserem Erdball, »auf welches«, wie es in der BERLINER ZEITUNG hieß, »wenigstens ein kleines Bißchen stolz zu sein den Autoren der DDR und ihrem VERBAND wohl von keinem verwehrt werden kann ...« –//– Der Offizial-Kritiker Neupert-Schlumpf in der Spalte GEDANKEN ZUR ZEIT der Kulturbunds-Zeitschrift SONNTAG: »Rätselhaft, weshalb einige wenige *Mitglieder* des Verbandes, die doch garnicht betroffen sind, mit dem seltsam« – sattsam? – »vorbelasteten Günter de Bruyn an der Spitze, nach der Einführung dieses zutiefst humanistischen SCHUTZGESETZES – muß ich wirklich noch an Adolf Hitler erinnern, dessen Parteibuch ihn bis zuletzt als ›Schriftsteller‹ auswies? –, rätsel- über rätselhaft, daß sie sich in schlecht gespielter ›Entrüstung‹ veranlaßt sahen, ihren ›Schriftsteller‹-Titel demonstrativ niederzulegen und statt seiner in ihrem Paß, beziehungsweise Personalausweis die Berufsbezeichnung ›Wortkünstler‹ oder gar ›Dichter‹ eingetragen wissen wollten: Dr. Dr. Dr. h. c. Irrsinn läßt grüßen, kann man da wohl sagen – weshalb nicht gleich ›Versklempner‹, äh, oder Ingenieur der Seele‹?« (Neupert-Schlumpf schreibt jetzt zweifellos besser als noch vor dreißig, vierzig Jahren ...) –//– Aus der Illustrierten FREIE WELT: »*Das* war ein *Erlebnis!* Zur Parade lenkte ich meinen schweren ›Ural‹ mit Fla-Rakete *direkt* an der *Tribüne lang*. Hätte gern gewunken, *mußte aber geradeaus schauen*, ich fuhr das *Richtfahrzeug*. Tempo auf die Zehntelsekunde, *keinen Zentimeter von der Linie abweichen!* Schließlich mußte der *ganze Fla-Raketen-Block* sich *nach mir orientieren* Diesen *besonderen Platz* hatte ich mir im Wettbewerb von Mann zu Mann verdient ...« –//– EIN DENUNZIATIONSSCHREIBEN (authentisch bis auf die Namen): »Werte Genossen! / Der Bewohner unseres Hauses, der *Genosse Pumps*, ist bei Euch als Dozent tätig in der Volkshochschule. Meines Wissens soll er als Gesellschaftswissenschaftler tätig sein. / Genosse Pumps *flaggt nie* zum 1. Mai, Tag der Republik usw. Wir können mit ihm auch keinen Kontakt aufnehmen, da er *zu abgeschlossen* ist. Von parteilosen Mietern, die *zum Teil* flaggen und sich auch sonst am *gesellschaftlichen Leben beteiligen*, hat man deswegen ständig Auseinandersetzungen. Mit dem Genossen Pumps selbst zu sprechen, würde auch keinen Erfolg haben. / Meine Vermutung ist, daß er sich bei seiner Tochter nicht durchsetzen kann, die *starken westlichen Einflüssen* unterliegen muß. Vor kurzem war der Genosse Pumps mit seiner Frau, die ja auch Genossin ist, verreist, und ihre Tochter war allein mit einem Mann in der Wohnung, Nacht um 1. Uhr wurde vor der Tür des Mieters über ihn, den Mieter Balsam ein Knallgeschoss abgelassen, dass das ganze Haus erschütterte. Ich kann nur nicht verstehen, daß bei uns in der DDR *solche lauten Knallgeschosse* hergestellt werden. Und dann dann nur zu Sylvester.

Es muß ein *westliches Erzeugnis* gewesen sein. Ich wagte mich nicht runter zu gehen, denn ich bin ein alter Mann, über 50 Jahre schon Genosse, denn wenn ich wäre runter gegangen, hätte *der* mich vielleicht niedergeschlagen. / Ich bitte Euch, doch mit dem Genossen Pumps mal *eine Aussprache zu führen*, daß er sich *auch äußerlich* als Genosse hier im Wohngebiet zeigt. / Für Eure freundliche Unterstützung danken *wir* Euch schon heute bestens und verbleiben mit sozialistischem Gruß! / Franz T. ...« -//- Günter Görlich 1983: »Nüchtern stellen wir fest: Die Widersprüche in der Welt verschärfen sich zusehends.« -//- Aus DER DIENSTHUND von L. Haberhauffe u. Dr. med. vet. D. Schäfer (1963); »Technik der Abrichtung«: »... Bei der *Leinenführigkeit* wird die Gangart ständig verändert. Damit soll erreicht werden, daß der Hund in allen Gangarten (Normalschritt, Laufschritt usw.) dem Hundeführer folgt. Neben den Gangarten müssen noch nachstehende Wendungen in der Bewegung ausgeführt werden: / - Linkswendung, - Rechtswendung, - Kehrtwendung. / Bei der *Linkswendung* setzt der Hundeführer sein rechtes Bein leicht angewinkelt in die neueinzuschlagende Richtung. Die Wendung geschieht auf dem linken Fußballen. Das leicht angewinkelte Bein versperrt dem Hund die bisherige Laufrichtung. Das Tier wird dadurch in eine neue Richtung gedrängt, was mit einem Auflaufen der Vorderbrust (unbedingter Reiz) an das rechte Knie verbunden ist (s. Abb. 19). Dabei wird der Hörlaut »Fuß« gegeben. *Nach der Wendung ist der Hund zu loben.* - Die *Rechtswendung* erfolgt mittels Leinenruck durch die rechte Hand und den Hörlaut ›Fuß‹ (s. Abb. 20). Bei der Rechtswendung macht der Hundeführer den ersten Schritt absichtlich etwas größer, damit mehr Abstand zwischen ihm und dem Hund entsteht. Diese Distanzvergrößerung nutzt der Hundeführer aus, um einen kräftigen Leinenruck durchführen zu können. *Folgt der Hund dem Hundeführer in die neu eingeschlagene Richtung, so ist das Tier nach dem Leinenruck zu loben.* - Bei der *Kehrtwendung* wird die Leine hinter dem Rücken schnell von der rechten in die linke und dann wieder in die rechte Hand übergeben. Dann wird ein kräftiger Leinenruck vorgenommen, so daß der Hund gezwungen ist, sich schnell an die linke Seite des Hundeführers zu begeben. *Nach gut ausgeführter Übung ist das Tier zu loben* (s. Abb. 21 u. 22.) .../PS.: *Der Hund muß sich stets dem Schritt des Hundeführers anpassen.*« –//– Ursula Püschel in der NDL 8/84: »... Aber niemand hat zum Beispiel Heiner Müller geantwortet, als aus Prometheus, dem ersten Säulenheiligen im philosophischen Kalender ..., dem Licht- und Feuerbringer, dem *Aufsässigen* gegen die Götterallmacht, *ein jämmerlicher Opportunist* wurde ... Abkehr von den progressiven Tendenzen in den Materialien griechischer Mythologie, *untradierter* Gebrauch – so banal es klingt, es läuft schließlich auf die Frage hinaus: *Darf ein Autor das?* ...« –//– Aus der Kinderzeitung ATZE* die Festtags-Story »Unsere Volkspolizei hat Geburtstag«: »Das ist der Genosse Feuerstein, unser ABV. Er hatte nämlich gestern seinen 40. Geburtstag, übermorgen ist er 20 Jahre Volkspolizist, und am 1. Juli feiert er mit all seinen Genossen den 35. Jahrestag der Gründung der Deutschen Volkspolizei. Na, ist das nichts? Sozusagen *als Geburtstagsgeschenk* hat er gestern *gemeinsam mit Kalles Vater*, der zufällig vorbeikam und *gleich* Genosse Feuerstein *anrief*, zwei der *Rowdys erwischt*, die ab und zu bei uns im Fußgängertunnel die Deckenbeleuchtung zerstören. Nun haben wir wieder Licht im Tunnel, und für die beiden Übeltäter *sieht es finster aus.* Jedenfalls beschlossen wir, ihm eine *Freude zu machen* und *gleichzeitig auszuprobieren*, ob er ... noch zu *erschrecken ist.* Wir kauften also mit *Geld aus der Gruppenkasse* einen schönen Blumenstrauß und *kletterten auf einen Straßenbaum* an dem Wege, wo er nachmittags seinen Streifengang beginnt ... Wir hatten gerade die Schleife am Strauß befestigt, da kam auch schon das *Geburtstagskind.* Als er noch *einen Meter* entfernt war, *ließen wir den Strauß hinab.* Tatsächlich, er *erschrak.* Aber er

* Anmerkung. Und wer es nicht glaubt, daß diese Geschichte vor weniger Zeit erst in der Kinderzeitung ATZE stand, der zahlt augenblicklich einen oder drei Taler in meine Gruppenkasse zur Förderung Absurder Literatur und Schwarzer Humore in der Deutschen Demokratischen Republik, für die es leider immer noch sehr finster aussieht – auch im Jahr 2011 noch, jaja! –, und die mancher womöglich zu den erhofften weiteren *stolzen Fängen* unseres ABV Genossen Feuerstein zählt ..., ja, vier bis neun Taler! (A.E.)

faßte sich gleich wieder, zumal er uns erkannte, *und dankte für die Überraschung*, während wir ihm noch *weitere stolze Fänge* wünschten ...«* –//– Schaufensterwerbung eines Schnapsladens im letzten Marx-Jahr: »IM SINNE VON KARL MARX HANDELN HEISST – Erhöhung der *versorgungswirksam werdenden* Finalproduktion ›Spirituosen‹ um 24,4 % ...« –//– Humboldt-Universität zu Berlin (Sektion Ästhetik und Kunstwissenschaften; Programm der FEIERLICHEN VERABSCHIEDUNG DES ABSOLVENTENJAHRGANGES *1980*: Joh. Seb. Bach: 1. Satz aus der Triosonate Es-Dur BWV 525 / Monika Lösel: ›Herztöne der Meister‹ / H. Schütz: ›Iß dein Brot mit Freuden‹ aus den ›Symphonicae sacrae‹ / Joh. K. Bachofen: ›Viele verachten die edle Musik‹ / H. Vecchi: ›Es saß ein Vöglein‹ / Ansprache der Sektionsleitung / Vergabe der Diplome / Fr. Chopin: Walzer A-moll op. 34; Nr. 2 / R. Schumann: ›Die Schwalben‹, Wenn ich ein Vöglein wär' / Gerd W. Heyse: ›Vom Wachsen‹ / K. Schwaen: ›Erntemond‹ / K. R. Griesbach: ›Oktobertag‹ / B. Thalheim: ›Als ich 14 war‹ (Chanson) / Abschiedsworte der Studenten / A. Caldara: Larghetto und Allegro aus der Sonate quattro B-Dur / Helmut Preißler: ›Verläßlich‹ / Joh. Seb. Bach: Präludium und Fuge A-moll BWV 543 ...« –//– (Helga Schubert in DAS VERBOTENE ZIMMER, 1982: »Ich erinnerte mich, wie ich als Kind auf dem Bauernhof und im *vorigen Sommer auf dem Zeltplatz* lachende Menschen mit Forken und Spaten *auf Mäuse einstechen* sah, die *schon lange tot* waren.«) –//– EIN VORBILDLICHER LEHROBERMEISTER (nach SPORT UND TECHNIK): »... *Den ganzen Vormittag schwitzten die Jungs* beim Stationsbetrieb – Klimmziehen, Liegestütze, Tauklettern. Dann *Ex-Ausbildung. Nach Stunden erst* läßt Kollege Waurich die Hundertschaft antreten. *Ein paarmal.* Erst sind sie zu langsam, *dann stehen sie nicht richtig.* Laut und deutlich verkündet er schließlich die nächste Aufgabe: ›*Wir marschieren zehn Kilometer!*‹ Das ist viel nach diesem Tag, er weiß das, *setzt aber noch eins drauf.* Die Feldflasche, die er hoch hält, *ist voll.* ›Wer will, kann während des Marsches zu mir kommen. *Ich* jedenfalls werde *nichts trinken!*‹ Was er sagt, das macht er, das wissen alle, die ihm, *jetzt schon* schwitzend, über Waldwege und Strandpfade folgen … Das macht er *nur für sie*, um ihnen zu beweisen, man kann etwas aushalten, wenn man will. Deshalb würde der Weg zu ihm, der *an der Spitze der Hundertschaft* marschiert, *jedem schwerfallen* … Und wenn sie beim Marschieren mal stöhnen, stöhnen sie nicht über ihn und über die Marschkilometer, sondern über die Proben, die er sich *immer wieder für sie ausdenkt* … Aber so fordernd ist er eigentlich IMMER. Obwohl sie ihn als Lehrobermeister *selten zu Gesicht* bekommen, *spüren* sie *durch ihre Lehrmeister* seine lenkende Hand *ÜBERALL* … Ordnung will er IMMER und ÜBERALL und Disziplin. Das verkündet er *häufig*, meist dann, wenn er in den Lehrlingswohnheimen in Güttin oder Poseritz *auftaucht*. Er weiß, daß sie das oft erst lernen müssen. Aber *darauf besteht er*, weil es *wichtig ist für das Leben*, für das *zivile* wie das *militärische*, und dabei *hilft* er ihnen: in der Lehre, im Wohnheim und bei der vormilitärischen Ausbildung … Jetzt begleitet er sie bei ihrem Marsch, läßt sie *nun auch noch* ein Lied singen. Was bei ihm einigermaßen melodisch klingt, er war schließlich *Mitglied des Garzer Volks- und Männerchors*, steigt bei allen anderen *nur noch als Gekrächze* zum Himmel. Kein Wunder, die Kehlen sind trocken – *und bleiben es* … ›Warum machst eigentlich du das hier mit?‹ *Alle schauen ihn an.* ›Warum? Weil *ich* in unserem Land *mit aufgebaut* habe. ÜBERALL … und wenn es nur ein kleines Stück war. Daran hänge ich. Und das werde ich schützen: Wenn es sein muß, mit der Waffe!‹« –//– Professor Horst Haase über J. R. Bechers Buch DER *AUFSTAND* IM MENSCHEN: »Unsere gesellschaftliche Wirklichkeit *selbst* verhindert, daß die um Ängste, Bedrängnisse, und Tod kreisenden Reflexionen … *übermächtiges Gewicht* erlangen …« –//– (Christa Wolf: »… Das war an einem ersten Donnerstagabend eines Frühlingsmonats, wir saßen im Club in der Otto-Nuschke-Straße, …, das gesellige Beisammensein mit Brötchenverzehr war im Gange, da blickte ich zufällig nach oben und sah: Die Lampe schwankte. Ich glaubte, ganz nüchtern zu sein, und machte ein paar Kollegen am Tisch auf das Phänomen aufmerksam. Sie wunderten sich wie ich.

Jemand sagte, in den oberen Räumen sei vielleicht eine Tanzveranstaltung ... Ich behielt die Lampe im Auge: Sie schwankte. Mir wurde Wunderlich zumute, so hätte man es früher ausgedrückt, ein bißchen unwirklich kam mir, vielleicht nur für Sekunden, unsere Versammlung vor, der Raum, das Gestühl, das kalte Buffet, die Teilnehmer, ich. Als könnten wir alle uns ebensogut auflösen. / ... / Weiter war nichts, ist nichts. Warum ich das erzähle? Einfach so. Einmal haben wir zusammen ein sehr kleines Erdbeben erlebt. Etwas sehr Geringes, das wir selbst nicht spürten, hatte die Lampe angestoßen. Kaum, gar nicht spürbar war die feine Erschütterung für uns, die sich den festen Mauern des Hauses mitgeteilt hatte. Mich hat das verwundert, das ist alles. Wenn mich jetzt, häufiger, dieses Gefühl von Unwirklichkeit überkommt, erkenne ich es wieder ...«) –//– Und es geschieht – wir schreiben den 15. September 2011/Zweitausendundelf, falls wir Lust haben es zu schreiben, und über solche Lust *verfüge* ich immer noch –, es geschieht mir, ein Irrtum?, eine Böswilligkeit? –, daß ich 5 Tage vor meinem zweiundachtzigjährigen Geburtstag ein amtliches Schreiben vorfinde in meiner illegal »bezogenen« Bude, eine Vorladung in den für vorbestrafte und haftentlassene Bürger zuständigen *»Sektor Wiedereingliederung«* der Abteilung Innere Angelegenheiten des Stadtbezirks; falls der Adressat dieser Aufforderung nicht folge, müsse er damit rechnen, nötigenfalls gemäß der »Gefährdetenverordnung« durch die Volkspolizei dem »Sektor Wiedereingliederung« *zugeführt* zu werden ... Und es geschieht, daß der humoristische Charakter meiner Prosa nun doch 'mal ernstlich ins Wanken gerät, ins Schlingern kommt, bitte, nicht unter die Räder! »Schrollz«, ich flüstere es mit versagender Stimme; und nun schon beinahe lautlos flüst're ich: »Schrunnz!« Mehr als dreißig Jahre hat es gedauert; aber nun haben sie es doch noch geschafft, die Gäbleins und Messerles samt dem übrigen trüben Besteck: Über meinem humoristischen Spätwerk, und nicht anders sind dessen Schönheiten und Ticks zu erklären, über *diesem* Werk z. B. hängt die giftige Wolke der »Gefährdetenverordnung« – neben so vielem anderen giftigen Gewölk –, und flankiert wird es von Einladungen zur »Wiedereingliederung« in die Welt der Schrollz-Schrunnz und Gäbleins etcetera, *ihrer* Welt und Gesellschaft ... Ach, Devils Lake, ach, McLUHANS Old Whiskey, ach, Witwe Bolte! –//– GEDANKEN ZUR ZEIT von Hans Weber, seinerzeit Vorsitzender des Bezirksverbandes Frankfurt/Oder des Schriftstellerverbandes der DDR: »*Einer*, der jetzt in Marzahn lebt, möchte in seiner Literatur vorfinden: Genaues und Unverwechselbares über die Großbaustelle DDR. Einer aus Marzahn möchte seine *Bushaltestelle wiedererkennen in den Seiten der Erzähler* und die *Sorgen um das neue Kino* (Wird es nun gebaut oder nicht?), und er möchte *von seinem Dichter in die Welt gesetzt werden.* Er möchte erleben, daß Marzahn nicht nur in der DDR liegt, *sondern auf der Welt.* Und wenn unser Marzahner es recht bedenkt, dann möchte er mit Hilfe seines Lieblingsschriftstellers erleben, daß *Marzahn ein wichtiger Punkt im Universum* ist ...« –//– Die Trickfilmregisseurin Sieglinde Hamacher – siehe auch FILMSPIEGEL 2/82 – über ihr und ihrer Kollegen Projekt EIN KÄFIG; es scheint sich um eine Arbeit über das Verhältnis von Künstler und Staat zu handeln o. ä.: »Ein Käfig erfrischt sich am Wasser, kratzt *frischen Sand* auf seinen Boden und *steckt sich eine Blume an die Gitter.* Sehnsuchtsvoll schaut er den *davonfliegenden Vögeln* am Himmel nach. Dann macht er sich auf den Weg, einen Vogel zu suchen. So beginnt der Zeichentrickfilm EIN KÄFIG, der jetzt in der Endfertigung ist ... Es ist die Geschichte eines Käfigs, der die Erfüllung seines größten Wunsches, einen Vogel zu besitzen, mit aller Energie betreibt. Nach einigen Fehlschlägen gelingt es ihm auch, einen Vogel hinter seine Gitter zu bekommen. Allerdings sieht das Besitzerglück ein wenig anders aus, als es sich der Käfig vorgestellt hat. Ein Käfig, Symbol für Einengung und Unfreiheit, bot gute Möglichkeiten, Probleme von Partnerbeziehungen aufzuzeigen. Am Ende aber *akzeptieren Käfig und Vogel die Realitäten* und bleiben beieinander ...« (Mh, der Käfig mit offenem Türchen vielleicht?) –//– Antwort des Genossen Pumps auf das weiter oben mitgeteilte Denunziationsschreiben (authentisch bis auf die Namen): »... *Zur Beflaggung*: Seit 1949 hänge ich am Tag der Republik, am 1. Mai und zu anderen Anlässen *die Fahne aus dem*

Fenster. Für die Zeit, wo ich in Treptow wohnte, ist u.a. der Gen. Gimpel aus der Kipfelstraße Zeuge dafür. Seit ich in Pr. Berg wohne, der Gen. Hultenreich, der nach Friedrichshagen verzogen ist. Danach könnte ich den Gen. Kluncker anführen, der vor drei Jahren in die Leitzerstraße verzogen ist. / Da durch die vielen Jahre unsere Fahne sehr *verwittert, verschossen und verschlissen* war, habe ich sie vor einiger Zeit von der Stange entfernt. Wir wollten uns ein neues Fahnentuch kaufen. Aber jedesmal vor einem Feiertag stellten wir selbst *verärgert* fest, daß wir das wieder vergessen haben. Aber gleich nach dem 1. Mai dieses Jahr haben wir ein Fahnentuch gekauft und werden jetzt wieder *bei jedem Anlaß flaggen.* Es war eine *Nachlässigkeit oder Vergeßlichkeit* von mir, daß ich das nicht früher getan habe ...« – Weiteres aus der Antwort des Genossen Pumps auf die Beschwerden des Genossen Franz T. (Teckel?): »... Frau Balsam und Frau Teckel sind *sehr intim.* Frau Balsam brachte ein Klavier in Wohnung. Sie klimperte zu jeder beliebigen Stunde Zeit. *Sie hat aber noch nie ein richtiges Lied gelernt ...*« –//– Ja, »Wiedereingliederung« droht mir – nicht meinem Werk, nein, diesem gewiß nicht!, besteht es doch, Beweis für die unsozialistische Faulheit des Verfassers, zum großen Teil aus Zitaten – ein nur geringfügig eigenschöpferischer Zitaten-Fex, dieser Schmutzfink!: Und so muß ich nicht erstaunt sein, daß meine Versuche, mich mit sogenannten Lesungen über Wasser zu halten, wie früher, wie vor dreißig Jahren, in der Regel unter einem schwer dechiffrierbaren Un-Stern stehen, welcher die Münder rings schief, die Milchbärte säuerlich werden läßt; und wie vor dreißig/vierzig Jahren stehe ich in Finsterwalde oder Großdubrau vor dem verschlossenen Kulturhaus und entnehme der Anzeigentafel: »Achtung, Programm-Änderung. – Die Lyrik-Lesung DAS SANDKORN mit *Alfred Endler* am Sonnabend, dem 3., fällt aus *innerbetrieblichen* Gründen aus. Der Kegel-Klub trifft sich wie üblich. Kreiskulturhaus XYZ.« Oder man läßt mich – wie es gelegentlich selbst Franz Fühmann passiert ist – vor südjemenitischen Landwirtschaftslehrlingen lesen, die kaum ein Wort Deutsch verstehen; oder man erfährt aus Gera – und der Ortsname »Gera« kann als

Unheil verkündendes Stichwort gelten –, daß die dort angesetzte Lesung untersagt worden ist; die *betreffende Person* – und diese *Person* bin *ich* – wäre ja *garnicht Mitglied des Schriftstellerverbandes*, so geschehen schon vor der Verabschiedung des GESETZES ZUM SCHUTZ DER BERUFSBEZEICHNUNG SCHRIFTSTELLER, möglicherweise hätte man's überhaupt nicht gebraucht ... *Bilanzierend* schließlich jene sächsische Stadtbezirksrätin für Kultur und ihr triumphierend mitgeteilter Bescheid: »Tscha, wenn Se geene *Bappe* ha'm! *Ohne Bappe* genn Se in unsern Staat geene *Lähsunk* machn, newa!« (Die berühmte, lebensbestimmende »Pappe«: Arbeitserlaubnis für künstlerische Betätigung; in diesem Fall war das Mitgliedsbuch des Verbandes gemeint.) Alles wie in den siebziger oder achtziger Jahren; das, was sich nunmehr in diese poröse Prosa hineindrängeln will, das könnte u. U. *neu* sein; möglicherweise ist es einer der von mir selber am meisten gefürchteten, literarisch so bedenklichen HALBTRÄUME – wollte ich die nicht säuberlich heraushalten aus dem Haupttext, verdammt? –, welche der partiell schon tüchtig debile dirty old man fälschlich für die Realität nimmt: – »Wiedereingliederung«; und sie befehlen mir, drei markige Gestalten wie aus dem Ledermoden-Journal, die an sich schon für den allgemeinen Geschmack zu dem Opa höchst vorteilhaft kontrastieren, sie geben mir den Befehl, mich dalli-dalli zu entkleiden (»Spielen mit der Macht lassen wir nicht, werter Herr! Sie werden jetzt hoffentlich kapieren, wer hier die Macht hat!«) und splitternackt Platz zu nehmen auf dem eleganten Verhör-Stuhl (Bauhaus-Stil nebenbei), wieder aufzustehen, mich wieder zu setzen, wieder aufzustehen etcetera ...: »Stimmt es, daß Sie Pornographie fabrizieren, Sie Schwein?« Und während sie mich nach meinen *weiteren literarischen Plänen* ausfragen – »Ein dreizehnbändiges Romanwerk mit Namen NEBBICH«, bekenne ich standhaft und stolz –, starren sie wie auf Befehl höhnisch und spürbar ihres höheren Wertes bewußt auf meinen ängstlich zur Winzigkeit geschrumpelten Penis, den endlich doch entsagungsvoll blinzelnden ... Ratsch!, drei weit geöffnete Hosenställe, ritsch!, drei riesige Schwänze – *wenn* es ein

Halbtraum ist, dann steht er nicht im Widerspruch zu den obigen vierzehn Zitaten –, drei kernseifenduftende Zeugungswerkzeuge, offensichtlich nahe Verwandte des Gemeinen Hartgummi-Knüppels, zwanzig Zentimeter vor meinen tränenden Augen, meinem sabbernden Mund hin- und hergeschwenkt, auf und nieder: »Du willst ein Humorist sein, du Ferkel? Seit wann sind denn Zoten Humor?« ... Und Frau Professor Dr. Gäblein blickt kurz herein und nickt: »Das ist er! Ja! Das ist er ...« Und der Führer der drei erwidert automechanikerhaft: »Wo bleibt denn die Dornen-Krone so lange? Ist die denn immer noch nicht komplett?« – »Zulieferungsprobleme auch hier ...«, meint Dr. Gäblein und hat sich schon wieder in runzligen Rauch aufgelöst. – Schließlich erfahre ich: Es sind achttausend Seiten meines Romanmanuskripts, meines eigentlichen Lebenswerkes, beschlagnahmt worden: »Wir müssen doch irgendwie feststellen, daß Sie wirklich *arbeiten* gleich einem Pferd, wie Sie ständig so dicketuerisch ausposaunen« – während dieser Auskunft verwandeln die drei sowie der eilends aufgekreuzte Gutachter aus dem »Verband« sich in Sekundenschnelle in bluttriefend-wiehernde Säue – »und daß Sie nicht etwa zum arbeitsscheuen Gesindel gehören ...« – »Aber ich bin doch schon einundachtzig, einundachtzig, einund ...« – »*Zwei*undachtzig!«, werde ich kalt korrigiert, »Sie scheinen es mit der Wahrheit nicht so genau zu nehmen, wie?« –//– Kein Wunder, daß Deutschland so arm ist an *wirklich humoristischer Literatur*: Ich habe die 8000 Seiten meines Romans niemals wiedergesehen ...

/ 8 / Ankündigung eines Romans Also noch 'mal von vorn, Daddy Speed? Ja, weshalb denn nicht? Spüre ich nicht, seitdem ich *witter terheeme* bin, diese gesteigerte, diese gesteigerte sakrale Explosionsbereitschaft in mir, wie sie noch stets als »Mutterboden«, als Voraussetzung meiner Tätigkeit als Prosa-Autor vonnöten gewesen? (Die normale unnormale Skandalträchtigkeit des Zweiundachtzigjährigen 'mal bei Seite gelassen!) *Dieses* Erlebnis und *diese* Einsicht haben mir gerade noch gefehlt: Daß ich sie hoffnungslos

brauche, die Verhältnisse hier, als spannungsreichen Hinter- oder Untergrund einer zum Romanhaften drängenden Alters-Kreativität (mit Langzeitwirkung?), »alles Andere ist der Tod« ... Obwohl ich mir oft genug in dieser Beziehung das eine oder andere *in die Tasche gelogen* habe: Letztendlich war Devils Lake wohl doch nicht der richtige Ort für einen Menschen, dem ein OPUS MAGNUM der Prosa-Literatur als erstrebenswertestes Ziel vor Augen stand: zu viel Idylle, zu wenig der besonderen und nicht selten alarmierenden »Geborgenheit«, wie sie die DDR ihren Einwohnern schenkt ... *Nuts!*, schlage die Trommel und fürchte dich nicht! Nuts! ... Ein Arbeits-Versteck wird mit Hilfe von kunst- und literaturbegeisterten Kompatrioten in Industrie und Handel wohl irgendwo im Lande zu finden sein – so war es doch immer! Und, tatsächlich, so ist es auch jetzt noch! Die Hacken zusammengeschlagen, den Kopf unternehmungslustig nach oben geworfen, melde ich wenig später bereits einem gewissen Doktor Z., Kombinatsdirektor von hohen Graden: »Auftrag wird ausgeführt, ja, einen neuen ULYSSES werde ich schreiben, Sie haben ein Recht, es zu fordern, Genosse Z., ja, zweitausendfünfhundert Seiten, ein *ausgesprochen komplexes* Gesellschaftsgemälde, jawohl, beschämt werden stehen Spielhagen, Gutzkow, Alexej Tolstoi, dreitausend Seiten dürften das Minimum sein, Ihnen zu Ehren werde ich diese viertausendachthundert Seiten unzweifelhafter Prosa NEBBICH nennen, NEBBICH, keinen Deut anders ...« – Der Zweiundachtzigjährige von Format, dies nebenher, führe stets eine einwandfreie Gebißdoublette und mehrere schmucke Ersatzaugen bei sich. – Ach, wer hätte gedacht, daß es September/Oktober Zweitausendelf werden würde, der sechs- oder siebenunddreißigste Herbst nach dem der ersten Vorankündigung ... Himmel, hat da nicht soeben etwas völlig unangemessen gekichert hinter den herbstlichen Nebeln, die es immer noch gibt als milden Ersatz für die Wälder, hat da nicht etwas zotig gekeckert aus den nebelähnlich wehenden Gardinen der Direktoren-Datsche heraus? Das ist es, das hat mir all die Jahre gefehlt ...
–//– Kurzum: Schon nach wenigen Wochen empfand ich mich wie-

der als den willenstarken Autor, der ich schon einmal gewesen bin, wurde ich wieder der viel umrätselte Mann der zahlreichen Parenthesen und ungezählten Interjektionen: zuchtvoller Luftgymnastiker gleichsam und entfesselter Pfannekuchen, Düsseldorf-Kappeshammer der Herkunft nach, Weimaraner aus Neigung; Schmalz und Schmiere, veredelte Bleche und Walzstahl, Löwenmäulchen, Pißblume, Nelke, Vergißmeinnicht – Rakete (das mag im Widerspruch zu der problematischen ›Aussage‹ eines meiner Jugendgedichte stehen), Rakete, aus den Tiefen eines Tränenmeers schießend und glitzrig ins Weltall! Mit einem Wort: WIR (also *ich*...). Ja, ein sechsunddreißigster Winter nach dem von 1975 mußte kommen, daß ich endlich darangehen kann (und darf), mein Versprechen von damals mit der meiner knabenhaften Großmäuligkeit gemäßen Dauerwut einzulösen – nebenher: ohne die Taschenflasche Nitroglyzerin ist der Zweiundachtzigjährige von Format nicht völlig komplett! –, ja, mit einer Dauerwut, die den zwei Tippfingern kaum die wenigen Stunden täglicher Muße läßt, die drei bis vier Stunden, die Du, Marietta, Tag für Tag von ihnen getestet werden möchtest, betastet, aufgestoßen, zerkratzt, zerlöchert, zerwandert, zerrudert, zerstückelt, zerzärtelt – – – still!, war da ein Schrei? Ernst und vielsagend blickt den melancholisch-pathetischapathisch-cholerischen Autor seine urururalte, doch immer noch besser als manche Neuentwicklung funktionierende Schreibmaschine EUROPA an, auf welcher die Romantiker schon ihre *halb starre, halb zittrige** Prosa getippt haben

* Anmerkung. Unerlaubt entnommen, diese Formulierung, einem Text von Peter Hacks über Friedrich Schlegel (1977). Es heißt dort außerdem: »Und wer fortan über die Ruheplätze der deutschen Literatur den Weg nimmt und zufällig über Friedrich Schlegels Grabstatt wandelt, sollte ihm, um des Rechten und der Rechtschaffenheit willen, *kräftig auf die Hand treten* und nicht dulden, daß er seine widerlichen Leichenfinger mitten in die höchst lebendigen Tätigkeiten unserer Literatur hineinsteckt...« – Dieses jenen zu bedenken gegeben, die womöglich ein Geschrei darüber erheben wollen, daß ich über den oder jenen Toten, mag er noch ›lebendig‹ sein oder nicht, Nachträgliches, Übles gar rede; ein zweites Beispiel aus Volker Brauns »Rimbaud«-Psalm, das Verhältnis Rimbaud-Trakl betreffend: »... Trakl, der sich auch sein Fegefeuer bereitete (die Schwester *hatte hergehalten*), begnügte sich mit *dem Bruzeln seines Seelenfetts*...« – Wer sich über solche viehischen Sätze *nicht* empört hat, soll sich gefälligst trollen. (A.E.)

sollen. Mit gerunzelter Stirne und ängstlich dann blickt es ihn an, den Verfasser, sowie die hornigen Kuppen seiner Zeigefinger, das vor vielen Jahren vom Müllplatz gerettete Monstrum, über das die recht hohe Stirn des Besitzers kaum noch hinausreicht: Was hat er nur vor?, wird es wieder so schlimm wie 1979? »Nebbich«, und meine zwei Zeigefinger schlagen los und setzen die Arbeit an meinem Romanwerk fort, in diesem Moment speziell an dem aus Witterungsgründen *vorgezogenen* zehnten Teil, SAKRALE MATRATZE überschrieben, einer Perlenkette sadomasochistischer Döntjes und sprühender Sexualfanfare – und nichts anderes dieser Teil als ein kleines Tonbruchstück von glänzendem und namentlich lärmendem Charakter innerhalb vielgliedriger, durch die Zeiten hinorgelnder Symphonie, gleichsam ein keckes Inselbändchen nur, 300 bis 440 Seiten, im Rahmen ozeanhafter Epopöe, circa 7000 Seiten aller Voraussicht nach, welches, wie versprochen, den Titel tragen wird ... – nein, den verkneife ich mir ausnahmsweise. (Gewidmet aber soll sie sein dem Johannes-R.-Becher-Forscher Professor Horst Haase von der ZENTRALE – na, der wird sich freuen! In früheren Jahren hätte ich sie Professor Hans Koch gewidmet, dem Vorgänger Horst Haases in der ZENTRALE; diesem wie jenem verdanke ich vermutlich viel, viel mehr als ich weiß ... Jedenfalls wird es Zeit, endlich einmal meiner Dankbarkeit für das viel bestaunte Spezial-Schicksal des Verfassers in den Jahren 1973 bis 1987 – und darüber hinaus? – sinnfällig und zierlich Ausdruck zu geben!) –//– Übrigens, nach meinen vorläufigen Berechnungen müßte ich um meinen hundertsten Geburtstag herum *im Wesentlichen* fertig sein, Herr Direktor!

X Halbträume (e)

… und das verwaiste Dreirad des Kindes gestern im Stadtpark als es Windstärke neun war das irre Gequietsch vor den Bänken den menschenleeren und dann bei den Blumenrabatten als es der Sturm hin- und herrollen ließ das jetzt im zersplitterten Unterholz liegt ganz verdreht im Holunder mit atemlos starrender Klingel sein Lenker beringt der belaubte ins Vorjahrslaub greifend und …

XI Eine gefährliche Ehrung / Fragment*

–//– … und stehe nun doch von allem *gängigen Vokabularium* verlassen, da von einer Minute zur anderen und ohne jegliche Voranmeldung ein im kunstseidenschwarzen glitzrigen Mafiosi-Look sich räkelnder, ausländisch sprechender Herr oder Hofnarr – garnicht scheu diese ungeladenen Gäste, alles andere als eingeschüchtert durch meine Erscheinung! – aus der Düsternis dieser Woche hervortritt, um mir zwei angeblich äußerst dringliche Schreiben zu überreichen, mit einer venezianischen Büroklammer beide zusammengehalten, welche er, der Repräsentant des vulgärsten Glamour-Looks, dem Empfänger, also Herrn Adolf Endler sofort zu lesen *befiehlt* – anders kann man es nicht nennen –, sofort und »ohne künstliche Verbrämung« (?) zu lesen (Eine Stimme im Vorbeigehen: »Hören Sie es auch, dieses grauenhafte Quietsch-Quietsch aus der Siebenten Kammer?«): Man habe schließlich nicht ohne allerlei Ängste im Nacken die Überquerung der Alpenkette auf sich genommen – einzig und allein dieser Stunde und Unterredung mit dem »very big scrittore« zuliebe; und wolle endlich ’mal wieder, yes, in die Federn … Es gehe, knappdiknalldiknuster, um eine »Verschwörung der Bestien« (der Besten sicherlich!) sowie eine »ganz, ganz dicke Ruhmesbe-

* Anmerkung. Eine Beiläufigkeit aus dem Konvolut FATALE GESTÄNDNISSE – besonders schwer zu datieren und hier mit Sicherheit falsch plaziert – der Text, gegen manche *inneren Bedenken* des Autors schließlich doch aufgenommen, wie man sieht, ist jedoch geeignet, ein verständnis-beförderndes Licht auf dieses Buch insgesamt zu werfen, da er etwas deutlicher von den quasi »theoretischen Grundlagen« der exzessiv subjektivistischen Schreibweise spricht, welcher sich der Autor zumal in den Wintermonaten verpflichtet fühlt; Mensch, *das ist mir ja alles so peinlich* … Dicker als an anderer Stelle findet der Leser durch dieses Fragment einige der schlechteren Charakterzüge des Autors unterstrichen, wie sie auch der Kritiker Kiki Kleberich vor nunmehr über vierzig Jahren in der SÜDDEUTSCHEN ZEITUNG einer zusammenzuckenden Öffentlichkeit dargestellt hat. (Siehe auch die VORBEMERKUNG) – Nee, *ist* mir das alles peinlich! (A.E.)

handlung« (?); so viel war dem Radebruch des schillernden Schleiflack-Typs zu entnehmen, einem Redegebröckel, welches sein Ziel fand in den heiser herausgesprudelten Worten: »Du verstähn, pitzick verstähn ... Wenn du *nicht*: Päng, päng, päng!!! – Ja?« Dabei wies er mit zugespitztem und zugleich verweichlichtem südländisch rührigem Finger auf den hoch gestellten Absender der übermittelten Briefe: »›UNIVERSITA‹ DELLE ARTE, 43039 SALSOMAGGIORE TERME PR ITALY ...« –//– Italy also, daran konnte kein Zweifel bestehen; doch aus welchem Grund präsentierte sich diese klangvolle Universität in Anführungsstrichelchen? Der Verfasser der Briefe erwies sich indessen als einer der gewieftesten Kenner des Dichter-Herzens schlechthin, also der eigentlichen Motive, die das künstlerische Wort in uns emporsteigen lassen: Ruhmsucht mit weitem Abstand an erster Stelle vor den anderen beiden; 1. die Anbetung ganzer Scharen lüsterner Damen auf sich zu lenken, 2. dank lottohaft-springflutartiger Einkünfte – siehe: Nobelpreis – das Leben eines exzessuösen Nabob führen zu können ... Aber Ruhmsucht, lügen wir uns doch nicht irgendwas in die Tasche, beinahe krankhafte Ruhmsucht vor allem; der gierige Traum von der möglichst täglichen Erwähnung des *entsprechenden Dichter-Namens* im Morgenblatt und in den Abendnachrichten ... Ausnahmen wie Reiner Kunze u. ä. bestätigen die Regel! (Weshalb schreibe ich denn eine so bemühte Prosa? Freud hat es gewußt und ebenfalls obige drei Motive genannt irgendwo! Solche Einsichten, mag man sie als tief oder flach empfinden, sind seit längerer Zeit, wie man wohl bemerkt haben wird, die prägenden im Hinblick auf mein *literarisches Tun* geworden.) – »Wir möchten ihnen hiermit mitteilen«, hieß es in dem grammatikalisch fast fugenlosen Schreiben aus Italy, »daß wir Ihnen die Verdiensturkunde unserer Kunstuniversität verliehen haben und die *Zitierung Ihres Namens* inklusive kritischer und biografischer Daten in der Edition INTERNATIONALE LITERATURGESCHICHTE – VON DEN URSPRÜNGEN BIS IN UNSERE TAGE beschlossen haben, die aufgeteilt in 12 Monatshefte pro Jahr erscheinen soll; *Genehmigung Nr. 584 vom 30. 6. 1978*

Gerichtshof Parma.« Erst viel später ist mir die Delikatesse zu Bewußtsein gekommen, daß es *auch* in Italien für die Zitierung meines Namens – woran erinnert einen das nur? – eines Entscheids und einer Genehmigung durch einen Gerichtshof bedarf. Jeden halbwegs »normalen« Menschen hätte der Hinweis auf den Gerichtsentscheid im Augenblick stutzig gemacht – nicht so den verblendeten Belletristen, nicht so den geschmeichelten Dichter, der längst schon im nächsten Satz herumstochert, welcher dem inzwischen hold Erröteten – oh Panepinto, oh Panepinto! – den Rest gibt; kein Satz, nein, ein eiskalt berechneter Fangschuß: »Die zeitgenössischen Autoren, die in der Veröffentlichung erscheinen werden, sind unter *strengen Maßstäben* aus einer *Flut von Tausenden von Namen* aus aller Welt ausgesucht worden ...« Du verstähn, pitzick verstähn? Päng, päng, päng! –//– Während all der Jahre meines phantastischen, eher: phantasmagorischen Aufstiegs nur wenig verwöhnt mit Huldigungen zumal aus Italien, blinzle ich nicht beinahe verzückt zu der Unterschrift drüben hinunter?: »DER REKTOR – Nicolò Panepinto ...«; um den Blick sogleich wieder nach oben hüpfen zu lassen: »Die Veröffentlichung, die in *4 Sprachen*, Italienisch, Französisch, Englisch und Deutsch, herausgegeben werden soll ...« – »Weshalb nicht in fünfen, weshalb nicht auch in Chinesisch?« – »... hat einen Abonnementspreis von 120,– (ÖS 850) ...« – Und so ein Kiki wird dann (zweifellos, um mir zu schaden) zur Topmeldung in der Weltpresse und zur Schlagzeile selbst noch in der kleinen Literatur-Zeitschrift LITFASS: ADOLF ENDLER GEEHRT. (Haben andere Kollegen das gleiche erlebt?): »Die Verdiensturkunde der Kunstuniversität in Salsomaggiore Terme bekam der DDR-Schriftsteller Adolf Endler verliehen ... Von Endler *hingegen* war zu erfahren, daß die sieben oder acht Bände seines Romans NEBBICH erst *nach seinem Tod* publiziert werden.« Nebenher, das klingt für *meine* Ohren wenigstens wie »Nach mir die Sintflut«; typisch Endler! sage ich mir als Endler. Man kann schon ein wenig Angst bekommen – ist derlei auch von Salsomaggiore her organisiert? – allein bei dem Gedanken daran ... Und der olivenhäutige Mensch, der die Briefe uns Poeten so rätselvoll überbringt, ist es möglicherweise sogar Olle Panepinto persönlich, von Insidern, wie ich später erfuhr, ziemlich einfallslos »Die Pfanne« genannt (Anspielung auf die Pfanne, in die man von Panepinto gehauen wird)? – Nicht ohne strenges maschinenpistolenhaftes Gezisch wies der undurchsichtige Elegant in Beantwortung meines *zunehmend kritischen Blicks* auf den Schlußsatz hin: »Wir bitten Sie, das beiliegende Formular unterschrieben an uns zurückzusenden, *sei es*, weil dies eine Publikation von großem Interesse ist, *sei es*, um von der *in ihrer Art einzigartigen* Initiative zu *profitieren* ...« – Ich: ??????????? (Und versuchte, mittels der entsprechenden Haltung diese elf Fragezeichen intensiv zum Ausdruck zu bringen.) Dann: »Na, geben Sie schon 'mal das fragliche Formular!« Keiner rief: »Halt!« –//– Etwas Saugendes, hat sich meinem Gedächtnis eingeprägt, ging vor allem von dem zweiten der beiden Briefbögen aus, von dem als »beiliegendes Formular« bezeichneten Schreiben: »Ich bitte Sie, mir die Verdiensturkunde zuzuschicken, die mir Ihre Kunstuniversität verliehen hat. – *Gleichzeitig* unterschreibe ich *hiermit* für das Abonnement von 12 Heften der Edition ›Internationale Literaturgeschichte‹, in dessen Teil, der der zeitgenössischen Literatur gewidmet ist, auch *mein Name* mit kritischen und biografischen Daten *erscheinen wird.*« – »Wieso mit *kritischen?* Dafür bezahl' ich doch nicht!« – Der Italiener lächelte nur (und mit Recht in diesem Fall), sein Finger wies kapriziös auf den Brief, und man las: »Ich übersende deshalb den Betrag ... und zwar per Postanweisung oder Scheck ... und verbleibe ...« – selbst die Grußformel: vorgedruckt, vorgeschrieben – »*in Erwartung der Urkunde* und der Monatshefte mit freundlichen Grüßen ... Unterschrift.« (So sehen sie also in Wirklichkeit aus, die Ehrungen, die *unsereinem* zuteil werden nach einem langen schöpferischen Leben voll Not und Entbehrung! Zum Glück bleibt das der breiteren Öffentlichkeit in der Mehrzahl der Fälle verborgen.) –//– Nach einigen Tagen des heftigsten inneren Widerstreits – und das sollte im Fall einer Buch-Ausgabe meiner GESTÄNDNISSE doch besser gestrichen werden –, nach einer Woche etwa erlag ich der Verführung und schrieb auf eine Ansichtspostkarte mit der Berliner Fernsehturmkugel, akzentuiert die Sendung durch eine Sonderbriefmarke nach Professor Womackas Gemälde WENN KOMMUNISTEN TRÄUMEN – man hat ja gelernt, sich chevaleresk und höflich zu geben, sobald man eine Revolvermündung im Rücken zu spüren vermeint –, also, ich schrieb: »Sehr geehrter Herr Rektor, ich habe *mit Vergnügen* die Nachricht von der Verleihung der Verdiensturkunde Ihrer Kunstuniversität *zur Kenntnis genommen* und möchte Ihnen mitteilen, daß ich sie *gerne annehme.* Bei der Zusendung bitte ich meine *obige neue Adresse* zu beachten: 1058 Berlin/DDR, Dunckerstraße 18, *zweites* Hinterhaus links, *vier* Treppen (statt wie früher: 1058 Berlin/DDR, Lychener Straße 22, *drittes* Hinterhaus links, *fünf* Treppen) ...« Kein Wort von den Mäusen, ich bitte das festzuhalten!, kein Wort von den Kröten! –//– Ich brauche wohl kaum zu betonen, daß ich nach zwanzig Jahren immer noch mit freundlichen Grüßen in Erwartung der Verdiensturkunde aus der Viale Matteotti verbleibe – monatelang nach dem Einwurf der Postkarte in den Briefschlitz an der Post in der Eberswalder, unsicher ob der Wirkung meines klebrigen Schriebs, monatelang in Erwartung einer Salve aus drei bis sieben Maschinenpistolen, monatelang zusammenzuckend beim Erscheinen eines Automobils der Marke FIAT (und wäre es auch nur ein FIAT POLSKI) ... Denn konnte die Postkarte, wenn man sie unter das Mikroskop legte, nicht u. U. als freche Verhöhnung der EHRENWERTEN GESELLSCHAFT interpretiert werden, schmerzlicher für den echten Maffioten vermutlich als Folter und Mord? Immer und immer wieder diese Jugendstil-Schreckensvision Ich selber und meine Brille hundertfach »zersiebt«, da das charakteristische KEGLERHEIM-Bierglas in der leblos herniederbaumelnden und verkrampften Rechten hängt (sinnlos geworden und ebenfalls nicht unbeschädigt geblieben); im Zentrum meiner Vision jedoch der soeben bestellte doppelte DOPPELKORN (LICHTENBERGER, das ist ja klar!), noch unberührt auf dem schrecklich vereinsamten Tisch, ach, so bleich mit einem Mal, so bleich der Doppelkorn und stumm und steif, als wäre er im Gläschen schlaganfallartig erstarrt (ein *gelähmter* Doppelkorn gleichsam) ... Und dann diese dicke Blutlache, die sich im Zeitlupentempo ausdehnt bis hinaus in das Tageslicht der Schönhauser; und seine Hände ringend (?) steht das Personal des KEGLERHEIMS neugierig um die Leiche herum (diese Sippschaft, die sich sonst auf jeglichen Zuruf hin taubstumm zu stellen pflegt *Gaststättenkultur – nein, danke!*) und gibt die bekannten widersprüchlichen Erklärungen ab, auch wenn niemand gefragt hat. – »Der Schlechteste war er eigentlich nicht ...«; »Aber etwas Unheimliches war an ihm, irgendsoetwas strahlte er aus ...«; »'Nen Doppelten und 'n PILS – *jetzt erst recht!*«; »Nie ging es ihm schnell genug; wie gehetzt ...«; »Bei Zahnfleischbluten hilft die wohlwollendst formulierte Grundsatzerklärung nicht mehr ...«; »*Jetzt erst recht* – 'nen Doppelten und 'n PILS!«; »Aber der Schlechteste im KEGLERHEIM war er nicht ...«; »Bescheiden und zuvorkommend ...«; »*Vor Ort* sieht das eben ganz, ganz anders aus – nämlich so, wie es eben aussieht ...«; »He loved to speak dirty!«; »Welcher *Gast* hat nicht seine kleinen Schwächen ...«! Etcetera. – Visionen, wie sie mich manchmal noch heute mitten im Schlaf nach meiner ersten, zweiten, dritten, vierten oder fünften Frau rufen lassen (wie mir unwirsch von der sechsten erzählt wird). Ach, Eddi Endler, laß die Finger davon!, höre ich mich lange Zeit später immer noch an trüben Tagen in die Zeitläufte flüstern, laß die Finger davon! Und jetzt habe ich schon wieder den Luftraum der DDR in provokatorischer Weise verletzt, es ist ja zum Wimmern! (Einen *Luft*-Raum *verletzen*!, was für 'ne Formulierung!) –//– 'Mal im Ernst und andererseits: Möchte einem nicht manchmal die Literaturgeschichtsschreibung à la Salsomaggiore Terme, diese nach meinen Erfahrungen in der Tat *in Ihrer Art einzigartige Initiative*, letztendlich doch als eine vergleichsweise saubere Praxis erscheinen, wenn man gleichzeitig die beflissene Subalternität und ganz und gar undurchsichtige Dunkelmänner-Gschaftlhuberei bei der Herstellung *unserer* sogenannten »Literaturgeschichten« o. a. ins Auge faßt (von der Verteilung diverser »Verdiensturkunden« zu schweigen) ... Ganz anders und offen vor allem geht es bei den Geschäften mit der Firma Nicolo

Panepinto zu: Man zahlt – und, pinkepank oder klingklingkling, ist aufgenommen oder »eingegangen« in die Walhalla der INTERNATIONALEN LITERATUR, und eine Verdiensturkunde gibt es als Zugabe außerdem! Das ist sauber, wenn auch auf die schmierigste Weise, das hat seinen trostlosen Reiz! Insofern kann ich dem Kollegen Heinz Knobloch nur halben Herzens folgen, wenn er, gleichfalls ein Empfänger der Post aus Salsomaggiore, die Verführungskünste Panepintos mit den bissig-stolzen Worten zurückweist: »Saldo: Das Porto wird ihnen leid tun, den Verdienst-Erfindern in Salsomaggiore. Sie konnten *ja nicht ahnen*, wie *verwöhnt* die sozialistischen Literaten sind. Wir müssen uns *nie* Auszeichnungen *kaufen.*« – ??????? – »Im Gegenteil, es gibt dann *immer noch Geld dazu* ...« (WELTBÜHNE vom 13. April 1982) Und was beweist das? Daß man Geld genommen hat!, sonst doch wohl nichts ... –//– Oh, André Breton, verzeihe, verzeih' mir!: Ein echter Surrealist nimmt prinzipiell keinen Preis an, von wem er auch immer gereicht werden mag. – Mh, aber bin ich denn 'n Surrealist? Ich bin ein *Vertreter des Deutschen Humors*!; auch wenn Frau Professor Dr. Löffler meint ....

Z W E I T E S   B U C H

Aus den Briefen an Pamela Bolte (Missouri)

Utopische Phantasie-»Nachrichten« des Schülers Jens Lechter, 12 oder 13 Jahre alt: »… Am Sonnabend wurde in Tokio der 10. Kongreß der FDJ eröffnet. Dort sprach Erich Honecker über die Probleme der FDJler in Tokio. Der Präsident von Tokio versprach der FDJ höhere Löhne. Auch die Arbeitslosigkeit soll eingestellt werden. Nach dieser Rede drehte Erich Honecker die Gewinntrommel und loste die Gewinner der *letzten 46 Jahre* aus. Dabei *zog er sich selbst* und ihm fiel plötzlich ein, daß er ja gerade 100 Jahre alt geworden war. So lief er nach Hause und der Kongreß war damit beendet …« (Berlin/DDR; 83)

I Zuvor

Das ist nun wirklich der steile Gipfel der Unverschämtheit!, höre ich es mäkelig und millionenfach rufen und zur Feder des wütenden Leserbriefschreibers eilen, nein, beim besten Willen, das widerspricht dem innersten Geist des Sozialistischen Realismus nun doch!: – BRIEFE AUS GROSSGABICHTSGRUND, wie dieser sogenannte Verfasser sie vorzeiten (angeblich) von seinem Freund Bobbi Bergermann erhalten hat – siehe auch PAUSENLOS MODENSCHAUEN in OHNE NENNUNG VON GRÜNDEN; Rotbuch Verlag 1985 –, Reisebriefe aus dem DDR-Fernsehgelände, dem DDR-Televisionskontinent Großgabichtsgrund, kaum ein Dezennium später von diesem sogenannten Endler selber (angeblich) in die Welt hinausgeschickt, und zwar per Boten an eine gewisse, mutmaßlich attraktive Witwe Pamela Bolte (?) in Excelsior Springs/Missouri (?) ... (Typisch: Per »B.« an »B.«!) Abenteuer in Großgabichtsgrund, hahahaha!, und aufgezeichnet sie im unverwechselbaren ausufernden »Dimensionen-Stil«, wie Elke Erb es genannt hat, Bobbi Bergermanns, Bobbi »Bumke« Bergermanns; das darf doch nicht wahr sein! Unter Umständen *der* Jahrhundert-Fall literarischen Diebstahls, zynisch und super-kaltblütig ausgeführt wie so leicht kein Zweiter? Oder, andersherum gefragt: Zeigt sich jetzt endlich doch das wahre Gesicht dieses Eddy »P.« Endler?, nämlich das eines raffinierten, aber im Kern substanzlosen Bergermann-Epigonen?, von einem *eigenen Beitrag* zum Kosmos der DDR-Lit kein *Spurch?* (Frage des Korrektors Dr. Kurt Mühle: *Tippsfezlers?*) – In der Tat mag einiges in den folgenden Briefen für Nervenschwache und Übermüdete ein Déjà-vu-Eelebnis bedeuten; das wird man zugeben müssen. Aber soooo absonderlich scheint es mir nun wieder auch nicht zu sein, daß ein *ausgesprochener Romancier* wie ich (gleich meinem Freund, dem Romancier Bobbi Bergermann) von der Television, d. h. dem PROFESSOREN-BESTARIUM dieser Institution, zu einer Diskussion eingeladen wird, die der Frage gewidmet sein soll: »Hat der Roman noch eine Zukunft – oder vielleicht auch nicht?« (Als würde dieses Thema nicht schon seit den Minnesängern in regelmäßigen Abständen immer wieder neu – und jedes Mal unverständiger – durchgehechelt, durchdiskutiert und möglichst rasch greifbar ad acta gelegt, ähnlich dem BERMUDA-DREIECK!) Und daß auch ich (wie zehn Jahre vorher Bergermann) in Großgabichtsgrund dem Nobelpreisträger Gunnar Alltsch, ebenfalls Romancier, zu begegnen das Glück oder Unglück habe, ist es wirklich soooo irre? (Strikte Wahrhaftigkeit, wie ich sie eingangs versprochen habe, heißt, sieht man die Zusammenhänge vorurteilsfrei, nichts anderes als dem Unglaubwürdigsten seine Chance zu geben; allem, was sozusagen ganz bieder und glaubwürdig unseren Lebensweg kreuzt, wird der erfahrene und gereifte Bürger als Erstem mißtrauen – und er hat recht! Die sagenhaftesten Sachen findet der Leser im mehr oder weniger dokumentarischen Anmerkungs-Apparat zu meinen Erinnerungen; wer das »Klein-Gedruckte« meidet, ist um Wesentliches betrogen; also ...) – Es ist allerdings ein seit Bobbis Besuch schon wieder beträchtlich gewachsenes Großgabichtsgrund, entsprechend der beträchtlich gewachsenen Nachfrage nach der einen oder anderen Schein-Welt, gewachsen, weit hineingewachsen in die bizarre kaktusgesichtige PRUSSIAN DESERT und in Richtung des internationalen Spielerparadieses Perleberg (»INTER-JOKER«; ein Devisen-Geysir ersten Ranges); gewachsen nicht zuletzt auf Grund der Aufgabe, Tag für Tag die *sieben* Fernsehprogramme für das ganz große »sozial-kommunistische Lager«. wie es jetzt etwas zu vage genannt wird, zu *erstellen* und notfalls auch herzustellen (nicht nur in diesem Punkt unterscheidet sich die Realität von den Voraussagen Franz Fühmanns in seinem SAJÄNS-FIKTSCHEN; über die eigentlichen Gründe ein anderes Mal): Eine bei *genauerem Hinsehen* sicherlich hin und wieder doch etwas befremdliche Welt für die dem anderen, dem US-Irrwitz ausgelieferte liebe Pamela Bolte, nehme ich an, eine partiell arg verwuschelte Welt, deren Kenntnisnahme sicher

nicht nur Genuß bereitet, nicht nur Genuß!, wie ich befürchten muß, sondern auch mancherlei Kopfzerbrechen, z. B. bezüglich des schokkierenden Widerspruchs, daß der Siegeszug der Mikro-Elektronik u. a. auch die ungeheuerliche *Vergrößerung* der Produktionsstätten in Großgabichtsgrund bewirkt hat; man steht vor dem Phänomen, als hätte man eins der alten eichenen Plättbretter auf die Birne gehauen bekommen ... –//– In ähnlicher Verfassung stehe ich am Pförtner-Haus der Television, als ich bemerkt habe, daß ich wieder einmal meinen (provisorischen) Personal-Ausweis zu Hause liegen gelassen; und ebenso, als ich mich plötzlich wiederfinde an der Seite Gunnar Alltschs – ganz wie ehemals Bobbi »Bumke« Bergermann –, in die Dienste des Nobelpreisträgers getreten als sein »persönlicher Regenschirmträger«; und kaum weniger belämmert stehe ich ... Nee, also *alles* können Sie uns nicht verkaufen, Mister Andler, alles nicht! – Doch!, kann ich! Siehe, wie folgt: ....
....
....
....

II Die ersten Stunden

/ 1 / ... weshalb ich so lange geschwiegen habe, liebe Pamela, und erst nach dreieinhalb Wochen und manchem Hin und Her in Großgabichtsgrund eine Ansichtskarte minderer Farbqualität, wie Du mit Recht bemängelst, zu senden imstande war? Über das Sortiment der hier erhältlichen Ansichtspostkarten und dessen betrübliche Qualität – es ist nämlich unter agitatorischem Aspekt zusammengestellt worden, wie Du Dir denken kannst –, über die abstoßende Kolorierung dieses zumindest für den Staat und sein Massenmedium Fernsehen wohlfeilen Propaganda-Materials bei anderer Gelegenheit, bei besserer Laune! Heute muß es Dir genügen – und fürs erste wird es als Rechtfertigung ausreichend sein –, wenn ich mich ganz dem Versuch widme, meine allerersten Schritte auf dem unvertrauten Terrain von Großgabichtsgrund (im Interesse eines später zu schreibenden anspruchsvolleren Reiseberichts) wenigstens ansatzweise zu rekapitulieren, sechs oder sieben Stunden von annähernd neunhundert inzwischen; es können aber auch bereits zehntausendachtundfünfzig Stunden sein oder gar zwölftausendunddreizehn; jedes einigermaßen gesittete »Zeitgefühl« ist in Großgabichtsgrund nach zwei Tagen *völlig im Eimer*!* Jedenfalls hat es sich fast ausnahmslos um Stunden gehandelt, die einem immer wieder die Frage nahelegten, ob es nicht besser gewesen wäre, umzukehren und mit der nächstbesten Schwe-Schwe (Schwefel-Schwebebahn) FRIEDRICH ENGELS zurückzugleiten zum Arkona-Platz, ohne das sowohl ehr-

* Anmerkung. Hinzukommt die Verwahrlosung der fast quälerisch zahlreichen zentral gelenkten Uhren auf dem Gelände, deren jede leider ihr ganz spezifisches verwirrendes Gesicht zeigt – in ähnlicher Weise wie die öffentlichen Chronometer in der übrigen DDR und vor allem in der Hauptstadt: Kaum eine Uhr darunter, die mit der anderen, und sei es die nächste Nachbarin, bezüglich Zeigerstand und Stimmungsgehalt parallel ginge. (A.E.)

furchtgebietende als auch angsteinflößende Televisionsgelände, die sogenannte ZONE, betreten zu haben ..... Gleich zu Beginn dieses meines Schreibens der beinahe schon obligatorische Wink für den einen oder anderen Kollegen – Du wirst es weiterreichen, meine liebe Pamela! –, die den gleichen Entwicklungsweg gehen wollen, aus welchen miesen Gründen auch immer: Wer sich nach der Überrumpelung der siebenköpfigen Pförtnerschar, ein Kapitel für sich, also schon kurz nach dem kriminellen Prolog, verzweifelt oder ungeduldig nach links wenden möchte, verfehlt mit hundertprozentiger Sicherheit seinen Aufstieg und künstlerischen Reifeprozeß und gerät statt dessen in eine weithin lärmende Stehbierhalle, eigens hergerichtet, und *nicht ohne Geschmack und Thüringer Klöße*, für die nicht wenigen gescheiterten, wenn auch nach wie vor vertraglich gebundenen Existenzen des mindestens an seinen äußeren Rändern mit Rest-Spuren Mitgefühls kreisenden Televisions-Universums; er landet in der ASSI-HALLE, wie das Lokal unter Kennern genannt wird, das offiziell den wenig verlockenden Namen BESTEN-TREFF trägt. Falls man nicht von vornherein zu tragisch umwittertem Scheitern, zum literarischen Abseits mit seinem gepflegten Pilsner, zum Leben gleichsam einer schludrig hingepinselten Marginalie tendiert, muß man sich im Gegenteil erst einmal immer rechts halten und darf – nach der zweitbesten Kreuzung womöglich – frühestens den sechsten oder, warte mal!, den siebenten Weg nach links einschlagen, den Naturlehrpfad durch die Heilkräuterwiese ins Roteulenmoor, man lasse sich keinesfalls irreführen durch die rosenquarzfarbene Totenkopfmarkierung!, schließlich noch einmal *hundert Meter* nach rechts, und von jetzt ab immer links, immer links, immer links ... »Dann können Sie ihn schon sehen, den Trakt!«, wie die mehrteilige Wegbeschreibung durch einen wandernden Handwerksburschen der eigenwilligen Klavierstimmerzunft endete, ein verbales Meßtischblatt, an das ich mich zu halten gewöhnte und das mich nur selten im Stich ließ: *Das Große Abenteuer begann,* liebe Pamela –//– Das Große Abenteuer – das »G« des »Groß« in Versalien, bitte! –, ja, es beginnt! Auf der sprühenden Waldwiese vor dem als Trakt bezeichneten, patenten

Gebäudekatarakt, dann in den gartenzwerg-übersättigten Steingärten, die sich der Wiese fugenlos anschließen, werde ich überaus herzlich in kleinere, dann immer wuchtigere Menschengruppen, sogenannte Zusammenrottungen hineingezogen, die ein Durchkommen zum ersehnten Eigentlichen beträchtlich erschweren wollen; eine Art menschenfleischlichen Sperriegels, auf- und abwandelnd, hin- und hergeschoben, und kaleidoskopartig immer neue und verblüffende Muster darbietend, alle sie beeinflußt, will mich heute bedünken, vom Ineinandergreifen verschiedenartigster, möglicherweise außer Kontrolle geratener Magnetfelder auf bzw. unter dem abnorm weit hinausgezogenen und enorm abschweifenden Gelände, das nicht nur mich Greenhorn im Zickzack herumstolpern ließ: Jetzt weit auseinandergewürfelt das Völkchen wie hunderte Pärchen von Pilzsammlern oder wie Spezial-Suchtrupps auf der gehetzten Suche nach einem unachtsam verlorenen Personalausweis etwa oder einem Portemonnaie mit einer größeren Summe *West-Geld*, jetzt es zusammengeweht an bestimmten Dreh- oder Knotenpunkten der sommerlichen Vorgebirgslandschaft zu hoch explosiven Bündeln Diskussionswilder, ineinander verknäuelt geradezu, doch stets verklammert die zahlreichen Menschentrauben durch hin- und hergeschickte überreife Telegrammboten und weidlich durchgehechelte Rohrpostbriefe ... Vorherrschend übrigens bei Damen und Herren die *klassisch-dominanten* Modelle der auch hier zweimonatlich in Erscheinung tretenden Modezeitschrift SADO-SIBYLLE, zu kumpelhaft, zu vertrauensselig oft BILLE genannt, die als JUNGE KLASSIK bezeichneten Modelle (siehe auch: BILLE 5/81) mit den spät-romantischen Stickereien, durchweg im anzüglichen *enggesetzten Plattstich* ausgeführt, Modelle, von denen die Kleidung des Epistolators zu seinem nicht gelinden Schrecken deutlich durch Schlichtheit und Verständlichkeit abstach, nicht anders als die meistens um mehrere Nummern zu großen oder zu kleinen *Blaumänner* regelmäßig vorüberradelnder Klempner-Brigaden, den klappernd dampfenden *Henkelmann* am Gürtel, den klirrend dümpelnden *Flachmann* am Gurt ... Freilich, die wenig einladende sozusagen auffällige

Unauffälligkeit meines Äußeren, ob man auch mich für einen Handwerker hält?, kann nicht verhindern, daß ich mich *binnen Kurzem* gleichfalls hineingezerrt finde in Gespräche abstrusester und uferloser Thematik, deren Eigenart die Schlußfolgerung erlaubte, hier wäre sie endlich, die häufig erwähnte SCENE – Scene mit »s« und »c« –, an die man nach so langer und vergeblicher Suche schon nicht mehr so richtig geglaubt hatte, an diesen schwer definierbaren Gegenpol zur sogenannten BEVÖLKERUNG! Ein Irrtum, wie sich schnell – und zum wievielten Mal schon! – herausstellt; in Kürze würde sich die Empfindung durchringen und behaupten, man wäre an keinem anderen Ort als in der berüchtigten MOCCA-BAR (auch als »Café Kaputt« oder »Café Wendehals« im Gespräch), im mittleren Teil der Schönhauser Allee vor sich hin schwärend – das WIENER CAFÉ ist gleichfalls nicht weit –, und in das Refugium verbrauchter Gebrauchsgrafiker, abgetakelter Mannequins und darstellungswürdiger Klein- und Kleinstdarsteller geraten; und um solche »Schicksale« handelte es sich in diesem zweiten Vorhof der schöpferischen Bemühung tatsächlich! – »Also, was Otto betrifft«, so vernahm man zum Beispiel, »der steht vollkommen auf den ROLLING STONES – und so ist der Mann auch im Bett! Aber mit irgendeinem muß man ja die Weihnachtsfeiertage verbringen!« Wurde Bejahung, wurde Verneinung verlangt? Ich schüttelte kalauerhaft nickend den Kopf und vermied auch die winzigste verbale Reaktion, welche mich selbstverständlich für alle Zeiten diesem *tripperverdächtigen* Troß des televisionären Establishments eingegliedert und ausgeliefert hätte; und zweifellos wollte dieser aus Gründen, die wohl keiner der vielen hundert Kollegen hier kannte, auch unsereinen für sich und seine pedestrischen Ziele gewinnen, wenn er mich unter anderem heuchlerisch um medizinische Ratschläge *anging:* »Sag mal, womit kriegst du eigentlich deine Prenzlauer-Berg-Krätze immer so rasend rasch wieder los, Kamerad? Nimmst du wirklich nichts anderes als *West-Buttermilch?«;* oder, nachdem man mich schweigsamen Klotz resignierend weiterverschoben hatte, auf vertraulichste leisetreterische Weise bezüglich recht rätselhafter Finanzangelegenheiten zu konsultieren begann:

»EinszuVier, sagst du?, EinszuVier? Ich bin doch nicht tullitulli! Unter EinszuVierfünf geh ich niemals! Mein Gasmann gibt mir sogar EinszuFünf! EinszuVier gibt dir jeder Kellner, ich nenne so was Kaschemmen-Kurs! Also!« – Auf wieder andere, eigentlich noch schmierigere, auf die sogenannte *gebildete Tour* versuchte es gleich darauf ein gedrungenes, backenbärtiges Galgenvogel- beziehungsweise Vollmondgesicht, das mir verwandt schien mit einem anderen, oder war es nicht doch das gleiche?, nämlich dem eines führenden Stammkunden der BierBar BEI FRIEDEL (von allen Gästen nie anders als BEI PAULE genannt), vis-à-vis der Speise-Gaststätte SCHMUTZ-ECK zu finden, eine Visage, die einem wohl rechtens als eine der bestimmenden des sogenannten UNDERGROUND vorgestellt worden war und aus der heraus sich ständig seifenblasenartig kleinere poetologische Tollereien und dutzendfach sogenannte Denkansätze bildeten, die es *in sich* zu haben schienen: »Wirklich«, wurde mir dieses Mal Diverses über die Reimkunst *unter die Jacke gedrückt* »wirklich, irgendwo *fühlt man sich* als das Ufer, sagen wir mal, wo sie landen, / Sind zwei Gedanken einigermaßen nur einverstanden oder so ähnlich. – Also, irgendwie hatte der schon den richtigen Riecher, olle Karl Kraus. / Tach, Änne, Tach, Jupp, Tach, Robert, Tach, Mäcki! Das mußt du ihm halbwegs lassen ...«* Dann, wie aus tiefster Manteltasche und abgründigster Nachdenklichkeit gezogen, die unerwartete Frage: *»Aber bün ick denn Jesus?«* – Kein Zweifel, es waren die gleichen Schlagreime wie in der Bierbar BEI PAULE (BEI FRIEDEL), es war die gleiche schludrige Versbehandlung wie im CAFÉ KAPUTT, die gleiche pestbeulenähnliche Unzucht mit dem künstlerischen oder auch kulturellen Wort wie im Hinterzimmer der Gaststätte August Fenglers, KEGLERHEIM gerufen wie so manche andere Kneipe der Hauptstadt und in den Bezirken! – Doch ich muß weiter, ein heiliger Antonius profaner Couleur, neuen Versuchungen und Exzessen entge-

* Anmerkung: Karl Kraus in DER REIM: »Nicht Würze ist er, sondern Nahrung, / er ist nicht Reiz, er ist die Paarung. // Er ist das Ufer, wo sie landen, / sind zwei Gedanken einverstanden. // Er ist so seicht und ist so tief / wie jede Sehnsucht, die ihn rief ...« (A.E.)

gen, wohlfeiles Objekt, Dein alter Freund Eddy, für Verführungskünste unterschiedlichsten Durchmessers und Gewichts – mochten sie indirekt sich heranspeicheln etwa mit Hinweisen auf das Tief über Schottland und jene verächtliche Regenfront, die für morgen nachmittag prognostiziert war, mochten sie auf die Schockwirkung der direkten kindlichen Bedürfnis-Artikulation vertrauen, wie ich es zu dieser frühen Stunde bereits, der Stunde des zweiten Frühstücks, wiederholt erleben mußte! Seltsam genug, um zehnUhrdreißig vormittags aus harmlos anmutendem Frauenmund – authentisch, liebe Pamela, authentisch – die Sätze entgegengezischelt, entgegengeschnäuzt zu bekommen: »Hör mal, mein Junge! Ich möchte ficken, ficken! ... Ficken! Verstehst du kein Deutsch? Und hast du noch nie was von Trivialpoesie vernommen, Karlheinz?« (Die sieben MANIFESTE DER TRIVIALPOESIE des vor allem als »Schwiegersohn Christa Wolfs« bekannten DDR-Tschechen Jan »Honza« Faktor hatten vor wenigen Wochen nach zwanzigjähriger Irrfahrt durchs trübe Dämmer des Underground schließlich doch ins helle Licht der sogenannten Öffentlichkeit und sogar den Applaus unsere beiden Spitzen gefunden, der des Staates und der der Partei.) In die gleiche Richtung zielten die Spekulationen einer weiteren Dame, dem Verfasser gegen zehnUhrfünfundvierzig vorgetragen: »Mensch, ich sehe es dir doch an der Nasenspitze an, *daß du noch einen drauf hast!* Na, komm schon ...« Kurz: KEGLERHEIM, WIENER CAFÉ, MOCCA-BAR, POSTHORN, TUTE! (In was für elitäre Kreise man im Laufe eines langen Lebens als Dichter gerät, mein Gott, man darf garnicht dran denken!) Übrigens, gegen zehnUhrundsechsundvierzig brach ich mein für mindestens vierundzwanzig Stunden abgegebenes Schweigegelübde und giftete: *»Schieß in'n Wind ...«* Die Dame: »Stolz wie'n Meteor, wat?« –//– Wie Du siehst, meine liebe Pamela, nichts deutete darauf hin, daß eben dieser Tag, an dem ich ins Fernsehen und dessen Verhältnisse eindrang, ein besonderer Tag war; nichts ließ auch nur ahnen, daß dieser einfache Mittwoch der sogenannte SCHWARZE FREI-

TAG DES DDR-FERNSEHENS werden sollte (eine Prüfung für jeden Beteiligten), und ganz folgerichtig eine an rüdesten Exzessen der Verzweiflung mehr als reich gesegnete Nacht zum Donnerstag, in welcher so manch einer bald nicht mehr wußte, ob es nicht doch die Nacht zum Sonnabend/Sonntag war. Nicht ein Hauch davon!, obgleich das Schlimme – was heute jedermann vorausgespürt zu haben behauptet – bereits an diesem Vormittag zu keimen begonnen hatte, noch das unscheinbarste Vorzeichen jener komplexen Pleite! Es waren die gleichen stets polizeigenehmen Themata wie abends im CAFÉ WENDEHALS, es waren die gleichen für den Geist so bequemen Gestikulationen wie in der MOCCA-BAR, die einem als Staatsgeheimnis zutragen wollen – und schon bist du Lamperl »Geheimnisträger«! –, diese da wären bereits die dritten neuen Jeans an Marina seit Beginn der Saison, man möchte *nicht* wissen – wäre doch interessant! –, mit wem alles die sich so hinlegt, *umsonst* wär' bekanntlich die Luft; und als hohen Vertrauensbeweis, daß es am Arkonaplatz seit gestern Weihnachtskerzen, Kehrbleche, Clavikorde, Klo-Deckel gäbe, am Helmholtz-Platz Kühltruhen – und zwar, weil fehlgeleitet, im Kulturkabinett –, am Nöldner-Platz aber in der JOHANNES-R-BECHER-FLEISCHEREI Kaninchen-Haxe und Kutteln, ganz anders am Luxemburgplatz, dort gäbe es statt dessen Kavaliersdelikte und -delikatessen wie auch Delikat-Kavaliere en masse, *nichts wie hin*!, die eine oder andere relativ billige Wohnung dagegen bei wortloser Hinterlegung eines freilich Erklecklichen an Zugeld in der KaWeVau* im sogenannten BUTZEMANNHAUS, auch Telefone samt Anschluß ließen sich nach dem gleichen Verfahren beschaffen, und zwar per Vermittlung durch Kohlen-Händler Kurtz in der Schliemannstraße, schön, die Kastanienbäume zu dieser Jahreszeit, gelt?, Kabarettistisches möchte man wieder in der DISTEL 'mal sehen!, um endlich 'mal wieder so richtig von Herzen lachen zu können ... Selbstverständlich ließ auch der absolut sichere, hundertprozentig kuß-

* Anmerkung. Kawevau – Kommunale Wohnungsverwaltung. (A.E.)

echte Modetip nicht länger auf sich warten als üblich: Die neuen KNACKE-Modelle in der letzten SIBYLLE, wirklich Weltklasse dieser Wilhelm Sorgenfrey Knacke, ingeniös, wie er jetzt wieder – *par exemple* – die ungeheure *Stoffülle* seines neuen *Hemdblusenkleides an den Schulterpassen in Falten zu legen* gewußt habe, während ein *schmaler Tunneldurchzug die Weite* auf die allerglücklichste Weise *zusammenzuhalten* bestrebt sei, nicht zu vergessen der *eng anliegende Sattel, an ihm der Volant angesetzt,* heliogabalfarben bis zum Schwallé ... So ist es nun einmal, das dritte Jahrtausend nach Christi Geburt, da darf man sich gar keinen Illusionen hingeben! Wer immer sie kennen gelernt hat, wird mit mir ausrufen wollen: Jawohl, ganz die MOCCA-BAR!!! (Bügelbretter soll es übrigens im Augenblick in Oranienburg geben und Badewannen in Leipzig ...) –//– Dieses Völkchen, ausgeflippt in gleichem Maße wie angepaßt, änderte sein Repertoire auch dann noch nicht, als plötzlich und keineswegs zur dafür vorgesehenen (vorgeschriebenen) Tageszeit Dutzende von Zeitungsverkäufern des SPRINGER-Konzerns mit prall gefüllten Bauchtaschen durch die Steingärten stürmten – EXTRAAUSGABE! EXTRA-AUSGABE! – und in die Runde zu brüllen begannen: KNISTERN IN ADLERSHOF! KNISTERN IN GROSSGABICHTSGRUND! (die Knaben von der »Mottenpost«); POPULÄRE DDR-SENDUNG ›DAS PROFESSORENKOLLEGIUM TAGT‹ VERBOTEN (die neue Springersche Edel-Gazette »Das neueste Deutschland«, mit der man der scharfen Konkurrenz durch unser »Neues Deutschland« begegnen zu können hoffte – naturgemaß vergeblich); PROFESSOREN TAGTEN SICH TOT (die Springersche »Welt«); OSTBERLINER PROFESSORENKOLLEGIUM ZURÜCKGETRETEN (die »Welt am Sonntag« vom Mittwoch); KOMMUNISTISCHER TOP-MODERATOR ANCHOVIS ZUM BUDDHISMUS ÜBERGEWECHSELT (Springers »Flensburger Bote«); PENG PENG HERR PROFESSOR PENG PENG (der unverkennbare Tonfall der »Bild«). (Nein, keine »Bundis«, diese eifrigen Zeitungsverkäufer, nein, keine Bundesdeutschen, sondern Bürger unseres eigenen, unseres sozialistischen Landes – und im Auftrag des jüngst gegründeten KOMITEES ZUR FÖRDERUNG DES PRESSE-AUSTAUSCHES in Großgabichtsgrund auf so munteren Beinen.) – Aber kaum einer blickte auf, kaum einer der Typen ringsum verstummte auch nur für Sekunden, man schien andere Sorgen zu haben in Großgabichtsgrund und Umgebung; und auch ich hielt die offensichtlich mit längst überholten Irrtümern vollgesogene Horror-Meldung nach nur kurzer Verschnaufpause für eine der ganz normalen Enten aus us-amerikanischem oder ähnlich spätkapitalistischem Mund... Außerdem war für gründliche Grübelei weder die Zeit noch der Ort. Nicht einmal für den Bruchteil einer Gedenkminute, etwa dem PROFESSORENKOLLEGIUM von Großgabichtsgrund gewidmet, ließ die MOCCA-BAR-Sippschaft, die jetzt in noch größerer Zahl das Vorgebirge des Televisions-Massivs bevölkerte, Deinen Freund aus ihren teils hochprozentigen Klauen, einen Fremdling, einen New-Comer, der als Unterhaltungsfaktor anscheinend durch nichts zu ersetzen war. Heute wissen wir es alle: Wenigstens in diesem einen Fall wäre es vielleicht doch ratsam, mehr noch, geradezu angebracht gewesen, ein *klein wenig* aufzumerken, und sei es nur aus verzeihlicher Neugier, im Hinblick auf das winzige Körnchen sogenannter Wahrheit selbst im bürgerlichsten Zeitungsbericht, selbst in der springerischsten Erfindung. Doch seit langem daran gewöhnt, als lebensbejahendes Wesen mit Wiesen- oder Seegrundstück MON CAPRICE hinter Blankenburg oder Buckow sich niemals, nein, niemals hineinzumengen, blöde und sauertöpfisch, in sogenannte *direkt-politische* Prozesse, und in Personalpolitisches erst recht nicht – freudiges und wohlwollend klimperndes Kopfnicken aller unserer Volkspolizisten bis hinauf zu den obersten Rängen –, bleibt der MOCCA-BAR-TYPUS, Verbindlichkeit und Unverbindliches perfekt ineinander verrührend, bei seinen Quasi-Auseinandersetzungen stets in den Grenzen der oben skizzierten Problematik, darf mithin bei den Behörden durchaus als *verläßlich* gelten, *Verläßlichkeit*, ja, *Verläßlicheit**, nicht zufällig eins der am häufigsten unterstrichenen Wörter unserer Zeit, *Verläßlichkeit*, eine Grundbedingung der ersichtlich lukrativen Profession des Niesorichtiggebrauchtwerdens, in welche man sich erst einmal mühsam hineinarbeiten muß, ehe man sich unterm Strich vollendet im Griff hat, dann allerdings von manch einem Jugendlichen lebhaft um solche Stellung beneidet ... –//– In wenigen Tagen weitere Auskünfte über Großgabichtsgrund und dessen moralisches Antlitz! Herzliche Grüße, meine liebe Boltesche, liebe Pamela, von Deinem Eddy –

* Anmerkung. Verläßlichkeit, ja, Verläßlichkeit! Wie will es mir wehtun bei dem Gedanken an unsere nächtelangen Gespräche in den Achtzigern, lange Jahre vor meiner Amerika-Tour, über dieses Element unseres Lebens!; »Unterwegs zum Stern der Verläßlichkeit«, weiß man ihn noch, diesen mit obiger Schlagzeile überschriebenen TIP ZUM PARTEILEHRJAHR in der BERLINER ZEITUNG vom 12. Juni 1980? Ach, ich erinnere mich noch genau!, auch an die einprägsamen Äußerungen des Schriftstellers G. B., dessen Helden in einem seiner utopischen Bücher auf eben diesem »Stern der Verläßlichkeit« landen und der zum Parteilehrjahr, auf Brecht anspielend, den prima Tip gibt, *totsicher* möchte unsereiner ihn nennen: »Das Einfache ist, was wir schon kennen, zum Beispiel, daß *ein Mensch* sich auf *einen anderen verlassen kann.* Aber es ist eine *private Sache*, wenn sich ein Freund auf einen Freund *verläßt.* Etwas ganz anderes ist es, wenn sich *jeder* Mensch auf *jeden* Menschen verlassen kann ... Es ist etwas Einfaches, aber das Edelste in den menschlichen Beziehungen ... Dahin machen wir im Sozialismus den ersten Schritt ... Beispielsweise kann sich ein Genosse auf einen ihm persönlich fremden Genossen in *wesentlichen Fragen verlassen* ... Im Kommunismus wird *dieser Vorgang*, daß sich *jeder* auf *jeden* und in *jeder Hinsicht* verlassen kann, *allgemein menschlich* sein ...« – Tips zum Parteilehrjahr, mit denen man wirklich einmal etwas anfangen konnte, Tips zum Parteilehrjahr, die einem wohltuen wollten – erinnert man sich? Und wie herzlich wir lachten über Nivea Persils so unangebrachte Zwischenbemerkung: »Wenn ick det schon höre: Stern der Verläßlichkeit ... Ick kann mir ja noch nich mal auf *mir selber* verlassen!« Ja, wir lachten, wir lächelten; denn daß wir auf dem richtigen Weg waren und nicht auf dem falschen, dafür gab es ja Anzeichen zur Genüge, hier ein wie ganz versehentlich fallen gelassenes Taschentüchlein, dort ein gewiß nicht zufällig um- und in eine bestimmte Richtung hingeknickter Zweig einer Silbertanne ... undsoweiter, undsoweiter. – Dann aber lasen wir Stanislaw Lem; oder wie ist das gewesen? (A.E.)

/ 2 / Noch einmal zum MOCCA-BAR-Typus zurück –, und ich hoffe, daß Du den Brief nicht ungelesen zerknüllst, meine liebe Pamela, und in den Papierkorb beförderst –: Hätte man ihn ernstlich enervieren wollen, diesen Menschenschlag, dann wäre es nötig gewesen, erheblich Schärferes auf ihn loszuhetzen, als das gellende Zikadengezirp BILDBILDBILDBILD, das kirchenglockenhaft hallende MORGENPOSTMORGENPOST der für uns DDR-Bürger leider zu lange schon Alltag gewordenen Springflut aus DDR-eigenen Zeitungsverkäufern und Presse-Erzeugnissen des kapitalistischen Deutschlands, präziser: des SPRINGERKONZERNS, mit welchem ein raffiniertes Spezialabkommen abzuschließen unsere Führung die Zeit für gekommen gehalten hatte; die SANKT-PAULI-NACHRICHTEN sind glücklicherweise (aber zum Leidwesen der wachsenden Zahl unserer *Voll-Hausfrauen*) immer noch verboten, und TABU, obwohl in Folie, transparente, geschweißt, noch mehr als das, meine Liebe, nämlich – tabu!; betreffs DOMINA wird noch verhandelt! (Alles in allem und überhaupt kann man wohl einschätzen, daß in den drei Jahren westberliner und bundesrepublikanischer Presse nun auch in den Kiosken und auf den Gehsteigen unserer Republik der weitaus überwiegende Teil der Bevölkerung, *von verschwindend kleinen Ausnahmen abgesehen,* all der übermäßig fetten Schlagzeilen, all der monströs verdickten Skandal-Gazetten weidlich müde geworden ist; ich habe *diesen* Verlauf der Dinge ja von Anfang an prophezeit, und in einem gallig und geistreich untermauerten Aufsatz im SONNTAG, Du wirst Dich erinnern, von der geplanten, zur öffentlichen Diskussion gestellten Maßnahme dringendst *abgeraten!!!* Es war ein Juli vor vier Jahren, aber immer noch, ja, in diesem Augenblick auch, schmerzen mir die drei mittleren Zehen des linken Fußes und hinke ich merklich mit beiden; immer noch muß ich mir die bröckelnden zwei Rippen unterhalb meines Herzens von Professor Mattke halbjährlich verlängern lassen; und daß mir keine neuen Zähne aus dem Kiefer herauswachsen, daran erinnert mich von Zeit zu Zeit ein bösartig steifes Gebiß! Schwamm drüber, Haftmasse drunter!) – Heute fragen es sich *immer mehr Menschen*, ob es wirklich nötig gewesen ist und wozu es eigentlich gut war, diesen nach nichts als nach ungerechtfertigt hohen Auflagen gierenden Blättern und Blättchen trotz einer ganz in meinem Sinne verlaufenen Diskussion (zuerst im SONNTAG, späterhin in der Zeitschrift DIE SPORTTAUBE) so völlig unvermittelt von heute auf morgen auf unserem Territorium freien Spielraum zu lassen ... Meine damals snobistisch in den Wind geschlagene Voraussage eines bald schon einsetzenden breit gestreuten Desinteresses – und was allein die organisatorische Vorbereitung des Presse-Austauschs den Staat gekostet haben mag! –, hier (an meinem ersten Tag in Großgabichtsgrund in der Gesellschaft des MOCCA-BAR-Klüngels) bestätigte sich wiederum ihre verblüffende Richtigkeit bis in fatalste Details: Einige wenige hier – auch dies die MOCCA-BAR, wenigstens partiell, wie sie leibt und lebt! –, hatten sich auf dem oder jenem Wurzelwerk, unter der oder jener Pflanze niedergelassen zuseiten grinsender Gartenzwerge und brüteten offensichtlich Stunde um Stunde über den Seiten des NEUEN DEUTSCHLAND, der BERLINER, der JUNGEN WELT, als hätte es die HÖR ZU, die WELT AM SONNTAG, die MORGENPOST in unsereren Breiten niemals gegeben, brüteten an diesem unheilschwangeren Vormittag z.B. über der absoluten Top-Meldung: TAGE DES USBEKISCHEN SCHERZLIEDES IN WERNEUCHEN ERFOLGREICH ERÖFFNET (in der JUNGEN WELT mit ihrer individuellen Handschrift wurde wie üblich eine melodiöse Extra-Wurst gebraten, statt des einen Wörtchens »erfolgreich« fand man hier die feineren drei »mit großem Erfolg«); oder sie glotzten wie blind auf die nur wenig fettere Zweit-Schlagzeile: SOZIALISMUS WIRD STANDHAFT GESCHÜTZT und den Untertitel »Jahreshauptversammlung der Magdeburger Kampfgruppenkommandeure siegreich zu Ende geführt«; oder sie schüttelten den Kopf im Rhythmus der neuesten Erwägungen über das BERMUDA-DREIECK und dessen eventuell stattgehabte leichte Verschiebung in südöstlicher Richtung, ohne auch nur ansatzweise – wie unsereins, wie wir Gelegenheitsmitarbeiter unserer Presseorgane – von dem Wiederauftauchen dieser Thematik beunruhigt zu sein: Das letzte Mal waren das BERMUDA-DREIECK und die mysteriöserweise in ihm verschwundenen Schiffe und Flugzeuge einer gepfefferten Preiserhöhung für Tabakwaren und alkoholische Getränke vorausgeschickt worden; seither mußte man für das Päckchen schwarzer KARO fünfMarkundachtzig berappen, ein ganz schöner Schlag!; was wartete heute im Busch? Indessen, so gut wie jeder – die oben charakterisierten Ausnahmen brauchte man eigentlich gar nicht mitzuzählen – blieb anderen Sphären zugewandt mit Oberkörper und Haupt als der Tagespresse (ob West oder Ost), zum Beispiel ärgerlicherweise auch mir, Deinem treuen Briefpartner, welcher zum Nachteil für unsere Korrespondenz immer unauflöslicher hereingefädelt, hineinverstrickt und gründlich verhakt wurde in die kaleidoskopartig wechselnden Figuren und Muster, die ich schon in meinem ersten Schreiben erwähnt habe; jetzt kamen sie, da es Mittagszeit wurde, auf dem allmählich zur Gänze aufgespannten Vorgelände des Fernsehens durch nicht mehr nur einige hundert, sondern durch wohl mehrere tausend Kleinst- und Kleindarsteller zur Ausführung; aus angemessener Vogelperspektive, etwa aus dem Korb einer Mongolfiére, hätte sich für den entzückten Betrachter wahrscheinlich der Eindruck hinreißend strähniger sozialistisch-realistischer Jugendstil-Ornamentik ergeben – *ein Fest für's Auge,* falls man nicht kurzsichtig war ... Letzten Endes schienen es freilich ins Gigantische gesteigerte Finger-Etüden zu sein, Lockerungsübungen, die Stimmung anheizende Vor-Arbeiten im Hinblick auf die beiden seit Wochen in Angriff genommenen monumental-monströsen Top-Superproduktionen zumal des Zweiten, doch auch des exquisiteren Siebten Programms, von denen sich viele Kollegen bei gelungener Mitwirkung einen angenehmen und gesicherten Lebensabend versprachen: die nach ersten Schätzungen voraussichtlich sechsundneunzigteilige Abenteuer-Serie WALTER ULBRICHT – EIN LEBEN IM DUNKELN (vom Westen im voraus bereits als das ›DALLAS‹ DES OSTENS geschmäht), auf die sich vorzüglich die Nichtschwimmer unter den Künstlern eingestellt hatten, sowie die endlich »ganz fernsehgerechte« Neu-Inszenierung des UNTERGANGS DER TITANIC (unter Mitwirkung unserer den Eisberg mimenden Seestreitkräfte), welcher die Vorfreude vor allem der Wassersportbegeisterten unter den Fernseh-Schaffenden galt! ... All das ineinander geschlungene Her und Wider auf dem Gelände – tiefenpsychologisch interessant die häufige Bezugnahme auf Geschlinghaftes und Verschlingerisches durch mich, den Briefschreiber, dear Pamela! –, all dieser Kuddelmuddel hatte für die daran Beteiligten deutlich den Zweck, eine möglichst günstige Ausgangsposition, das beste Startloch zu gewinnen: entweder für den *Einsatz* im fähnchenschwenkenden Spalier der frühen Sechziger (»Walter! Walter! Nikita! Nikita! Nikita!«), oder aber für die Verwendung als Teilstück eines diamantenschmuckglitzernden Knäuels trostloser Wasserleichen – schon wieder: Geschlinge! –, und zwar von Leichen ausschließlich der *upper ten* aus Manhattan, der oberen Zehntausend von New York, Philadelphia, Boston, als unüberhörbare Anklage gegen Profilneurose und Profitgier der *Black-and-White-Line* her-und wegtreibend aufgeblähten Leibes und zerfressenen Gesichts im Kunstmondlicht; indessen stets auf dem Sprung, sich sofort wieder einzureihen, ob auch noch triefend und bis in die Poren zernäßt, wie nach einem Platzregen also, bei den wilden Schwenkern der unterschiedlichsten *Wink-Elemente*, fähnchenschwenkend zuzujubeln der ernsten Staatsratslimousine und einer besseren und lachenden Zukunft, die sie erahnen ließ: »... Sieben! Acht! Neun! Zehn! ... – KLASSE!!!« –//– Was aber sollte in derlei Zusammenhängen Eddy »P.« Endler, also: ich? Was hatten das Leben und die Welt mit mir vor? *Weshalb ließen sie mich denn nicht endlich durch hier,* diese Nudeln und Hutnadeln, Nutria-Pelze und Halb-Nuditäten, als wäre hier nicht nur scheinbar, sondern wirklich die MOCCA-BAR, das »Café Kaputt«, und eine zähe Unterhaltung mit einem kunstverständigen und lebenserfahrenen Heini wie mir die letzte Rettung vor der Endgültigkeit des Absturzes in das vollkommen Anonyme des menschlichen Bodensatzes von der

Schönhauser und vom Prenzlauer Berg (Postleitzahl: 1058 bekanntlich), ganz nebenher vielleicht auch noch der rettende Strohhalm anbetrachts der unerbittlich auf einen zu kriechen wollenden sogenannten größeren Zeche (siehe auch unter: Rechnung)??? – Dann jedoch, Du darfst mir gratulieren, meine liebe Pamela, geschah etwas, das sozusagen, im Handumdrehen, mit einem Schlag sozusagen, das Bild veränderte und mich schließlich doch noch unbemerkt in den Hintergrund wegträllern ließ: Einzeln auf einem der modischen Klapp-Tandems war ein noch jugendlicher deus ex machina herangespurtet, fiebernd, bleich, sichtlich entkräftet; und bald schon erschallte von allen Seiten der Schreckensruf: »Leute, die INTERSHOPS werden zugemacht! Brunnenstraße ist schon geschlossen! Auweia, auweia! Morgen ist Sense in der Invaliden und in der Bornholmer! ... Sofort Tante Berta anrufen! Und ich *hatte* mich schon so auf die neuen Gardinenstangen gefreut! Sofort Onkel Bernhard anrufen! Bis zum zwölften August soll alles ... Mensch, wann fährt die nächste SchweSchwe?« (Schwefelschwebebahn, Du erinnerst Dich sicher!) – Ratlosigkeit!, allgemeiner Schweißausbruch!, Lähmung der rechten Gesichtshälfte bei den einen, der linken bei den anderen!, Verlust des Geruchs- wie des Orientierungssinns!, Lebensangst!, seelische Not ... (Und das, obwohl die immer gleiche Hiobsbotschaft nun schon seit vier Jahrzehnten und länger mit der Regelmäßigkeit des Prenzlauer-Berg-Trippers und stets einem Lauffeuer gleich durch Berlin eilt, ob hüben, ob drüben, ohne sich bis heute je bewahrheitet zu haben; doch das konnte ja irgendwann anders sein.) Ich mußte mit anhören, wie eine circa dreißigjährige, als entschiedene Sadistin ausstaffierte Halbwelt-Dame in durch nichts zu löschende Schreikrämpfe verfiel, mußte mit ansehen, wie ein noch knabenhafter, relativ kregel wirkender Bursche stumm zusammenbrach, ohne Erste Hilfe zu finden. Ein grün lackiertes Mädchen verkündete: »Heute abend will ich ganz alleine bleiben, Arthur, ganz allein mit mir selber und meinem Stoff ...« (*Hasch, mit Nitroglyzerin verfälscht?;* hatte ich richtig gehört?) Eine *regelrechte Großmutter* glaubte dagegen die sogenannten *Verhältnisse* anklagen zu müssen:

»Also, alles was recht ist; aber *unter Walter Ulbricht habe ich jedenfalls noch nicht gesoffen* ...« Das beklagenswerteste Beispiel gab indessen ein stämmiger Mittvierziger, der sich schamlos niedergekauert hatte, die Hände im Nacken verschränkt, und gebetsmühlengleich wieder und wieder die beiden Sätze wiederholte, welche die Auslandskader unserer DDR bei Flugzeugentführungen durch Terroristen u. a. mittels eines rasch gewählten sogenannten Gruppenführers, so unser Schulungs-Deutsch, dem als Anführer der Entführer erkannten Menschen, denn Ränge gilt es selbst in Grenzsituationen sittsam zu achten, eindringlich vortragen sollen: »WIR KOMMEN AUS DER DDR! WIR MÖCHTEN NACH HAUSE! WIR KOMMEN AUS DER DDR! WIR MÖCHTEN NACH HAUSE! WIR KOMMEN AUS DER DDR! WIR MÖCHTEN NACH HAUSE!« – Summa summarum: Ein schwirrender Ameisenhaufen der Ratlosigkeit; man mußte unwillkürlich an die Kanonade von Valmy denken und die Worte tiefschwarzen Humors, mit denen Minister Goethe die überraschend unterlegenen und verzagenden Militärs aus Weimar und Umgebung, sofern im Offiziersrang, dann doch noch zu hohlem Grinsen gebracht: »Von hier und heute geht eine neue Epoche der Weltgeschichte aus, und ihr könnt sagen, *ihr seid dabeigewesen.*« Wie auch immer: Jedenfalls war eine nur schwer und vor allem nicht von heute auf morgen auszufüllende *empfindliche Lücke* in der gerade noch so dichten Menschen-Guirlande entstanden – zu meinem, zu unserem Glück, darf ich sagen. Nichts wie 'rein also in die Lücke, und durch!, ob auch zu beiden Seiten sich zischelnde Zacken und weitere zerfledderte Satzfetzen nach mir ausstrecken mochten, hinter mir her pfiffen Wortwitz und Schnack um Schnack und dorniges Gertengeäst, ein ausgedehntes dschungelähnliches Geschnattre und Schnäckicht ... –//– Oh erster schwieriger Tag, und im Zeichen des MOCCA-BAR-TYPS zu erheblichen Teilen; doch als der eigentliche, der höhepunktartige Tiefpunkt dieses Tages jene peinliche und entwürdigende blöde Szene ... nein, das muß wirklich noch aufs Tapet dieses Briefes! Ehe ich nämlich die letzten Schritte bis zum

Eingang C/3 und seiner verheißungsvoll lebendigen Schwingtür ausführen konnte, ehe ich endgültig in die Wunderhöhle des Fernsehens eintrat, hatte er mich doch noch erreicht, der pfeifentabakduftende Pförtner – der leitende der sieben –, welcher mir vermutlich während der letzten Stunden diskret und in einigem Abstand, auf irgendeine der zahllosen kriminellen Handlungen gespannt, auf Filzlatschensohlen gefolgt war, sicher nicht unberechtigt ... Entscheide selber, liebe Pamela, ob die Art und Weise der Überlistung des Pförtner-Kollektivs durch einen Menschen, welcher wie üblich seinen Personal-Ausweis einzustecken vergessen, nicht doch zu einigem Mißtrauen Anlaß hatte geben dürfen (wie die Ausführung der Überlistungs-Bewegung im Ansatz auch bereits die abstrusen Akzente setzt, die später durchaus die das Erlebnisgeschehen Prägenden werden sollten); denn wie nach dem Verzehr von zwei Dutzend Bieren kroch und krabbelte er – Du erlaubst mir, die Beschreibung der lächerlichen Sequenz an dieser Stelle nachzutragen? –, wand und wurstelte er sich, Dein alter Freund Eddy, auf allen Vieren und mit hängenden Nieren unterhalb der sieben Pförtnerfenster an ihnen vorbei; und zwar durch die dichten Stalagmiten- bzw. Stalaktitenpflanzungen ungezählter Beine anderer weniger fixer Autoren hindurch, erkennbar diese mindestens für den Spezialisten als Mitglieder (oder Kandidaten) des Schriftstellerverbandes (deren hohe sozialistische Moral entsprechend der Polizeivorschrift sie ihren Personalausweis zu jeder Stunde bei sich tragen, ja, u. U. in erklügelter Art immer *griffbereit* halten läßt in Jackett oder Hose); kurzum: Hier wurde man *wirklich einmal voll gefordert.* Störende fäkale Randerscheinungen beiseite gelassen, geriet das über-heikle Unternehmen, wie wir wissen, unerwarteterweise zum Guten; kürzer ausgedrückt: Alles ging gut! Offensichtlich unbemerkt geblieben sogar für den bissigsten Scharfblick der sogenannten Kritiker in der Interessenten-Schlange, konnte Eddy Endler kaum eine Stunde nach dem Beginn der AKTION STALAKTIT diese als *glücklich beendet erklären*, lachend wieder auf seine zwei Beine springen, zu seinen Häupten neuerlich den frischen, beinahe wolkenlosen Vormittagshimmel, wie er schon seit fünf Uhr morgens Berlin sowie die Mark Brandenburg überwölbte ... -//- Jetzt aber, vier Stunden später, hatte sie mich doch am Schlafittchen, die buchstäblich unterwanderte Pforte, hatte sich der Haupt-Pförtner endlich entschieden, rücksichtslos zuzugreifen, geleitet von der Empfindung wahrscheinlich, nicht nur übertölpelt worden zu sein, sondern - was hundertfach schwerer wog - auch allzu flüchtig und mangelhaft, allzu lückenreich über Adresse, *Wohnungsnummer* und *Personenkennzahl* des Besuchers, nicht zuletzt auch den Zweck des Besuches aufgeklärt worden zu sein von dem undurchsichtigen Gast, auf dessen etwas vorgebeugter, ein wenig nach vorne geschrägter Schulter, als wäre das selbstverständlich, er herrisch den Tabak-Absud und die Restglut aus dem Hartholzkopf seiner niedergebrannten Shagpfeife schlug ... Ja, leerklopfte er seine Pfeife an keinem anderen als mir, meine Jacke versengend und mein ohnehin schon verwahrlostes Hemd, ein Rache-Akt?, um sich wütend einem soeben in Erscheinung getretenen populären Schauspieler-Antlitz zuzuwenden und diesem vorwurfsvoll ins Gesicht zu schleudern (wobei er mit der schon wieder vollgestopften, frisch angezapften Shagpfeife auf eine vorüberstolzierende übergroße hellblonde Kleinstdarstellerin wies): »Nicht wahr?, wo haben wir denn jüngst, nicht wahr?, unseren schönen neuen satanesken Rasenmäher stehen gelassen, nicht wahr? Das muß doch in etwa, nicht wahr?, bei unseren prächtigen Johannisbeersträuchern gewesen sein, oder? Indessen, nicht wahr?, bei unseren Johannisbeersträuchern steht er schon lange nicht mehr, oder, oder? Sehen Sie selbst! Und nicht anders der Anblick im näheren Umkreis der Stachelbeerhecke beziehungsweise der Hagebuttenanlage! Im Gegensatz dazu gratuliere ich Ihnen, nicht wahr?, von Herzen zu Ihrer Aufnahme in die Siedlervereinigung PONDEROSA PRENZLAUER BERG, nicht wahr?, und den daraus sich ergebenden schmerzlichen Folgen für unser Haus, oder, oder ...?« Der über alles Normalmaß hinaus, fast anormal gründlich rasierte Mime - jetzt erst erkannte ich ihn: Es war der für seine charakterliche Stachlichkeit weithin bekannte, von seinen Intim-Freunden und der Massenpresse

»Direktions-Hannes« genannte zweitrangige Direktoren-Darsteller Johannes Beer! –, der mediokre Schauspieler zuckte verdattert zurück, dann mit den Worten »Ja, vom Rasenmäher zum Ratzefummel ist es im Lexikon *so* ein großer Sprung nicht ...« nach vorne, in Richtung des Pförtners, welcher jedoch bereits seit seinem letzten, wie fragmentarisch verwehenden »oder, oder ......« spürbar *anderweitig interessiert* gewesen war: Plötzlich sahen wir Onkel Kartoffel (an dieses Nachtschattengewächs erinnerten seine Gestalt und sein *Gehabe*) strammstehen, strammstehen und die Wattehakken seiner Pantoffeln zusammenschlagen vor einem melierten und rührend verwachsenen Herrn in recht ordentlich zugeknöpftem, geringfügig bekleckertem sonntäglichem Matrosenanzug, einer *für die Verhältnisse* recht ungewöhnlichen Erscheinung, welche im Gehen wie zwanghaft alle Naselang ihre maritime Bekleidung entstäubte und glattstrich (aufschlußreiche Offizierseigenart), vorzüglich über dem wurzelhaft wuchernden Buckel; und wir sahen Mister Potato-Face seine Pfeife wie einen zackigen beziehungsweise zackenreich-zähen und knapp gezagelten Feldwebelfinger an die eigene Schläfe schlagen, so knall, daß es knackte ... Aus dem Pfeifenkopf fielen wiederum Asche und Tabak, mehrere noch unverbrauchte tüchtige Strähnen des rustikalen Virginia-Rohschnitts, denen ein allgemeines und bedauerndes »Ah« hinterherschallte, doch am Ende auch der *beinahe schon obligatorische* Batzen rotheißer Glut, hinunterrieselnd, hinunterschwelend er an der Wange des Pförtners und hinab in dessen offenes Sporthemd: »Admiral Mönckemeier!«, krächzte und hustete der Mann von der Pforte dem Matrosenanzug und dessen Träger entgegen, »Ich stehe blindlings zu Ihrer Verfügung!« – Admiral Mönckemeier, der erste ausgeprägt bucklige Flotten-Chef unserer Seestreitkräfte, segelte ungerührt weiter und sich unentwegt putzend an dem *Knollenblätterpilz von Pförtner* sieghaft vorbei, reife Männlichkeit, trotz der Verwachsenheit des Menschen *gültig ausgeformt*, die dem Schauspiel der Devotion nicht einmal formellen Dank wußte: Nicht die winzigste Wimper des Admirals verlor ihre Haltung. Ein willenloses Medium in den magischen Händen eines Meister-Hypnotiseurs hätte kaum einen schmählicheren Anblick geboten als der kalt in den Wind geschlagene disziplinöse Pförtner, der sich veranlaßt sah, die Schweinekartoffel seines Kopfes und den kartoffelbreiförmigen Oberkörper bei *unverrückbarem Standpunkt* der Füße in maschinenmäßige, knarzende Drehung zu zwingen, falls er weiterhin dem Vorbeiflug des Admirals und dessen – dank des Hindernisses der Menschwerdung einer Kartoffel – zu einem Halbkreis verformter schnurgerader Route gerecht werden wollte und die Meldung anzubringen: »Mein Name sei Fritzchen Flitz!« Mit beiden strammen Beinen in einem Rundbeet bläulichster Stiefmütterchen und Konsorten, das die Kollegen vom Fernsehen – wie ein Gedenkstein verrät – selber in Heimarbeit geschnitzt und ausgesägt hatten und mit Buntstift bemalt, so gründlich und einprägsam bemalt, als hätten sie diese Stunde vorausgesehen, in welcher das Blumenbeet *endlich zum Zug kam*, zumindest als Erinnerungstütze für den Briefschreiber, wenn er sich der Worte des Pförtners zu erinnern versucht, mit beiden Beinen in einem kollektiven Kunstwerk verankert, einer Laubsägearbeit, meldete der Pförtner tatsächlich: »Mein Name sei Fritzchen Flitz!« Das mochte von Flitz als um so heroischer eingeschätzt werden, als die Glut aus der Shagpfeife, unter dem Sporthemd die Brust hinabwandernd, zweifellos bereits die Nabelpartie in Mitleidenschaft zu ziehen begann (aus den Löchern der Gürtelschnalle kräuselte bläulicher, feingemahlener Rauch) – »Gestatten, Genosse Admiral, melde: Ich kneife zu Ihren Ehren meine Zähne zusammen!« –, ja, zu einem gewissen Prozentsatz auch unterhalb der Gürtellinie schon ihren Weg fand, der Schwerkraft gehorchend und der Anziehungskraft von erdwärts schwitzenden Schenkeln, Kniekehlen, Waden. Eher miauend denn mit Menschenstimme rief der Pförtner, noch immer strammstehend, der Fregatte in Admiralsgestalt, nun schon schattenhaften am nachmittagsmatten Horizont, verzweiflungsvoll hinterher: »Flitz, Genosse Admiral, Flitz, Friedrich Flitz!« Die Restglut aus der Pfeife rieselte inzwischen unten aus der Hose unseres Tapferen wieder heraus und über den Pantoffelfilz hin; es roch gemütlich nach Bratkartoffeln mit Speck, melancholisch nach spätsommerlichen Kartoffelkraut-Feuern ... Nichtsdestotrotz hielt der Pförtner noch so lange als Standbild militärischen Geistes durch – ja, hier haben wir es einmal ganz unvermischt, das Preußische, das Friderizianische –, bis Admiral Mönckemeier endgültig durch die Turbulenzgläsertür C/3 den Blicken entzogen war; dann erst bückte sich Friedrich Flitz jählings und mit jaulendem Zungenschlag und löschte vorschriftsgemäß den Hosenbrand mit dicker Löschspucke, wie er gleichzeitig den immer noch glühenden Markentabak auf der Pantoffelkuppe mit dem stabilen Pfeifenkopf zerklopfte, wobei ihm jedoch ein letzter, verspäteter Funke in den Augenwinkel zu springen verstand, ein Unfallgeschehen, das ihn für alles andere ringsum gleichgültig werden ließ, ihn auf sich selbst verwies, der lauthals nach einem Sanitäter zu schreien begann, dem Rettungsring der Admirals-Yacht, dem mit Flitz befreundeten Oberfeldwebel i. R. und Optikermeister Brillke in der Brunnen-Straße ... *Was soll's?*, wurden diese Artikulationen menschlicher Not von einem Grüppchen fernseheigener Literatur-Spezialisten zu meiner Rechten ins ästhetische Abseits verwiesen. Jedenfalls war es für *mich* die zweite günstige Gelegenheit, entscheidend weiterzukommen, und ich nahm sie rücksichtslos wahr. Mir entgegen pfiffen Wortwitz und dorniges Gertengeäst. Schnäcke um Schnäcke, mir entgegen wucherte das pausenlos wuchernde Schnäckicht der Television; man *hörte* es geradezu wachsen! –//– Herzlich! Dein Eddy –

/ 3 / (Aus einem der später liegenden Briefe; nach vorne gezogen der Ausschnitt und spitz gegen die vorhergehenden Seiten gestellt mit der Absicht, einige schwer erklärbare Widersprüche in den Äußerungen des Verfassers schon jetzt mit größtmöglicher Deutlichkeit vor Augen zu stellen; die Zeilen stammen offensichtlich aus irgendeinem September.) –//– ... jetzt, liebe Pamela, geht Alltsch vor mir her, Gunnar Alltsch vom hellen Saalestrand undsoweiter, schwankt vor mir her als Eisbrecher, Dampfwalze, Nilpferd (oder wie immer man es nennen will), eingehüllt in ein wüstes Gewölk aus Geräuschen; Gezirpe und Geklimpre wie von einem nicht nur verstimmten, sondern fachmännisch ramponierten Free-Jazz-Klavier her, Geklirre wie aus den längst schon überfälligen Innereien einer verrosteten Zahnradbahn; rasselndes, raschelndes, rattenzüngiges Rattatata, das den nur selten stockenden rhythmischen Herzschlag des Geräuschknäuels darstellt ... (Oh die überreichlich gesegnete Ordensbrust der unterschiedlichsten und aneinanderschlagenden Edel- und anderen Metalle!) Ja, er, unser einziger Nobelpreisträger für Literatur, geht voran seinem neuen Regenschirmträger Eddy »P.« Endler, welcher mit seiner einzigen, einer Bronzemedaille des Deutschen Turn- und Sportbundes für »hervorragende künstlerische Leistungen« kaum als gleichgewichtig gelten kann neben Alltsch, der ihm voran- und vorangeht, und zwar auf dem hindernisreichen Weg zum sogenannten PROFESSORENBESTIARIUM des Moderators Ivan Anchovis und einer fernsehgerechten Round-Table-Diskussion zum Thema HAT DER ROMAN NOCH EINE ZUKUNFT – ODER VIELLEICHT AUCH NICHT? Freilich, daß auch ich eine Einladung zur Teilnahme an dem sogenannten Gespräch in der Brusttasche trage, habe ich bis jetzt, von dumpfen Ahnungen gewarnt, weder Alltsch noch irgendeinem anderen in Großgabichtsgrund verraten, zumal der von mir mitgeführte breit-weite Seesack verräterisch genug sein mag für den Blick des *neugierigen*, im schlimmeren Fall: *wachsamen* Bürgers; wirkt er nicht manchmal sogar gespenstisch, wenn er im Abenddämmer auf meinem Rücken hockt, ja, sich an ihm hochzuklammern scheint wie eine riesige Raupe? (Mir selbst wird er hin und wieder unheimlich, der meine rechte Körperhälfte beherrscht und meine linke Gedankenwelt!, der bie-, der bie-, der bielefelder Seesack, wie ich beim Wandern zu gerne vor mich hin summe oder brumme, als hätt' er's mir zugeflüstert mit hypnotischer Stimme, und zwänge mich, es mehrmals täglich zu wiederholen, womöglich erbost ob der plötzlichen Konkurrenz durch einen Delikat-Regenschirm, von meinem gewinkelten linken Arm hinterhergetragen dem Kollegen Alltsch ...) Es wäre nicht das erste Mal gewesen, daß man mich als potentiellen Bombenleger oder, noch weitaus peinlicher, als CIA-Agenten verdächtigt hätte; ich konnte ja nicht auch am Rockaufschlag jenes Schildchen befestigen, das ich – nach alarmierenden Erfahrungen mit einer fragelustigen »Kriminalpolizei« – an meiner Wohnungstür angebracht hatte: *INTERNATIONAL P.E.N., A WORLD ASSOCIATION OF WRITERS, MITGLIED DES P.E.N.-ZENTRUMS DDR, 1080 BERLIN, FRIEDRICHSTRASSE 194–199* von dem ich mir eine bannende Wirkung versprach (und verspreche), wie sie wohl von dem oder jenem Mitarbeiter unserer Sicherheitsorgane inzwischen bestätigt werden kann ... Als Schildchen am Rockaufschlag würde derlei nun wirklich als schlichte Dicketuerei registriert werden oder gar Größenwahn! Auch hätte es Alltsch vielleicht stutzig gemacht und den Nebenbuhler dann spüren lassen, wer hier in diesem Lande die Macht hat, Alltsch oder »Wieso hat man denn *den* eingeladen?, diesen Auch-Schriftsteller Endler? Dann könnte man ja mit gleicher Berechtigung eine Type wie den Bergermann einladen!« – Weshalb Gunnar Alltsch eingeladen worden ist (als begeisterter Roman-Leser hat Ivan Anchovis ausschließlich *Befürworter* des Roman-Genres für den geplanten leidenschaftlichen Meinungsstreit ins Auge gefaßt), das liegt für jedermann klar auf der Hand – Zentnerschwer sozusagen (und außerdem in regelrechter Buchform und in fast allen Sprachen des Ostens gedruckt); keine Frage also, daß für diesen von sich selber als »Balzac der Neuzeit« apostrophierten Autor die Zukunft des Romans, und zwar des mehrteiligen und u. U. dutzendbändigen, ganz außer Frage stand (und steht). So gut wie niemandem in der

DDR, vom Kreis der allerfeinsten Kenner ’mal abgesehen, dürfte es indessen bis zur Stunde bekannt gemacht worden sein, daß ich die oben referierte Meinung Gunnar Alltschs im großen und ganzen, ja, eigentlich fast hundertprozentig teile! Schicksal!!! Um so bewundernswerter der spürnasigkaulquappenlippige Ivan Anchovis, der als einer der ersten Vertreter der führenden Kreise den vielversprechenden Braten gerochen zu haben scheint, der sich zudem als recht gut informiert erwiesen hat bezüglich dieses oder jenes Details meiner Lebens- und Schaffensweise: »... wenn es nicht anders geht, bitte, *mit* Seesack ...«, wie es in dem vornehm gehaltenen Schreiben des PROFESSORENBESTIARIUMS geheißen hatte ... (Wenig später wird man Anchovis eben dieses liebenswerte Schreiben als eines der ersten gravierenden Anzeichen seines geistigen und sittlichen, schlimmer noch: ideologischen Verfalls vor die Nase halten; nicht *mein* Bier!, pardon!) Wie auch immer: Auch Dein alter Freund Eddy hatte dieses Mal eine der berühmten auf lilafarbenem Büttenpapier ausgesprochener »Berufungen« ins Kollegium des PROFESSORENBESTIARIUMS erhalten, somit dem Nobelpreisträger fast gleichgestellt dieser legendäre, wenn auch *erst in Entstehung begriffene Romancier* und Verfasser des in Entstehung begriffenen legendären dreizehnbändigen Roman-Zyklus NEBBICH, welches er (also ich), wie der feinere Kenner längst weiß, bei allen ausgedehnteren Ausflügen hinter sich herzerrt in jenem beinahe schon legendären sandfarben-gründlichen in Bielefeld in Bahnhofsnähe erstandenen Seesack: Notizen, Fragmente, Vorankündigungen, Selbstanzeigen, Restbestände früherer und verworfener Romanprojekte, unterschiedlichste Schnipsel, Schnipsel, Schnipsel, Zehntausende von Schnipseln nach loser Schätzung; dazu ein fast schon unüberblickbar gewordenes riesiges Hintergrundmaterial, von nüchternen Zeitungsausschnitten bis zu geheimnisvollen halb sekretierten Gesetzblättern reichend – das alles später ins Treffen zu werfende Beispiele und Beweise, von Stunde zu Stunde sich weiter vermehrend das grausige Konvolut, auf würgende Weise wachsend und wachsend und wachsend ... (Nicht zufällig zählt der Traum vom *Wohnungsbrand* zu meinen Lieblingsträumen seit längerer Zeit!) – Alltsch hingegen und seinen schweren und quadratischen Buchstapeln, das versteht sich von selbst, wäre kaum gedient mit einem Transportmittel wie meinem Seesack, welcher Farbe auch immer. Gunnar Alltsch, der Verfasser des romanhaften Kolossal-Gemäldes DAS LICHT UNSERES GLÜCKES und der neuen und zweifellos nationalen Form des sogenannten BRIMBORIAL-ROMANS – ach, Mutter, was brauche ich Brom?! –, Gunnar Alltsch sieht man im Unterschied zu mir auch hier in Großgabichtsgrund herzhaft umsurrt von einem mittelgroßen, mit kräftigen Rädern bestückten und motorisierten Schrankkoffer namens Robbi Drei, einem waschmaschinenähnlich brummenden Vehikel, ferngesteuert vom Besitzer mittels gelegentlicher, oft unfreiwilliger Zuckungen des Gesichtsmuskels und eines ungemein sensiblen Walkie-Talkies, das man nur zögernd in die Nähe des Mundwinkels hebt. (Übrigens verliert sich der Apparat zuweilen im Gedränge und in den Gängen der Fernseh-Anstalt, taucht aber immer wieder wie aus dem Nirgendwo auf, Knochensplitter, blutiges Fleisch und Hautfetzen an seinen Kanten und Ecken, ein flächiges und trotzdem scharf konturiertes, partiell sogar stachlig-spitzes Gesicht, mit schillerndem Stirnband versehen: VORSICHT! ZERBRECHLICH! DAS LICHT UNSERES GLÜCKES!) Diesem idealen »Kofferschrank des einundzwanzigsten Jahrhunderts« verdanken wir sicherlich viel im Hinblick auf unser weiteres Fortkommen in den Wahnsinnsgefilden mit dem idyllischen Namen GROSSGABICHTSGRUND!, noch mehr aber höchstwahrscheinlich Herrn Gunnar Alltsch selber!, so, wie er da vor mir herschreitet Tag für Tag, und bei dem sagenhaften Ansehen, das er genießt, zumindest unter den Himmeln der Deutschen Demokratischen Republik ... (In diesem Augenblick, da ich dieses auf der Rückseite einiger aus Alltschens Koffer entwendeter Manuskriptblätter niederschreibe, jetzt schläft er sich allerdings in einer der dreitausend hiesigen Club-Sessel-Ecken aus, ein begnadeter Schnarcher gleichfalls, kann ich die in intimem Kreis geäußerte Beschwerde seiner Gattin bestätigen ...) –//– Ach, wie soll ich ihn Dir beschreiben, als Rammbock, Walroß, Lokomotive? Heute nachmittag war es plötzlich aus unerklärlichen Gründen – der Witterungswechsel mag mit im Spiel gewesen sein – ein ganz und gar anderes Bild, das sich angesichts des mächtigen Rückens von Alltsch dem grübelnden Kopf seines wackeren Regenschirmträgers anbot, ach, ein Bild war's, heraufgesickert aus ferner Kindheit: Woran mich der in südwestlicher Richtung wandernde Alltsch und der Rhythmus seiner Schritte erinnerten, meine Liebe, das waren die konsequenten und unaufhaltsamen Raddampfer, wirr bewimpelt, an Mittel-Elbe und Oberrhein, dieser *vorwärtsstürmenden*, die Wellen schlingenden und verknäuelnden, dann wieder sie verwerfenden und von sich weisenden, diese dem Familienausflug dienenden und stets karnevalsträchtigen Raddampfer LORELEY oder RÜBEZAHL mit den weithin strahlenden weißen Leinen-Anzügen und Panamahüten am Heck, stolze Schiffe auf der Fahrt nach Bad Schandau hier oder dort Königswinter ... Kein Wunder, daß die warme und dunkelgrüne Stimmung des staatlicherseits so oft vergeblich erflehten, notfalls geforderten kindlichen *Vertrauens* mich zu durchpulsen begann von den schnarrenden Füßen an aufwärts bis nahe ans Herz: Mit Gunnar Alltsch, geschehe, was wolle, wirst du weiterkommen, so oder so! Solche Hoffnung wurde zur Beinahe-Gewißheit, sobald Gunnar Alltsch sich umwandte, um die zurückgelegte Strecke resümierend zu überblicken, und die ordensbehängte Brust allen Nachstrebenden großzügig zur Besichtigung freigab, ehe er den oder jenen anzupflaumen, zusammenzustauchen, *zur Schnecke zu machen* (nach großer Schriftsteller Art) die Zeit für gekommen hielt, einmal seinen literarischen, einmal seinen militärischen Rang in die Waagschale werfend – mit hoher Berechtigung; muß es gesagt sein? Armeegeneral *und* Nobelpreisträger für Literatur, Nobelpreisträger für Literatur *und* Armeegeneral – diese Kombination, weiß das eigentlich schon jeder?, ist zumindest für das ganze zwanzigste Jahrhundert und den Beginn des einundzwanzigsten *einmalig* und läßt einen rechtens ein wenig erschauern ... Wenn man – vielleicht in einem Intelligenz- oder Psycho-Test – in dieser Richtung befragt worden wäre, die blitzschnelle

Antwort, Deine so sicher wie meine, hätte glasklar gelautet: »Das eine schließt das andere vollkommen aus!«* (Böll oder Grass oder Arno Schmidt gar im Generalsrang? Irr!) Hier nun der Sonderfall, das kaum glaubhafte Wunder, das *sagenhafte Phänomen*: Realität geworden auf der »dynamischen« Plattform des real existierenden

* Anmerkung. Eine dümmliche, eine vermutlich sogar un-marxistische Antwort, wie ich heute, nach der Lektüre des bedeutenden Buches DIE MARXISTISCH-LENINISTISCHE ÄSTHETIK UND DIE ERZIEHUNG mutmaßen muß, dieser sogenannten Militär-Ästhetik aus der Feder zweier ranghoher Militärs und Professoren *dazu*, des Generalmajors Prof. Dr. phil. A. S. Milowidow und des Obersten Prof. Dr. phil. B. W. Safronow (die Übertragung ins Deutsche unseres MILITÄRVERLAGS durch ein sechsköpfiges Kollektiv erfolgte unter der Leitung des Leipziger Ästhetik-Asses Prof. Dr. sc. Erhard John); dieses Werk – ich bin im Besitz der 2. Auflage von 1981 – macht *schlagend* klar, daß künstlerisches und militärisches Tun nahezu identisch sind, worauf uns einige Reservisten seit Jahren schon hinzuweisen versuchen ... »*Die Freude, die militärische Tätigkeit erweckt* ist auch deshalb mit der Freude, die uns Kunstwerke bereiten können, in vieler Hinsicht verwandt, weil sie *geistiger* und nicht biologischer *Natur* ist. Bei einem Soldaten, der seine Pflicht aus innerer Überzeugung erfüllt, die keinen äußeren Zwang braucht, vermag eine *straffe Disziplin*, die auch der Form seiner Tätigkeit eine *bestimmte Schönheit* gibt, ähnliche Erlebnisse wie echte, *wertvolle* Kunstwerke auszulösen ...« (Man sieht: Künstlerisches wird eigentlich so gut wie überflüssig, sobald man genug Militär hat, diszipliniertes natürlich.) In besonderem Maß betrifft das natürlich die Kommandeure auf ihrem hohen Podest: »Insofern schöpferisches Streben wesentlicher Ausdruck des Ästhetischen ist, müssen wir unterstreichen, daß der schöpferische Denkprozeß eines Armeeangehörigen, *besonders des Kommandeurs*, viele Gemeinsamkeiten mit dem eines Künstlers aufweist /.../ Künstler *und* Kommandeur ist ein konkret-sinnliches, bildhaftes Denken eigen ...« – Und auch der sogenannte Heldentod muß in diesem Zusammenhang gesehen werden, in keinem anderen: »Um eines hohen Zieles willen ist auch der Heldentod *schön*; denn er bejaht und rühmt das Leben angesichts des Todes. Dank der *moralischen Schönheit* einer Handlung unter tragischen Umständen entfaltet sich jene *kraftvolle emotionale Erregung* und Anspannung, die man gewöhnlich als ›Gefechtsrausch‹ bezeichnet ...« (Aber das ist nichts Neues, das wußte schon der frühe Ernst Jünger.) Schließlich ist auch die den Wirkungen der Kunst nicht ganz ferne Suggestion durch den militärischen Maschinenpark nicht zu unterschätzen: »Wie bei Flugzeugen entfaltet sich die technische Vollkommenheit auch bei anderer Kampftechnik, zum Beispiel beim sowjetischen Panzer T-34, in einer bestimmten Formschönheit. Den T-34 bezeichnete man *bildhaft* manchmal als *›Gedicht von einem Panzer ...‹*« (Und das sagt wohl alles!) –//– Vier Zitate von tausend möglichen: Ein Werk, darf man sagen, dessen sich sogar Jonathan Swift nicht schämen würde, wenn es *ästhetisch befriedigender* abgefaßt worden wäre; und auch die von mir so hoch geschätzten de Sade und de Quincey hätten unter diesen Umständen gewiß an dem einen oder anderen Gefallen gefunden ... PS.: »Je inhaltsreicher *das Schöne* ist, desto *vollständiger* entspricht es den *Zielen und Aufgaben militärischer Pflichten.*« (A.E.)

Sozialismus, da darf man noch einiges erwarten, meine Damen und Herren, und auf dem Territorium beziehungsweise Boden der DDR!: Literarische Weltgeltung und allerhöchster militärischer Rang, zusammengeronnen in *einer* Person!: Gunnar Alltsch! Geist und Macht nicht nur Hand in Hand, sondern als Einheit sich darbietend, dieses vom ND etc. seit Jahrzehnten beschworene, aber immer wieder durch allerlei peinliche Ereignisse unterminierte Ideal hatte durch Alltsch endlich, endlich einmal seine unwiderlegliche, unübersehbare und, wenn man ein gewisses Risiko nicht scheute, mit der Hand zu greifende Verkörperung gefunden: in Fleisch und Blut und Nackenspeck ... Und als weithin leuchtende Werbung gleichsam für dieses sensationelle Produkt unserer Zeit und unserer Welt: Die Ordensspange an Alltschens Zweireiher, was heißt hier Spange?, nein, eine *ziemliche Latte* von Orden, Ehrenzeichen, Medaillen, ein Brett geradezu, tief hinunterreichend diese wie zusammengestoppelte Bretterwand, so tief, daß sich an ihr der linke Oberschenkel des Meisters nicht selten schmerzhaft aufscheuern mochte – ein auszeichnungswürdiges Opfer, das hier gebracht wurde zu Ehren der Auszeichnungen und Medaillen alle, die Alltsch im Laufe seines tapferen Lebens eingeheimst hatte; militärische, vor-militärische und weltliche Orden wild durcheinander und in atemberaubend schneller Folge auf den Autor niedergeprasselt, allein schon durch Preise und Ehrengaben zu ungewöhnlichem Reichtum gelangt, dieser Mann ... (Ich, meine Liebe, habe meine Bronzemedaille des Deutschen Turn- und Sportbundes *anstelle* des vereinbarten Honorars von 150,– Mark für ein sogenanntes Sportler-Lied erhalten, und daß es mir an *dieser* Stelle wieder einfällt, macht es den Interpreten der vorliegenden Abschnitte meines Briefs wirklich 'mal leicht: Es handelt sich im Tiefsten vermutlich um schwärzesten Neid, der meine Feder vorantreibt; ich gebe es gerne zu ... An der bemerkenswerten Elegance meiner Texte, auch der epistolarischen, ändert ja solche Kenntnis ohnehin keinen Deut!) Ja, dieser Jarcks – wie ich Alltsch von nun an aus Vorsichtsgründen nennen will –, ja, diese Jarckssche Brust: Hier reibt sich knisternd, besser noch: knirschend die Medaille für Verdienste im Brandschutz (Feuerwehrmann mit einer an die Brust genommenen Löschspritze) an einer anderen, einem fünffach gezackten güldenen Stern, dem mit fünf Brillianten ins All hinauf glitzernden Orden HELD DER DEUTSCHEN DEMOKRATISCHEN REPUBLIK, dort suchen die edelmetallenen Inkarnationen des Theodor-Körner-Preises (Theodor Körners Kopf, hineingespannt in den hoch aufragenden sogenannten Theodor-Körner Kragen des unterdurchschnittlich begabten Dichters) in Wettstreit zu treten mit dem extraordinär verformten Goethe-Profil des Silbers bzw. des Goldes der NATIONAL-PREIS-Medaillen (auch Karl Mickel verfügt über eine solche, Elke Erb, obwohl es behauptet worden ist, keineswegs!); hier klimpert die Medaille VERDIENTER MITARBEITER DER STAATSSICHERHEIT (mittelalterliches Ritterschild, schräg ein knorziges Kurzschwert dahinter, aufschlußreich bezüglich der Selbsteinschätzung dieser Genossen), dort klappert der SCHARNHORST-ORDEN, auch Fanfan-La-Tulipe-Medaille genannt (zwei historische Säbel, sich kreuzend); hüben zeigen sich reihenweise Heinrich Heine und Johannes R. Becher Rondell um Rondell, drüben versteckt sich ein vereinzelter sogenannter *Kampforden* FÜR VERDIENSTE UM VOLK UND VATERLAND (am Rande: auf *den* habe ich wirklich zu keiner Zeit ein Auge geworfen); undsoweiter ... Ja, an der Seite von *Guntram* Jarcks wird man weiterkommen!, ja, im schützenden Schatten von Jarcks kommt man weiter – und wenn mit *ihm* nicht, ja, dann mit keinem! Man könnte wahrscheinlich etwa 80 Prozent des nunmehr sechshundertdreiundfünfzigseitigen (1980 erst einhundertneunundneunzigseitigen) Taschenlexikons ORDEN PREISE MEDAILLEN DER DDR abschreiben und hätte auch dann nur einen Bruchteil des Repertoires und Cancans der Orden auf Jarcksens Oberkörper erfaßt (zumal ja auch nur wieder ein Bruchteil aller Orden, Preise, Medaillen – Ehrennadeln? – in unserem Ordens-Lexikon aufgeführt ist). Man darf *ruhigen Gewissens* davon ausgehen, daß Guntram Jarcks nach unserem Nationaldichter Helmut Preissler – nein, keinesfalls der geheimnisvollen Elke Erb, wie im

Ausland zuweilen gemutmaßt – der am häufigsten *dekorierte* Wortkünstler unseres Landes ist; die NUMBER TWO im Hinblick auf Dekorationsvielfalt und Umfang der fälschlich so bezeichneten »Ordensspange« *nach* Preissler, dem Sänger der männlichen Gesundheit, *eines* Sinnes im Grunde mit Jarcks: »Immer sei der Genosse / *wirksam* in uns, / *kraftvoll*, wie *uns* das Herz schlägt, / *beständig*, / wie in *uns* das Blut kreist ... (Nicht etwa der Zeitschrift DEINE GESUNDHEIT entnommen, sondern der Februar/März-Nummer 1981 der Zeitschrift DEUTSCHUNTERRICHT – ja, DEUTSCHUNTERRICHT!!! –: kaum geeignet diese Verse – oder wie immer man es nennen will – zur Rezitation vor Genossen mit Kreislaufschwierigkeiten und anormal hohem Blutdruck – und das sind nicht wenige! –, von Infarktgeschädigten garnicht zu reden... Nebenher: Und was ist mit der Genossin in uns«?) Das hätte auch Guntram Jarcks dichten können, ein begnadeter Lyriker ebenfalls, wenn er Lust dazu hatte:... Aktivist der sozialistischen Arbeit, Architektur-Preis der Deutschen Demokratischen Republik (für Jarcks' dritte und raffinierteste Villa, vor allem die submarine bildkünstlerische Gestaltung des Bodens im Swimming-Pool), Banner der Arbeit, Dutzende von Kunstpreisen der Stadt Halle (im Lexikon ulkigerweis vergessen), Verdienstmedaille der Seeverkehrswirtschaft, Ćišinski-Preis (für die vom Autor eigenhändig abgezeichnete Herstellung einer sorbischen Fassung von DAS LICHT UNSERES GLÜCKES), auf welchen der greise »grand old man« der sorbischen Poesie, Kito Lorenc, immer noch verzerrten Gesichtsausdrucks wartet, Verdienter Wasserwirtschaftler der Deutschen Demokratischen Republik, Betrieb der sozialistischen Arbeit (viereckig, an der Haustür anzukleben, anzuschrauben), Dutzende von Erich-Weinert-Medaillen (kommen im Lexikon so wenig vor wie der Fritz-Reuter-Kunstpreis, der Goethe-Preis der Hauptstadt, die Ehrennadel in Gold der SEKTION DIENST- UND GEBRAUCHSHUNDEWESEN, die Ehrennadel der Federball-Bewegung und zahlreiche andere), Verdienstmedaille der Grenztruppen der Deutschen Demokratischen Republik – einer der ersten

Träger war naturgemäß Preissler –, Verdienter Angehöriger der Nationalen Volksarmee, Verdienter Erfinder, Verdienter Hochschullehrer der Deutschen Demokratischen Republik, Verdienter Ordensträger des Volkes ... Wäre mir Guntram Jarcks doch schon in den allerersten Stunden auf dem Territorium der Television begegnet – wisentgleich und mit Wut und Willensstärke bewimpelt! Vieles wäre mir erspart geblieben, zum Beispiel die Belästigung durch einen der krankhaft obrigkeitshörigen Pförtner, der mich kurz vor dem Eintritt in das erste der Televisionsgebäude doch noch eingeholt hatte, mich, den nur noch wenige Zentimeter von der swingenden Turbulenzglästertür des Eingangs C/3 Entfernten ... –//– Jetzt aber geht, wie schon mehrmals hervorgehoben, Guntram Jarcks vor mir her, Armeegeneral und Literaturnobelpreisträger dazu, jetzt wird eine so einmalig hübsche Ordensbrust als Banner vor mir (oder uns) hergetragen, daß die Masse sich *wie vom Blitz getroffen* zerteilt, um uns ehrfurchtsgeladen den Weg freizugeben, es sei denn, sie rinnt und rinnselt – gleichfalls in Sekundenschnelle – zusammen wie eben noch quellfrische Kuhmilch bei herber Gewitterstimmung; daß wir auf Schultern getragen wurden ein Stückchen des Weges, ist auch schon vorgekommen, aber nur selten ... So oder so: Mit Jarcks zusammen werde ich dereinst, so redet sich der Weltschmerz gut zu, das PROFESSORENBESTIARIUM und Ivan Anchovis doch noch erreichen, falls sie überhaupt noch erreichbar sind und nicht längst in alle Winde verweht; mit Jarcks zusammen werde ich selbst in das Allerheiligste, das sekretierte Zentrum dieses Durcheinanders gelangen, das sich stolz und in Staats-Versalien FERNSEHEN nennt, sozusagen zum Minotaurus des Labyrinths, zur Schaltstation des Kuddelmuddels, zum Herzmuskel dieses stets kollapsnahen fladenartigen Körpers, von dem man zuweilen glauben möchte, daß er tatsächlich lebt! –//– Kurz noch hinzugefügt: Die Medaille zum Reinhard-Weisbach-Preis, wie Böswillige sie an Guntram Jarcks Jakett beobachtet haben wollen, habe ich bei größter Mühe weder auf dem Brustkasten noch über dem Bauch Guntram Jarcks' eruieren können, vielleicht war sie gerade in Reparatur? –, obwohl sie besonders unsereinem doch ins Auge stechen mußte, die aus weichem Silber herausgetriebenen Glubschaugen jenes von der Überfunktion seiner Drüse zu immer neuen »Leistungen« hochgepeitschten maniakalischen »Theoretikers«, unseres Hauptgegners in den Siebzigern – ach, beklagenswerter »Trotzkist« Breton! –, der dann buchstäblich (und keinesfalls im übertragenen Sinn) die Treppe seines dank theoretischen Fleißes möglich gewordenen »neuen Häuschens« herabstürzen mußte, der sich realiter das Genick gebrochen hat neunundsiebzig (78?, 79?, 80?), doch noch aus dem Grabe heraus – siehe die Zeitschrift TEMPERAMENTE und ihre Weisbach-Gedächtnis-Nummer! (1/79) – wuchsen und wuchsen die ästhetischen und poetologischen Polizeiknüppel nach, deren massenweise Verfertigung seine Spezialität geworden war ... Vielleicht gibt es ihn gar nicht, den Reinhard-Weisbach-Preis?, vielleicht ist er eine Erfindung meines zu phantasmagorischen Satiren neigenden Freundes Bobbi? Meine Liebe, Du mußt es mir glauben – auch gibt es ja Zeugen dafür –, daß er sowohl das eine wie das andere ist! Er *ist* einerseits wirklich meine Erfindung (in einer »reichlich übertriebenen« und als *Sajänsfiktschn* dargebotenen Literatur-Satire, 1980 zur Vorlesung gebracht in einer nicht genannt sein wollenden Wohnung, dürfte tatsächlich zum allerersten Mal von der Verleihung des »Reinhard-Weisbach-Preises« die Rede gewesen sein – das Protokoll *verzeichnet*: »Stürmisches Gelächter!«), andererseits wurde er zum ersten Mal in Wirklichkeit verliehen kaum ein Jahr später vom Zentralrat der FDJ an verdiente junge Autoren, um welche sich ja auch Weisbach verdient gemacht hat, wie Du weißt! – Weisbach in der Nummer 10/73 des FORUM über die sogenannte »Poetenbewegung«: »Was die FDJ – sei es über die Organisation selbst, über den Verlag Neues Leben, über die Junge Welt – hier *in der Hand hat (fest und gut)*, ist der Prozeß des allerjüngsten literarischen Nachwachsens, das *akute Frühstadium* des literarischen Nachwuchses (häufig *mit bloßem Auge noch nicht zu erkennen*)« – Erinnerst Du Dich noch meiner bittersüßen Reaktion auf derlei Sätze, die darauf hinauslief, eine »Bewegung schreibender Embryos« in Vorschlag zu bringen, sowie auf die Warnung, renitente junge Autoren möglichst bereits im Mutterleib zu ersticken bzw. spätestens mit der Nabelschnur zu erwürgen, um so dann ganz ungestört den »schrittweisen Aufbau jugendlicher Poetenpersönlichkeiten« (Weisbach) in Angriff nehmen zu können. Und ist es dann nicht auch wirklich so oder ähnlich gelaufen ...? Ja, Sarah, es gibt ihn wirklich, den Reinhard-Weisbach-Preis? Hättste nich jedacht, wat? Is aber würcklich wahr, Kurt! – Guntram Jarcks aber ist, wie es scheint, verschont geblieben, wenigstens in dieser Beziehung!, was ihn für Dich (für mich) *annehmbarer* machen sollte; allerdings war er zur Zeit der Stiftung des *fraglichen Preises* über das Alter eines JUNGEN AUTORS im engeren Sinn schon hinaus, bis zu sechsundfünfzigeinhalb reicht es im äußersten Fall, wenigstens hierzuland – »Je früher ›gefördert‹, um so später ›entwickelt‹« –; um einige zwölf bis dreizehn Wochen hinaus! Allerherzlichst! Dein armer Eddy »P.« E. (nun leider auch kein richtig JUNGER AUTOR mehr) –

/ **4** / ... ja, Putzfrau zu sein bzw. Putzmann (die Welt des *Schutz*-Manns ist die meine nicht), Raumpfleger oder Raumpflegerin! Eine jähe, ich möchte mir zu sagen erlauben, genialische Eingebung ließ mich das Glück beim Schopfe fassen und sie beide, das einsame Kehrblech hier, den stillen Handfeger dort, diebesgewandt ergreifen und an mich pressen, die vor der Schwelle des Eingangs C3 so verloren herumgelegen hatten wie Hänsel und Gretel im Hexenwald! Versehen nunmehr mit den Insignien des Putzmanns, war ich im Nu hineingeschlüpft in den Trakt, ein Dichter der sogenannten Mittleren Generation – also jetzt fast neunzig? –, der ausnahmsweise als bescheidener »Straßenfeger« o. ä. gelten mochte (übrigens schließt sich diese Kombination in unseren Ländern immer weniger aus: wie viele hoch begabte Poeten unter den Straßenreinigern und vor allem unter den Totengräbern des Landes!, ja, weshalb denn auch nicht?); im großen und ganzen keinen wesentlich anderen als den letztendlich doch höchst ehrbaren Plan verfolgend, das Innere des Fernsehens so appetitlich herzurichten, wie es voraussichtlich zu Beginn der Zeiten gewesen war – nicht das Dümmste, wirst Du mir sicher zustimmen, diese Chargenrolle, wenn auch natürlich Amtsanmaßung verschärfteren Grades, gewiß, gewiß, da die Einsetzung der Putzfrauen bzw. ihrer männlichen Pendants nicht nur in Großgabichtsgrund ein Privileg des Ministeriums für Staatssicherheit ist (und bleiben möchte, gerechterweise). Ein hörbares Aufatmen rings belehrte mich jedoch rasch darüber, daß ich einem dringenden allgemeinen Bedürfnis entgegengekommen war mit meiner effektvoll gestalteten Darbietung, meiner rasant-rebellischen Reinigungs-Show, eingeleitet sie mit der demonstrativen Verlegung einiger Sprottenköpfe und Zigaretten-Kippen aus dem Scheinwerfer-Licht der Öffentlichkeit in etwas dunklere Ecken der Welt; ich muß wohl nicht Punkt für Punkt aufzählen, was alles ich ihnen folgen ließ im Laufe der nächsten Stunden: wie mit dem Vorschlaghammer wütend zermatschte Bouletten hier und zielgerecht zerrissene Schlüpfer und Strapse dort mögen Weite und Vielfalt des Angebots annähernd signalisieren. Unbedingt hervorheben muß ich indessen die drei Hauptgruppen, wie sie sich nach einer Viertelstunde bereits herauszuschälen begannen: 1. die Gruppe der Schmelzkäseeckchen der unterschiedlichsten Couleur und des unterschiedlichsten Verschimmelungs- und Versteinerungsgrades, einige von ihnen ein- oder zweimal angebissen nur, andere sogar völlig ungenutzt und unausgepackt – vermutlich nach kurzer Riechprobe – in die Korridore und Studios der Television gefeuert; 2. die Gruppe der Bleistiftspitzer, präziser: der *funktionsuntüchtigen* Bleistiftspitzer (nach meinen jahrelangen, möglicherweise zu einseitigen Erfahrungen fast alle), Bleistiftspitzer in Gestalt einer *schnittigen* Weltraumrakete, eines Oberligafußballs, eines winzigen Buches, auch in Gestalt eines ... doch das magst Du selber ergänzen, meine Liebe, Du kannst Dir wohl denken, was meine empfindsame Feder sich niederzuschreiben scheut!; 3. die Gruppe der a) noch intakten, b) bedenkenswert lädierten, wenn nicht verstümmelten Kunststoff-Zahnbürsten für Groß und Klein, Arm und Reich, Männlein und Weiblein: Mein Gott, all die trübsinnig stimmenden Zahnbürsten mit den vorzeitig ausgefallenen oder bereits im Kindheitsalter ergrauenden bzw. *ander-*

weitig verfärbten Haaren, gleichzeitig auch in anderer Beziehung angeknackt, nicht selten schrecklich verformt zu kleinen sperrigen Bögen oder zu Schlangengekringel, das sich selbst in den Schwanz beißt, skurrile Gebilde, entstanden dank der Hitze im Handinneren des begeisterten Zähneputzers oder der Ausstrahlung etwelcher Badeöfen ... Weg mit dem allen, weg mit solchen enttäuschenden Zahnbürsten, Bleistiftspitzern, Käseeckchen, Luftballons, Wassereimern mit dem Aufkleber EIMER IST UNDICHT U. NICHT FÜR FLÜSSIGKEITEN GEEIGNET – siehe auch EULENSPIEGEL 21/82 –, nicht zuletzt den »stark verbilligt« verkauften Tüten naß gewordenen Nies- oder Juckpulvers; in der Mehrzahl Rand-Erzeugnisse unserer Schwerindustrie und Ergebnisse abenteuerlicher Reste-Verwertung ... Weg mit all dem in das Dämmer des sogenannten Un-Landes unter den Treppen um Treppen um Treppen der Television! (Ein äußerst peinliches, ja, delikates Thema – und deshalb lediglich in Klammern abgehandelt – stellt natürlich der durchweg herzlos beiseite geworfene – die Fundorte sprechen da eine überdeutliche Sprache –, teilweise trockene, teilweise tüchtig klebrige Gummischutz dar; ich hätte zu gerne einen großen Bogen um den sogenannten PARISER gemacht, zumindest in vorliegendem Brief-Report, um diesen – wenn triefend – triftigsten Zeugen starker Gefühlsausbrüche etcetera! Andererseits: Woran läßt er sich besser ablesen, der gegenwärtige Zustand – ein entmenschter und arg desolater – der gegenwärtigen Menschheit als an diesen wahrlich traurigen Beweisstücken, oft mit zweifelsfrei recht beiläufig ausgeführter Fußbewegung in irgendeine Ritze geschubst, ohne ihnen auch nur den winzigsten weiterführenden Gedanken zu widmen, abgetan ohne Adieu, ohne Abschiedskuß, ohne die früher doch wohl hoffentlich übliche Gedenkminute ... Nein, nicht das ist sie, die WELT DES SURREALISMUS, nein, das ist sie nicht!!! Aber ich beginne mich zu ereifern ...) – Bier-, Wein-, Schnapsflaschen gab es, muß das eigentlich betont werden?, ebenfalls mengenweise aus dem Weg zu räumen wie auch Zeitungen, Zeitschriften, Broschüren aus den letzten fünfzig bis hundert Jahren, die bei irgendwelchen Produktionen eine Rolle gespielt haben mochten, ganz sicher die Stapel der westlichen sogenannten *Männer-Magazine*; ich erinnere mich daran, letztere als sichtbare Dokumente des sittlichen Zerfalls in einem Film über das anrüchige Leben eines Düsseldorfer Dentisten in dessen nachgebautem Wartezimmer auf dem Tisch gesehen zu haben. Weg, rasch weg mit all solchem einfallslosen, die geistige Öde befördernden Zeug, das sich selber richtet: Wie oft im Jahr *findet der Leser ein lyrisches Gedicht* in diesen Magazinen, meine Liebe? Na, siehst Du! (Und ich halte das für einen untrüglichen Maßstab bei der Beurteilung etwelcher Presse-Erzeugnisse; das ist ja klar.) –//– Wie Du siehst, meine liebe Pamela, es ist Arbeit genug; kleinere und größere Aufgaben in Hülle und Fülle, die zu bewältigen sind, manche recht ansprechende, manche recht *anspruchsvolle* darunter!; und ihre Zahl wächst, seit ich auf den beneidenswerten Gedanken kam, die oben erwähnten Dinge und einige mehr, auf keinen Fall sei die nicht abreißende Kette der Chewing Gums vergessen, zu einer gediegenen und attraktiven hauseigenen MÜLLKIPPE herzurichten (»Zusammenrümpelung«, heißt der diesbezügliche Fachausdruck wohl); ein dem Zugriff der Ober-Direktion längst entglittenes, ein längst vergessenes und wie nicht mehr existierendes STUDIO müßte nicht allzu schwer zu finden sein – und es fand sich: Ein verrottender Saal von den Ausmaßen eines größeren Bahnhofs mit allerlei Binnentreppen und sogenannten Emporen, mit allerlei Kleiderhaken und defekten Maschinerien bestückt, die ideale Müllkippe schon von den Grundrissen her; nicht lange, und sie nahm schwelend und klirrend und vielfältig schillernd Gestalt an – möglicherweise der bunteste Abenteuerspielplatz nördlich der Mainlinie oder aber, um den Mund nicht unziemlich voll zu nehmen, nördlich von Suhl, welchen die jetzt oft so unberaten umherirrende und manchen moralischen Gefahren ausgesetzte Kinderschar der »Leute vom Fernsehen« für sich entdecken, für sich erobern mochte und wissenserweiternd nutzen. (Ach, immer wieder verfalle ich, das von schriftstellerverbands-imprägnierten Autorenkreisen den Richtern als »asoziale Sau« avisierte Literaten-Schwein, auf sowas süffig Soziales!; was mag da nur insgeheim arbeiten tief in mir drinnen und drunten, gegen meinen Willen, gegen meinen ausgeprägten Satanismus sogar!? Nebbich!) Nun gut, wenn ich die endgültige Fertigstellung dieses *erlebnisreichen Freizeit-Zentrums* samt seines *überaus stattlichen Freizeit-Angebots* auch nicht mehr selber erleben würde, so war es mir doch vergönnt, die optimistisch stimmenden Folgen meiner beispielhaften Handlungsweise und Haltung schon im Keim begutachten zu dürfen und lächelnd zu begrüßen: Plötzlich sah man nämlich, wenn man über den Rand seines Kehrblechs hinauszublicken wagte, vielerorts in den Fluren und sonstigen Wandelgängen des Trakts Dutzende, dann Hunderte von Raumpflegerinnen ihre Arbeit aufnehmen und alsbald fleißig am Werk, liebenswerte Kolleginnen *allesamt*, die lediglich deshalb dem Trunk, der gewerbsmäßigen Unzucht und einem schmuseweichen Dolce Vita anheimgefallen waren, weil sie *vor* meiner Zeit durch die Vielzahl der sich vollkommen widersprechenden Anweisungen aus der sogenannten Chef-Etage – der übliche Gang der Dinge bei uns oder immer noch, liebste Wittib – nach und nach verunsichert und schließlich der Mut- und Hoffnungslosigkeit in die Arme getrieben worden waren: liebenswerte Berlinerinnen im Tiefsten bei aller zur Schau gestellten Lasterhaftigkeit und – wie ich gerade *diese* Altersgruppe im Laufe eines längeren Lebens zu schätzen gelernt habe, liebe Pamela! – so um die fünfzig und sechzig herum die überwiegende Mehrzahl – nee, nicht die sogenannten Kader obigen Alters, sofern sie sich Schrollz-Schrunnz nennen, *die* meine ich nicht! –, »ansprechbar« auch heute noch trotz all ihrer Rauh-Gliedrigkeit; wie sich zeigte, als sie meine Initiative, meinen Auftritt mit Kehrblech und Handfeger beschämt und partiell errötend als provokant-vorwurfsvollen Wettbewerbsaufruf, per Augenaufschlag und Geste artikuliert, wahrnahmen, begriffen, gut hießen, akzeptierten: *meine* Sache zu der *ihren* machend, und so weiter ... (»Solche Extra-Touren mögen wir aber gar nicht«, höre ich es, wie Du Dir denken kannst, von der Spitze her auf mein Haupt und in das gesellschaftliche Tiefland rings herniedersickern, dieses bis in die letzte Pore und Brennesselstaude vergiftend und lähmend, »und von den Kollegen Bergermann und

Endler eingerührte noch weniger; für solche Fälle stehen doch unsere zweckdienlich untermittelmäßigen Kader auf der Startrampe hinten parat! Und« – ohja, auch *dieses* Argument kann man bisweilen vernehmen – »Alkoholiker haben wir notfalls auch in Reserve, falls es denn unbedingt so etwas sein muß!«) Es war wirklich erstaunlich, wie schnell es mir gelang, die Reinemache-Frauen etc. aus jener mit wirbelnder Geschäftigkeit drapierten (getarnten) Leichenstarre zu erwecken, welche infolge gekappter Initiativen immer wieder weite Landstriche unserer Heimat befällt – und mit was für einfachen Mitteln! Natürlich ging auch hier nicht *alles* hopp-hopp. In einigen Fällen bedurfte es mehr oder weniger komplizierter Demonstrationen – »*So* wird das Kehrblech gehalten!, *so* der Handfeger über die Fliesen geführt!« –, ehe das Starre und Puppenhafte aus dem Wesen der Frauen wich, ehe sie völlig *durchsahen* und begriffen, worum es hier wesentlich ging: nicht um den üblichen vordergründigen und relativ tristen Reinigungsvorgang etwa, sondern um die sensibelste Um- und Neuverteilung von Dreck und Abfall und zerrissenen Schlüpfern im Hinblick auf einen dem *eigentlichen Menschen in uns* dienlichen, einen gewissermaßen für ihn »handhabbaren« Zustand der Welt, *unserer* Welt ... Die Idee des mehrdimensionalen Dreckumverteilungshausputzes, dessen symbolhafter Bezug zu vielen Sektoren unseres gesellschaftlichen Lebens auf der Hand liegt, war geboren und versuchte die ersten zaghaften Schrittchen in eine kaum vielversprechende Gegenwart hinein, Schrittchen, die zu wahren *Schritten* wurden in Richtung auf einen qualitativen *Sprung* hin, als die Idee mit der Müllkippe hinzukam: Jetzt ging es erst richtig los ... (Irgendeiner hat mich 'mal wegen einiger von mir verfaßter und sensationellerweise *veröffentlichten* Rezensionen einen »Theoretiker« genannt; *ihn* mag man belangen für das obige Gesellschaftspanorama, mich, bitte, nicht!) Wie bei allen scheinbar neuen Ideen war die Begeisterung erst einmal riesengroß; allen machte die Arbeit ersichtlichen Spaß, und die Ruhepausen waren Stunde um Stunde endlich einmal wieder das *reine Vergnügen* (das der Nichtstuer missen muß leider!). Ich aber durfte mir rechtens sagen: So hat Dein Leben doch noch einen greifbaren Inhalt gewonnen, Bruder Adolfus, wenn auch für einen bemessenen Zeitraum nur! (Von SINN zu sprechen, ginge allerdings wohl doch erheblich zu weit ...) Ich möchte das alles zusammenfassen in dem Satz: *Argweil und Edelnutz fallen durch jede Bedarfslücke, falls man die Telefon-Nummer weiß!* Ein Satz, den ein zweiter möglicherweise zu erklären imstande ist: *Der siebente Platz in der vierzehnten Reihe gilt dem geduldigen Wöchner als der gediegenste, wenigstens donnerstags.* Ein dritter Wahr-Satz: *Mit einem Näpfchen voll Glanzlichtern schwebt es sich barfuß am schnellsten ...* (Eine Engels-Weisheit, die sich mir auf parapsychologischen Wegen mitgeteilt hat?) –//– Ach, meine liebe Pamela, dann aber geschah, was mir noch jegliche Tätigkeit – ich verweise auf den geplanten Nachlaß-Band MEINE TAUSEND BERUFE –, noch jeden meiner Jobs irgendwann dubios werden ließ: Es übermannte mich das Gefühl der Vergeblichkeit allen Tuns (mit Ausnahme übrigens des gehoben-belletristischen Schreibens seltsamerweise), das mich seit meinem dritten Lebensjahr untergründig begleitet, bisweilen meine sogenannte Gefühlswelt vollkommen beherrschend (wie keiner besser weiß als Du) ... Und gerade der Anblick einer Müllkippe (wie er mir gleichfalls seit meinem dritten Lebensjahr vertraut ist), dürfte ja in besonderem Maße geeignet sein, diese Empfindung hervorzurufen oder, falls ohnehin schon vorhanden, beträchtlich zu verstärken! Ach, all die Gegenstände, von meinen Mitarbeiterinnen und mir hier zusammengetragen, die irgendwann 'mal Bedeutung erlangt hatten für einen Menschen, irgendwann 'mal solche Bedeutung wieder verloren hatten – unter dem Einfluß welcher Schicksalsschläge?, welcher scheinbar weiterführenden Aufwinde?, welcher Selbsttäuschungen, welcher unerbittlichen Einsichten? Zum Beispiel die Armee-Dudelsäcke, ein gutes Dutzend, von denen keiner mehr etwas wissen wollte, nachdem sie für den Tracksound einer Historienschnulze nach Walter Scott verwendet worden waren; zum Beispiel die zwei bräunlichen Pappekoffer mit historischem Bakelit-Geschirr (in einem Lustspiel-Film über die Jahre fünfundvierzig bis fünfzig hin- und hergetragen, das eine ein Ost-, das andere ein West-Koffer, es hatte sich um eine Verwechslungskomödie gehandelt). Besonders traurig stimmten mich (ohne daß ich zu sagen gewußt hätte, weshalb) die noch kaum benutzten acht Bumerangs (»mit Wurfanleitung und Garantie«), von irgendeinem Idioten nach Großgabichtsgrund verschleppt, erworben natürlich für Staats-Pinunse bei der Haushaltsauflösung des bundesrepublikanischen Deutschen Bumerang-Clubs, Mensch, was es so alles gibt, und der Redaktion der in unregelmäßiger Folge und in seltsamen Kreiselbewegungen erscheinenden Vereinsgazette DER BUMERANG, wie ein beigegebenes Papier verriet ... Vergeblichkeit, hier war sie nun wirklich mit den Händen zu greifen, und ich brach in die obligatorischen Tränen aus, welche noch reichlicher fließen wollten, als ich aus meiner Schutt- und Abfallhalde die Kufen eines der alten mecklenburgischen Seen-Tret-Boote ins Licht ragen sah – ach, wie hatten wir Lyriker der »Mittleren Generation« damals gestrampelt und gepampelt auf dem Plauer See jenes Frühlings vor fünfzig Jahren! –, und nicht weit von diesem für die jüngeren Generationen lächerlich und öde gewordenen Fahrzeug einen nicht kleinen Stapel der guten alten Wollsocke, wie sie Großvater einst getragen hat ... –//– Wie recht ich übrigens daran getan hatte, meinem angeborenen Vergeblichkeitsgefühl mehr zu trauen als der Massenpresse o. a., das bewies mir noch deutlicher als eine kurze Begegnung mit Nivea Persil einige vierzehn Tage später, ich greife mit Deiner Erlaubnis erheblich vor, die Mißachtung meiner Müllhalde/Kinderkrippe durch die plötzlich wieder aufgeflammte Handelswut in Großgabichtsgrund, ein für manch einen überraschendes Phänomen, das wahrscheinlich seine Erklärung findet in den immer deutlicher werdenden Zerfallserscheinungen auf dem großgabichtsgrunder Gelände: Während ich hier die Repräsentanten des sogenannten privaten Handels anfangs nur sehr vereinzelt und auch nur an ganz bestimmten Orten (z. B. in den Pissoirs) angetroffen hatte, wuchs ihre Zahl nun in Windeseile ums Zehn-, ums Hundertfache, wurden sie zu einer immer noch wachsenden Woge, die betäubend über einem zusammenbrach. Vor allem der Boom auf dem Sektor des Antiquitätenhandels, des stationären wie des mobilen, war so inflationär, daß man leicht zu dem Verdacht kommen konnte, das alles sei von langer Hand vorbereitet gewesen – wie die Zerfallserscheinungen auch? Mh, mh!, schüttelt unsereiner lieber den Kopf, ehe er solchen Vermutungen zustimmt. Jedenfalls jagten jetzt die Angebote einander, die vorher bestenfalls getröpfelt waren. Auch auf Tarnung oder Verborgenheit legte man bald keinen Wert mehr ... Die Waren bzw. Objekte, zunächst noch flüsternd angeboten, wurden, bald schon mit der Lautstärke rauhkehliger Straßenhändler gepriesen, schließlich sogar per Megaphon wie bei öffentlichen Versteigerungen: »Ein Posten erstklassiger Armee-Dudelsäcke aus den westberliner Beständen der schottischen Highlanders!, schottische Dudelsäcke, unter Umständen auch signiert, *nur* an Interessenten abzugeben! Preis nach Vereinbarung ... Dudelsäcke ... Dudel ... Dudel ... Dudelsäcke ... Außerdem die *richtig guten Wollsocken*, wie sie Opa einst trug ... Sonderangebot, einmalige Gelegenheit, gut verträgliche Preise!« – Kommt das nicht auch Dir, liebe Pamela, irgendwie schon bekannt vor? Mich jedenfalls ließ die Liste der angebotenen Gegenstände *binnen kurzem* recht nachdenklich werden. »Echte Bumerangs«, hieß es z. B., »mit Wurfanleitung und Garantie; als Zugabe die Jahrgänge 85/86 der Zeitschrift DER BUMERANG ...« Hatten wir das, meine Liebe, nicht vor einer Weile schon 'mal? (Übrigens, diese Zeitschrift DER BUMERANG darf nicht verwechselt werden mit dem Nachkriegswitzblatt BUMERANG, das sich dazumal interessant zu machen versucht hatte mit dem eklatanten Werbe-Slogan »EIN BLATT, DAS KEINER ERNST NIMMT«; wäre das, entsprechend abgewandelt, nicht auch als Charakteristik für *mich*, für die Eigenart *meiner* Tätigkeit zu verwenden?: »Ein Dichter, den keiner ernst nimmt«??? Doch das nur nebenbei alles ...) Anderes war wahrscheinlich geeignet, meine fleißigen Mitarbeiterinnen aufmerken zu lassen, z. B. das Angebot jener Dame mit Glubschaugen – ja, ganz richtig, es ist die Magermilch-Wally mit dem Tirol-Touch! –, die uns anglutete: »Wie wäre es denn mit dem männlichen Geruch der Rennpisten in der handlichen Taschentüte mit Teakholzverschluß? Mh?« Die Neuentwicklung geschäftstüchtiger Ganoven, wie u. U. auch die alten MONTBLANC- und PELIKAN-Füller für Liebhaber und andere Freaks, *renoviert*, garantiert funktions-*un*fähig, Garantiedauer: dreizehn Jahre; gedopt mit einer Überdosis des erfolgreichen Herrenparfums KINGKONG 87 ... Zweifellos, die *Wirklichkeit*, es erwies sich erneut, kann gelegentlich bedeutend phantastischer sein als jegliche *Realität*!, aber das Richtige war es für unsereinen nur in den seltensten Fällen ... Wer hätte wohl jemals damit gerechnet, hier ein mecklenburgisches Seen-Tret-Boot angeboten zu bekommen, und zwar zu einem Preis, der ein unbeherrschtes und irres Kikeriki aus mir herauszwitschern ließ. –//– Aber nicht das war es, was mir den Rest gab, sondern die erst nicht recht glaubhafte, dann um so heftiger deprimierende Unverschämtheit, mit der in diesen porösen und irritierenden Wochen von irgendwelchen Pings oder Pangs bei den Leuten hier zunächst einmal neue Bedürfnisse *künstlich* hervorgerufen wurden – es wurde vor allem auf die Sammlerleidenschaft gezielt, auf die krankhaften Sammelsüchtigen –, um diese sodann mit vollen Händen zu befriedigen ... Plötzlich gab es die verrücktesten Zahnbürsten-Freaks auf steter Jagd nach originell verformten und abartig farbigen Zahnbürsten (die dann natürlich, wie aus dem Nichts gezaubert, lächelnd vorgewiesen wurden von meistens beschwipsten Verkäufern); es gab das Bleistiftspitzer-Sammeln mit einem Mal (daß auch diesem Genüge getan werden konnte, das weißt Du); und es gab die fast schon beängstigende Sammelwut auf steter Jagd nach den verschiedendsten Schmelzkäse-Eckchen: Als Blaue Mauritius gleichsam unter den Schmelzkäse-Eckchen schälte sich bald das nur noch in zwei, höchstens drei Exemplaren existierende, bis in seinen Herzmuskel versteinerte Schmelzkäse-Eckchen GIGANT aus den Gründungsjahren der DDR heraus, Vorläufer des in den achtziger Jahren florierenden backenstreichfähigen Schmelzkäse-Eckchens BIG BEN vom Mecklenburger Käsewerk Hagenow – zwei Marksteine in der Geschichte des DDR-Käses wahrlich! –, und auch dieses BIG BEN schon nicht mehr für jeden erschwinglich; um es deutlich zu wiederholen: BIG BEN!!!, nicht BIG BANG, wie neulich im KEGLER-

HEIM herumgetratscht worden ist ... (Ein Schmelzkäse-Eckchen BIG BANG, das wäre ja wohl der Gipfel der Absurdität!, nicht wahr?) – Aber, wie gesagt, ich greife vor: Das alles bestätigt erst später jenes bereits im Anfangsstadium meiner Putzmanns-Arbeit immer lähmender wirkende sichere Gefühl, vollkommen für die Katz den Besen zu schwingen, den Handfeger und das Kehrblech, letztendlich ins *Sinnentleerte* hinein ... Trotzdem war es immer noch ein ganz schöner Schock, vierzehn Tage später meine und meiner Kolleginnen Schöpfung, liebevoll »Televisions-Kipp« genannt, bereits schon wieder zu zwei Dritteln abgetragen zu sehen, zerstöbert, gefleddert bis tief in ihr metall-spiraliges Innere, in alle Winde zerstreut ein Großteil des mühsam vereinigten Abfalls und rücksichtslos, ja, zynisch zur »Antiquität« erhöht dieser Scheiß ... »Ich hätte noch drei recht gut erhaltene tschechoslowakische Schmelzkäse-Eckchen KOMMODORE ... na, wie wär's?« – »Indra Indrani / Und Wischnu in Fischform / Und Prajapati / Die schöne Parvati / Des Himalaya ...«

/ 5 / ... wenig später trat zu meinem Glück und Unglück gleichermaßen der sicher schon lange von Dir erwartete Guntram Jarcks in Erscheinung, zunächst mit einem grabesnah grün granulierten Muttchen der Altersklasse Ypsilon beschäftigt, das sich uns erst recht spät – zu spät, um die Wahrheit zu sagen – angeschlossen hatte und noch mit einiger Begeisterung bei der Sache zu sein schien. – »Das kann doch nicht wahr sein«, schrillte die Stimme Guntram Jarcks und wie aus der Chef-Etage auf die Bedauernswerte hernieder, »Menschenskind, das geht doch ganz einfach nicht: Professor Reinault – weg vom Fenster! Professor Dattel – weg vom Fenster! Frau Professor Verschroobig – weg vom Fenster! Dazu der Professorenpimpf Ivan Anchovis! Mensch, all diese Kapazitäten, das kann sich doch nicht einfach in Luft auflösen ...« Und all seine Orden etcetera klirrten, knackten und pladderten bunt durcheinander, sie alle, wie mir auffiel, offensichtlich von äußerst geschickter Hand (der einer Kunstgewerbeteppichknüpferin?) ineinandergeflochten, zueinandergestrickt, übereinandergeschichtet, das Ganze u. U. auch als hoch exklusive Fußmatte zu verwenden … *Gutturale Laute* aus sich heraus stoßend, führte die grandseigneurale und tapfere Raumpflegerin ihre Arbeiten weiter (»*Meine* Leute!!!«), mit noch zunehmendem Interesse an dem von ihr gerade erst eingeleiteten Säuberungsgeschehen, das nicht allein unterschiedlichen Staubfäden, Malzbonbonpapierchen, rostigen Schrauben und Muttern galt, sondern mehr und mehr auch größeren Objekten wie längst überholten Gummibäumen, vergorenen Wandgemälden – na, *endlich!* –, seit Jahrzehnten sinnlos gewordenen Transparenten (VORWÄRTS ZUR SCHWARZEN MESSE DER MEISTER VON MORGEN, ein Transparent aus dem Jahr 99 zum Beispiel, das auch im Jahr 2017 noch herumhing, schmuddlig und mürbe: typisch DDR!); ein Reinigungsfanatismus, der nicht Halt machte vor einer Gruppe gleichgültig weggeworfener überreifer Autoren hier, einem Stapel noch brauchbarer Autozubehörteile dort, von der einen oder anderen Pop-Gruppe ganz zu schweigen. Für Guntram Jarcks indessen hatte sie nicht einmal ein schwaches Mundwinkelzucken übrig; auf dem sogenannten Boden der Tatsachen hinauf- und herniederrutschend, summte sie ein derzeit populäres ungewöhnlich trauriges Schlagerlied vor sich hin: »All die Zähren aus arglosem Nabel, seht, seht!, all die holprigen Zähren!, die ungesalzenen, aus dem verholzten, dem *schielenden Nabel des Dichters* …«; und eisig zur Seite: »Aus dem Ihren gewiß nicht, Herr Jarcks!!« –//– Wirklich konnte einen die Erscheinung des Nobelpreisträgers augenblicklich mißmutig, mißtrauisch, abwehrend stimmen – und nicht allein durch die Ordensträchtigkeit seines Vorderkörpers*, sondern beinahe noch mehr auf-

* Anmerkung. »Und es erinnerte mich zusätzlich an die Nachtgeräusche meiner Haftzeit, die mir noch in den ersten Wochen nach der Entlassung nicht aus dem Schlaf weichen wollten: fern, in einem verborgenen Hof oder in einer Halle der leichte Aufschrei, mit dem eine Maschine begann, nicht laut, aber doch den ganzen Gebäudekomplex des Kerkers durchdringend … der flatternde, angestrengte Lauf einer veralteten Transmission, der sich auf einer bestimmten Tonhöhe einzupegeln schien, bis plötzlich das kaum noch erwartete, schmetternde und klirrende Niederkrachen eines schweren Werkzeugs alle Zuhörer erschreckte … es klingt wie eine Guillotine, hörte ich

grund seiner sonstigen Bekleidung, die der gewagten Stilrichtung des halbseiden wirkenden MAFFIOSILOOK verpflichtet war, und zwar der gleichen Variante wie mein *übereitriger frühzeilig geafteter Seesack* (aus dem meine ganze Literatur kommt): madenreicher Maffiosi-Look mit dem grünlich-öligen Schimmer aus den Tiefen des wie Diamanten bestäubten Gewebes herauf, welches an verdächtig weit abgelegene verträumte Gewässer denken läßt (Gewebe ... Gewässer) und den einen oder anderen schrillen menschlichen Schrei, abrupt unterbrochen ..., ein AL-CAPONE –, kein KNACKE-Modell, das Guntram Jarcks hier vorzuführen für zweckmäßig hielt ... (Nur der sonst übliche Schalldämpfer fehlte.) Für die Putzfrau zu Füßen von Jarcks mochte die Erscheinung zu den Dingen zählen, die man mit dem Schrubber und einem tüchtigen Guß aus dem Putzeimer aus dem Zentrum des Geschehens an dessen Peripherie zu verlagern sich aufgefordert empfindet; doch als von der super-agilen Greisin tatsächlich auch Jarcks, Guntram Jarcks, in Erwägung gezogen wurde als Objekt ihrer Arbeitswut, die entsprechenden Gesten ließen für Zweifel kaum Raum, trat der Balzac unserer Tage der Raumpflegerin mit parteilichster Entschiedenheit auf die bereits zum Sprung ansetzende Hand: »*Wer – wen?*, Kollegin!, wer – wen? Und das bleibt auch im dritten Jahrtausend das Kernstück unserer neuen Moral ... Aber *was soll's*? – Das PROFESSORENBESTIARIUM so mir nichts, dir nichts in die Pfanne zu hauen! Ja, wißt Ihr denn nicht, was Ihr beim Volk da unten anrichtet, Leute? ...« Er schien nach weiteren Argumenten zu suchen, da er versonnen auf dem Handrücken jener Greisin stehen blieb, der breithäuptig-kräftige Mann von der Saale, für einen längeren historischen Zeitraum gewissermaßen und schockierend prinzi-

scherzhaft sagen, und dieser Vergleich schien mir zutreffend ... es war das Gerücht unter den Häftlingen, daß an dieser Stanze oder Presse irgendwelche Medaillen hergestellt würden, man erzählte es sich grinsend, und in diesem Spott erkannte ich einen unveräußerlichen Gruß, und einen natürlich einladenden Gruß, der eingefroren in die Bronze dieser Medaillen den Dekorierten in aller Welt sich erbot ...,« Wolfgang Hilbig in seiner Erzählung »Der Brief« (1981). – (A.E.)

pienfest – bis er endlich, endlich zu begreifen begann, daß er auf der ohnmächtig kränkelnden Hand einer Uneingeweihten und letzten Endes Hilflosen stand, eines bestenfalls Mittleren Kaders, von dem es sich baldigst abzuwenden galt und unmißverständlich zu distanzieren: »Blöde Heulsuse«, verabschiedete sich der Dichter von dieser Zufallsbekanntschaft, »doofe Petze!«; während sein schweifender Blick nach neuen Opfern suchte und auf keinen anderen als Deinen guten Freund Eddy »P.« Endler fiel, liebe Pamela, also auf mich, welcher zu spät den Handfeger und das Kehrblech vor das ungeschützte Gesicht gehoben, gehalten hatte ... – »Du wenigstens machst hier *in etwa* einen *relativ* vernünftigen Eindruck, Kollege...«, rief Guntram Jarcks, »das seh ich Dir an!« Nichts Besseres fiel mir ein, als seine Vermutung auf irritable Art zu bestätigen: »Ich bin was ein Idiot! Hab' ich sie denn noch alle? Das ist doch nicht mehr normal! Ich hab' wohl 'nen ganz schönen Hau weg! Aber im Herbst soll ja vieles billiger werden, nicht wahr?« –//– Gleichzeitig hielt ich einen der in genügender Anzahl auf hohem Sockel herumschwadronierenden riesigen Standard-Aschenbecher aus gediegenem Silber an, wie sie das Leben der High Society des gesamten sozialistischen Lagers entscheidend mitbestimmen, eines jener bedauernswerten, eigentlich zu Feinerem gemachten Geschöpfe, welche von Chabarowsk bis Wandlitz vor allem als Spucknapf Dienst tuen müssen; ich packte es (oder ihn) und hielt ihn (oder es) dem großen Autor gespielt leeren Auges und wie untröstlich über den *Geschichtsverlauf* in den letzten Dezennien bettelnd entgegen, ein Ablenkungsmanöver, *nicht mehr und nicht weniger!* Und richtig spuckte Guntram Jarcks ungefähr sieben- oder sechsmal, ich habe nicht mitgezählt, in die Schale gedrungenen Silbers hinein (den durch die über die Maßen unsympathischen texanischen Milliardärsbrüder Bunker und Herbert Hunt manipulierten Sturz des Silberpreises auf die inzwischen verbindlich gewordene Weise quittierend): »Und nun zeig' mir diese Kloake von Direktorium, Kumpel! Das werden wir schon hinbiegen, Kamerad? Wo versteckt er sich, Euer Boß?« Ich wies mit dem Handfeger irgendwohin in den dämmrigen Hintergrund: »Da!«; gleichzeitig deutete ich mit dem Kehrblech nach oben: »Dort!« Die Antwort des Nobelpreisträgers: »Pourquois pas?«, übrigens die einzige französische Redewendung, die er fleckenlos beherrschte ... Und von hinnen mit regelmäßigem Tickern durch den ungewöhnlich herbstlichen Sommertag, ein widerlich rührendes Bild, das mich Kindskopf bezwang, Du weißt es bereits; die Würfel waren gefallen, ehe ich noch Piep sagen konnte – oder war es nicht doch ein wenig Kalkül, mich für die nächste Zeit an den Rücken des Nobelpreisträgers zu heften? An anderer Stelle, will ich mich dunkel erinnern, war ich den Gründen schon näher! Na, egal ... Hauptsache doch: *Der Tschuri kommt ins Rollen* (wie der Transkaukasier sagt). –//– In Windeseile beziehungsweise blitzschnell waren Kehrblech und Handfeger in die überrumpelten Hände eines bei müßigen Plaudereien verschnaufenden lilafarbenen Televisions-Postboten gedrückt und eingetauscht bei dem Pflichtvergessenen gegen einen schwarzen Herrenregenschirm mit Innenbeleuchtung und Ventilator, das Prachtexemplar eines sogenannten Establishment-Regenschirms, hingegeben also die Wahrzeichen des Raumpflegerstandes gegen das Insignium des relativ neuen und gehobeneren Berufszweigs der Schirmträger (oder Schirmler, wie der Fachausdruck lautet). Es war, um es kurz zu machen, einer der elegantesten Regenschirme, die ich jemals in Händen gehabt, doch auch in technischer Hinsicht einmalig: Zehngangschaltung und Rückendeckung von einer Vollendung, die einen schnalzen ließ, der Benzinverbrauch: minimal! Natürlich begann ich, Du kennst mich zur Genüge als Regenschirmnarren, sofort wie ein Kenner an dem Ding herumzuprobieren und die apartesten Handgriffe einzuüben, besser: zu memorieren gleich einem Schirmler mit bereits großer Erfahrung, welcher in Bestform zu bleiben gedenkt – für einen Autodidakten wie mich gewiß nicht die einfachste Aufgabe, wenn einen bereits die Bedienung des schlichten Volksregenschirms nicht selten vor Rätsel stellt! Das alles machte sich natürlich auch nötig, um den Eindruck zu erwecken, kein anderer als der persönliche Regenschirmträger Guntram Jarcks zu sein, in jeder Sekunde verantwortungsvoll und bereit, den eigentlichen Schirm, plupp, auseinanderplatzen zu lassen zu voller tiefschwarzer Blüte, der Anblick allein schon Genuß!, falls es plötzlich zu tröpfeln oder träufeln beginnen sollte im Land! Jarcks bemerkte von dem im Handumdrehen vollzogenen Rollentausch nicht die Bohne; der Regenschirmträger und der Putzmann waren für ihn zwei gänzlich verschiedene Personen, wenn überhaupt längerer Aufmerksamkeit wert ... (Doch seit wann bedarf ich der Anerkennung durch dieses oder jenes »Establishment«, ich, dem über allem anderen Nichtswürdigkeit als erstrebenswert gilt.) Daß ich in Wahrheit weder der eine noch der andere, sondern vielmehr ein Dritter bin, nämlich der legendäre Autor der Romanschöpfung NEBBICH mit eben diesem NEBBICH im schlenkernden übereitrigen Seesack, vorzulegen demnächst Herrn Ivan Anchovis und seinem PROFESSORENBESTIARIUM oder, falls es sich anders ergibt, in der Direktions-Kloake oder in irgendeinem der Dramaturgie-Misthaufen, das wäre einem Guntram Jarcks indessen wohl ebenso schnuppe gewesen; einer anderen Gesellschaftsformation angehörend als ich, zählte er wohl kaum zu jenen vielen Dutzenden, denen NEBBICH ein fester Begriff ist! Und wenn auch ...: Es hätte ohnehin an unserer Oben-Unten-Beziehung nichts Wesentliches geändert! Auch hatte ich größere Sorgen als mein Verhältnis zu Jarcks; es muß genügen, wenn ich nicht ohne Bewegung sage: Pamela Bolte! ... – So also, liebe Pamela, lernte ich ihn kennen, den Kollegen Jarcks, so wurden wir ein Gespann: Mehr steckt nicht dahinter, das müßt Ihr mir alle glauben! –//– In diesem Augenblick schläft er, mein Boß, mein Dienstherr Massa Jarcks, und er schnarcht, daß man denken könnte, er hieße eigentlich Alltsch! Nur deshalb habe ich die Zeit gefunden, Dir dieses Brieflein zu schreiben; ich muß es schleunigst beenden! Drüben im Schatten räkelt sich's, ein breitgefächertes Schnaufen, ein zukunftsfrohes selbst-ermunterndes Geschnalz, noch kaum mit letzter Sicherheit auszumachen das Wesen in dem versteckten Abseits der zivilisations-fernen modrigen Klubsessel-Ecke, in die das Morgenlicht nur mühsam hineinfinden will mit seinem plötzlichen Gequäke von allerlei Paradiesvögeln, Pudelweibchen, Piranhas ... Ach, was nützt uns heute die Pistenbeschreibung von Kufra bis in die Vororte von Khartoum, um die wir *gestern* noch glaubten feilschen zu müssen!? Aber die Wasser-Entkeimungstabletten und die *Schlangenbißsätze*, wie der Ausdruck lautet, mit dem Saugpumpenschlauch, auch die Klappspatenhacken waren gewißlich kein überflüssiger Kauf ... Neuguinea!, Neuguinea!, will es in mir zu singen beginnen, der Orinoko dürfte höchstens noch sieben Monde entfernt sein ... Ganz in der Nähe aber beginnt die Klapperschlange ihr einsames, trostlos verkommenes Lied ... – Herzlich willkommen, liebe Pamela! Dein alter, schon recht klappriger Eddy –

III Ein Bloch-Zitat

AND SO ON, and so on; wie wir alten Amerikaner sagen ... Ernst Bloch: »Aber mittelbar freilich konnte ›Revue‹ gebraucht werden, als eine der offensten und wider alle Absichten *ehrlichsten Formen* der Gegenwart, als Abdruck jenes Hohlraums, worin sich nichts mehr ohne Lüge schließen läßt, worin sich nur noch Teile begegnen und mischen. Der mittelbare Eindruck der Revue kam gerade aus der sinnlichen Stärke und Bewegtheit unverkitteter Szenen, aus ihrer Wandelbarkeit und Verwandlung ineinander, aus ihrer Berührung mit dem Traum ...« –//– Und hiermit verlassen wir den Helden dieser abenteuerlichen, autobiographisch getönten Fragmente für einige Wochen, Monate, Jahre (?), überspringen, gestützt auf Mutter Helene, keck einen mindestens dreiundvierzigeinhalb Zentimeter messenden Stapel ähnlicher Episteln – ach, alle sie scheußlich vorbeigeschrieben und mit immer noch wachsendem Abstand jeglicher Insel der Besinnlichkeit, wie man sie doch hin und wieder anzusteuern gelernt hatte einst –, und lassen uns erst wieder zu Wort kommen, da es Bericht zu erstatten gilt der Witwe Bolte über DIE LETZTEN STUNDEN in den Televisionsanstalten von Großgabichtsgrund, die uns reichlich Belämmerten noch vergönnt waren, ehe eines unverhofften Nachmittags ... Angeregt von obigem Bloch-Zitat, darf selbstverständlich die Frage gestellt werden: Ist das alles eine vom Verfasser der Briefe gesponnene Phantasmagorie?, ist es die Wiedergabe von Traum-Erinnerungen?, oder handelt es sich wirklich, meine Damen und Herren, wie unser Epistolator eisern behauptet, um nichts als die blühendste Realität? Gefragt werden darf überhaupt fast das Meiste! – Aber das ist auch beinahe schon alles ... (Ende der Conference; Klatschmarsch!)

IV Die letzten Stunden oder Formen des »Demonstrativen Beschattens«

/ 1 / ... und wandern wir ohne Kompaß, Karte und Kautabak, liebste Pamela, seit Tagen wieder ratloser durch diesen Dschungel, stumpfsinnig vor uns hinmurmelnd: »Orinoko, Orinoko, Orinoko ...«; unser Nobelpreisträger Guntram Jarcks (den ich aus Sicherheitsgründen von nun an *Olaf Schancker* nennen will) und ich, Regenschirmträger und Protokollant einer Wahnwelt, die wir uns immer wieder in einer völlig veränderten Szenerie wiederfinden, wenn wir uns gegenseitig hinausgeschleppt haben aus der einen oder anderen Modenschau o. ä. auf endlose Korridore, welche sich zuweilen in grachtengleiche Kanäle verwandeln und weiter ins Innere des Fernsehens führen mögen, zu einem geheimen Zentrum oder, stetig schwelende Furcht, um Sekunden nur an ihm vorbei ... Heute morgen z. B. war es tatsächlich ein Gedrängel wie auf der Eberswalder, wenn im Cantian-Stadion FC gegen Union antritt, und wirklich glaubten wir, wie aus einer nahen Ferne beziehungsweise fernen Nähe Stimmen eines Chors zu vernehmen, oder war es nur Sinnestäuschung der vom Schicksal Gebeutelten?, welcher zum Supermatch ruft, und es rauschte uns drohend ins Ohr: »U-NI-ON! DIE SCHANDE DER NATION!«, um alsbald übertönt zu werden von der Gegenwoge: »BE-EFF-CE! DIE SCHEISSE VON DER SPREE!« Ja, es war ein Sich-Gegenseitig-Anrempeln, Sich-Gegenseitig-Wegdrängeln, Sich-Gegenseitig-ins-Nichts-Stoßen, wie man es in dieser Intensität und mörderischen Grausamkeit nur noch im Umkreis bedeutsamer nationaler Sportereignisse *miterleben* kann; und wie dort, vor dem CANTIAN-Stadion am Sonntag-Nachmittag, erblickte man auch hier die seltsamsten Mummereien, Maskeraden und Verkleidungen, und man stellte sich bänglich die Frage: Was solcherweise wohl verborgen, zugedeckt, versteckt werden sollte ...? Nur mühsam kamen wir vorwärts, und es wurde mit jedem Schritt schwerer. Ich erinnere mich an Situationen, liebe Pamela, in denen nur noch die äußerste Spitze meines Regenschirms half oder aber ein in die Magengrube des Hindernisses per Schulterschwung geschleuderter Seesack. Auch Schancker, Olaf Schancker, um sich durchzusetzen – »Der Teufel steckt wieder einmal im Detail«, meinte er nicht selten –, war in seinen Mitteln nicht wählerisch – siehe: Manuskriptfahrzeug! – und scheute nicht einmal vor Beleidigungen der Ehefrauen seiner Gegner zurück, wobei er sich übrigens gern auf die Klassiker des MARXISMUS/LENINISMUS berief, z.B. die mehr als ungehörigen Worte von Friedrich Engels über Frau Freiligrath oder Frau Kinkel bzw. die noch weniger feinen von Karl Marx über Heinrich Heines Mathilde. –//– ... Dennoch, Schanckers, des Sanguinikers, Zitate waren bis zu einem gewissen Grad verzeihlich, wenn man die häufig auch kokette Art der Widerstände, Fallgruben, Hürden ins Auge faßte, die unseren Weg zu einem Opfergang – doch wohin nur?, in irgendein Nitschewo von Plumpsklo? – geraten ließen; diese Hindernisse, von Stunde zu Stunde vervielfacht und sich noch weiter verdickend, nahmen, um das Maß voll zu machen, außerdem die skurrilsten, ja, geradezu absurde Formen an, welche man schwerlich anders denn als höhnischen Jokus und gleichsam ein Uns-die-Zunge-Herausstrecken auffassen konnte, so wenn – ein Meisterstück der Dressur eines gelben Doggenwelpen, sieben Jahre alt schätzungsweise! – ein Köter frech sein Hinterbein hob, dieses »Wunderwerk einer straffen, scharf bewehrten Pranke, die an den Fuß des Vogels Greif erinnert« (Paul Eipper), und nichts Geringeres als sein Wasser abschlug an Olaf Schancker, eine für Doggen, wie man weiß, ganz ungewöhnliche Handlungsweise; während der bedeutende Romancier, nun endlich einmal im Allerheiligsten seines Inneren getroffen, beschämt den Blick nach oben zu richten für zweckmäßig hielt, eine für Atheisten, wie man weiß, ganz ungewöhnliche Handlungsweise – aber da war kein Gott!, wußte Schancker es nicht mehr?, da waren auch keine Götter! –, blickte die Dogge ihn hintergründig schweigend und herausfordernd an ... »Sie sehen es selbst«, wiederholte sich Schancker, »der Teufel steckt im Detail ...« (Dogge ab) Übrigens: Den Teufel, daran zweifelt im Fernsehen keiner, ihn gibt es! Und er könnte als Bestätigung dieser These aufgefaßt werden, dieser nur wenig später herbeigaloppierende Reitende Bote auf dem z. Z. aktuellen Klapp-Tandem, welches beängstigend knapp vor Schancker und *gerade noch so* zu stoppen verstand: »Etwas Schreckliches, Genosse Schancker, ist geschehen! Fassen Sie sich!« – Schancker (sinngemäß): »Ich soll mich immer fassen! Und die anderen? Weshalb immer nur ich? Was ist los? Heraus mit der Sprache!« – Der Reitende Bote: »Ich habe mich zu absolutem Schweigen verpflichtet ...«, und wendete sein modisches Klapp-Tandem und fuhr in nordöstlicher Richtung davon ... (Wie erinnerte mich das an die Behandlung durch so manche diabolische Behörde! Vielleicht hat das alles noch einen anderen, einen schwefligen, pferdefüßigen Hintergrund?) Schancker, einigermaßen aus der Fassung gebracht von dem Tandem-Telegrammboten, wirr hinter ihm drein (ich und mein Regenschirm mit), vergeblicher Griff nach dem Schutzblech des Fahrrads, eine Studio-Tür wurde geöffnet, der Tandem-Typ flitzte beherzt durch den Spalt in ein glitzriges Licht und wurde eilends von mehreren Händen nach hinten weitergereicht ... Ehe die Schwingtür sich wieder schließen konnte, hatte Olaf Schancker den Fuß dazwischengeklemmt und blickte sich triumphierend nach seinem Begleiter um; ich fand mich veranlaßt, voller Anerkennung zu nicken; keine halbe Minute später befanden wir uns in einem riesigen Festsaal, dem monströsesten der bisher von uns besuchten Studios der Television, und mitten in einer alle Kriterien sprengenden phantastischen Modenschau, die Dreharbeiten in *vollem Gange* ... »Scheiße! Scheiße!«, sprudelte es aus mir heraus: »Nichts wie weg!« –//– Und doch war das nur die Windstille vor dem endgültigen Stilbruch, war es nur noch ein Geringes an Sommerzeit, die uns blieb, ehe die Explosion einer Niedertrachtsbombe der Extra-Klasse nicht nur *meine* Prosa, aber meine vor allem, in eine literarische Schutthalde verwandeln wollte, und den sonst so schulaufsätzchen-braven Stil telegrammhaft-gehetzt werden ließ, als wurden die Sätze von entfesselten Nähmaschinen verfolgt, Treibjagd gemacht auf Semikolon, Komma, Punkt und Gedankenstrich von den apokalyptischen Reitern o. ä. – Als Vorbotin noch enervierenderer Ereignisse betrachte ich jetzt das zunächst nur mit Rührung zur Kenntnis genommene uralte Kräuterweiblein (mit dem obligatorischen Packen Reisig auf spitzer Schulter), das sich Olaf Schancker hinterlistig zu nähern verstand und dem Nobelpreisträger verzweifelt mit ihrer noch freien gichtigen Hand gegen die mächtige Brust, den widerhallenden Brustkasten schlug: »Und daß du nicht gemein wirst, wie Zelle, der Verworfene. / Nicht wie Mike, der Einäugige. – Nicht wie Jule, der Lahme. / Und daß du nicht frech wirst, wie Jesse, der Nachsichtige ...« (Verse des vergessenen Dichters und Silberschmieds Jesse Thoor; unheimlich und gleichermaßen erschütternd, ihnen hier zu begegnen; es hat mich für einen winzigen Moment an meinem Verstand zweifeln lassen.) Und wieder das Weiblein, kichernd und keck: »Und daß du nicht ratlos wirst wie Hanne Riepel, der Belesene, der einsam und schwatzhaft wie eine Drossel geworden ist ... nicht ratlos ... nicht ratlos ...« Es hätte mich besorgt stimmen müssen, was hier geschah, etwas weniger weltgläubig und variabel! Aber statt dessen grollte ich Olaf Schancker, der ganz unbeeindruckt schien von der Poesie des in unseren Kreisen so hoch verehrten Jesse Thoor (wenn wir auch Theodor Kramer noch höher stellten): Ekelhaft Schanckers unverständiges und provinzielles Grinsen ob des Weibleins und seiner warzigen Botschaft! Er hielt die zweifellos echte Hexe vermutlich für die Darstellerin in einem Märchenfilm, der irgendwo in den nebligen Hintergründen der Television in Arbeit sein mochte; und zu den Grundzügen Olaf Schanckers gehörte seine Zugeschlossenheit gegenüber allem sogenannten Phantasmagorischen, das er gerne als bloße »Spinnerei« abtat ... –//– Um so mehr gönnte ich es ihm, die Bibliothekarin, die Kollegin Schrollz-Schrunz (die immer noch ohne Vornamen war) als *Schwebe-Wesen* zu erleben – anders hätte es ihr nicht gelingen können, uns bei dem beispiellosen Gedrängel auf den Fersen zu bleiben! –; des nach unten ziehenden Gewichts ihres Bücherkarrens dank der Verhältnisse ledig, war es ihr scheinbar ein Leichtes, sich, sobald die Menge dschungelhaftundurchdringlich und stachlig-bösartig wurde, mit geringem Aufwärtsschwung ganz einfach vom Boden loszulösen und auf uns zuzuflügeln trotz ihres weiter oben angedeuteten nicht zu kleinen Körpergewichts und trotz ihrer blonden bzw. roten, allzu irdischen Haarfarbe; um ein Weilchen in halber Höhe neben uns herzufliegen, die rundlichen Waden in unserer Schulterhöhe schienen leise zu surren, oder sogar noch höher zu steigen, hin- und hergewedelt die roten Stöckelschuhe, hin- und hergefächelt zu unseren Häupten, übrigens, aber das versteht sich ja fast von selber, immer strickend, auch in der irrsten Schräglage noch gnaden- und glaubenslos strikkend, *ganz schön verrückt!* – Nicht allzu häufig geschah es, daß sie vis-à-vis Olaf Schanckers mit den äußersten Spitzen ihrer Stöckelschuhe Bodenkontakt aufnahm – offenkundig hatte sie die Beschimpfung durch den Romancier noch nicht gänzlich verwunden –, bisweilen nur für den Bruchteil einer Sekunde, spürbar gehemmt, ja, frustriert; immer wieder surrte sie in einer verlegen anmutenden Kurve schräg nach oben davon, schwebte in kennzeichnend weitem Bogen über zweihundert/dreihundert Häupter hin zu unserem Standort zurück, immer strickend, und faßte sich erst beim dreißigsten/vierzigsten Anflug ein Herz, um, noch nicht einmal richtig gelandet, die wirren Worte auszustoßen: »Genosse Schancker, es tut uns allen so leid! ... Heute geht uns auch garnichts so recht von der Hand! ... Der Teufel steckt geradezu *demonstrativ* im Detail! ...« Undsoweiter. Und war wieder weg über zweihundert/dreihundert Häupter hin, »um sich einen Überblick über die Lage zu verschaffen«, wie sie versichert hatte beim Start. –//– Ja, die Lage!, wie sollte man sie nennen? Transparent war sie sicher nicht, eher schon opak, also ordentlich undurchsichtig – und widersprüchlich und »verschärft« außerdem; aber das ist sie ja immer! Zuweilen fühlte man sich in die blutdunstumsponnene und wanzendurchwaberte Märchenwelt der vierteljahrlich im Kiez erscheinenden sogenannten GEBURTSTAGSFETEN versetzt, hin- und hergepeitscht sie mit Hilfe der ausschließlich in DELIKAT-Läden erhältlichen *Hasch-Marken Columbian Gold, Jamaica-Gras und Schwarzer Afghane* sowie ähnlicher Medikamente!* Details, Details, Details, und in allen steckte der Teufel; ganz sicher in dem Fernseh-Pförtner Fritzchen Flitz, welcher, so daß es jeden stolpern machte, schmerzlich verstummt die Rest-Glut aus dem Kopf seiner Shag-Pfeife auf die narbenreiche Handfläche seiner Linken schlug, und mit zusammengebissenen Zähnen dem Rauchfaden nachstarrte, der aus der gefährlichen Kreuzung von Lebens- und Schicksalslinie himmelwärts stieg, gelegentlich bläulich gekräuselt von den ruhelosen Atemstößen des couragierten Mannes. (Flitz ab.) Steckte er nicht vielleicht sogar, der Teufel, im Buckel des *seit seiner Kindheit verwachsenen* Flottenchefs Admiral Mönckemeier? Mehrere Male stand dieser leitende Matrose uns im Wege herum, vor den Augen ein Scherenfernrohr, durch welches er unsere Ausweichbewegungen verfolgte, um schließlich mit fernsehgerecht eingefärbten Fähnchen, delikates Beige, und drohenden Flaggen-Signalen zu prunken: »Stoppen Sie sofort! Sie befinden sich in feindlichem Gewässer!« Und immer heftiger und schneller und geradezu zürnend zum Schluß: »Stoppen Sie sofort! Sie befinden sich in feindlichem Gewässer!« (Admiral Mönckemeier, uns den Buckel zeigend, mit Unterstützung einer steifen Brise und in eleganter Schräglage ab) Wie eine Anhängerin irgendeines Teufelskults wirkte nicht zuletzt jene dürre Dame des Chefsekretärinnen-Typs, meiner verewigten Tante

* Anmerkung. Die einheimischen Erzeugnisse, wie z. B. der aus den geheimsten Anbaugebieten um Bautzen herum stammende HELLGELBE LAUSITZER, sind inzwischen zu erfolgreichen Export-Artikeln geworden und im Lande selber nur »unter der Theke« erhältlich, und auch das ausschließlich »unter der Hand«; der Seltenheitswert des HELLGELBEN LAUSITZERS oder der Marke BLAUES MECKLENBURG ist dem des ROTEN LIBANON oder des GRÜNEN TÜRKEN vergleichbar. – Als fast gleichwertiger Ersatz bewahrt sich schon seit langem die einzige Sucht-Zigarette der DDR, die berühmt-berüchtigte KARO aus Sachsen, diese nicht zufällig von der Literatur und vor allem der feineren Lyrik des Landes mit weitem Abstand am häufigsten beschworene Zigaretten-Marke; *ohne* die KARO wäre so manches ungeschrieben, so manches ungemalt geblieben ... – Was aber soll man von einer DDR-Literaturwissenschaft halten, die dem doch offen zu Tage liegenden Thema KARO seit Jahrzehnten geflissentlich ausweicht, und nicht nur dem *Thema*, sondern der KARO und ihrem Duft schlechthin? (Mann für Mann und Frau für Frau scheinen sich die »Liwis« der DDR für die CLUB, die CABINET, die SEMPER entschieden zu haben; *eigentlich ist es zum Weinen* ...) – (A.E.).

Laura ähnlich, die, sobald sich die Menschenmenge etwas lichtete, mit ihrem bockigen uralten Schreibmaschinenmodell brillierte – ein ähnlicher Fall ist mir aus dem Verlag Volk und Welt gemeldet worden –, das sie an einer Hundeleine im Zickzack hinter sich herzuzerren verstand – »Nun 'mach schon, Toni!« – und mit ihm das Klirren einer metallenen Hundenummer und das Scheppern einer irreparabel defekten Tastatur, die der Schreibmaschine aus dem Hals heraushing ... »Der gute Geist unseres Hauses«, hatte uns die Bibliothekarin erklärt, »eigentlich als die Sekretärin des PROFESSORENBESTIARIUMS angestellt; macht aber nichts als Blödsinn, leider schon ein bißchen zu routiniert ...« – (Bitte, den Ausspruch nicht gegen mich zu benützen, liebe Pamela!) –//– Und sie selber, der beflissene Bibliotheksdrachen, die Kollegin Schrollz-Schrunnz – *meine* und Bobbi Bergermanns Schriften wird man zu jeder Jahreszeit vergeblich in ihrem Angebot suchen* –, und sie selber, die immer noch vornamenlose, die einzige vornamenlose der tausend Gestalten meines an Vor- wie Familiennamen so überreichen Oeuvres? Und ist es ein Zufall, daß noch jeder meiner Versuche, Ausführlicheres mitzuteilen über diese Gestalt, aus dem oder jenem Grund abrupt beendet werden mußte – in der Regel war es ein unvermittelt und auf unerklärliche Weise gebrochener Finger –, daß die diesbezüglichen Blätter, wenn ich sie hervorkrame aus dem Versteck im Kohlenkeller,

* Anmerkung. Ende 82 oder Anfang 83; ich stehe in der Nähe der Volks-Bibliothek in der Senefelder und blättere wieder einmal befriedigt schmunzelnd in meinem 82 im Leipziger Reclam-Verlag erschienenen Bändchen »akte endler«, als der Bibliothekar heraustritt und grinsend bemerkt: »Erstaunlich, erstaunlich! ... Denn dieses Buch gibt es in *keiner einzigen Öffentlichen Bibliothek* in der DDR!« Während dieses Satzes ist sein Gesicht, zunächst rosig und heiter, plötzlich starr und kalkig geworden – ob ihn irgendwer mitgekriegt hat, solchen »Geheimnisverrat« an die Unterwelt? –: »... in keiner!« –//– Und es schlendert der Zwickauer Kulturredakteur W. zu uns herüber, um mir ungebeten und ungefragt sein anderes Geständnis abzulegen: »Wissen Sie, Kollege Endler, ich würde zu gerne mal irgend etwas schreiben über Sie und Ihre Gedichte – aber ich brauche nur irgendwo Ihren Namen einzuflechten; und am nächsten Morgen kriegen wir einen wütenden Telefon-Anruf AUS BERLIN ...« –//– Und dann nähert sich uns Dreien und gemessenen Schrittes ... nein, das lasse ich vorsichtshalber noch im Dunkeln! TAUSEND KLEINE DINGE ein andermal! (A.E.)

ausnahmslos unleserlich geworden sind und deutliche Spuren von mysteriösem Erbrochenem zeigen? Es gehört nicht der kleinste Mut dazu, sich diesem Thema zu stellen; aber für Dich, Pamela, riskier' ich gern Kopf und Kragen und versuch' es zum dreizehnten Mal: Schrollz-Schrunnz also, liebe Pamela, Schrollz-Schrunnz!, ein Name, der einem, wie Du zugeben wirst, beim besten Willen nicht mehr aus dem Sinn geht (und dazu ist in der Regel so ein Name ja da), ein Name aus dem Geschlecht der Kletten; aber hätte es nicht ebenso gut ein männlicher Kollege sein können, ein Herr Schrillke vielleicht oder Schrappke? Nicht meine Schuld, weiß der Teufel, daß auf diesem *Sektor unseres gesellschaftlichen Lebens* fast allerorten Damen verwendet werden und in Großgabichtsgrund dementsprechend die Kollegin Schrollz-Schrunnz »im Einsatz« ist (wie der Ausdruck wohl lautet); und *wie* »im Einsatz«, und wie! Zuweilen kommt es mir so vor, als wäre sie vor ur-langer Zeit ganz plötzlich aus irgendwelchen trüben Dünsten nur wenige Meter vor uns zusammengeronnen; gleichzeitig bin ich unsicher, ob es jemals so etwas wie eine erste, eine *allererste* Begegnung gegeben hat – vielleicht war Schrollz-Schrunnz schon immer da, vielleicht wird Schrollz-Schrunnz da sein in alle Ewigkeit? Kurzum: *Wann* sie zum ersten Mal vor uns gestanden, ich weiß es nicht mehr, und ebenso wenig, wie *oft* schon seither sie unseren Weg gekreuzt hat, eingehüllt in ihre Wolke nie endenden Strickgeräuschs und klirrenden Wollstaubs, ohne Unterlaß an wollenen Buchschonern strickend, obschon in der Regel mit *fahrbarem Bücherstand* unterwegs, den sie vermutlich mit den Kniescheiben vorwärts zu rollen gelernt hat ... Eine Szene, vor drei Tagen erlebt, vor drei Wochen, drei Jahren (oder gar mehrmals)?: – Und wieder steht sie vor uns, die hochblonde Hünin mit dem hanfroten Haarschopf, um (angeblich) ihrer Verfallenheit an das Talent Olaf Schanckers' mit noch schwärzerem Elan bedrängenden Ausdruck zu geben; von ihrem klappernden, klingelnden, knisternden, weithin schrillenden Strickzeug, ehe sie selber in Erscheinung tritt, schon Stunden vorher angekündigt ihren gebannten Opfern; und so steht sie vor dem bereits enervierten Schancker, die regelmäßige Leserin des Leipziger Buchhändler-Börsenblatts: »Wie ich nicht eingreifen möchte in die *Vermittlungsprozesse*, in denen die *Verlage eine tragende Funktion übernehmen*, etwa die *auf Umsetzung der literarischen Ideen ausgerichtete Vermittlung zwischen dem Autor und seinem Gegenstands- und Erfahrungsbereich* durch Verlag und Lektor«, sie röchelt und schlürft Luft, um schneidiger noch fortzufahren, ganz das BUCHHÄNDLERBÖRSENBLATT, »wie ich gleichfalls nicht daran denke, die *Vermittlung zwischen Autor und dem zu entwickelnden konkreten Medium BUCH* zu betreiben, die sich als *methodisch-beratende Funktion* darstellt, also die Vermittlung zwischen dem *Buch* des Autors hier und dessen *Verfasser* dort beziehungsweise dem Autor hier und dem Buch des Verfassers dort ... naja, ein möglicherweise sogar recht liebenswürdiges gegenseitiges Einander-Bekanntmachen des Autors und seines Oeuvres einzufädeln, naja, so wenig möchte ich darauf verzichten auf eine Vermittlung anderer noch wesentlich wärmerer Art: Meine Tochter Conny müßten Sie erst einmal kennenlernen, wirklich, *e lecker Määtche* und wundervoll frühreif!, dagegen gehalten, bin ich nichts als eine stramme Ruine ...« – *Das* Olaf Schancker, dem notorischen Weibes-Bekrittler, prinzipienfest und prankenbewehrt, auch durch Frauengunst nicht aufzuweichen, gehärteter Stahl!, gewiß *in vielem* berechtigte Unbeugsamkeit!, wie es das Leben uns Schlag um Schlag und Pleite um Pleite gelehrt hat ... »Eine Maulschelle jenem Kind!«, erwiderte distinguiert, doch vernehmbar genug der Nobelpreisträger, »und zwei obendrauf! (Mein Mehrzwecke-Regenschirm machte aus meiner Flanke heraus Tacktacktacktack.) Andere, die ungeduldig warteten und auch noch »irgendwann drankommen wollten«, sei es auch nur wegen eines Autogramms bei Olaf Schancker, bei ihrem Helden und Vorbild, relativ einfache, ja »unbedarfte« Menschen zumeist, riefen zustimmend: »Immer dieselben!, immer dieselben!« oder forderten Schancker auf, die von ihm angedeuteten kriegerischen Möglichkeiten auch in Richtung Schrollz-Schrunnz-Mutter voll auszuschöpfen: »Klatsch Sie doch eine, Olaf!« – Die Rache der Kollegin Schrollz-Schrunnz ließ nicht auf sich warten und vollzog sich in drei

Etappen. »Sind wir doch bereits so weit gewachsen«, verkündete sie am Ende eines kleineren Vortrags über den »festen Eindruck« eines »*außergewöhnlich* gewachsenen Kulturniveaus«, den sie in der letzten Zeit gewonnen habe, »sind wir doch bereits so weit gewachsen, daß, *wenn es um Literatur* geht, sprachliche Fragen *nicht mehr ausgeschlossen* werden können – und sogar in *öffentlicher Debatte* nicht mehr ...« (Äußerungen, im Tonfall verkniffenster Aufrichtigkeit und unter Verwendung einiger der gediegensten »goldenen Worte« der Frau Professor Löffler, Gäblein, Messerle vorgetragen, deutlich auf Olaf Schancker gemünzt, der nur für wenige der beste Stilist des Landes, für die meisten dessen schlechtester war/ist, und der entsprechende Vorwürfe tief gekränkt mit der Bemerkung zurückzuweisen pflegt: »Dostojewski hat auch ein miserables Deutsch geschrieben, nicht wahr? ... Und trotzdem ...«) In ähnlicher Weise vergiftet, mußten für Schanckers Ohren die Hinweise auf einen *seit kurzem anspruchsvolleren Leser* klingen, von welchem, wie Kollegin Schrollz-Schrunnz (Gäblein, Messerle, Löffler) mit Sicherheit wußte, neuerdings immer häufiger und »*vor allem* nach einem *weit ausgedehnten* widerspruchsvollen Persönlichkeitsbild gefragt wird«, wie es manchem Roman-Helden in unseren Romanen leider noch *abgehe*, gelt? Schlag um Schlag – schon hatte sie begonnen, Schancker (und mir) dünnlippig-wulst-mündig sogenannte Gewissensfragen zu stellen – ringsum die schwellende Mönchsflut, ringsum Handel und Wandel der maffiotischsten Art, ringsum systematisch *herabgewürdigte* Dichter!!! –, Fragen um Fragen zu stellen (»Sag mir, wo du stehst?«), die nicht nur als Gehässigkeit, sondern nicht minder als nieselnde Drohung empfunden werden müssen: »Die Zeit ist *herangekommen*, in der das *Ideal kommunistischer Zukünftigkeit* konkrete Gestalt zu bekommen *begehrt* ..., meinen Sie nicht auch?« (Zweifellos wußte Schrollz-Schrunnz von der erstarren lassenden Wirkung solchen Statements, zumindest instinktuös; und es war nichts als die pure Bösartigkeit, die sich in ihm und ähnlichen kundtat. Können denn im Jahre 2015 oder 2020 derlei Äußerungen anders aufgefaßt werden? »Gemeinheiten« sind es, Gemeinheiten, ja, Gemeinheiten, und sonst nichts!) Und dazu erklang ohne Pause jenes offensichtlich als »progressiv« begriffene unermüdliche Strickzeug, eine Art *Eigenleben* in der Höhe ungefähr des Schrollz-Schrunnzschen Riesinnen-Nabels führend, das schüchternste gewiß nicht trotz des immer dichteren OMMANIPADMEHUMOMMANIPADMEHUM, des immer frecheren EINSZUSECHSEINSZUSIEBEN, des immer rauheren AUWEIA/AUWEIA ringsher, ein von der allgemeinen seelischen Misere im näheren und weiten Umkreis anscheinend unangefochtenes Stricken und Tirilieren, also trotz zahlreicher Funkenspritzer, besser noch: Spritzfunken, *seinem Wesen nach* wohl abgrundtief kalt ... (Sicher wäre dem Günter Grass der RÄTTIN sein bewegtes – und bewegendes! – Loblied auf die Zirp- und Klappergemeinde der strickenden Frauen im Halse stecken geblieben, wenn er jemals *gezwungen* gewesen wäre, unter der spitzigen Fuchtel einer Schrollz-Schrunnz zu leben, zu schreiben; zugegeben, manchmal hat es auch seinen schwer erklärbaren *schrecklichen Reiz* ...) –//– ... und plötzlich sah ich nichts mehr, da ich angefangen hatte, ein paar der delikateren »Enthüllungen« über Schrollz-Schrunnz zu Papier zu bringen – als hätte ich, ein entschiedener Gegner sogenannter Enthüllungsliteratur, es mir selber befohlen, von einer Minute zur anderen blind zu werden, hundertprozentig blind: Wie ausgeknipst mein Augenlicht, wie mit dem Hammer gelöscht! Schwärze, wo gerade noch das Blatt gewesen war und die schreibende Hand, Schwärze ringsum, nur hin und wieder durchwandert von schlierigen grünen Fäden und Flecken; ein *ganz schöner* Schock!, in einem der hundert oder tausend EXPRESSOS von Großgabichtsgrund erlebt, ein schwarzer Blitz ..., da ringsher das Gesumm der Gespräche weiterging, also keinesfalls aus heiterem – heiterem? – Himmel das »atomare Inferno« auf Großgabichtsgrund herniedergestürzt war, dieses gebetsmühlenartig immer neu beschworene (also herbeigerufene) »atomare Inferno«; nein, das war es offensichtlich – sichtlich? – immer noch nicht ... Aus der Schwärze heraus eine strenge männliche Stimme, die endgültige Bestätigung dafür, daß *noch alles normal war* ringsum in der Welt: »Was ist mit Ihnen?

Zeigen Sie gefälligst 'mal Ihren Glaukom-Paß...«, und zu äußerster Schärfe geschliffen die Stimme: »... sowie Ihre Steuererklärung! ... Na, wird's bald!!!« Irgendeine matschige Hand legte sich mir auf den Rücken und schubste mich Taumelnden hoch: »Oder sind Sie *taub*?« – Ach, ich hatte doch im voraus gewußt, daß es schiefgeht, wenn man über Schrollz-Schrunnz schreiben will ... (Nach einigen Stunden und zwölf Täßchen Mokka kehrte das Licht, das oft verfluchte, in meine wehrlosen Augen zurück; und ich hatte mich doch schon an meine Blindheit gewöhnt, auch bereits eine kecke Formel gefunden – »Blind, aber oho!« –, die ich auf das Brust-Schild des künftigen Straßenrandbettlers schreiben lassen wollte: Blind – aber oho! Eine Formel des Widerstands, die ihre Wirkung bei einer summa summarium widerstandslosen Bevölkerung schwerlich verfehlen würde ...) – Glücklicherweise blieb in jedem meiner Augen ein manchmal größerer, manchmal kleinerer milchiger Fleck, was mich gelegentlich an solche vorerst gescheiterten Zukunftspläne erinnert. –

/ 2 / Da nun wieder die Stunde der tibetanischen Mönche gekommen zu sein schien, die in Regimentsstärke in sich versunken einherzuwandeln und die *unvermeidliche* Gebetsmühle zu drehen die innere Sicherheit fanden, auf den Lippen das eintönige Gesumm des OMMANIPADMEHUM, wandte sich Schancker plötzlich mit verzerrtem Gesichtsausdruck zu seinem Regenschirmträger Eddy Endler um und fragte unvermittelt und wie irre, ob auch ich immer *solche Furcht* empfinden würde, wenn irgendwer auf mich zuspränge oder die Kameras nach mir schnappten, oder auch vor grünlich verschwiegenen Edeltannen zum Beispiel (Kunst-Edeltannen), Furcht, immer Furcht, vor *Villen ohne Namensschild* zum Beispiel, vor der Kollegin Mahlmann zum Beispiel, ob ich es auch so empfände, Furcht vor Edeltannen, Furcht vor Müllcontainern, Furcht vor der Schwefel-Schwebebahn, Angst vor Elektroschocks ... Wie herbeigezaubert durch derlei Leidens-Bekundungen, zischelte mir einer der krummeren Mönche – galt das auch Schancker? – aus schlenkernder Tunika zu: »Wenn du so weitermachst, landest *du jarantiert in die* WANNE ...« Aber hatte ich *den* nicht schon einmal gesehen? *Den* hatte ich bestimmt schon Dutzende Male gesehen, und, wie mir jetzt auffiel, eine ganze Reihe der übrigen Mönche auch; und nicht wenige der Passanten und Flaneure schienen mir, schienen uns, wenn auch in anderer Kleidung und mit anderer Haartracht, gleichfalls schon häufiger begegnet zu sein ... Ich blickte knapp nach oben zu der schwebenden Bibliothekarin, die doch sonst immer so gut Bescheid und irgendeinen Rat gewußt hatte; war nicht vor längerer Zeit schon, mir war es plötzlich wie Schuppen von den Augen gefallen, *das* Stichwort gefallen, *die* erlösende Vokabel, mit welcher sich dieser Karneval von Rio *ausdeuten* ließ? Aber die Kollegin Schrollz-Schrunnz, gleich einem Fesselballon in Decken-Nähe hängend, schien ihre Wachsamkeit, ihre wachsame Parteilichkeit Pfund für Pfund über Bord geworfen zu haben, um höher und höher zu steigen und den Platz hoch über unseren Köpfen zu erreichen ... »jarantiert in die Wanne ...«. Aber auch ohne Aufklärung durch Schrollz-Schrunnz war der Groschen bei mir endlich, endlich gefallen!, bei Schancker offensichtlich noch längst nicht. – »Wie auch immer«, antwortete Olaf Schancker statt meiner dem giftig lispelnden Mönch: »ich finde das alles recht seltsam, mein Fräulein, recht seltsam und ungewöhnlich ...« Und plötzlich aufbrüllend: »Wirrwarrwerk, Wirrwarrwerk! Ein Wirrwarrwerk ist das!« – Keine Antwort, außer der eines mehrfachen Echos aus den verschiedenen Fluren: »Wahrwirkwerk! Wahrwirkwerk! Wahrwirkwerk!« – Für mich war es inzwischen weder das eine noch das andere; für mich war es, entsprechend dem Stichwort aus dem Mund der Bibliothekarin, etwas ganz, ganz anderes ... –//– Dieses Stichwort, um es endlich 'mal *voll auszupakken*, war die schlichte Vokabel »demonstrativ« gewesen!: Jetzt hörte ich sie fast quälend deutlich aus dieser »kakophonischen« Symphonie heraus, die Anklänge an das baletteuse Happening, und in irgendeiner Hand laufen die Fäden zusammen, das schon seit langem, wenn auch nicht so farbenprächtig und bizarr wie hier, zu den Merkwürdigkeiten unseres Alltags gehört – man muß nur das genügend breite

Ohr und geschliffene Auge für die Erscheinung haben! –, das DEMONSTRATIVE BESCHATTEN (um den Prachtausdruck zu verwenden), mit welchem – lassen wir die künstlerische Dimension vorerst bei Seite – der edle Zweck verfolgt wird, den irrenden Bürger einzuschüchtern und demonstrativ Einhalt zu gebieten auf dem oder jenem dritten Weg, auf dem er fast schon zu weit gegangen sein mag, von dem er irgendwie weggescheucht werden muß, den womöglich unwissentlich beschrittenen Weg zu Unglück und schlimmem Leid, gelt?, zu Komplotten bei Apfelkompott und Schmalzstulle, zu »konspirativen Treffs« bei Kartoffelsalat und Bockwurst. (Nach strengeren Gesichtspunkten geurteilt, habe ich, liebe Pamela, in meinem langen Leben an circa siebenundachtzigtausenddreihundert »konspirativen Treffs« teilgenommen – 'ne ganz schöne Leistung, von welcher nicht zuletzt meine Dir vertrauten Krampfadern zeugen ...) DEMONSTRATIVES BESCHATTEN will Dir also, ein Akt der Nächstenliebe letztendlich (im Unterschied zur »losen bzw. festen konspirativen Überwachung«, freundlich bedeuten: Hier geht es nicht weiter, Junge! Das geht Dich nichts an, hier geht's zu Geheim-Objekten der überreifsten Kategorie!, und das kann schlußendlich nur dazu führen, daß Du selber ein Objekt der Geheimhaltung wirst; und was das bedeutet, kannst Du Dir wohl hoffentlich denken ... Nein, man brauchte kein Fachmann zu sein, um in den Figuren und Bildern, die uns geboten wurden, wie auch im Text der Revue dieser Tage und Wochen, dieser Revue in Form einer rutschenden Schutthalde gleichsam, man brauchte, waren einem die Augen geöffnet worden, nicht vom Bau zu sein, wie man zu sagen pflegt, um in dem vielgesichtigen Gebilde letztendlich die Züge eines einzigen großen Gesichts zu erkennen, das Gesicht der akzentuierten Wachsamkeit, das eines Schutzengels, der sich die Maske eines Rache-Engels vorgebunden hatte, welcher mit allen Mitteln auf sich aufmerksam macht ... (Wenigstens breitete sich *dieses* Gesicht neben anderen immer mehr aus: Mönche, Geschäftsleute, Beschatter – und dazwischen, wie umherstolpernd, die von allen Seiten hin- und hergerempelten und wie echte Wahnsinnige aus der Wäsche stierenden Dichter); das differenzierte Bild unserer ersten Wochen in Großgabichtsgrund hatte sich nach und nach und dann sprunghaft zugunsten der *einen* Gruppe, dem Club der Beschatter, vereinfacht, deren Dominanz *für den Tiefer-Blickenden* immer noch zunahm!: 'Mal kamen welche demonstrativ von vorn, in der triefenden Hand demonstrativ eine Bockwurst; 'mal überholten uns welche demonstrativ von hinten, demonstrativ an überzuckerten Reibekuchen knabbernd; 'mal umkreiste, 'mal umzingelte man Olaf Schancker und mich, 'mal drückte man den spitzen Bauch gegen uns, 'mal stieß man uns ein spitzes Knie in den Bauch. Ein im Grunde ganz unscheinbarer Mensch stellte sich demonstrativ als Freak-Wesen aus (wie aus irgendeinem der Chambers-Filme auf Urlaub) und drehte zwischen dem Daumen und Zeigefinger demonstrativ seine Nase um nahezu neunzig Grad, ein anatomisches Wunderwirrwarrwerk wahrlich!; eine demonstrativ als *wackere Greisin* aus- oder aufgebaute Kollegin ließ demonstrativ den staatssicherheits-lila getönten Schlüpfer über ihre Schuhspitzen fallen, so daß sie böse hinstürzen mußte und der Schanckerschen Hilfe, zusätzlich der meinen, bedürftig erscheinen mochte, die sie auch gewährt erhielt; ein hüstelnder Intellektueller rief unaufhörlich die Tageslosung der BILD-Zeitung aus: NOTZUCHT IM PATERNOSTER / UNHOLD EINGEKLEMMT / BEIN AB!; eine menschliche Null, nach dem Antlitz zu schließen, trug demonstrativ und mehrmals täglich, *auch nicht schlecht!,* eine winzige Packpapierrolle in säuberlich abgezirkeltem Kreis um uns beide herum; ein Mensch mit irreführender Charaktermähne dagegen verlor, gleichfalls demonstrativ, sein offenes Portemonnaie, in dem nichts als Pfennige waren, die er umständlich zwischen den Beinen von Schancker und mit demonstrativ zerzitterten Händen aufzusammeln begann ... Aber Schancker war selbst durch das Nummerngirl Trixie, dem wieder verjüngten, wieder elfjährig wirkenden, aus der Gaststätte BLAUSPECHT, Schancker war selbst durch dieses eklatante Objekt des raffiniertesten KIDPORN nicht aus dem Schritt, bestenfalls für einige Sekunden zum Stutzen zu bringen, als kurz nach dem Abgang Trixies aus den Kulissen die makabersten Schreie ertönten – »Nohtzuuucht!!!«, hallte es hölzern, »Nohtzuuucht!!!«, schallte es schräg ... vergeblicher Aufwand, sinnlose Mühe; es nützte der FIRMA alles nichts! –//– Olaf Schancker, Raddampfer, rauschendes Roggenfeld*, Riesenradiergummi, Rammbock in Menschengestalt, stapfte vorwärts und vorwärts, vollkommen blind dafür, daß es immer dieselben Gesichter waren, wenn auch mit häufig gewechselten Frisuren, Brillen, Bärten, Stirnfalten, Ohrläppchen undsoweiter, auch wechselnden Gerüchen *behaftet*, immer dieselben, die uns entgegengeworfen, entgegengewürfelt, entgegengewirbelt und – na, endlich! – entgegengewurstelt wurden; möglicherweise nur achtzig bis neunzig Typen, aber gewiß nicht über zweihundert, die – meiner Beobachtung und Schätzung nach – im Hinblick auf Olaf Schancker und mich in ständigem »Einsatz« waren, und in sechs- bis siebenhundert verschiedenen Fastnachtskostümen: War mir das eine oder andere der Gesichter nicht sogar bereits aus dem KEGLERHEIM oder der MOCCA-BAR bzw. dem WIENER CAFÉ bekannt, wenn auch nur flüchtig ...? Wenn man nicht gerade Schancker hieß o. ä., mußte einem solche Revue, wie mir scheint, geradezu *zwingend* den Gedanken an

* Anmerkung. Rauschendes Roggenfeld – ein Bild, das, wenn ich mich richtig erinnere, zurückgeht auf eines der Gedichte Schanckers, ein volksliedhaft-herbes Gebilde, in welchem er seine eigene Standhaftigkeit gegenüber den Verlockungen und Verführungskünsten des »Feindes« zu besingen verstand, nicht ohne deftigen Seitenhieb gegen Schwächere und weniger Widerstandsfähige, hämisch auf deren Herz zielend: »Taugst du nur einmal zum Verrate, / ist es der Feind, der dich umwarb ...«; dann, mit einem Seitenblick auf den Feind selber – große Oper, wie sie im Buche steht –: »Ja, mag er mich auch noch so locken, / ich trau ihm nicht ...«; und mit weit ausholender Wendung zum einfachen Mann auf der Straße hin, zum schlichten Bürger der DDR: »... *vertraue euch.* / Wie ihr bin Ernte ich und *Roggen* / In meines *Volkes Erdenreich*«. Das ist ganz der Schancker, wie ich ihn kennengelernt habe, und Schanckers Sprache, verständlich für jeden! –//– Nebenher: Auf »Weizen« hätte sich »schmeicheln« reimen können, auf »Hafer« vielleicht »Kanapee«, auf »Mais« unter Umständen ... »Kreuz«? Schanckers Reime »Roggen« auf »locken«, »Reich« auf »euch« bekunden jedoch besonders schön Schanckers vielfach bekundete Verachtung gegenüber der bloßen lyrischen Artistik. Man muß schon sehr gefühllos sein, um zu einem Urteil wie dem Nivea Persils kommen zu können: »Bevor ich überhaupt kapiere, um was es geht in diesem Gedicht, lache ich mich jedes Mal kringelig, wenn es einer aufsagt im GAMBRINUS ...« (A.E.)

ein nach Lehrbuch durchgeführtes DEMONSTRATIVES BESCHATTEN nahelegen. Schancker indessen ging auf keinen einzigen der z. T. köstlichen Vorschläge ein, nicht einmal auf eine zwiebeinige Gestalt, die sich Dr. Dr. Euphronius schimpfte und Schancker mit einer haargenau auf dessen Empfindungen und feine Moral abgestimmten Serie von verbalen Schocks nahetrat: »Bedenken Sie, Bedenken Sie, Herr Schmidt!«, versuchte Dr. Dr. Euphronius unseren Schancker zur Um- oder *inneren Einkehr* zu bewegen, »bis heute ganz unbescholtene nackichte Weiber sind es, sich rücksichtslos über uns stülpend, die Stulphandschuh achtlos bei Seite geworfen ... Schancker fragte die Frage der bornierten Dummköpfe (zählte er auch zu ihnen?), er fragte: »WAS SOLL'S?« – Dr. Dr. Euphronius im schrillsten Propheten-Sound: »Gurkenscheibchen, Margonwasser, hartes Ei ... Ans Licht aber prickelt aus Aberhunderttausenden Poren, kränkelnden und miteinander verfilzten, die Satans-Selter und Saure Sahne der Syphilis ... Gestatten: AIDS!!!« (Ganz in der Nähe explodierte auf dem Kalten Buffet wieder einmal ein Brötchen ...) – Nichts, aber auch gar nichts hatte bislang im Fall des Olaf Schancker gefunkt bzw., wie der Fachausdruck lautet, »gegriffen«; und selbst der düstere AIDS-Bote mußte sich unverrichteter Dinge tummeln ... Man hätte Schancker vermutlich demonstrativ einen ordentlichen Batzen Tuberkulose-Schleim ins Gesicht spucken müssen, wenn man ernstlich seine Aufmerksamkeit wecken wollte sowie die kritische Befragung seiner selbst und seiner Umgebung provozieren – ja, einen appetitlichen grünen Schleimbatzen mitten auf seine Nase zu »setzen«, das hätte es schon sein müssen, sicher; eine Handlungsweise freilich, die wenigstens in *unserem* KLEINEN LEITFADEN FÜR BESCHATTER nicht vorgesehen ist! – Schancker blieb und blieb unbeeindruckt, während mir bereits der Gedanke an die Kosten dieses komplexen Aufwandes es eisig den Rücken hinunterrinnen ließ: Ob man Schancker auch zu den Raddampfern in Menschengestalt zählen mußte, *das hier* war im großen und ganzen ein Exzeß der Unangemessenheit – die Haupt-Schwäche allzu vieler Demonstrativer Beschattungsaktionen! –, was uns das alles kosten mochte! – Ruhe!, Ruhe!, versuchte ich den besorgten Staatsbürger in mir zu beschwichtigen, das Deutsche Turn- und Sportfest oder irgend 'ne dicke tuende KULTURKONFERENZ, die nicht einmal Spaß bereitet, verschlingen ja gleichfalls Unsummen Geldes! Schlimmstenfalls könnte man das Ganze mit einigem Augenzwinkern als »Einsatzübung unter erschwerten und verengten Bedingungen« abbuchen und solcherweise doch noch legitimieren – wessen Kopf zerbrech' ich mir eigentlich? –, also buchstäblich als Manöver-Kosten, mh? (Daß man bei Manövern auf den Pfennig sieht, scheidet wohl sogar als kühnes Gedankenspiel aus – möglich sollte es trotzdem sein, Pamela!) Gut, ein Manöver, mit dessen Hilfe es die Grenze der derzeitigen Methoden des Demonstrativen Beschattens auszukundschaften galt? Und dieses Ziel, es wurde – die Kollegen und Genossen haben da wirklich eine *gute Arbeit geleistet*! – hundertprozentig erreicht: Nichts, aber auch gar nichts hat im FALL SCHANCKER gefunkt beziehungsweise »gegriffen« ... (Diese Wiederholung wegen meiner Verliebtheit in die Vokabel »gegriffen«.) –//– ... freilich, liebe Pamela, und es wird Dir schon längst durch den Kopf gegangen sein, hatte die immense Unternehmung auch eine künstlerisch-ästhetische Seite, die es zu würdigen gilt: Zweifellos wird man eines ferneren Tages das DEMONSTRATIVE BESCHATTEN in den Kunstgeschichten wiederfinden (das Problem wird das der eigentlich unumgänglichen Foto-Dokumentation sein), nämlich als eine der *fesselndsten* Ausprägungen der sogenannten konzeptuellen Kunst, als spannungsreiches Konglomerat von Happening, Body Art, Environnement, *Event*, als – und hier *trifft der Begriff das Bezeichnete voll* -AKTIONS-KUNST ... Angesichts solchen breiten Triumphzuges dieser Kunst-Formen, mochten sie auch unter anderem Namen zum »Einsatz« kommen, und er war ja schon in den Siebzigern/Achtzigern des vorigen Jahrhunderts leicht *abzusehen*, liest man ihn heute nicht ohne Schmunzeln, den anachronistischen Versuch, das alles zurück- oder aufzuhalten, aus der Feder eines Dr. Horst Kolodiej, dazumal 1. Sekretär des Verbandes Bildender Künstler, welcher im

Hinblick auf unsere »Neunte Große Kunstausstellung«, die sogenannte Dresdener erklärt hat: »Modernistische Wellen oder irgendwie geartete Ismen, *Aktionen* oder *Fotodokumentationen solcher Aktionen* werden wir nicht mit einbeziehen, da sie ihrem Charakter nach *nichts* mit dem zu tun haben, was *wir*« –??? – »mit dem Begriff Bildende Kunst verbinden ...« Na, das sollte Dr. Kolodiej 'mal in aller Deutlichkeit den Organen sagen – aber das wird er nicht wagen ... Die Wirklichkeit geht über solche voluntaristischen Quacksalber seit Jahren und heiter (zuweilen auch verkrampft) lächelnd *mit Riesenschritten* hinweg; so auch hier in den Fluren, Wartehallen, Studios der Television; inzwischen hat wohl jeder nur halbwegs kunstverbundene Bürger unseres Landes so oder so seine Erfahrungen zumindest mit der oben erwähnten Abart des Aktionismus gemacht. –//– Nun ja, was Olaf Schancker und ich, Olaf Schanckers Regenschirmträger, erlebten, gehörte mit Sicherheit zu den Sternstunden künstlerischer Kreativität zu Beginn des dritten Jahrtausends! Das war schon *sehr fein gemacht*, wie jetzt zum Beispiel ein eingeölter, *wie geleckt* erscheinender scheinbarer Handelsvertreter und Schlangenbeschwörer sich vor Schancker damit brüstete, den Faden der Ariadne einszweidrei zum Gordischen Knoten verfilzen zu können, und tatsächlich mit der entsprechenden Demonstration – »Und zwar ohne Gummihandschuhe!«, rief er -begann ... Doch, das war schon sehr, sehr fein gemacht; und als jetzt das zwischenzeitlich wieder um Jahre gealterte Nummerngirl Trixie aus der Gaststätte BLAUSPECHT ... »Nein, nein, nein, nein!«, brüllte in diesem Moment Olaf Schancker, »nein, nein, nein, nein! Nicht noch 'mal Trixi! Mein Gott, das kann ja noch dreihundert Seiten so weitergehen! Schluß jetzt, Sense, aus! ... Wer bin ich denn, wer denn bin ich? Das ist ja die nackteste Salami-Taktik!« – Die Bibliothekarin säuselte von oben herab: »Wir sind doch noch gar nicht auf dem Sender, Herr Schancker!« – »Außerdem heiße ich Jarcks«, schrie Schancker, »und Jarcks hat Hunger!, Hunger, Hunger ...« – Die Bibliothekarin: »Klapperl auf, Löchel zu ...« Schancker (Jancker?): »Ich bin doch nicht der Weihnachtsmann!« Die Bibliothekarin: »Und daß du nicht ratlos wirst ...« – Schancker: »Ich kann jederzeit meine Erzählertätigkeit an den Nagel hängen. Die Lücke wird spürbar sein, wenn es keine Romane mehr geben wird von Gunnar Alltsch und Konsorten ... Eine Portion Gehacktes, bitte!« – Jetzt endlich hatten irgendwelche höheren Stellen ein Einsehen mit Schancker und schickten wie von ungefähr einen brünetten Jüngling der Sonderklasse – »Gottseidank! Mein Dienst ist zu Ende!«, sagte die Bibliothekarin, »jetzt erst einmal so richtig unter die Dusche!« –, welcher tatsächlich die bestellte Portion Gehacktes in der servilen Hand trug und sich vorstellte mit den Worten: »Gestatten, Priem! Regieanweiser!« (Schancker kaute bereits.) –//– In modischer Hinsicht konnte man sich keinen größeren Kontrast denken als den zwischen Priem und der Bibliothekarin; extrem divergierende Handschriften, die sich auf diese Weise gegenseitig akzentuierten, ob sie auch beide auf den gleichen sozialistischen Inhalt abzielten, das Allgäuer Schickeria-Dirndl der Literaturpropagandistin wie die französelnde Weltmannstracht des Regieanweisers: Jackett mit froststarren Knopfaugen, grellbunter Schlips mit neuseeländisch-sächsischer Tatauierung (Maori-Look), prachtvolles neidisch stimmendes Schuhwerk tadellosesten Bügelschliffs ...* »Ich bin vom Ministerium beauftragt«, erläuterte Priem, »Sie durch all dies ungestört hindurchzufädeln, hindurchzulotsen, hindurchzuschleusen – bis an ein einigermaßen zufrieden stellendes Ziel ...« (Was aber in diesem Augenblick in meinem sogenannten Inneren vor sich ging, meine liebe Pamela, das läßt sich nur schwer erklären: *Zwei innere Vorgänge überschnitten sich schmerzhaft:* a) war es der Moment, in

* Anmerkung. In diesem Zusammenhang werde nicht nur ich mich an das ärgerliche Faktum erinnern, wie es neulich in einem Leserbrief an die ARMEERUNDSCHAU angeprangert worden ist: »In jüngster Zeit sehe ich immer mehr Genossen, die in dem *Trainingsanzug*, den sie *von der Armee* erhalten haben, solche Arbeiten verrichten wie z. B. Autowaschen, *Teppichklopfen*, Rasenmähen usw., oder sollten das *neue Sportsektionen* bei der ASV sein?! Denn eigentlich ist die *kostspielige* Sportbekleidung zur *physischen Ausbildung* und zum Freizeitsport gedacht. Hauptmann Detlef Urbanczyk ...« – Bravo, Detlef! So geht man mit Geschenken wirklich nicht um! –//– Übrigens, wäre das nicht 'mal wieder ein prächtiges Thema für die Verfertiger »positiver Satire«, geschätztester EULENSPIEGEL? (A.E.)

dem ich endgültig und unwiderruflich begriff: Mit Schancker werde ich niemals ans Ziel kommen, nie, und es gilt, sich möglichst bald zu verkrümeln; b) fand so etwas wie eine buttermilchträge, dann immer schnellere und schnellere Verschiebung meines Weltbildes statt, bis es abrupt vornüberkippte und klirrend am Boden zerschellte; und billig war es nun wieder auch nicht gewesen, *ein echter Plückeboom!*, hätte meine Mutter gesagt ...) Schancker kaute: »Endlich! ... Danke! ... Vorzüglich! ...« (Die Pünktchen wollen besagen: Er stieß die Worte nicht als zusammenhängende, sondern als voneinander getrennte aus sich heraus; bedingt solche Sprechweise durch den Vorgang des Kauens.) »Bis zu einem *relativ* glücklichen Ende und *Ausgang* ...«, bekräftigte Priem, und richtig wurde auch sogleich etwa zwanzig Meter von uns entfernt die Decke des ins Unendliche zielenden Flurs oder Korridors oder Mittelgangs per Explosion zum Einsturz gebracht, so daß es einmal wirklich ordentlich stäubte – eine Erholung recht eigentlich nach so vielem feuchten Wortsalat – und, als der Staub sich gesenkt hatte, eine nicht unbeträchtliche Schutthalde uns den weiteren Weg versperrte ... »Hier geht es nicht weiter!«, kommentierte Priem, »Innenaufnahmen! Ein Bergrutsch! Die Rettungsarbeiten werden einige Tage in Anspruch nehmen! Pech!« Daß Priem nicht gelogen hatte, und daß wir uns immer noch in der Sphäre der Television aufhielten, bewiesen uns Dutzende von Kameras, die von der rechten Seite her zu schnurren, zu surren, zu knurren anfingen, auch – von der anderen, der linken Seite her – zu knarren, zu scharren, zu schnarren ... »Fernsehalltag!«, erklärte Priem und erkundigte sich bei Schancker: »Wollen wir nicht ein wenig den Kiebitz spielen?« Man hätte lachen mögen, wenn es im Grunde nicht *so blutig ernst* gewesen wäre! – Als zu keines Menschen Verwunderung sofort ein maßgerechter, flotter Regiestuhl mit dem vergoldeten Namenszug GUNNAR ALLTSCH zur Hand war, hatte es sich für mich zumindest entschieden, dear Bolte! *Rasch die Fliege zu machen*, habe ich ja glücklicherweise immer verstanden ... Doch auch Schancker schien das Dilemma, in dem er sich befand, allmählich zu ahnen; er half sich auf *seine* Weise: Alle Zurückhaltung und

Beherrschung über Bord werfend, riß er aus der einen Jackettasche seines eleganten Zweireihers eine Taschenbottel ADLERSHOFER WODKA, aus deranderen einen sogenannten Flachmann NORDHÄUSER DOPPELKORN, setzte beide Flaschenhälse – wie einer, der zwei Zigaretten gleichzeitig raucht – an die trokkenen Lippen und genehmigte sich einen langen, längeren, tiefen sowie einen tiefen, tieferen, langen Schluck – waren das insgesamt vier Schlücke, Mensch? – und wandte sich mit einem unergründlichen Blick an die Öffentlichkeit: »Ich soll nämlich endlich mein Herz schonen, dieses hier, ja das linke ... hat Frau Doktor Gosse gesagt.« –//– Du wirst es mir verzeihen, liebe Pamela, wenn ich unter diesen Umständen auch nach Strohhalmen griff, die unserer eigentlich unwürdig sind, so z. B., als ich *wen* am nicht allzu fern gelegenen, trotzdem für mich nur schwer zu erreichenden INNEREN EINGANG NULLNULL erblickte, am wohl bedeutendsten und ranghöchsten Einfallstor zu den Fleischtrögen oder Fettnäpfchen der Television? Du kannst es Dir sicher an den drei Fingern deiner Linken ausrechnen, wer es war, der (oder die) an der Seite des namhaften Schlagertexters und TALENTEVATERS Sonny Horowitz in mein Blickfeld geriet ...: Sehr richtig!, die Trixi aus dem BLAUSPECHT!, offensichtlich hinzugezogen nun auch sie zu der weißbekittelten literarischen »Beratergruppe um Sonny Horowitz«, von der ich bislang nur gelegentlich in der Zeitung gelesen hatte wie auch von der anderen, der weißbekittelten »Beratergruppe um Gisela Steineckert« ... Bist Du eigentlich über diese Angelegenheiten ausreichend informiert, etwa bezüglich der Widerstände gegen diese Beraterstäbe, denen man Bevormundung unterstellen wollte – es handelte sich aber lediglich um ideologisch-ästhetische Gängelei –, Widerstand, der blutig niedergeschlagen worden ist: ein lehrreiches kleines Stück Klassenkampf und die Frage »wer – wen?« eindeutig zu Gunsten des Chansons, der Singebewegung, des Schlagerlieds und des Fortschritts entschieden (also wieder 'mal *gegen* unser beider, *nur* noch unser beider *Lyrik*)! Wie auch immer, das Nummerngirl Trixi konnte (wie üblich) an der Seite der Sieger wiedergefunden werden, dem *höheren* Unfug verpflichtet, nicht unserem *niederen* und, wie sie einmal gesagt hat, »fast schon perversen ...« Kaum noch verwunderlich für den Kenner, daß sie zu den nur *zwei* bevorrechteten Personen in Sonnys Truppe gehörte, denen der weiße Kittel erspart blieb ... Was Horowitz selber betrifft, so hatte er sich seinen stadtbekannten *Intercity-Coat* umgeworfen, diesen hoch-eleganten Modeblitz von der Exquisit-Stange, diese modische Kugelblitz-Doublette mit dem *Reisepaß-Safe*, der *Travel-Card-Tasche*, mit *Pen-Box* und *Brillen-Etui*, mit – last but not least – den sogenannten *Zeitungs- und Durchgrifftaschen*, yes, yes, den vollkommen ausgereiften INTERCITY-COAT, in welchem der Talente Vater bekanntlich fast täglich zwischen Pankow und Treptow dahinfliegt, hin- und hergehetzt zwischen Göttergattin und Muttermätresse, und der ihm – ich habe die bedeutsame *Schlüssel-Bund-Schlaufe* vergessen – schon so manche als undurchdringlich geltende Türe geöffnet ...! Trixi indessen, eine der neunzehn Damen seines ausschließlich weiblichen Beraterstabs geworden, ließ *au contraire* das brandneue KNACKE-Modell um ihre Gliedmaßen schwelen bzw. es herauf- und hinunterwitzeln an ihrem wirbligen Leib, einen vorne und hinten gleichermaßen *hüftenscharnierten* windschief-melodiösen *Glockenrock* mit entzükkender spei-gelber Blasebalgtille und verstellbarem Seitenruder aus krebsgrauem Blusen-Blech ... Ja, wer denn anders als Trixi – Nutella Sarotti vielleicht oder unsere liebe alte Noll Thürk? Ja, wer denn anders – wenn nicht Nivea Persil – als dieses Chamäleon aus dem BLAUSPECHT, diese kapriziöse *Hierodule* (wie sie es sich als Berufsbezeichnung erbeten hat)? Wieder einmal bewies sich ihr ungebrochener Instinkt und bewunderungswürdiger Orientierungssinn mit der Entscheidung für Sonny und folglich den hoch gesicherten EINGANG NULLNULL, eine der eher sparsam bemessenen Pforten zum fernseh-literarischen Weltrang ... »Trixi, eh, Trixi!«, rief ich durch die zum Megaphon zusammengelegten Hände hinüber zum EINGANG NULLNULL, »he, Sonny, alte Kanone!« Doch Sonny schien taub und blind geworden zu sein für frühere Kampfgefährten und zeigte keinerlei Reaktion, während Mademoiselle Trixi doch wenigstens stutzte und mir im Vorbeigehen schnippisch zuwinkte: »Mensch, *hier is wat los,* Du!«, und schon wieder zu Sonny geflitzt war ... Im Nu waren beide, als wäre das gar kein Problem, und mit ihnen etwa zwei Dutzend Gleichgesinnte von den geheimeren Kluften des Gebäude-Gaurisankars verschluckt, welcher sich gleich darauf verzweifelt zu winden begann und sich krümmte und krümmte, als müßte er im nächsten Augenblick tüchtig erbrechen, ja, der sich in skurrilster Weise zu verformen begann, wofür es sicher nicht nur den *einen* Grund gab; nicht zu vergessen die Last der Gerüchte über das tragische Ende des PROFESSORENBESTIARIUMS und die Schicksale des zum Buddhismus übergetretenen und gestürzten Moderators Ivan Anchovis, dieses ehemals so mächtigen Matadors der Moderatoren ... –//– Trotzdem, die Würfel waren neuerlich gefallen: *Übergerührt,* so trennte ich mich von dem mir so lieb gewordenen Regenschirm – aus wessen Händen war er vorzeiten in die meinen geglitten? – und legte ihn Schancker auf die Knie, wie hatte er nur geheißen, der Schirm?, der wenigstens den Anschein eines Schutzes vor den umherfliegenden Gesteinssplittern, Meteoren und Meteoriten bieten mochte; da ich selber mich diskret in die Büsche schlug, d. h. *mich verpfiff* durch eine Seitentür mit der Aufschrift ZUREITEREI FÜNNEFF, da ich gegen Opa Poensgen stieß, einen der Bosse der Prenzlauer-Berg-Maffiosi, verknüpft dank seiner kraulenden Hand mit einer allerhöchstens fünfundachtzigjährigen dschungelgrün lackierten exotischen Schönheit aus dem Altersheim DELTAQUEEN PRENZLAUER BERG* ... »Oh, Verzeihung«, nahm ich die nächste Tür, um aufatmend unterzutauchen in einer Besucher-Gruppe aus dem Bezirk Suhl, welche in einem – mir unbegreiflichen – Preisausschreiben als einen der – mir noch unbegreiflicheren – Trostpreise die BESICHTIGUNG dieses Studios gewonnen hatte, eines relativ untergeordneten, während die glücklicheren Teilnehmer und Gewinner erster und zweiter Preise

* Anmerkung. Abgeleitet der Name des *Seniorenhorts* von dem Namen der DELTALICHTSPIELE, die es der Sage nach bis in die Fünfziger des vergangenen Jahrhunderts im Kiez gegeben haben soll.

zur gleichen Zeit sich umtun durften in den großen Hauptstudios an der Stirnseite des Gebäude-Trakts – viel beneidet, wie man den Gesprächen der tiefer eingestuften Suhler entnahm, von den vom Schicksal weniger begünstigten Bürgerinnen und Bürger ... Solche Reisegesellschaft, zunächst willkommen, war auf die Dauer gewiß nicht das Richtige für meines Vaters ältesten Sohn (schön gesagt, nicht wahr?). Ich sprach jedem einzelnen der Truppe meine herzlichen Glückwünsche aus und ... fand mich wieder, *hinten zum Fernsehen wieder herausgekommen,* inmitten der Turbulenz eines endlich befriedigenden Kunst-Waldfestes; ein Größerer hat es so gültig beschrieben, wie mir es nimmermehr gelingen wird. – »Hier wurde gekegelt, dort mit einem hölzernen Hammer zum Vergnügen auf einen Stift geschlagen. Familien hatten sich's auf dem Boden bequem gemacht. Knaben kletterten auf Bäume oder auf einen Stein, der aus der Urzeit stammte. Besonders hübsch war der Rundblick rings herum, da man überall helle Frauenkleider sah. Bald lag es ruhend, bald bewegte sich's. In offener Tanzhalle wurde getanzt. Unter Tannen war ein Panoptikum errichtet, zwar kein so prunkhaftes wie das berlinische in der Passage Friedrichstraße. Hier im Wald war's weniger elegant, dafür aber viel grüner. Ja, natürlich, es ist aus der Wunder-Feder von Robert Walser: »... dafür aber viel grüner.« Und noch grüner als grüner, Bruder Robertus, seit es sich um die der Gesundheit – nicht dem Vergnügen! – eher abträglichen Kunststoff-Forste aus dem VEB DEUTSCHER WALD zu handeln pflegt, farblich zumindst den Leistungen der sogenannten Natur turmhoch überlegen, die *ideale Inspirationsquelle* für den Lyriker und den zu besinnlichen Reflexionen tendierenden Feuilletonisten ... Aber ehe ich noch drei Schritte in Richtung des gerade für einen Urgroßvater wie mich so verführerischen HAUT-DEN-LUKAS-Gerätes getan, wurde ich von drei mir *persönlich völlig unbekannten* Gärtnern – undurchsichtige Sonnenbrillen, stroherne Hermann-Hesse-Hüte – in provozierender Weise angerempelt, schließlich mit den Worten »Ja, dieser da ist es ...« überwältigt und abgeführt, ehe ich Piep sagen konnte; vorbei an einer wieder beträchtlich ange-

schwollenen Woge summender Mönche, immer häufiger ein düsteres Lächeln unter der Nase, Mönche, Mönche, Mönche (Hobelbänke, Hustenbonbons, Haubitzen, Hallodris u. ä.; ich werde müde, ich werde es leid – no doubt!) … »Sie tragen hoffentlich Ihren Glaubens-Paß bei sich«, mampfte der Gärtner zu meiner Rechten, und es war selbstverständlich die Stimme des Oberpförtners Fritzchen Flitz (aus Tarnungsgründen *ohne* dampfende Pfeife); der Gärtner zu meiner Linken, heavens!, war jedoch zweifelsfrei eine Dame, jene ziemlich »stattliche« Dame, um des Himmels willen!, welche … (Jedenfalls war es die gleiche, die es 1986 gewagt hatte, mir in höhnisch zuckendem Maul die Einladung zu einer Jubiläums-Ausstellung des Mitteldeutschen Verlages zu apportieren, einer Buch-Ausstellung mit dem gleichfalls höhnisch zuckenden Titel OFFEN STEHT DAS TOR DES LEBENS, ein Titel, der zu mancherlei Assoziationen einladen mag; *mich* ließ das Spiel der Erinnerung bei Friedrich Schröder Sonnenstern landen, und lautlos sprach ich in mich hinein: »SCHON ÖFFNEN SICH DES TODES TORE / AUF WIEDERSEHEN HERZLICHE LORE / DEMNÄCHST IM RACHESÄNGERCHORE …«) –//–
Draußen wartete ein Flugboot auf mich und meine wortkargen Begleiter beiderlei Geschlechts … Adieu, adieu, Pamela, oder besser noch: Ahoi! –

V Ein Diariums-Blättchen

(Ohne Datum:) – heute morgen im Hemingway geblättert und die Stelle über seinen Lektor Max Perkins wiedergefunden, mit dessen Tod sich abzufinden, wie er schreibt, er »niemals imstande war …« Hemingway: »Er hat mich nie darum gebeten, irgend etwas, das ich schrieb, zu ändern …« –//– Diese feine Haltung *gegenüber dem geschriebenen Wort* zeichnet auch den hiesigen Oberleutnant aus; ich bin wahrscheinlich im Augenblick der einzige Autor im näheren Umkreis, der dazu aufgefordert wird, ja, beinahe *gezwungen*, eher zu viel als zu wenig niederzuschreiben … –//– Eine literarische Intensiv-Station sozusagen 'mal!, na, endlich!

Statt einer Nachbemerkung

Schluß-Spagat eines tapferen Lebens / eine späte Notiz

Bei der von dem nunmehr fast hundertdreijährigen Autor einigermaßen neugierig vorgenommenen letzten Durchsicht seines kleinen Traktats DER STUHL, eines ungezügelten Loblieds aus der Feder des damals kaum Fünfzigjährigen auf den seinerzeit in den Handel gekommen PRIMUS-Stuhl mit ANATOMIC-Sitz undsoweiter, läßt mich die Vokabel ALPTRAUM auf der sechsten Seite des werbenden Textes nun doch für einen Augenblick hochschrecken ob der trotz aller gleich bleibender Tristesse und Schläfrigkeit erstaunlichen Wandlungen, die so ein Menschenkind (wie letztendlich auch ich eins darstelle) im Laufe nur weniger Dezennien an Leib/Geist/Seele zuweilen erfährt. Wenn auch die Darstellung an ihrer Gültigkeit für die breitere Masse nur wenig eingebüßt hat: als Selbstbekenntnis des Autors dürfte sie relativ nichtig geworden sein; und zwar präzis seit der – übrigens auf einer knisternden, knasternden Wendeltreppe erfolgten – Wendung des Menschen und Künstlers zum fälschlich so bezeichneten »orthodoxen« Surrealismus und dementsprechend zu surrealistischem Mobiliar hin. Kurzum, es ist der *surrealistische Stuhl*, welchem der Greis nun vor allem anderen, was als Stuhl gelten mag, den Vorzug zu geben nicht eine Sekunde zu zögern Anlaß hat oder gar Laune; ein Stuhl für die »happy few« im wesentlichen zur Zeit noch; ein Stuhl, wie er – einsamer Gipfel auf diesem Gebiet – z. B. in Rom aus jener vom Segen André Bretons begleiteten OFFICINA UNDICI hervortritt (dieser »Werkstatt für surrealistische Möbel« und Herstellerin nicht zuletzt des SESSELS MIT BEWAFFNETER HAND aus Bronze), in unserer DDR indessen aus den bei Bautzen in Wuischke am Czorneboh unter dem Motto »Ach, wie gut, daß niemand weiß« sich ungemein rasch entwickelnden surrealistischen RUMPELSTILZCHEN-STUDIOS. –//– Dem menschlichen Schöpfergeist sind auch hierzulande, wenn wir 'mal ehrlich sein wollen, keinerlei Grenzen gesetzt solange derselbe dem Motto »Ach, wie gut, daß niemand weiß« die Treue zu halten das Zeug hat! –//– Unsere RUMPELSTILZCHEN-STUDIOS haben sich offenkundig auch im Bezug auf Sitz- oder Liegemöbel das weltweit bekannte FRÜHSTÜCK IM PELZ von Meret Oppenheim als Orientierungshilfe erwählt, Oppenheims Tasse und Untertasse im Pelz, Oppenheims Löffelchen im Pelz, wahrhaft »verführerische Gegenstände« (José Pierre), wie sie allerdings auch schon früher ihre Spur in der Sphäre des Stuhles hinterlassen haben – oder war es umgekehrt? –; Wolfgang Paalens hochlehnig wolkenwärts strebender Stuhl (gleichfalls aus dem Jahr 36 des vorigen Jahrhunderts) mit einem entzückenden SCHONBEZUG AUS LAUB stehe als Beispiel (übrigens nicht zu entscheiden nach dem dürftigen Foto allein, ob es Efeu ist, Ahorn oder Platane). – Der Verfasser steht freilich voll und ganz auf der Wuischker Stuhl-Kreation VERSUCHSFEGEFEUER FÜR UNGELEGTE EIER, deren Sitzfläche mit etwa zwanzig plafond- und hosenbodenwärts weisenden, ungewöhnlich spitzigen Kühlhaus-Eiern bestückt worden ist, ein kleines Stuhlwunder, das einem wie fast alle anderen surrealistischen Stühle lautlos zuzuschreien scheint: »Los, los! Beweg' Dich! Auf, auf! Avanti!«, statt umgekehrt: »Setz' Dich!« –//– So etwas hätte der Autor schon als Vierzigjähriger finden müssen und nicht erst mit neunundneunzig! Ja, mag es auch zuzeiten opferreich sein, seine Bude mit surrealistischem Mobiliar ausgestattet zu haben; der morgen schon Hundertundsiebenjährige antwortet allen eventuellen Spöttern und Spökenkiekern hoheitsvoll mit einem gekonnten Spagat: Hauptsache – surrealistisch!!! (???)

N A C H W O R T -//- Heinfried Henniger

Weg in die Büsche[1] / Eine Compilation[2]

Motto Er ging gleichgültig weiter, es lag ihm nichts am Weg, bald auf-, bald abwärts. Müdigkeit spürte er keine, nur war es ihm manchmal unangenehm, daß er nicht auf dem Kopf gehn konnte.
Georg Büchner, »Lenz«

Im Advent gibt mir, zu treuen Händen, Adolf Endler ein Bündel Papiere aus seinem Seesack.
Jetzt schiebe ich die losen Blätter hin und her, drehe und wende sie, lasse sie (mit freundlicher Genehmigung) ins Ende dieses Buches fallen, beinahe wie's kommt.
Was soll man noch dazu sagen? NEBBICH

A.E. ist, sagt mein Material[3], alphabetisch geordnet, unter anderem: Begabung (wahre) / Bezirksdichter / Bohemien (weitschweifender) /

[1] Nach einer »Auskunft« von XX, Berlin 23. 11. 1976: wesentliche Werke »Weg in die Büsche«. (Gemeint ist wahrscheinlich »Weg in die Wische«, Adolf Endlers erster Gedichtband, Halle 1960.)

[2] Compilation f., 1., die Plünderung; Sammelei, Zusammentragung, das Zusammenstoppeln. Dr. Friedrich Erdmann Petri's Handbuch der Fremdwörter, Gera 1897

[3] Material u. a. XX = Hauptabteilung des Ministeriums für Staatssicherheit (KD = Kreisdienststelle); SFB = Sender Freies Berlin; Rias = Rias Berlin, Kulturelles Wort; FR = Frankfurter Rundschau; ND = Neues Deutschland; NZZ Neue Zürcher Zeitung; DZ = Die Zeit; BNN = Brandenburgische Neueste Nachrichten; WA = Wolfsburger Allgemeine; TAZ = Tageszeitung; MA = Märkische Allgemeine
Adolf Endler. Akte Endler. Gedichte aus 25 Jahren. Auswahl und Nachwort von Peter Gosse. Verlag Philipp Reclam junior Leipzig, 143 Seiten, DDR 1,50 Mark. 2. erweiterte Auflage, Gedichte aus 30 Jahren 1988, 189 Seiten, 2,– Mark. (AE)
Adolf Endler. Tarzan am Prenzlauer Berg. Reclam Leipzig 1994. (Tarzan)
Adolf Endler. Zitate & Zackendullst. Aus den Kladden eines Supernormalos 4 in: »Die Zensur der Literatur in der DDR. Suhrkamp 1993. (Zensur)
MachtSpiele. Literatur und Staatssicherheit. Reclam-Bibliothek Band 1460, Leipzig 1993. (MachtSpiele)

Briefeschreiber / Dadaist / DDR-Autor / Dichter / Durchhalte-Surrealist / Erzähler (großer) / Erzpoet (des Prenzlauer Bergs) / Essayist / Flaneur / Frohnatur (rheinische) / Gesamtkunstwerk / Graphomane / Humorist / Jongleur / König / Kranführer / Kritiker / Lästerer / Lyriker / Mentor / Mitunterzeichner / Nachdichter / Nichtgefragter / Poet (Spitzwegscher) / Prosaist / Protokollant / Sammler / Satiriker / Schelm (vakabundierender) / Schreiber / Spätdadaist / Spielkamerad / Stellvertreterliterat / Sympathisant / Sisyphos / Transportarbeiter / Typ (dekadent-chaotischer) / Unperson / Vaterfigur / Zwitterwesen.

Wohnungswesen / Zur Wohnung des Endler: Insgesamt lebe er einfach und primitiv. Die Einrichtungsgegenstände bestünden aus Matratzen, alten Kisten und Schränken. Auf Komfort lege er keinen Wert. XX, 2. 3. 1979

Weiter äußerte sich Endler gegenüber der Quelle, daß ihm von staatlicher Seite sein Gewerberaum gekündigt worden sei. Er habe aber schon zwei neue Arbeitsräume bei einem älteren Ehepaar in einer Mühle außerhalb von Berlin mieten können. Er bereitet derzeit den Umzug seines Archivs und seiner Bücher sowie Manuskripte nach dorthin vor. XX, 28. 2. 1983, Spange, Oberst

Endlich die eig'ne Wohnung!, Yes, mit 50!, und von Neuem bei der Balz ich; 1975/84, AE

Endler sagt: Wohnungen habe ich eigentlich erst nach der »Wende« kennengelernt, ich hatte meistens in Bruchbuden gehaust. Eine richtige Wohnung habe ich erst in Leipzig kennengelernt, dank meiner jetzigen Frau, und eine ganz richtige Wohnung habe ich erst seit 1990. Diese hier.[4] Umgezogen bin ich oft, in einem Buch habe ich geschrieben: 73mal. Innerhalb von Berlin bin ich wahrscheinlich 112mal

[4] Berlin-Friedrichshain, Colbestraße, schräger Blick auf spiegelnde Glasfassaden in der Frankfurter Allee

umgezogen. Das Thema Wohnung ist für mich erledigt. Ja. Abgesehen davon, daß es natürlich ein Grundthema der menschlichen Existenz ist, hatte für mich der Begriff »Wohnung« eine nach vielen Seiten hin ausstrahlende Bedeutung. Ich hatte immer Schwierigkeiten, eine Wohnung zu kriegen. Nachdem ich mich so schlecht verhalten hatte, schloß sich jegliche Unterstützung durch den Verband aus, derer man schon bedurfte, wenn man als freier Autor eine Wohnung kriegen wollte. TAZ, 17. 9. 1994

KARO / Endler sagt: Eigentlich habe ich an Geld immer erst dann gedacht, wenn ich mir kein neues Päckchen »Karo« kaufen konnte. Zeitweise brauchte ich Geld für Alkohol. Man konnte ja mit 300 Mark im Monat einigermaßen durchkommen. Die Trinkerei war sicherlich auch ein Verzweiflungsakt in der DDR-Situation. Ich wurde um 1980 trocken, als ich begann satirische Prosa zu schreiben. Ich mußte mich entscheiden. MA, 30. 9. 1994

Karo, die »beliebteste Zigarette der DDR aus Tabaken der Lausitzer Gegend«, rauchte Endler während der Lesung. WA, 25. 4. 1988

– – – sehr nervöses Auftreten dieses Menschen (zittrige Hände, raucht stark Karo) XX, 21. 10. 1979, »Paul Bock« aus Gardelegen

Bekannt wurde nur, daß dieser Lyriker während o. g. Veranstaltung dem Alkohol zusprach und am Ende stark angetrunken war.
XX, KD Fürstenwalde, Storch, Oberstleutnant

Seine finanzielle Situation sei derzeitig sehr schlecht. Er müsse sehr bescheiden leben und ihm stehen nur spärliche Einkünfte aus einigen »Lesungen«, pro Lesung 100 bis 150 Mark, zur Verfügung. Am Äußeren des Endler ist derzeit auffallend, daß er am linken Ohr einen pfenniggroßen Ohrring trägt. XX, 10. 12. 1984, Huthmann, Hauptmann

Scheiße / E. negierte weiterhin die Entwicklung der soz. Lyrik und sagte wörtlich: »Die Lyrik müsse die ganze Scheiße des heutigen Lebens aufdecken« und fährt sinngemäß fort, daß sich die Künstler nicht allseitig entwickeln können, da ihnen die unsere Gesellschaft daran hindern. XX, KD Bautzen, 21. 7. 1973

Endler sagt: Ich habe dieses Kuddelmuddel, diesen einsetzenden Verfall der DDR, mit lyrischen Mitteln einfach nicht mehr in den Griff gekriegt.
Die Biermann-Ausweisung im Jahre 1976 besiegelte meinen endgültigen Bruch mit der sozialistisch-realistischen Illusion. Danach entwickelte ich meine eigene Ästhetik. Das phantasmagorische Schreiben[5]. Solange habe ich gebraucht, um zu meinen surrealistischen und schwarzhumorigen Wurzeln zurückzukehren. BNN, 23. 9. 1991

[5] Phantasmagorie (griech. phantasma = Trugbild), Vorspiegelung von Trugbildern und Gespenstererscheinungen. Sachwörterbuch der Literatur, Stuttgart 1964.

Stinkend, zahnlos /

Hauptabteilung XX   Berlin, 11.2.1980

KOPIE AUS AKTE
BLN HA XX ZMA
20162

E i n s c h ä t z u n g
des Gedichtbandes "Verwirrte klare Botschaften" von
Adolf ENDLER im Rowohlt-Verlag Hamburg

I) Zur allgemeinen Charakteristik:

Der vorliegende Gedichtband ist eine Zusammenstellung der Lyrik-Versuche Endlers auch im Hinblick auf dessen 50. Geburtstag 1980 (geb. 1930 in Düsseldorf). Bemerkenswert ist der Bandinhalt insofern, als er deutlich den Wandel des Autors von einer anfänglich progressiv-demokratischen, antifaschistischen Position zu einer antisozialistischen, chaotisch-dekadenten Haltung belegt, wobei der negative Umschlagspunkt Endlers spätestens 1960/61 zu fixieren ist. Im Unterschied zu Biermann und anderen Figuren der antisozialistischen Reim-Szene, prägt Endler das subjektiv Auflösende, also persönlich Resignative, Chaotische aus, wozu die masochistische Lust am Ungewaschen-Sein, Dreckigen, Bärtig-Verstruppten, Stinkenden und Zahnlosen gehört (Beispiel das Selbstpoträt im Text "Akte Endler": Wäscht sich oft nicht/Zahnausfall/ stinkt stark aus dem Rachen/Auch Schweißfuß ..."). Die Texte belegen die angestrengte Bemühung Endlers, ein eigenes äußeres Image dieser Art aufzubauen. Dementsprechend wird der Ton der Texte gewählt: resignativ, mehr klagend als anklagend, destruktiv im Gesellschaftlichen. (Bei Gelegenheit der Endlerschen Texte drängt sich die Beobachtung eines gewissen Baukastensystems dieser ganzen Personengruppe auf: Biermann - operativ/aggressiver Typ mit Zielgruppe "revolutionär"-anarchistische Jugendliche; Kunert - intellektuell-skeptischer Typ mit Zielgruppe verunsicherbare Intelligenz bis zum mittleren Alter; R. Bartsch - proletarisch-sozialrevolutionärer Typ mit Zielgruppe "Enttäuschte"; Endler - dekadent-chaotischer Typ mit Zielgruppe Outsider aller Art, wobei der Altersunterschied geringe Rolle spielt.

Im Gesamtverhältnis der Texte finden sich - auch dies ist bemerkenswert - an sich wenig direkt-feindliche Texte. Die Eigenart des Bandes liegt in der starken Abschirmung mit Arbeiten eines gewissen antifaschistischen Charakters, die vorwiegend in den fünfziger und frühen sechziger Jahre entstanden sind. Die gegnerische Absicht ist jetzt offenbar, antisozialistische Texte "antifaschistisch" abzudecken, um bei Einspruch der DDR die These gebrauchen zu können, man verfolge Antifaschisten ...

II) Angriffspunkte:

1. Sozialismus als angeblich antihumane, repressive, verlogene Staatsgewalt:

   (S. 66: "Der Unbequeme", hier heißt es z. B.: "Daß man ihn endlich aus dem Land rausschlage/Auf jede Antwort weiß das Schwein die Frage."), S. 67: "Ballade vom Zionskirchplatz"(Steif sitzen zwei Genossen nah der Kneipentür/stumm, steif, nervös, zwei Freunde oder Feinde?") S. 69 "Denkmal für A. W." ("Bei mir sind Sie falsch/Ich eigne mich nicht für die Zeitung/Ich bin kein Vorbild/Ich mach meinen Mund auf.")

2. Staatsgrenze DDR - Westberlin:

   (S. 69: "Pro domo"; "Der Verse in langen Reihn/Als Mörtel zur Mauer trügt/Ach, ach wie preist er den Stein/Mit dem man ihn dann erschlägt."

   Hier greift E. offensichtlich seinen ehemaligen parteilosen Lehrer Am Literaturinstitut Georg Maurer an, der ihn wiederholt wegen antisozialistischer Haltung zur Rede gestellt hatte.

3. Die angebliche Unerträglichkeit des Lebens in der DDR (Die behauptete Alternative: Anpassung oder Zerstörung/Vernichtung des Individuums

   S. 71 "Das Sandkorn" = Endlers umfassende feindliche Stellungnahme in Lyrikform. Hier tauchen faktisch alle gesellschaftlichen Organe, einschließlich der Schutz- und Sicherheitsorgane auf. Das Sandkorn ist Symbol für den Skrupel, Zweifel, Gewissensrest der Verantwortlichen und überhaupt für alle Mitglieder der sozialistischen Gesellschaft. Der Hauptvorwurf lautet: "Die hätten auch dem Hitler wie Barzelstrauß gedient." (also wieder Vorwurf des latenten Faschismus in der DDR). Teil-Zitierungen sind im Analyse-Text nicht angebracht; Der Text bedarf der Gesamt-Kenntnisnahme.

   Eine bestimmte Ergänzung findet dieser Text im "Lied vom Fleiß", wo Endler den Angriff auf die parteiliche Literatur der DDR führt, der in satirischer Weise Fleiß, aber kein Talent zugestanden wird (S. 77/79). Hier auch "Aufruf an die Kunstarmee" (S. 79). S. 80 "In dieser Stadt/Aus dem Notizbuch". Hier direkter Angriff auf VP/Abschnittsbevollmächtigter"Der Elke das Wohnrecht in diesem Drecksloch bestreitet." (Die Begriffe "Gehorsam" und "Treue" als faschistische Imperative werden auf den realen Sozialismus projiziert.)

4. Die Propagierung der Verzweiflung an der Welt des realen Sozialismus

S. 93 - 100: "Elegie". Hier findet sich das politisch-psychologische Programm Endlers, die Empfehlung an alle outsider, die Sinnlosigkeit des Daseins voll zu erkennen. (Die Machtfrage wird als bloßer Eiter hingestellt/Faschismus und Sozialismus berühren sich. Dazu heißt es:" Und was fliegen plötzlich die schwarzen Schmetterlinge von Januar 44 hier herum?" (Frage: SS?)

Zusammenfassung:
Die bestimmenden Texte sind trotz ihres antifaschistischen Deckungsversuchs eindeutig sozialismus-feindlich, allerdings weniger im Sinne der Camus-These: Verweigerung, passiver Widerstand, Lähmung der Kräfte.

III. Mögliche Wirkung/Vorschläge

Personengruppe outsider, anarchistisch-chaotisch Beeinflußbare. Haupteinsatz ist in Gestalt der Texte "Das Sandkorn" und "Elegie" zu erwarten. Evtl. auch Flugblatt-Verwendung zur Unterstützung ideologischer Diversion bei komplizierter Situation denkbar. Überhaupt sollte prophylaktischer Katalog solcher Texte erarbeitet werden, mit deren Einsatz bei verschärfter psychologischer Kriegsführung des Klassengegners zu rechnen ist. Weiter: Welche Publikationen von in der DDR lebenden Textmachern sind in Bundeswehr/GS-Bibliotheken usw. katalogmäßig eingestellt?

Aus einem Gedächtnisprotokoll mit Herrn K., Offizier der Staatssicherheit, Mitarbeiter für Literatur, Hauptabteilung XX/9: Wir bearbeiteten die sogenannte Untergrundtätigkeit, also »PUT«. Damaliger Slogan: ohne PID[6] keine PUT.
Von Literatur hatten die meisten keine Ahnung. Es reichte, daß das nichtgenehmigte Druckerzeugnisse waren. Das war ja das Problem. Bearbeitet wurden Personen. Die haben eben zufällig Literatur geschrieben. Dienstlich gesehen war nicht deren Schreiben wichtig, sondern eine mögliche Gefährdung durch äußere Feindtätigkeit oder eben die sogenannte PID.
Man konnte Gutachten einholen. Es gab ja die IME, also Experten-IM. Wir ließen uns diese Gutachten z. B. vom Leipziger *Literatur-Institut anfertigen oder vom Berliner* Schriftstellerverband.
Einige haben Gutachten geschrieben, die hätte man in »Sinn & Form« abdrucken können. Andere, die wußten, was von ihnen verlangt wurde, haben sich da gnadenlos profiliert. Und Geld verdient. Und vor allem die Gutachten mit den gängigen Feindbildklischees zählten.
1981 erscheint im Leipziger Reclam-Verlag der Band »Akte Endler«. Die vom IME in seiner »Einschätzung« vom 11. 2. 1980 zitierten Gedichte finden sich bei Reclam auf den Seiten: Akte Endler 54 / Der Unbequeme 93 / Ballade vom Zionskirchplatz 115 / Das Sandkorn 56 / Lied vom Fleiß 69 / Denkmal für A. W. 92 / Pro domo 21 / In dieser Stadt. Aus dem Notizbuch 23 / Elegie 51.

Wenig später (nachdem er 1979 aus dem Schriftstellerverband ausgeschlossen wurde) zu seinem 50. Geburtstag, erlebte er inoffiziell eine Rehabilitierung durch den Sammelband »Akte Endler«, in dem seine schönen und meist respektlosen Verse versammelt sind, auch der Zweizeiler: »Daß man ihn endlich aus dem Land rausschlage / auf jede Antwort weiß das Schwein die Frage. FR, Weihnachten 1987

[6] PID = politisch-ideologische Diversion.

Operative Information Nr. 83/83 zum Manuskript »Ohne Nennung von Gründen« des Autors Endler, Adolf (Berlin) welches dem Mitteldeutschen Verlag Halle-Leipzig (MdV) vorliegt:
Inoffiziell wurde herausgearbeitet, daß in dem vorliegenden Manuskript eines Gedichtbandes die gesellschaftlichen Verhältnisse in der DDR verzerrt bzw. falsch interpretiert dargelegt sind und es in dieser Fassung nicht veröffentlicht werden kann ...
Die Vorlage des Manuskriptes durch den E. erfolgte außerplanmäßig. Die letzte Veröffentlichung im MdV liegt mehrere Jahre zurück. Über geeignete IM soll der E. veranlaßt werden, eine Überarbeitung der negativen Textstellen vorzunehmen. Maßnahmen zur konspirativen Beschaffung einer Kopie des vorliegenden Manuskriptes sind eingeleitet.
XX, 11. 4. 1983, Gröger, Oberstleutnant

Die DDR-Bibliothek bei Faber & Faber Verlag GmbH / Mutig wird für 1996 wieder ein Halbdutzend Bücher angekündigt: Endlers »Schichtenflotz« (1987) ... ND, 21. 11. 1995, Dieter Schlenstedt

Endler sagt: Ist es nicht doch eine Schnaps-Idee des Verlags, dieses zerfallende Gebilde »Schichtenflotz«, dieses Konglomerat wirrer »Säuferphantasien«, das freilich den Verwesungszustand der späten DDR vermittelt (das ich auch als »verwesende DDR«-Literatur betrachte und keineswegs als Aufbruch zu etwelcher »Moderne«, wie Schlenstedt zu vermuten scheint), ist es nicht doch verfehlt, dieses Phantasmagoriengespinst in einen Zusammenhang mit relativ »ordentlich« erzählter Literatur zu stellen?
Es handelt sich zweifellos um eine Monstrosität und müßte normalerweise als stinkendes FINIS am Ende einer »DDR-Bibliothek« stehen. Es unterscheidet sich allein schon von allem anderen dadurch, daß es im Grunde zunächst nicht für den Druck bestimmt war (weder im Westen, noch im Osten), bestenfalls in winzigster Auflage in sogenannten Handpressen erscheinen sollte.
Angefangen hat das um 1976/77 – zu dieser Zeit finde ich erste Hinweise auf dieses sich mehrsträhnig entwickelnde Gebilde, zusam-

menfassend NEBBICH genannt (Nebbich-Es ist eh' schon alles gleich) – es geht bis in die NACHWENDE-Zeit (und hat jetzt aufgehört), ein sich dahin wälzendes Etwas, das man zusammenstellen kann zu einem größeren Korpus, falls man eine zusammenfassende Idee findet wie in SCHICHTENFLOTZ (Lebenserinnerungen eines Hundertjährigen), oder auch wieder in Einzelstücke zerschneiden kann. (»Vorbildlich schleimlösend«).
Geschrieben worden ist es im wesentlichen im Hinblick auf »Wohnungslesungen«, wie sie seit Ende der Siebziger durch Stasi-Berichte vielfältig dokumentiert sind. Bei diesen Lesungen haben sich die Fassungen über einen längeren Zeitraum hin verändert; eine endgültige Fassung hat es für mich eigentlich nie gegeben.

Ermutigung (I) für Faber & Faber / Fällt im Kreise debattierender Leser der Name Adolf Endler, folgt regelmäßig Schweigen. Obwohl – erst zögerlich, dann mit Nachdruck – die Literaturkritik seine Verse und den verknarzten selbstironischen Humor, den höheren Blödsinn seiner collagierten Prosa lobte, ist er immernoch zu entdecken.
DZ, 1991

Ermutigung für Endler / Adolf Endler, der Dadaist und poetische Flaneur unter den ehemaligen DDR-Autoren wird auch im dritten Jahrtausend genügend gesellschaftliche Ablagerungen finden, um sein literarisches Recycling fortsetzen zu können. NZZ, 7. 3. 1991

Es wird Zeit, daß Endler sich der neuen Widersprüche annimmt, der Kriegsgewinnler beider Himmelsrichtungen, der eifernden westlichen Bewältiger östlicher Vergangenheit, der Treuhandschnurren. Dafür wird er jetzt gebraucht, sein Scharfblick, sein Sarkasmus, seine Kunstfertigkeit. DZ, 1991

Angst / Ganz ohne Angst scheine ich bei aller sarkastischen Schnoddrigkeit doch nicht umhergelaufen zu sein; ich begegne ihr wieder in einem handschriftlichen Brief an Bernd Jentzsch, dessen Ablichtung der Adressat mir vor kurzem zugeschickt hat (ich hatte das Schreiben vergessen); datiert ist der Brief am 16. 12. 1980: »Lieber Bernd, am vorletzten Tag in Bielefeld, nun endlich der angekündigte Brief; hier ist so allerlei kreuz und quer gelaufen, um sich schließlich in einem umfassenden Skandal zu entladen – das hat mich nicht zur Ruhe kommen lassen. Auch jetzt rekapituliere und unterstreiche ich lediglich das bereits Gesagte: 1. wäre ich Dir sehr dankbar, wenn Du für mich eine Reihe von Manuskripten, hauptsächlich zum sogenannten Roman gehörende, verwahren würdest (und zwar solange bis ich sie eigenhändig wieder von Dir abhole), würde ich es für richtig halten, wenn Du im Fall, daß mir etwas zustößt (tot, längere Inhaftnahme o. ä.), über diese Manuskripte so verfügst, als hätte ich Dir alle Rechte übertragen, und sie nach Ermessen an die Öffentlichkeit bringst!« Undsoweiter. Bedarf das Zitat eines Kommentars?

A.E., »Tarzan«, S. 279

Um die wahrlich diffizile Problematik auf einen möglichst einfachen, wahrscheinlich zu einfachen Nenner zu bringen, »Zensur« im engeren Sinn ist unsereinem die ganzen Jahre hindurch als ein eher drittrangiges Ärgernis erschienen, sehr viel weniger quälend und schwarze Träume befördernd als die anderweitigen Aktivitäten so mancher »Kollegen« bis 1989 …

Eine Ausstellung wäre denkbar … die vielleicht VERTREIBUNG / AUSGRENZUNG / ZERSTÖRUNG heißen sollte, ihre schattenhaften Umrisse glaube ich schon zu erahnen, eine Ausstellung, die unter anderem entschiedener, als es eine zum Thema »Zensur« gewidmete tun kann, den aufschlußreichen Schicksalen jener nachzugehen hätte, welche sich von einem bestimmten Zeitpunkt an, wenn nicht von vornherein, dem Zugriff der Zensoren, des »Staates« zu verweigern erdreistet: Zerstörung, Ausgrenzung, Vertreibung …

A.E. in: »Die Zensur«, S. 219

Im Zusammenwirken mit oppositionellen pseudopazifistischen Kräften beteiligte sich Endler an Aktivitäten dieser Personen gegen die Friedens- und Verteidigungspolitik der DDR und führte in Privatwohnungen und Kirchen Lesungen und Diskussionen mit feindlich-negativem Inhalt durch. Während dieser Veranstaltungen richtete Endler u. a. Angriffe gegen die Staatsgrenze, die Tätigkeit des MfS und die Sowjetunion.
Endler wird wegen politisch-negativen Verhaltens und operativ relevanter Verbindungen zu feindlichen Personen von der Bezirksverwaltung Berlin, Abteilung XX, in Verbindung mit der Hauptabteilung XX operativ bearbeitet. XX, Auskunft, 21. 12. 1983

Die Wohnungslesungen / Über Schriftstellerlesung von Adolf Endler in Gardelegen, Wohnung, Pfarrer Boßhammer
- Zeit 20. 10. 1979, 19.30 bis 23 Uhr
- Eintritt 10,– Mark angeblich für Unterbringung des Schriftstellers
- Anz. d. Pers. 25 (einschließlich Schriftsteller)
  Nachtrag:
- vor der Lesung Frage an Boßhammer, wo er einen großen Lehnsessel, genau vorm Leseraum versteckt, her hat. Antwort Boßhammer: Hier sitzt bei solchen Veranst. immer die Stasi!

XX, »Paul Bock«, 21/23. 10. 1979

Am 25. 4. 80 fand in der Wohnung des Frank-Wolf Matthies eine Lesung des Schriftstellers Endler statt. An der Lesung nahmen ca. 40 bis 50 Personen aus der DDR und WB teil ... Handlungsort ist der Prenzlauer Berg in der Zeit zwischen 1945 und der Gegenwart. Es wurden Episoden des Romanhelden Blubbermann erzählt.

XX, Quelle inoffiziell, 2. 6. 1980

Entsprechend der Konzeption zur Einführung des IMS »Torsten« in die Bearbeitung des Personenkreises, der ehemals um Frank-Wolf Matthies existierte, nahm der IM am 18. 6. 82 in der Zeit von 20.30 bis 23 Uhr an einer illegalen Lesung des Poppe, Gerd teil. Der IM suchte die Wohnung des P. gegen 20 Uhr auf, in ihr befanden sich ca. 60 bis 70 Personen. Durch den IM wurde eingeschätzt, daß es sich bei diesen Personen um sogenannte »intellektuelle Spinner« handelte. Durch Poppe wurden in allen Räumen Lautsprecher installiert, um die Lesung in allen Räumen zu übertragen. Die Lesung führte der Schriftsteller Endler, Adolf durch. Durch den Endler wurden einige Lyriker der DDR schlecht gemacht, da sie sich im wesentlichen mit ihren Werken für die DDR einsetzen, er nannte namentlich Elke Erb und Helmut Preißler. XX, Information, 24. 6. 1982

Laut eigener Ankündigung hat Endler aus seinem »85-bändigen Romanwerk« gelesen, das bereits in der BRD bzw. Westberlin erschienen ist.
Endler hat aus seiner Abneigung gegen die Schriftsteller Gerd Eggers, Helmut Preißler, Günter Görlich und Gisela Steineckert keinen Hehl gemacht. Er hat sich und andere Schriftsteller in einen Gegensatz zu den genannten Personen gebracht, denn nur diese ließe man an Friedensveranstaltungen von Poeten teilnehmen, ihn hingegen nicht. Nur diese würden Einladungen zu Cocktails in der sowjetischen Botschaft erhalten, er aber nicht, weil man vermutlich befürchtet, er würde ihnen die besten Bissen wegschnappen.
Der IM schätzt ein, daß die Art des Vortrags von Endler sehr gut war, weil er sehr akzentuiert sprach und wie ein Schauspieler mit deutlicher kabarettistischer Tendenz las. Während der Veranstaltungen nahm er Alkohol zu sich. Der Vortrag Endlers wurde oft mit beifälligem Lachen bedacht. XX, IMB »Monika«, 21. 6. 1982

Wohnung des Donarski, Hans, Berlin: Endler las ca. 1 1/2 Stunden aus einem mehrteiligen Roman »Neblich«. XX, 9. 3. 1984

Streng intern wurde bekannt, daß am 8. 9. 1985 von 20 bis 23 Uhr in der Wohnung von Poppe, Gerd und Ulrike eine Lesung des operativ bekannten Adolf Endler stattfand …
Im zweiten Brief erinnert Bumke-Bergermann daran, daß seit dem Jahre 2001 die Westpresse, speziell die Springerpresse in der DDR an den Kiosken vertrieben wird, aber die DDR-Bevölkerung von wenigen Ausnahmen abgesehen, der »monströsen Schlagzeilen« überdrüssig geworden ist.
Die Beteiligten äußerten zu den Texten ihre Zustimmung, was an Beifall und zustimmenden Gelächter deutlich wurde.

XX, Information, 18. 9. 1985

»David Menzer« berichtet am 15. 2. 82 handschriftlich: b. die lesereihe bei poppe, rykestr. 28, ebenfalls im monatlichen Turnus … poppe (popow) und der dort versammelte kreis waren regelmäßige besucher der lesungen bei matthies. mir selbst ist der personenkreis nicht direkt bekannt. ich habe aber trotzdem den überblick im vergleich … ich selbst halte die popow-reihe insofern für untergründiger, als dort die literatur über die schublade der literaten hinaus wirksam wird. es geht dort eindeutig um politik. ich weiß nicht ob regelmäßig, aber doch öfter taucht auch robert havemann bei popow auf … die oben beschriebenen privaträume haben ja bereits einen status der öffentlichkeit, dass es nichts mehr nützt gegen einzelne personen vorzugehen, sondern man muß gegen den »frei«-raum der gesellschaft … ich bin aber soweit, dass ich von allen fotos die helga paris auf derartigen veranstaltungen macht, einen großteil abgezogen bekomme, die ich dann zu verfügung stelle.

ichhoffeaufeineweitereundkonstruktivezusammenarbeit.

»MachtSpiele«, Seite 265, 268.

Frage an Adolf Endler: Fühlen Sie sich von Anderson und Schedlinski verraten? Ja. TAZ, 17. 9. 1994

Der Hausbewohner W., Rykestraße 28, schreibt im Auftrag der Stasi an die Volkspolizei, daß er am 18. 6. 82 aufgeschreckt durch eine »größere Unruhe im Treppenhaus« auf die Straße ging und von dort aus beobachten konnte, daß »sich zeitweilig bis zu 100 Menschen« in der Wohnung des Mieters P. aufgehalten haben müssen. »Abgesehen von der Tatsache, daß einige Besucher reichlich verwahrlost aussahen und somit das Problem des Inhalts solcher Veranstaltungen entsteht, geht es mir um die Klärung der Frage, ob in einer Privatwohnung, in einem renovierungsbedürftigen Altbau überhaupt die baulichen Voraussetzungen für den Aufenthalt einer solchen Anzahl von Menschen gegeben sind. Nicht auszudenken, wenn es zu einem Brand kommt ...« »MachtSpiele«, Seite 232/233.

Dietze, Gabi – Fahndung läuft / Als Lektorin des Rotbuch Verlages habe ich Sascha Anderson über kleine handgemachte Samisdat-Kunsteditionen, die in der ostberliner Szene kursierten, wie man so sagt, »entdeckt« ... Die Zusammenarbeit mit Anderson und seiner Factory ... war in der Folge sehr fruchtbar und führte ... zur Empfehlung des verlagstechnisch heimatlosen Adolf Endler an unser Haus. Gabriele Dietze in: »MachtSpiele«, Seite 28.

Gabriele Dietze vom Rotbuch-Verlag hat über den Literaturredakteur vom SFB Manuskripte von Adolf Endler bekommen. Gabriele Dietze hat sich mit Adolf Endler am Montag, den 28. 10. 1984, in der Wohnung von Anderson getroffen. Sie hat die Absicht, in den weiteren Jahren teilweise aus dem Romanmanuskript »Neppig«, an dem Adolf Endler schon mehrere Jahre schreibt und von dem jetzt ungefähr 1200 Manuskriptseiten existieren, zu veröffentlichen. Am 27. 11. treffen sich Gabriele Dietze und Adolf Endler wieder in der Wohnung von Anderson. XX, »Fritz Müller«, 1. 11. 1984

Durch den gezielten Einsatz inoffizieller Quellen wurden zuverlässig Hinweise erarbeitet, nach denen der DDR-Schriftsteller Endler, Adolf ein ca. 300–350 Seiten starkes Manuskript fertiggestellt hat und dieses an eine im Rotbuch-Verlag tätige Dietze, Gabi *(handschriftlich am Rand »Fahndung läuft«)* übergeben will. Der Vorschlag der Dietze, den »üblichen Weg« zu wählen möchte Endler nicht annehmen, da dies zu lange dauern würde. Als Reaktion darauf wurde ein Treffen zwischen Endler und der Dietze in Erwägung gezogen, bei dem möglicherweise die Übergabe dieses Manuskrips stattfinden könnte. Die Dietze beabsichtigt nach ihren Angaben, am 20. 4. 1986 mit einem Freund von Westberlin aus in die Schorfheide zu fahren. Möglicherweise werde dabei ein kurzes Treffen zwischen ihr und Endler in Berlin möglich, da sich Endler zur Zeit in Berlin aufhält. Für den Fall, daß ein solches Treffen möglich ist, will die Dietze den Endler über die Erb, Elke über den genauen Termin und den Treffort unterrichten. XX, Information, 19. 4. 1986

Dem Rotbuch Verlag gebührt das Verdienst, Endler-Prosa gedruckt zu haben: »Ohne Nennung von Gründen. Vermischtes aus dem poetischen Werk des Bobbi ›Bumke‹ Bergermann« (1985) und »Schichtenflotz« (1987). BNN, 23. 9. 1991

Ermutigung für Faber & Faber (Schluß) / Schichtenflotz
Ein Buch, das die Galle des Autors in jeder Zeile spüren läßt, doch so heftig die Kritik am real-existierenden Sozialismus auch ausfällt, nirgends ein Wort, das den Kapitalismus rechtfertigt.
FR, Weihnachten 1987

Anders als in der bundesdeutschen Belletristik häufig üblich, geschieht Ästhetik hier nicht als Selbstzweck, liegt die Motivation des Niedergeschriebenen nicht im privaten, sondern ist durch gesellschaftliche Reibung gegeben. RIAS, 27. 1. 1988

Bei einigen Lesern werden seine Bücher wie ein Altar zusammengelegt. Er hat die Leute, die er wirklich erreichte, auch maßgeblich beeinflußt, und etwas großspurig könnte ich sagen: Er hat mehr als alle Wendeschreihälse und Kurzzeit-Politliteraten made im Reformhaus G.D.R Köpfe vorbereitet. Peter Wawerzinek

Jedesmal, wenn man etwas von dir liest, glaubt man, man müsse sich augenblicklich totlachen. Doch dann merkt man plötzlich, daß man schon tot war, und daß man sich wieder lebendig gelacht hat.
Wolfgang Hilbig

Adolf Endler sagt: Wahrscheinlich bin ich der Erfinder der DDR.
TAZ, 17. 9. 1994

Adolf Endlers Roman SCHICHTENFLOTZ erscheint als siebter Band der DDR-BIBLIOTHEK im Verlag Faber & Faber, Leipzig 1996, unter Mitwirkung von Dr. Ulrich Wechsler, München

Die Gesamtausstattung der DDR-BIBLIOTHEK liegt in den Händen von Juergen Seuss, Niddatal bei Frankfurt am Main

Das Buch wurde bei Jütte-Druck in Leipzig gedruckt / Die Satzarbeiten oblagen der Firma Dörlemann Satz, Lemförde / Schrift Garamond Stempel auf System Syntax der Firma Berthold / Das 90 g Werkdruckpapier wurde von Geese, Hamburg, bezogen / und / das Hansa-Gewebe für den Einband von der Firma Gustav Ernstmeier GmbH, Herford, zur Verfügung gestellt / Die Buchbindearbeit führte die Kunst- und Verlagsbuchbinderei Leipzig aus / Printed in Germany 1996 / ISBN 3-928660-55-1

Von jedem Band der DDR-BIBLIOTHEK erscheint eine Vorzugsausgabe von 300 Exemplaren. Diese ist in gelbes Buch-Leinen gebunden, mit einem separat eingelegten originalgraphischen Blatt versehen und wird im Schuber geliefert. Den Holzschnitt zu diesem Buch entwarf Penck, Berlin. ISBN 3-928660-56-X